VERMOORDE ONSCHU

Jenny Wingfield

Vermoorde onschuld

Vertaling Hella Willering

Brevier

Opgedragen aan Taylor, Amy en Lori – die nooit hebben gezegd
dat ze zouden willen dat ik normaal was.

Aan Jim, Ruth, Clif en Hal – die het waarschijnlijk wel hebben gezegd,
maar nooit zo dat ik het kon horen.

En aan Charlie en Leon – daarom.

Oorspronkelijk gepubliceerd in de U.S.A. door Random House onder de titel *The
Homecoming of Samuel Lake* by Jenny Wingfield.

© 2011 by Jenny Wingfield

This translation published by arrangement with
Imaginaction, Inc.
c/o Einstein Thompson Agency
27 West 20th Street, Suite 1003
New York, NY 10011

© 2013 Brevier uitgeverij
www.brevieruitgeverij.nl

Vertaling: Hella Willering
Omslagbeeld: Lee Avison / Trevillion Images
Omslagontwerp: Brainstorm
Opmaak binnenwerk: Stampwerk

ISBN 978-94-91583-11-7
NUR 302

Hoofdstuk 1

Columbia County, Arkansas, 1956

John Moses had geen slechtere dag en geen slechtere manier kunnen kiezen om te sterven, al zou hij er zijn hele leven naartoe gewerkt hebben. Wat overigens heel goed mogelijk was. Hij was zo eigenzinnig als een ezel. Het was het weekend van de familiereünie, en alles verliep vlekkeloos – of in elk geval volkomen normaal – totdat John het zo nodig moest bederven.

De reünie werd altijd op de eerste zondag in juni gehouden. Zo was het altijd al geweest. Dat was traditie. En John Moses had iets met traditie. Eens in de zoveel jaar vroeg zijn dochter Willadee (die helemaal in het zuiden, in Louisiana woonde) of ze de reünie niet konden verzetten naar de tweede zondag in juni, of de eerste zondag in juli, maar John gaf altijd hetzelfde antwoord. 'Ik brand nog liever in de hel.'

Dan herinnerde Willadee haar vader eraan dat hij niet in de hel geloofde, en herinnerde John *haar* eraan dat het *God* was in Wie hij niet geloofde – of de hel niet bestond wist hij zo net nog niet. Vervolgens voegde hij er altijd aan toe dat als er wel een hel bestond, het ergste nog was dat Willadees man, Samuel Lake, daar samen met hem terecht zou komen, aangezien hij dominee was, en het was algemeen bekend dat dominees (en met name methodistendominees zoals Samuel) de grootste schurken waren die er bestonden.

Willadee ging er nooit tegenin, maar het punt was dat op de eerste zondag in juni de jaarlijkse conferentie begon. Daar kregen alle methodistenpredikanten van Louisiana van hun districtshoofd te horen hoe tevreden of ontevreden hun gemeente het afgelopen jaar over hen geweest was, en of ze mochten blijven waar ze zaten of dat ze moesten verhuizen.

Meestal moest Samuel verhuizen. Hij was zo iemand die veel mensen tegen de haren in streek. Niet met opzet, natuurlijk. Hij ging gewoon zijn eigen gang en deed wat hij dacht dat het goede was – zoals op zondagmorgen de rimboe in rijden en zijn ouwe rammelkast volladen met arme mensen (soms in lompen gehulde arme mensen op blote voeten) en hen meeslepen naar de stad voor de kerkdienst. Het zou allemaal niet zo erg zijn geweest als hij aparte diensten had gehouden, eentje voor de mensen uit de rimboe, en eentje voor nette, fatsoenlijke burgers met kleren en schoenen die toonbaar genoeg waren om hen zonder verdere vragen toegang tot de hemel te verschaffen. Maar Samuel Lake hing de irritante overtuiging aan dat God van alle mensen evenveel hield. Voeg daarbij nog het feit dat hij preekte met wat sommigen beschouwden als ongepaste vurigheid, dat hij regelmatig op de preekstoel sloeg om iets te benadrukken en dingen zei als 'Zeg "AMEN" als u dat ook gelooft!', terwijl hij heel goed wist dat de methodisten juist probeerden om van dat soort gewoonten af te komen, en je begrijpt hoeveel zijn gemeenten met hem te stellen hadden.

Samuels verplichtingen konden John Moses geen snars schelen. Hij was niet van plan te morrelen aan de Moses-familietradities, enkel omdat Willadee zo dom was geweest om met een dominee te trouwen.

Toegegeven, toen Willadee met hem trouwde was Samuel nog geen dominee. Hij was een lange, stoere boerenjongen, sterk als een paard, en gevaarlijk knap met z'n zwarte haar en blauwe ogen – een combinatie van Welsh en Iers bloed of zo. Toen Samuel trouwde met die alledaagse, onopvallende Willadee Moses, waren verschillende meisjes in Columbia County er een week ziek van.

Samuel Lake was fenomenaal. Hij was geweldig en verschrikkelijk, kon vreselijk kwaad worden en ontzaglijk teder zijn, en liefhebben deed hij met zijn hele hart. Hij had een heldere tenor, en hij speelde gitaar en viool en mandoline en zo ongeveer elk instrument dat je maar kunt bedenken. In de hele county werd over Samuel en zijn muziek gesproken.

'Sam Lake kan alles bespelen wat hij maar kan vastpakken.'

'Hij laat de snaren zingen.'

'Hij laat ze in tongen spreken.'

★★★

Elk jaar, op de eerste dag van de zomervakantie, laadden Samuel en Willadee hun kinderen in de auto en gingen ze op weg naar zuidelijk Arkansas. Willadee had al sproeten op elk stukje huid dat de zon ooit had aangeraakt, maar ze draaide altijd het raampje open en liet haar arm naar buiten hangen, en dan gaf God haar er nog een paar bij. Haar onstuimige donkerblonde haar wapperde in de wind en raakte steeds meer in de war, en uiteindelijk lachte ze dan hardop, gewoon omdat het naar huis gaan haar zo'n gevoel van vrijheid gaf.

Willadee hield van dit jaarlijks terugkerende ritueel, van deze reis, knus in de auto met haar lieve, gezonde gezin – allemaal popelend van gespannen verwachting. Dit was haar moment om na te denken over wat er gebeurd was en wat er wellicht in het verschiet lag en hoe hun kinderen hun naam steeds meer eer aandeden – de namen die ze hun bij hun geboorte als een zegen had meegegeven. Hun oudste zoon had ze Noble genoemd: een overduidelijk appèl aan de wereld om hem te doordrenken met moed en integriteit. De jongste zoon heette Bienville – een goede stad, of, zoals Willadee het interpreteerde, een vredige plaats. Hun dochter had ze Swan genoemd, niet omdat een zwaan mooi is, maar omdat zij sterk is. Een meisje heeft kracht nodig die ze niet aan een ander hoeft te ontlenen, had Willadee gedacht. Tot dusver leken haar zegenwensen uit te komen. Noble was eerlijk op het absurde af, Bienville was altijd vriendelijk, en Swan straalde zo veel kracht uit dat de mensen om haar heen er doodmoe van werden.

Columbia County ligt helemaal in het zuidelijkste stuk van Arkansas, dat er precies zo uitziet als het noorden van Louisiana. Toen God dat deel van de wereld schiep, maakte Hij die hele lap in één keer, en Hij had er blijkbaar genoegen in gehad. Er waren glooiende heuvels en hoge bomen en heldere beekjes met zanderige bodem en wilde bloemen en blauwe luchten en grote stapelwolken die zo laag hingen dat je bijna zou denken dat je ze kon aanraken en vastpakken. Dat waren de pluspunten. De minpunten waren doornstruiken en stekelnoten en zo nog een paar dingen waar niemand ooit enige aandacht aan schonk, aangezien de minpunten volledig in het niet vielen bij de pluspunten.

Vanwege de jaarlijkse conferentie kon Samuel nooit blijven voor de reünie. Hij bleef net lang genoeg om Willadee en de kinderen uit te laden en een praatje te maken met Willadees ouders. Althans, hij maakte een praatje met haar moeder, Calla. John begon steevast te kokhalzen en verdween naar buiten zodra zijn schoonzoon een voet over de drempel zette, maar Calla droeg Samuel op handen. Na een uurtje kuste Samuel Willadee gedag en gaf hij haar een liefkozend klopje op de billen, zomaar voor het oog van God en de hele wereld. Dan omhelsde hij de kinderen, maande hen naar hun moeder te luisteren, en vertrok weer naar Louisiana. Bij het weggaan zei hij John altijd gedag, maar zijn schoonvader gaf nooit antwoord. Hij kon het Samuel niet vergeven dat hij Willadee zo ver weg had gevoerd, en hij kon het Willadee niet vergeven dat ze was meegegaan. Vooral niet omdat ze ook had kunnen trouwen met Calvin Furlough, die nu een goedlopende garage had en maar een klein stukje verderop woonde, en de beste jachthonden had die je ooit gezien hebt. Als Willadee had meegewerkt en verliefd was geworden op Calvin, zoals haar vader had gewild, zou alles anders zijn geweest. Dan zou ze in de buurt hebben gewoond en John op zijn oude dag tot steun zijn geweest. En hij, John, zou niet opgescheept zitten met een kleindochter die Zwanenmeer heette.

De familie Moses woonde verspreid over Columbia County. Verspreid over de *hele* county. John en Calla hadden elkaar lustig liefgehad, en hadden vijf kinderen geproduceerd. Vier zonen en een dochter. Afgezien van Willadee en hun jongste zoon (Walter, die was omgekomen bij een ongeluk in een zagerij toen hij net twintig was), woonden ze allemaal in de buurt van Magnolia, hooguit zestig kilometer van het ouderlijk huis vandaan.

Dat ouderlijk huis was ooit een uitgestrekte boerderij geweest met veertig hectare land, dat hen voorzag van melk en eieren en vlees en groenten en fruit en bessen en noten en honing. Daar was wel enige overredingskracht voor nodig geweest. Het land gaf zelden iets voor niets. Het erf was bezaaid met bijgebouwen die John en zijn zonen in de loop der jaren hadden gebouwd – stallen en schuren en rookhokken en keten, waarvan de meeste nu, in 1956, vermoeid waren scheefgezakt. Wanneer je een gebouw niet meer gebruikt, weet het dat het nutteloos geworden is.

Het huis zelf was een groot geval van twee verdiepingen. Degelijk gebouwd, maar ook dit was de laatste tijd een beetje scheefgezakt, alsof er niet genoeg mensen meer in woonden om het overeind te houden. John en Calla waren een aantal jaren eerder gestopt met boeren. Calla had nog wel een moestuin en een paar kippen, maar het land lieten ze verwilderen. Ze hadden de veranda aan de voorkant van het huis dichtgetimmerd en er een winkel annex pompstation van gemaakt. Calla had John gevraagd om een uithangbord voor haar te schilderen. Ze bleef echter weifelen over de tekst die erop moest komen te staan: *Moses – kruidenier en pompstation* of *Moses – benzine en boodschappen.* Terwijl zij nog in dubio stond, raakte Johns geduld op, en hij spijkerde het bord boven de deur vast. Er stond eenvoudigweg MOSES op.

Elke morgen stond Calla op, ging naar de winkel en zette een pot koffie; en de boeren kwamen langs op weg naar de veemarkt of de veevoerhandel, om zich bij de houtkachel te warmen en Calla's koffie te drinken.

Calla kon goed met haar klanten overweg. Ze was een struise, ongedwongen vrouw met vaardige handen, iemand met wie men graag zaken deed. Ze had John niet echt nodig, niet in de winkel. Eigenlijk liep hij haar alleen maar in de weg.

Nu hield John wel van een glaasje. Dertig jaar lang had hij elke ochtend, voordat hij naar de melkstal ging, een scheutje whisky in zijn koffie gedaan. Dat was om de kou te verdrijven, in de winter. In de zomer hielp het hem op gang te komen. Tegenwoordig hoefde hij er niet meer met het krieken van de dag uit om te melken, maar hij deed nog altijd een scheutje in zijn koffie. Hij zat voortdurend in Calla's winkel te kletsen met de vaste klanten, en tegen de tijd dat zij op weg gingen om te doen wat er die dag moest gebeuren, was John gewoonlijk hard op weg om flink aangeschoten te worden. Dit alles zat Calla helemaal niet lekker. Ze was gewend geweest dat haar man voortdurend bezig was, en ten slotte zei ze tegen hem dat hij een *hobby* moest zoeken.

'Mens, ik heb al een hobby,' antwoordde hij. Calla stond op dat moment voorovergebogen om het vuur in de houtkachel op te porren, en vormde dus een heel verleidelijk doelwit. John mikte, wankelde naar haar toe en greep haar bij haar middel vast. Calla was zo overrompeld dat ze haar hand aan de pook brandde. Ze schudde haar man van zich af en zoog op haar hand.

'Ik bedoel een hobby die jou van m'n lijf houdt,' snauwde ze.

'Je hebt er nooit bezwaar tegen gehad dat ik aan je lijf zat.'

Hij was gekwetst. Het was niet haar bedoeling geweest om hem te kwetsen, maar goed, wonden genezen vanzelf. Althans de meeste.

'Ik heb nooit de tijd gehad om te merken of je aan m'n lijf zat of niet. Er is toch zeker nog wel iets wat je graag doet, behalve met mij de koffer in duiken?' Niet dat ze het vervelend vond om met haar man de koffer in te duiken. Ze genoot ervan, nu misschien wel meer dan ooit in al die jaren dat ze bij elkaar waren. Maar het was niet iets wat je de hele dag door kon doen, enkel omdat je man geen andere bezigheden had. Niet wanneer er om de haverklap klanten binnenkwamen.

John liep terug naar de toonbank waar hij zijn koffie had staan drinken. Hij schonk zichzelf nog een kop in en deed er een flinke scheut bij.

'Jawel,' deelde hij stijfjes mee. 'D'r is waarachtig nog iets wat ik graag doe. En dat ga ik nú doen.'

Waar hij op doelde was dronken worden. Niet gewoon een beetje aangeschoten, maar stomdronken. Zo dronken dat je niet meer helder kunt denken. Hij pakte zijn koffie en zijn fles, en nog een paar flessen die hij achter de toonbank bewaarde, plus een zakje donuts en twee blikjes pijptabak. Daarmee ging hij naar de schuur en bleef daar drie dagen. Toen hij lang genoeg dronken was geweest en het geen enkel doel meer diende om nog langer dronken te blijven, kwam hij terug naar het huis voor een warm bad en een scheerbeurt. Die dag timmerde hij de veranda *achter* het huis dicht en beschilderde een tweede uithangbord.

'Wat voer jij in vredesnaam uit?' wilde Calla weten, met haar handen in de zij – de houding van een Vrouw Die Een Antwoord Eist.

'Ik heb een nieuwe hobby,' zei John Moses. 'Jij hebt voortaan jouw zaak, en ik heb mijn zaak, en we steken geen van beiden onze neus in *andermans* zaken. Jij gaat open bij zonsopgang en sluit bij zonsondergang, en ik ga open bij zonsondergang en sluit bij zonsopgang. Je hoeft dus niet meer met me naar bed, want we gaan niet meer op dezelfde tijd.'

'Ik heb nooit gezegd dat ik niet meer met je naar bed wilde.'

'Om de donder wel,' zei John.

Hij pakte zijn uithangbord, waarvan de verf nog nat was, en klom op zijn trapladder om het boven de achterdeur vast te spijkeren. De verf was wat uitgelopen, maar de tekst was nog leesbaar genoeg. NE-VER CLOSES stond erop.

In *Never Closes* werd de hele nacht bier en wijn en sterke drank geschonken, zeven nachten per week. Aangezien Columbia County was drooggelegd, was het illegaal om in het openbaar alcohol te verkopen. Daarom noemde John het ook niet verkopen. Hij schonk gewoon een glaasje voor zijn vrienden, meer niet. Een soort cadeautjes voor hen. Vervolgens, wanneer het tijd werd om naar huis te gaan, gaven zijn 'vrienden' John ook elk een cadeautje – vijf dollar, of tien dollar, of wat het cadeautje ook maar moest zijn volgens zijn beduimelde aantekenboekje.

De sheriff van de county en meerdere hulpsheriffs maakten er een gewoonte van om na afloop van hun dienst langs te komen, en hun verkocht John *werkelijk* niets; hij schonk hun gewoon in wat ze maar wilden, op zijn kosten. Die mannen hadden nog nooit zo veel gratis drank gezien, dus het sprak vanzelf dat ze nog veel meer dingen niet zouden zien. Ze waren echter al gewend om in bepaalde omstandigheden dingen niet te zien, dus daar hadden ze geen moeite mee.

Het duurde niet lang of John kreeg zijn eigen vaste klanten, die langskwamen om domino te spelen of te biljarten. Ze praatten over godsdienst en politiek, vertelden elkaar vieze moppen, en spuugden tabakssap in de koffiepotten die John her en der had neergezet, en ze rookten tot de walm zo dik was dat je er blokjes van kon snijden.

John stortte zich met een verbeten trots op zijn nieuwe onderneming. Als Calla haar verontschuldigingen had aangeboden, zou hij de hele bar onmiddellijk hebben opgegeven, zijn muren hebben neergehaald en zijn uithangbord verbrand, en zijn stamgasten hebben gezegd dat ze konden doodvallen. Calla had echter haar eigen trots. Er was een wig tussen hen gedreven, maar in haar optiek was zij er niet verantwoordelijk voor.

Na verloop van tijd ging ook Calla zeven dagen per week open. Het gebeurde regelmatig dat haar laatste klanten de voordeur uit gingen en om het huis heen liepen naar de achterdeur, om wat ze na het boodschappen doen nog aan geld over hadden, te verdrinken. Het gebeurde ook wel andersom. Dan kwamen Johns klanten 's morgens vroeg de achterdeur uit gewankeld, en gingen ze meteen door naar de voordeur (er was een duidelijk pad uitgesleten). Calla's koffie ontnuchterde hen, en vervolgens besteedden ze de rest van hun geld aan levensmiddelen voor hun gezin.

Op elk moment van de dag of nacht kon je naar *Moses Never Closes* gaan en kopen wat je nodig had, vooropgesteld dat je geen al te ingewikkelde wensen had. En je hoefde nooit eerder weg te gaan dan je wilde, want Calla noch John konden het over hun hart verkrijgen om iemand weg te jagen, zelfs niet wanneer hij al z'n geld erdoorheen gejaagd had. Nate Ramsey was een keer bijna een week gebleven toen zijn vrouw, Shirley, thuis dingen naar zijn hoofd begon te gooien.

En zo ging het dag in, dag uit, tot op de dag dat John Moses stierf. *Moses Never Closes* was iets waar de mensen op rekenden. Een plek die een beetje zekerheid bood in een onzekere wereld. En iedereen wilde dat het zo zou blijven, want als je eenmaal aan één ding begint te morrelen, gaan andere dingen vanzelf mee veranderen, en dan ben je binnen de kortste keren helemaal de kluts kwijt.

Hoofdstuk 2

Dit is wat er gebeurde.

Op zaterdag zette Samuel Willadee en de kinderen af, en de rest van de dag hielp Willadee haar moeder met koken en schoonmaken. Van de kinderen hoefden ze weinig hulp te verwachten, dus werd hun de toegang tot het huis ontzegd; voor straf moesten ze op de hooizolder stoeien, in de beek op rivierkreeften vissen, en Spionnetje spelen op al die veertig hectare.

Noble was twaalf jaar, een en al armen en benen en sproeten. Hij had de ogen van zijn vader, maar door zijn bril vielen die niet echt op; zijn glazen waren zo dik en zwaar dat de bril voortdurend van zijn neus zakte. Meer dan wat ook wilde hij *onverschrokken* zijn. Daarom liep hij met zwier en sprak hij op zachte, dreigende toon. Het probleem was alleen dat zijn stem aan het breken was, en juist voor de hoogte koos wanneer hij dat het minst verwachtte. Als hij net iets sinisters zei, zoals 'Eén beweging en ik hak je aan mootjes', sloeg zijn stem over naar een falset en was het effect compleet bedorven.

Swan was elf. Een klein ding met grijze ogen, dat voor een jongen kon doorgaan wanneer ze de kleren van haar jongere broer Bienville droeg, zoals nu het geval was. Als Samuel had geweten dat Willadee zulke dingen toeliet, zou hij in alle staten zijn geweest. De Bijbel stelde heel duidelijk dat vrouwen zich niet mochten kleden als mannen, en Samuel Lake deed altijd zijn best om de Bijbel naar de letter te gehoorzamen. Maar ja, wanneer Samuel er niet bij was, liet Willadee de kinderen altijd doen wat ze wilden, zolang ze de Wetten van de Familie Moses maar niet overtraden – en dat betekende niet liegen, niet stelen, en geen dieren of jongere kinderen treiteren.

De heerlijkste tijd van het jaar was voor Swan deze ene zomerweek, waarin ze jongenskleren kon dragen en zich even niet netjes hoefde te gedragen. Ze kon onder het prikkeldraad door kruipen en door de weilanden rennen, zonder dat die verdraaide rokken haar hinderden. Ze was klein. Ze was vlug. En ze was precies wat Noble zo graag wilde zijn: onverschrokken. Wat je ook probeerde, je kon het nooit van haar winnen.

'Dat kind is een plaag,' zei oma Calla altijd tegen Willadee, wanneer ze dacht dat Swan het niet kon horen (maar Swan hoorde het altijd).

'Ze is een dochter van haar vader,' antwoordde Willadee dan, gewoonlijk met een lichte zucht, als om aan te geven dat er niets aan te doen viel – Swan was nu eenmaal Swan. Zowel Willadee als Calla koesterde eigenlijk bewondering voor Swan, hoewel ze dat nooit hardop zouden zeggen. Ze lieten het enkel merken door telkens wanneer ze ter sprake kwam, heel even hun wenkbrauwen op te trekken en een zweem van een glimlach te tonen. En dat gebeurde vaak. Geen van de kinderen van het geslacht Moses haalde zich zo veel moeilijkheden op de hals als Swan.

Bienville was negen, en hij was een heel ander verhaal. Hij was van nature rustig, had een grote voorliefde voor boeken en werd volledig in beslag genomen door de wereld in het algemeen. Je kon gewoon niet op hem rekenen als het ging om dingen als wachtlopen of tegenstanders vermoorden. Dan was je heerlijk Spionnetje aan het spelen en had je de Vijand ingesloten, en wilde je hem net bespringen om hem van kant te maken, en dan zat Bienville de rotspatronen op de bodem van de beek te bestuderen of de nerven van een sassafrasblad te bekijken. Je kon er niet op aan dat hij in een oorlog zijn plicht zou vervullen.

Noble en Swan hadden echter wel geleerd hoe ze het probleem Bienville moesten aanpakken. Aangezien hij zich nooit duidelijk leek aan te sluiten bij een van beide kanten, maakten ze van hem een dubbelspion. Bienville vond het allemaal best, ook al betekende het feit dat hij een dubbelspion was meestal dat hij als eerste werd gedood.

Die zaterdagmiddag was Bienville juist voor de vierde keer gedood, toen Het Allemaal Begon. Hij lag op zijn rug in het weiland, zo dood als een pier, en staarde naar de lucht. Hij zei: 'Swan, heb jij je wel eens afgevraagd waarom je de sterren 's nachts kunt zien, maar overdag niet? Sterren verdampen toch niet wanneer de zon opkomt?'

'Jij hoort dood te zijn,' bracht Swan hem in herinnering. Ze had hem net neergeschoten met een onzichtbaar machinepistool, en nu was ze bezig een onzichtbare greppel te graven met een onzichtbare schop. Bienville wist het nog niet, maar hij zou zo dadelijk in de greppel gerold worden, dood of niet. Noble lag nog altijd ergens in Vijandig Gebied op de loer, dus Swan moest waakzaam blijven.

'Ik ben het zat om dood te zijn,' zei Bienville, en hij ging rechtop zitten.

Met haar voet duwde Swan hem weer neer. 'Je bent een lijk,' zei ze. 'Je kunt het niet zat zijn, je kunt niet overeind komen, en je kunt *niet* praten.'

Ze was vergeten om waakzaam te zijn. Dat realiseerde ze zich toen ze plotselinge voetstappen achter zich hoorde. Vlug draaide ze zich om en hield de onzichtbare schop in de aanslag. Noble kwam recht op haar af gerend, zwaaiend met zijn armen. Het terrein dat hij overstak, was aangewezen als Mijnenveld, maar Noble lette niet op de mijnen. Swan slaakte een woeste kreet en liet haar 'schop' op Nobles hoofd neerkomen. Dat zou genoeg moeten zijn om hem te doden, maar hij liet zich niet op de grond vallen en begon niet aan zijn doodsstrijd, zoals hij had moeten doen. Hij greep Swan beet en sloeg een hand voor haar mond, en siste dat ze stil moest zijn. Verontwaardigd verzette Swan zich, maar het lukte haar niet zich los te wurmen. Noble mocht dan wel niet onverschrokken zijn, hij was wel sterk.

'Ik heb... jou... doodgeslagen... met een schop!' brulde ze. Nobles hand dempte haar stem; er bleef slechts een brij van vervormde klanken over. Zo ongeveer om het andere woord probeerde Swan in zijn vingers te bijten. 'Dat... kon je... echt niet... overleven. Het was... dodelijk... en dat weet je best!'

Bienville keek toe als een wijze oude man, en hij kon genoeg ontcijferen van wat Swan zei om het met haar eens te zijn. 'Ja, die klap was dodelijk,' bevestigde hij.

Noble rolde met zijn ogen en drukte zijn hand nog steviger op Swans mond. Ze protesteerde hevig en gromde diep uit haar keel.

'*Sssst*, zei ik!' Noble sleepte zijn zusje mee naar een rij bosjes en doornstruiken die tussen het weiland en een bebost stuk land stonden. Bienville draaide zich om op zijn buik en kroop achter hen aan door het Mijnenveld. Toen ze dicht bij het struikgewas kwamen, besefte Noble dat hij een probleem had. Hij moest Swan loslaten, wat vermoedelijk net zoiets zou zijn als een wilde kat laten gaan.

Heel rustig zei hij: 'Swan, ik ga je loslaten.'

'*Krgjnugwul, smrgrzzak!*' antwoordde ze, en ze beet zo hard in zijn hand dat hij hem haastig wegtrok om te kijken of er bloed op zat. Aan die halve seconde had Swan genoeg. Ze stootte haar elleboog in Nobles maag, en hij kromp ineen, happend naar adem.

'Schei uit, Swan,' kreunde hij. Ze sloeg hem waar ze hem maar raken kon. Noble rolde zich op om haar woeste aanval te verduren. Hij kende een paar indianentrucjes, zoals Een Boom Worden. Je kon een boom eindeloos lang slaan en schoppen zonder hem pijn te doen, want hij was Onbewogen. Dat had hij van Bienville geleerd, die het ofwel ergens had gelezen, ofwel zelf had verzonnen. Het maakte Noble niet uit of Bienvilles verhalen waar waren of niet, zolang de trucjes maar werkten.

Swan vond het vreselijk wanneer Noble Een Boom Werd. Dat was een tactiek die zij nooit onder de knie had gekregen (*zij* peinsde er niet over om stil te blijven staan zodat iemand *haar* kon slaan), en het was vermoeiend om te vechten met iemand die niet wilde terugvechten. Dan voelde ze zich de verliezer, hoeveel rake klappen ze ook uitdeelde. Ze moest echter wel haar gezicht redden, en dus gaf ze nog één klap op Nobles houten schouder; toen zoog ze op haar pijnlijke knokkels. 'Ik heb gewonnen,' deelde ze hem mee.

'Best.' Nobles spieren ontspanden zich. 'Jij hebt gewonnen. Hou nu je kop en kom mee.'

★★★

Onder een boom zat John Moses zijn jachtgeweer schoon te maken en tegen God te praten. 'En nog eens iets,' zei hij, 'dat verhaal dat de Rode Zee openspleet en de mensen er op het droge doorheen liepen, daar geloof ik geen snars van.'

Voor een man die niet in God geloofde, sprak John tamelijk veel met Hem. Of God ooit naar hem luisterde, was niet te zeggen. Tijdens deze monologen was John over het algemeen dronken, en wat hij zei was niet erg complimenteus. Hij was al heel lang boos op God; dat was begonnen toen Walter in de zagerij van Ferguson in die zaag was gevallen.

John trok een touwtje uit het uiteinde van de loop van zijn geweer. Aan het touwtje was een reep katoen vastgemaakt, gedrenkt in olie; het doekje kwam er grijs-zwart uit. Hij staarde in de loop met samengeknepen boze ogen.

'U verwacht van ons dat we de belachelijkste dingen geloven.' Hij sprak op normale toon, alsof God een meter bij hem vandaan zat. 'Bijvoorbeeld al die onzin over dat U liefde bent,' ging hij verder, en nu werd zijn stem hees. 'Als U liefde was, had U niet toegelaten dat mijn Walter werd opengereten als een geslacht varken...'

John begon de kolf van zijn geweer te poetsen met een andere oude lap, die hij uit de borstzak van zijn overall tevoorschijn had gehaald. De tranen sprongen hem in de ogen, begonnen te stromen en biggelden over zijn verweerde gezicht. Hij deed geen moeite om ze af te vegen.

'Als U liefde bent,' brulde hij, 'dan is liefde niet iets om trots op te zijn.'

De drie kinderen zaten gehurkt achter een brede afscheiding van prikkeldraad – braamstruiken – en tuurden naar de Vijand door de kleinst mogelijke opening tussen de stekelige stammen. Ze hadden duidelijk, onbelemmerd zicht op de oude man, maar hij kon hen niet zien.

Het gevoel bekroop Swan dat het niet goed was wat ze deden. Dat zij en haar broers elkaar bespioneerden was tot daar aan toe; zij zeiden immers alleen dingen die juist voor de anderen bedoeld waren. Maar dit was opa John. Ze hadden hem nog nooit zien huilen, of zelfs geloofd dat hij *kon* huilen. Wanneer zij er waren, sliep hij doorgaans de hele dag en runde 's nachts zijn bar. Als ze hem al zagen, was dat enkel wanneer hij zwijgend door een kamer liep of bij het avondeten kieskauwend aan tafel zat. Volgens hun moeder was hij niet altijd zo geweest, was hij echt een heel bijzondere man geweest toen zij jong was, maar was het leven hem te veel geworden. Aan zijn gezicht te zien klopte dat laatste wel.

Swan trok aan Nobles mouw; ze wilde hem zeggen dat ze graag weg wilde, maar hij ging met zijn vinger langs zijn keel om duidelijk te maken dat hij haar de strot zou afsnijden als ze haar mond opendeed.

Precies op dat moment hield opa John op met praten tegen God, en begon te zingen. *'Coming home,'* zong hij met beverige stem. Hij had duidelijk geen muzikaal gehoor. *'Cominnng... hooome...'*

Swan wierp een blik op Bienville en hij wierp er een op haar. Dit werd met de minuut onverdraaglijker.

'Never more to roammmm...' jammerde opa John als een kat. De rest van de tekst kon hij zich echter niet herinneren, en dus ging hij over op een ander liedje, dat hij zich ook niet kon herinneren.

Terwijl hij de eerste paar maten vals neuriede, haalde hij een kogel uit zijn zak en laadde het geweer.

'I'm so lonesome, I could...' zong hij, opeens luid en duidelijk. Toen brak zijn stem en begon weer te trillen. *'I'm so lonesome, I could...'*

Hij klonk als een grammofoonplaat die bleef hangen, vond Swan.

'I could...' zong hij nogmaals, maar hij kon zich er niet toe brengen het laatste woord uit te spreken. Hij schudde het hoofd en loosde een lange, ontmoedigde zucht. Toen stak hij de loop van het geweer in zijn mond.

Swan slaakte een gil. Noble en Bienville sprongen op als opgejaagde kwartels.

Opa John had nog geen kans gehad om zijn vinger op de trekker te positioneren, dus in plaats van zich een kogel door het hoofd te schieten in het volle zicht van zijn kleinkinderen, keerde hij met een ruk terug in de werkelijkheid en sloeg met zijn achterhoofd tegen de boom. De geweerloop gleed uit zijn mond en nam zijn bovengebit mee. Het kunstgebit vloog door de lucht en verdween in de braamstruiken, pal voor de plek waar de drie kinderen nu stonden te trillen als een espenblad. Geschrokken en vernederd sprong opa John overeind. Zijn mond ging krampachtig open en dicht. Hij zag er slobberig uit, zonder dat bovengebit.

De kinderen sloegen hun ogen neer en staarden eindeloos lang naar de grond. Toen ze weer durfden op te kijken, was opa John zich een weg door het bos aan het banen, terug naar het huis. Straaltjes zonlicht en schaduw vielen op hem, bespikkelden en camoufleerden hem, waardoor hij niet meer te onderscheiden was van zijn omgeving. Hij verdween niet helemaal uit het zicht. Hij ging gewoon op in de bomen en het struikgewas, alsof hij deel uitmaakte van het bos en het bos van hem.

★★★

Die avond verscheen opa John niet aan tafel; hij ging rechtstreeks naar *Never Closes* en opende de bar. Door de muur die de keuken van de bar scheidde, konden Calla en Willadee en de kinderen het rumoer horen. Het afgelopen jaar had John zichzelf getrakteerd op een tweedehands jukebox, en die werd nu hard aan het werk gezet door zijn klanten.

Onder het eten wierpen Swan, Noble en Bienville elkaar voortdurend stiekeme, bezorgde blikken toe. Ten slotte was voor Calla de maat vol. 'Voor de dag ermee,' zei ze. 'Ik wil weten wat er aan de hand is, en wel nu meteen.'

Bienville slikte. Noble duwde zijn bril hoger op zijn neus. Swan stak haar hand in de zak van haar spijkerbroek en haalde opa Johns kunstgebit tevoorschijn. 'Dit is opa John vanmiddag verloren, en wij hebben het gevonden.'

'Is dat de enige reden waarom jullie zo schuldbewust kijken?' vroeg Calla scherp.

Daar wond Swan zich over op. Volwassenen hadden de hebbelijkheid om werkelijk iedere uitdrukking die ooit op het gezicht van een kind verscheen, te interpreteren als schuldgevoel. 'We voelen ons niet *schuldig*,' zei ze, iets harder dan nodig was. 'We maken ons *zorgen*. Opa John had vanmiddag bijna zelfmoord gepleegd, en als wij er niet waren geweest, was het hem gelukt.'

Willadee hapte naar adem.

Calla schudde enkel het hoofd. 'Het zou hem niet gelukt zijn. Het lukt hem nooit.'

Willadee keek haar moeder verwijtend aan.

Calla schonk een beetje tomatensaus over haar broodje. 'Het spijt me, Willadee. Ik raak er niet meer van in paniek. Ik heb het al te vaak meegemaakt. Vooruit, jongens, eet je okra op.'

Willadee zei geen woord, maar het was duidelijk dat ze zat na te denken. Zodra de maaltijd afgelopen was, bood ze aan om de keuken op te ruimen en vroeg ze haar moeder om de belhamels naar bed te brengen. 'Welja, zadel mij maar weer op met het vuile werk,' zei oma Calla, en de twee vrouwen lachten. De kinderen staken hun kin in de lucht, terwijl ze zich naar boven lieten drijven. Ze wisten dat klagen geen zin had, maar ze hadden zo hun eigen manieren om wraak te nemen op wie hen beledigde. De volgende keer dat ze Spionnetje zouden spelen, zouden ze waarschijnlijk een paar vrouwen gevangen nemen en zo nodig geweld gebruiken om informatie uit hen los te krijgen.

★★★

Willadee waste alle borden af, zette ze in het afdruiprek om te drogen, en ging door de achterdeur naar *Never Closes*. Dit was de enige bar waar ze ooit binnen was geweest, en de eerste keer dat ze er tijdens openingsuren kwam. Elke zomer stond ze erop minstens één keer het vertrek voor haar vader schoon te maken en te luchten. Telkens verbaasde ze zich erover dat zijn klanten de bittere, bedompte stank van verbrande tabak konden verdragen, die ze ondanks al haar gepoets niet kon verdrijven. Vanavond merkte ze tot haar verrassing dat de lucht heel anders was wanneer de bar vol mensen zat. De rook was overweldigend, maar vers, en hij was vermengd met de aftershave van de mannen en het bedwelmende parfum van de paar vrouwelijke klanten. In een hoek was één enkel paartje aan het dansen; de vrouw speelde met het haar van de man, terwijl hij zijn handen over haar rug op en neer liet glijden. Er werd een potje kaart gespeeld, en een paar spelletjes domino, en de biljarttafel was niet eens zichtbaar meer door alle achterwerken en ellebogen. De bezoekers hadden hun zorgen zeker bij de deur achtergelaten – ze waren zo aan het lachen en grappen maken met elkaar. John Moses stond achter de bar en maakte een paar flesjes bier open. Hij overhandigde ze aan een kunstmatige blondine van middelbare leeftijd en glimlachte ongemakkelijk, met gesloten mond, vanwege het ontbrekende bovengebit. Hij deed alsof hij Willadee pas zag toen ze naar hem toe kwam en tegen de bar leunde.

Willadee schoof hem zijn tanden toe. Discreet. Johns ogen versmalden tot spleetjes, maar hij nam het gebit aan, wendde zich even af en stopte het in zijn mond. Toen keerde hij zich weer om naar zijn dochter. 'Wat doe jij hier?'

'Ik wilde eens zien hoe de andere helft van de wereld leeft,' antwoordde Willadee. 'Hoe is het met je, pa? Ik krijg je tegenwoordig maar weinig te zien als ik thuis ben.'

John Moses kuchte minachtend. 'Als je niet zo ver weg zou wonen, zou je me vaak genoeg kunnen zien.'

Willadee schonk haar vader de tederst denkbare blik en zei: 'Pa, gaat het wel goed met je?'

'Wat kan jou dat schelen?'

'Het kan mij wél schelen.'

'Loop heen.'

'Je bent gewoon vastbesloten om ongelukkig te zijn. Kom op. Lach eens naar me.'

Maar zo te zien had hij geen glimlach meer over.

Ze zei: 'Het is niet goed voor je om ellende op te roepen en erin te zwelgen.'

'Willadee,' morde hij, 'jij weet niet wat ellende is.'

'Jazeker wel. Ik ken jou toch, stuk ellende.'

Dat klonk meer als iets wat een Moses zou zeggen dan als iets wat een domineesvrouw zou zeggen. En dus bleek John toch nog wel één of twee glimlachjes over te hebben, en hij schonk haar er eentje als bewijs.

'Wil je een biertje, Willadee?' Hij klonk hoopvol.

'Je weet toch dat ik niet drink.'

'Ja, maar ik zou me krom lachen als jij iets deed wat Sam Lake een beroerte zou bezorgen als-ie ervan wist.'

Willadee moest lachen, en ze reikte over de bar, gaf haar vader een por in de ribben en zei: 'Nou, geef me dan maar een biertje. Want ik wil graag eens zien dat jij je krom lacht.'

★★★

Tegen de tijd dat Willadee wegging uit *Never Closes* en zachtjes het huis in sloop, was het twee uur 's morgens. Haar moeder kwam net uit het toilet, en ze botsten in de gang tegen elkaar op.

'Willadee, ruikt je adem nou naar bier?'

'Ja, mam.'

'Wel heb ik ooit,' antwoordde Calla, terwijl ze de trap op liep. Dit was een dag om te markeren op de kalender.

Later, toen Willadee in haar oude slaapkamer in bed lag, dacht ze eraan terug hoe het eerste biertje naar rotte tomaten had gesmaakt, maar het tweede gewoon vochtig en welkom, en hoe het lawaai en het gelach in de bar even bedwelmend was geweest als het bier. Haar vader en zij hadden het verder aan de barklanten overgelaten zichzelf te bedienen, een leeg tafeltje gevonden en gepraat over alles onder de zon, net zoals ze vroeger zo vaak gedaan hadden, voordat Willadee getrouwd was. Toentertijd had ze haar vader gevolgd als zijn schaduw. Nu was hijzelf nog maar een schaduw van vroeger. Bijna onzichtbaar tegenwoordig. Maar vanavond niet. Vanavond had hij gestraald.

Hij wilde niet meer sterven. Ze was ervan overtuigd dat hij niet meer wilde sterven. Hij had zich alleen al zo lang overbodig gevoeld, en zij had hem laten zien hoe onmisbaar hij was, door al die uren bij hem te zijn, grapjes met hem te maken, en met haar hart naar hem te luisteren, terwijl hij het zijne uitstortte.

'Jij bent altijd mijn lievelingskind geweest,' had hij tegen haar gezegd, vlak voordat ze *Never Closes* verliet. 'Ik hou van de anderen. Allemaal. Ik ben hun pa, en ik hou van ze. Maar jij... jij en Walter...' Hij had het hoofd geschud. Al zijn emoties waren blijven steken in zijn keel. Toen had hij haar op de wang gekust, zomaar bij de achterdeur van de bar. John Moses, die zijn geliefde dochter terugloodste naar de solide veiligheid van het huis dat hij gebouwd had toen hij een potige jongere man was geweest. John Moses, die zich onmisbaar voelde.

Willadee stond onvast op haar benen, maar het was een aangenaam soort onvastheid. Alsof ze zweefde. Alsof niets haar nog tegenhield, haar aan de aarde vastketende. Ze kon gewoon alsmaar hoger zweven en het leven van bovenaf bekijken, terwijl de contouren ervan steeds vager en obscuurder werden. Ze beloofde zichzelf dat ze een dezer dagen nog eens een paar biertjes zou nemen. Een dezer dagen. Per slot van rekening was ze een Moses.

Haar vaders lieveling.

Hoofdstuk 3

De volgende morgen vroeg begonnen de familieleden binnen te stromen. Ze parkeerden op het erf voor het huis, kropen uit hun auto's naar buiten, en maakten de kofferbak van die auto's met veel zwier open. Als konijnen uit de hoge hoed werden enorme schalen aardappelsalade en afwasteiltjes vol gefrituurde kip tevoorschijn getoverd. En maiskolven, en pompoenschotels uit de oven, en met dille ingelegde sperziebonen, en vijftig soorten zuur, en liters ijsthee, en zo veel pasteien en taarten dat een hele menigte zich er ongans aan kon eten. Wat ook daadwerkelijk stond te gebeuren.

John en Calla's zonen, Toy en Sid en Alvis, waren als eersten aangekomen met hun vrouwen en kinderen. Toy had geen kinderen, maar Sid had er twee en Alvis zes, dus met het drietal van Willadee erbij was er geen reden om bang te zijn dat de familie op korte termijn met uitsterven bedreigd werd.

'Hoe kom ik toch aan zoveel kleinkinderen?' zei oma Calla, tegen niemand in het bijzonder.

'Dat zijn slaapkamergeheimen!' riep Willadee.

Al haar broers brulden van het lachen.

'Het is duidelijk dat ik stelletje barbaren heb grootgebracht,' zei Calla. Ze probeerde afkeurend te kijken, maar dat lukte haar niet. Plezier kon ze alleen maar goedkeuren, en iedereen had plezier.

De vrouwen zetten het voedsel op tafel, en de kinderen begonnen zich ervan te bedienen, ook al mocht dat nog niet; dus de maaltijd moest snel worden geopend met gebed. Die taak werd toebedeeld aan Nicey (die getrouwd was met Sid, Willadees oudste broer), aangezien zij zich gepasseerd zou voelen als ze die taak niet kreeg. Ze was een trouwe kerkgangster, en was al zo ongeveer leidster van de zondagsschool sinds ze er zelf te oud voor geworden was. Ze sprak een deftig gebed uit, één en al *Ge* en *Gij*, en sloot af met 'Ah-men'. Sid en Alvis lieten daar meteen 'Aanvallen!' op volgen, en dat klonk zo oneerbiedig dat Nicey bijna een toeval kreeg.

'Je bent nu eenmaal in een oneerbiedige familie getrouwd,' hield Eudora, de vrouw van Alvis, haar voor. 'Je moet niet alleen hun slechte kanten accepteren, maar ook hun nog slechtere.'

John had de bar die ochtend vlak voor zonsopgang gesloten en was meteen naar bed gegaan; hij had berekend dat hij zo nog vijf of zes uur kon slapen, genoeg voor een gezonde man, en hij voelde zich beslist een gezond man. Calla's winkel was vandaag op basis van vertrouwen geopend, zoals altijd op de dag van de reünie. Wie iets wilde kopen ging gewoon naar binnen, pakte wat hij of zij nodig had, en liet het geld of een briefje achter in een bus op de toonbank. 's Morgens kwamen er niet veel klanten; pas na kerktijd begonnen ze binnen te druppelen om nog gauw even de laatste benodigdheden voor de zondagse maaltijd te halen, zoals afbakbroodjes en slagroom. Het was de gewoonste zaak van de wereld dat behoorlijk wat klanten uit de winkel het erf op kuierden en een poosje bleven kletsen, protesterend dat ze onderhand toch echt naar huis moesten totdat iemand hun een bord in handen drukte en ze gedwongen werden te blijven eten.

Voor Swan, Noble en Bienville was het een hele klus om te onderscheiden wie familie was en wie niet. Hun naaste familie wisten ze zich elk jaar wel te herinneren, maar verder was er een zee van niet-verwante mensen, om nog maar niet te spreken over oudtantes en achterneven, en achterachterneven, en betover-achternichten. Daar moesten de kinderen vreselijk om lachen. 'Als die ouwe taart betoverd is, waarom is ze dan nog steeds zo lelijk?' fluisterden ze tegen elkaar, en dan zaten ze te ginnegappen tot ze de hik kregen, of een tik op hun billen van hun grootmoeder – net hoe het uitkwam.

John Moses werd net voor de middag wakker en kuierde naar beneden om zich in het feestgedruis te mengen. Zijn zonen en Willadee kwamen van het erf naar de zijveranda toe om hem te begroeten. De zijveranda was lang geleden aan het huis aangebouwd, kort nadat John de achterveranda had dichtgetimmerd. Volgens John was een huis geen thuis als er geen veranda aan zat: als man had je iets nodig om vanaf te plassen. Op zich was er niets mis met sanitair binnenshuis, maar het kon je nooit hetzelfde gevoel van vrijheid geven als een veranda. Alle dochters omhelsden John (Willadee streelde hem liefkozend over zijn stoppelige kin) en alle zonen schudden hem de hand. John grijnsde van oor tot oor.

'Ze zeggen dat er hier een feestje is!' bulderde hij.

'Klopt als een bus,' antwoordde Toy Moses.

Toy leek in de verste verten niet op speelgoed, wat zijn naam leek te impliceren. Hij was één meter drieënnegentig, met sterke spierballen die hij onder zijn katoenen hemd liet rollen. Hij liep kaarsrecht en stokstijf. Swan en haar broers kenden niemand die zo'n rechte rug had. Hij had een litteken op zijn voorhoofd en een tatoeage van een buikdanseres op zijn arm, en alles bij elkaar genomen had hij het uiterlijk van een man met wie je geen ruzie wilde krijgen. Hij had echter een vriendelijke stem, vooral wanneer hij tegen zijn vader sprak. Hij zei: 'Kom maar gauw naar buiten en pak wat te eten, voordat alles op is.'

'Dat hoef je me geen twee keer te vertellen,' antwoordde John zo opgewekt als het maar kon, en hij ging zijn kroost voor, het trapje van de veranda af.

★★★

Toen iedereen zich helemaal vol gegeten had, ploften de volwassenen neer in tuinstoelen en op het gras, en begonnen te keuvelen over die goeie ouwe tijd. De jongste kinderen werden in bed gestopt voor een dutje, en de tieners slenterden naar de auto's om naar de radio te luisteren en te kletsen over dingen waar ze niets vanaf hoorden te weten. Noble probeerde zich bij dit wereldwijze clubje aan te sluiten, maar hij werd koeltjes afgewezen; dus sloop hij stilletjes weg naar de beek om zich met zijn eigen gedachten bezig te houden. Swan en Bienville kropen met een stel neefjes en nichtjes van hun leeftijd onder het huis (dat op palen stond, één à anderhalve meter boven de grond) om paddenhuisjes te bouwen. Dit deden ze door hun blote voeten te bedekken met modder, die stevig vast te drukken en dan voorzichtig de voeten eruit te trekken. Het resultaat was perfecte paddenwoningen, geschikt als huisvesting voor zelfs de meest kieskeurige pad.

Het was rond een uur of drie dat John Moses ernstig behoefte aan een borrel kreeg. Hij probeerde dat gevoel al te onderdrukken sinds hij wakker geworden was, en hij had gedacht dat hij de strijd aan het winnen was, maar opeens was er van zijn strijdlust niets meer over, en besloot hij dat het geen kwaad kon – hij ging zich immers geen stuk in de kraag drinken, daar was hij veel te gelukkig voor. Dus kwam hij overeind en kondigde plechtig aan dat hij naar het toilet moest.

Al zijn kinderen keken al zijn andere kinderen aan, en de blikken die ze elkaar toewierpen waren blikken van ontzetting. Het ontging John Moses niet.

'Is daar soms iets mis mee?' wilde hij weten. Per slot van rekening had hij evenveel recht om naar het toilet te gaan als ieder ander.

Niemand zei een woord.

'Nou, als dan niemand er bezwaar tegen heeft…' zei John, en hij verdween in het huis.

Even bleef het stil. Ze zaten zwijgend bij elkaar, en keken of ze ruw gewekt waren uit een mooie droom. Toen zei Alvis: 'De eikel. Ik dacht net dat het ons gelukt was.'

Willadee beet een gat in haar lip, terwijl ze probeerde te besluiten of ze wel of niet achter haar vader aan moest gaan om te verhinderen dat hij dronken werd en de reünie bedierf. Maar toen herinnerde ze zich de biertjes die ze de vorige avond had gedronken, en het aangename onvaste gevoel dat erop gevolgd was, en ze dacht: *Misschien bederft hij het niet, misschien wil hij alleen een beetje ontspannen en gaat hij daarna een dutje doen, en loopt het met een sisser af.* Ze bleef in haar tuinstoel zitten.

Calla stond op en pakte een schoon kartonnen bordje. 'Ik geloof dat ik Eudora's cake nog niet heb geproefd,' zei ze. 'Iemand anders nog een stukje van Eudora's cake? Ik sta nu toch.'

★★★

John liep door het huis naar de bar, en ging zitten op de eerste de beste barkruk. Zwichten en een borrel nemen was niet wat hij vandaag had willen doen. Wat hij gewild had, was dat ze allemaal trots op hem zouden zijn. Ze *hadden* ook de hele middag trots op hem geleken.

Tegen de tijd dat hij de eerste twee vingers Johnnie Walker in een glas had geschonken en in één teug had opgedronken, was het tot hem doorgedrongen dat ze allemaal (behalve Willadee, wie geen blaam trof) hem hadden beziggehouden om te zorgen dat hij nuchter bleef. Bij het volgende glas schonk hij zichzelf drie vingers in plaats van twee in. Het leek alsof Willadees gezicht voor hem zweefde; hij kneep zijn ogen dicht, in een poging haar buiten te sluiten.

'Willadee, maak dat je wegkomt,' beval hij, maar ze weigerde weg te gaan.

'Ik zei, maak dat je wegkomt, Willadee. Als de anderen straks weg zijn, kunnen jij en ik een biertje drinken en het erover hebben.'

Toen hij zijn ogen opendeed, was het gezicht van Willadee verdwenen.

★★★

'Waar is Walter?' vroeg John Moses. Hij was zojuist uit de bar het huis in gegaan, en door het huis naar buiten, de zijveranda op. De veranda stond vol met mensen, en het erf barstte uit zijn voegen van de mensen, en alles bij elkaar waren het meer mensen dan John goed kon verwerken, aangezien hij maar één bepaald gezicht zocht, en dat was nergens te zien.

Het werd zo stil dat zelfs de wind ging liggen.

'Ik zei: waar is Walter?' bulderde John.

Toy zat op de schommelbank op de veranda, zijn arm geslagen om zijn vrouw Bernice, die buitengewoon mooi was, ook al was ze al vijfendertig en zou ze onderhand eens moeten gaan verwelken. Toy liet Bernice achter en kwam naast zijn vader staan. 'Walter is er vandaag niet bij, pa.'

'Donder op.' John had moeite om goed te articuleren. 'Walter zou nooit een Moses-reünie overslaan.' Toen herinnerde John zich weer waarom Walter er niet was. 'Je had 'm nooit naar z'n werk mogen laten gaan, Toy. Je had 'm nooit mogen laten gaan toen hij zich zo beroerd voelde, en dat weet je best.'

Toys gezicht werd grauw. 'Je hebt gelijk, pa. Ik weet het.'

'Opengereten, als een geslacht –' begon John. Hij kreeg echter niet de kans zijn zin af te maken. Calla was het trapje op gekomen en bleef voor hem staan.

'Als jij en ik nu eens naar binnen gingen en een dutje deden?' stelde ze voor. Wat de hele wereld waarin John Moses leefde op z'n kop zette. Opeens dacht hij niet meer aan Walter. Hij dacht aan het feit dat hij al meer dan tien jaar alleen sliep.

'Wat nou?' haalde hij uit. Zijn stem klonk schor. 'Wil je nou wél met me de koffer in duiken?'

Calla bleef aan de grond genageld staan. Sprakeloos. Haar lippen werden wit. Op het erf begonnen verwanten en niet-verwanten zich weg te haasten en hun kinderen en het overgebleven eten in de auto te laden. Er was storm op komst, en ze wilden ervandoor zijn voordat hij losbarstte.

John brulde: 'Waar gaat dat heen? Weten jullie niet dat het onbeleefd is om meteen na het eten weg te hollen?' Ze bleven echter weggaan, als zout dat uit een omgevallen vaatje sijpelt. Het werd dunbevolkt daarbuiten.

'Hou op, John,' zei Calla. 'Je maakt jezelf belachelijk.'

'Ik maak mezelf wat ik maar wil,' deelde John haar mee. 'Ik heb het helemaal gemaakt.' Hij deed een soort strompelend dansje en viel bijna van de veranda.

'Je maakt niks dan een hoop kabaal,' mompelde ze zachtjes.

En toen sloeg John Moses haar. Het was een klinkende klap, en Willadee kwam over het erf aangerend, iedereen aan de kant duwend. Ze ging tussen haar moeder en vader in staan en keek John Moses recht in de ogen. 'Wat valt me *dat* van je tegen,' zei ze tegen hem. Haar stem beefde.

Dat ontnuchterde John. Hij keek Willadee aan voor wat langer dan een eeuwigheid leek te duren. Toen draaide hij zich om en ging naar binnen.

Niemand had nog zin in een praatje. Ze bleven doelloos bij elkaar staan, wensend dat dit alles niet gebeurd was. Willadee streelde haar moeders arm, maar ze staarde naar de deur waardoor John Moses verdwenen was. Opeens wist ze wat er ging gebeuren, even zeker als wanneer er een stem uit de hemel had geklonken die het haar had meegedeeld. Vlug deed ze een stap in de richting van de deur. 'Pa!' riep ze, schril en duidelijk, maar geen mens hoorde haar het zeggen, want het geweerschot was zo hard als een zware donderslag.

Hoofdstuk 4

Het eerste uur was het ergste. Willadees broers hielden de vrouwen weg uit het huis, maar Willadee zag het allemaal even levendig voor zich als wanneer zij degene was geweest die het lichaam had gevonden. De rest van haar leven zou ze trachten dat beeld te onderdrukken, ertegen vechten, het haten. Proberen het kleiner te maken. De kleuren af te zwakken. Ze zou er nooit in slagen.

Ze liet zich naar een stoel op het erf leiden, maar stilzitten kon ze niet. Ze sprong overeind en drukte haar vingers in haar mond om het maar niet uit te gieren. Toen pakte iemand haar bij de arm en ging rondjes met haar lopen, van de veranda naar de put naar de moestuin naar de veranda. Rondjes. Alsmaar pratend. Een stroom van vriendelijke woorden, de een na de ander, in elkaar overlopend. Nog meer rondjes. Later zou Willadee zich niet kunnen herinneren wie deze persoon was geweest die had voorkomen dat ze hysterisch werd.

'Het is mijn schuld,' zei Willadee tegen wie het ook was.

'Stil maar, ssst, dat moet je niet zeggen, het is niemands schuld.'

Maar Willadee wist wel beter. Dat wist ze gewoon.

Ze slaagde erin Samuel aan de telefoon te krijgen, en hij zei wat ze wist dat hij zou zeggen. Dat hij meteen in de auto zou stappen en naar hen toe zou komen. Dat hij daar moest zijn, bij haar en de kinderen en Calla. Willadee wilde er niet van weten. Hij moest zijn waar hij nu was. Er waren hier genoeg mannen om alles te regelen, en als hij naar hen toe zou komen, zou hij meteen weer rechtsomkeert moeten maken en teruggaan, en dan moest hij veel te veel rijden, veel te gevaarlijk, en ze zou het niet aankunnen als ook hem iets overkwam.

'Hoe kon hij jullie dit aandoen, Willadee?' vroeg Samuel boos, maar ze deed alsof ze het niet hoorde.

Nadat ze had opgehangen, wist Willadee niet wat te doen. Het lichaam was overgebracht naar Magnolia, naar het rouwcentrum. Vrienden en buren waren bijgesprongen om de troep die John gemaakt had schoon te maken. Het erf stond vol mensen. Nergens was er een hoekje waar ze rustig kon zitten nadenken. Even vroeg Willadee zich af of ze haar kinderen moest zoeken om hen te troosten, maar alle kinderen waren verdwenen. Vermoedelijk had iemand ze meegenomen naar zijn eigen huis, weg van deze toestand, en zouden ze later – morgenochtend waarschijnlijk – wel weer worden teruggebracht.

Alvis kwam naar haar toe, sloeg zijn armen om haar heen en zei bitter: 'Die ouwe.'

Willadee wreef met haar voorhoofd tegen zijn schouder; toen wendde ze zich af. Het stak haar dat iedereen zo boos op haar vader was om wat hij had gedaan. Zijn leven was een puinhoop geworden, en hij wist niet hoe hij het moest herstellen; dus doodde hij degene die ervoor verantwoordelijk was. Ze zocht voorzichtig een weg door de menigte. Overal waar ze keek, was er weer een gezicht vol mede-lijden. Iemand die zei dat zich moest laten gaan en alles eruit huilen – terwijl ze geen tranen had en inwendig instortte. Iemand die vroeg of alles geregeld was voor de begrafenis. Wat een woord. *Geregeld.* Wat viel er nog te regelen aan John Moses? Hij was dood. Hij zou vergaan. Ooit was hij een mooi mens geweest, en nu zou hij vergaan, maar niet voordat er van alles geregeld was en daar flink op verdiend was. Regelen was duur, ook in 1956 al.

Ten slotte wist ze de bar te bereiken. Ze deed de deur achter zich op slot. Het was er donker. Muf en smoorheet. Maar ze wilde geen licht aandoen, geen deuren en ramen openzetten om frisse lucht binnen te laten, want dan zou die zee van mensen buiten naar bin-nen sijpelen, en zou ze beslist verdrinken. Op de tast zocht ze haar weg langs de bar, denkend aan haar vader en de vorige avond, over het gesprek dat ze gevoerd hadden en hoe ze naar bed gegaan was met het idee dat het nu weer goed was, dat alles goed zou komen. Ze bleef staan en hield zich met beide handen vast aan de bar, zich er niet eens van bewust dat ze in huilen was uitgebarsten. Hevige snikken, met grote uithalen. Na een poosje droogde ze haar tranen en legde ze haar hoofd gewoon tegen het gehavende hout. Op dat moment besefte ze dat ze niet alleen was.

'Voor vandaag heb ik hier nooit ook maar één voet over de drem-pel gezet.' Het was Calla die dat zei. Ze zat helemaal achter in een hoekje aan een van de tafeltjes, alleen. 'Ik ben al die jaren zo boos op hem geweest. Ik probeer me nog steeds te herinneren waarom ik eigenlijk zo boos was.'

★★★

Calla Moses bracht de nacht door in het rouwcentrum. Ernest Sim-mons, de begrafenisondernemer, zei dat het lichaam pas de volgende dag klaar zou zijn om te worden opgebaard, en dat ze beter naar huis kon gaan om wat te rusten, maar ze deelde hem mee dat ze niet gekomen was om het lichaam te zien; ze was gekomen om er dichtbij te zijn, en ze was niet van plan om weg te gaan.

Willadee en haar broers boden stuk voor stuk aan om bij Calla te blijven, om haar gezelschap te houden. Ze antwoordde dat ze geen behoefte had aan gezelschap.

'Het is niet goed voor u om nu alleen te zijn,' drong Willadee aan.

'Ik zou me thuis nog meer alleen voelen,' antwoordde Calla vastberaden. 'En jullie moeten niet denken dat jullie me wel even kunnen vertellen wat ik moet doen, nu jullie pa er niet meer is. Jullie hebben nog nooit het lef gehad om dat te proberen, en ik raad je aan om er nu niet mee te beginnen.'

Iedereen gaf toe, behalve Toy, die weigerde weg te gaan. Hij was al even koppig als zijn moeder. 'Bernice blijft bij jou thuis slapen, dus zij is niet alleen,' zei hij. 'Je zult amper merken dat ik er ben.'

En dat deed ze ook niet. Toy deed de anderen uitgeleide, en bracht vervolgens het grootste deel van de nacht buiten door, de ene sigaret na de andere rokend en starend naar de hemel. Calla ging in een lege opbaarkamer zitten, deed de deur dicht en dacht na over het leven dat ze met John Moses had geleid.

'Het was een goed leven, John,' fluisterde ze voor zich uit in de stilte. 'We hebben onze moeilijkheden gehad, maar toch was het een goed leven.'

Toen vroeg ze fel: 'Waarom heb je er in vredesnaam de brui aan gegeven?'

★★★

De winkel werd niet gesloten voor de begrafenis. Volgens Calla was *Moses Never Closes* al zo lang een traditie, en ze wisten toch hoe opa John over traditie dacht. Onwillekeurig dacht Swan dat opa John beslist alle tradities overboord had gezet door zich tijdens de familiereünie van het leven te beroven, maar zulke dingen zei je niet hardop. Bovendien *verdienden* ze die dag niets, ze brachten niemand iets in rekening, dus je kon niet zeggen dat ze uit hebzucht open bleven. Stel dat iemand uit de buurt een kan melk nodig had, zeiden ze. Of een kan whisky. En mocht iemand een lichte griepaanval krijgen, dan ging er niets boven citroensap met suiker en whisky om hem zijn lijden te doen vergeten terwijl de ziekte zijn beloop nam. Het was weliswaar niet echt het griepseizoen, maar je kon nooit weten.

Toy bemande de winkel. Hij hield toch niet van begrafenissen. Volgens hem was een begrafenis enkel het zoveelste voorbeeld van mensen die probeerden aan andermans verwachtingen te voldoen. Toen Walter was gestorven, was Toy in het bos verdwenen met zijn jachtgeweer en had hij in het wilde weg op eekhoorns geschoten, terwijl de rest van de familie gedaan had wat er van hen verwacht werd. Hij had vermoed dat de geest van zijn broer nog ergens in de buurt was – en dat die misschien nog een paar dingen op het hart had die hij nog eens had willen zeggen, maar waartoe hij de kans niet meer gekregen had. En dus was Toy naar het bos gegaan, en had hij geluisterd. Walter en hij hadden samen in deze bossen gejaagd sinds ze blonde jongetjes waren geweest. Ze hadden een hechte band gehad, die twee. Hechter dan een bloedband.

Toy wist precies op welke stronken en omgevallen bomen Walter graag ging zitten om een sigaretje te roken en gewoon van de stilte te genieten. Dat was dus wat Toy had gedaan. Telkens een uurtje of twee. En wanneer de stilte hem te veel werd en hij het niet langer kon verdragen, en zijn borstkas voelde alsof hij zou openbarsten door alle tranen die hij had ingehouden, dan verstoorde Toy Ephraim Moses de rust met een schot of twee uit zijn jachtgeweer. Als hij iets raakte, prima. Toy hoopte dat Bernice hem zou overleven. Mocht zij eerder overlijden dan hij, dan zou dat de enige begrafenis zijn die hij wel zou moeten bijwonen, en hij vreesde dat het erop zou uitdraaien dat hij lukraak op de begrafenisgangers ging schieten.

Op de morgen van de begrafenis hoorde Swan al vroeg dat oom Toy niet meeging.

'Oom Toy heeft totaal geen respect voor de overledenen,' had Lovey tijdens het ontbijt gezegd. Lovey was de jongste van oom Sid en tante Nicey. Tien jaar, door en door verwend. Ze had erop gestaan de afgelopen nacht te blijven slapen, voornamelijk om het er bij Swan en haar broers in te wrijven dat zij opa John zo veel beter had gekend dan zij, en ook om hun beschaamd te maken omdat ze niet zo veel huilden als Lovey vond dat ze hoorden te doen. Ze hadden er een paar tranen weten uit te persen, maar dat viel in het niet bij de liters die Lovey had geproduceerd. Ze hadden er geen behoefte aan om te treuren, omdat opa John zijn hele leven een vreemde voor hen geweest was.

'Hou je mond, jongedame,' had oma Calla tegen Lovey gezegd. 'Je oom Toy doet de dingen op z'n eigen manier.'

Al zo lang als ze zich kon herinneren had Swan horen praten over oom Toy en zijn 'eigen manier'. Zo deed hij bijvoorbeeld iets met clandestiene drank – Swan wist niet precies wat, maar vermoedde dat hij zelf whisky stookte. Ze wist wel dat het illegaal was, en dat het gevaarlijk kon zijn. Als oom Toy zo graag de wet wilde overtreden, waarom werkte hij dan niet gewoon samen met opa John in *Never Closes*? Dat leek haar een veel veiliger plan. Maar het was zoals oma Calla zei. Toy deed het op zijn eigen manier.

Hij had gevochten in de oorlog en was onderscheiden voor moed. Het had ermee te maken dat hij dwars door vijandelijk vuur was gegaan om een van zijn strijdmakkers te redden. Nota bene een zwarte man. En hij werd er nog bij neergeschoten ook. Eén been was er finaal afgeschoten. Daarom liep hij zo stijfjes. Zijn kunstbeen was allesbehalve buigzaam. Maar er waren nog meer redenen waarom er over oom Toy gepraat werd, naast het feit dat hij clandestien stookte terwijl hij in de bar had kunnen werken, en dat hij zijn been eraf had laten schieten om een neger te redden. Hij had ooit eens een man gedood, hier in Columbia County. Iemand uit de buurt, ene Yam Ferguson, wiens familie 'connecties' had. Yam hoefde in de oorlog niet te dienen. Hij mocht thuisblijven en meehelpen in Fergusons zagerij, en achter de vrouwen en vriendinnetjes aan zitten van de jongens die geen familie met zulke goede connecties hadden. Yam overleefde de oorlog, maar niet de nacht dat oom Toy thuiskwam uit het veteranenziekenhuis.

Tegen de tijd dat de rest van de familie zich voor de begrafenis had gekleed, had Swan besloten om niet mee te gaan. Ze maakte zich klaar, net als de anderen, maar ze zei tegen haar moeder dat ze met tante Nicey meereed, en ze zei tegen tante Nicey dat ze met tante Eudora zou meerijden. Terwijl iedereen zich in de rij auto's perste die voor de winkel geparkeerd stonden, glipte Swan naar boven, naar opa Johns slaapkamer. Ze wilde niet kijken naar het bed waarop opa John was gaan zitten om af te maken waarmee hij op het land, onder die boom, was begonnen. Ze wilde niet naar de muur kijken die de buurvrouwen hadden schoongeboend. Ze wilde beslist niet kijken naar de bijbel op het nachtkastje. Ze huiverde bij de gedachte dat opa John de Heilige Schrift onder handbereik had gehad toen hij deed wat hij gedaan had, alsof hij God nog één keer moest beledigen. Swan twijfelde er niet aan dat opa John intussen brandde in de hel, tenzij God misschien rekening hield met krankzinnigheid. Maar, dacht ze, wat voor zin had het om een hel te hebben als je mensen de dans liet ontspringen op grond van dat soort vormfoutjes?

Dus keek ze naar *niets* in de kamer. Ze had het gevoel dat als ze zou kijken ze opa John zou zien, dat hij er nog steeds zou zijn, pre-

33

cies zoals zijn zonen hem gevonden hadden, en dat risico wilde ze niet lopen. Levend was opa John al angstaanjagend genoeg geweest.

Swan liep naar het raam en gluurde door de gordijnen naar de vertrekkende karavaan. Toen het rode stof in het kielzog van de laatste auto was gaan liggen, sloop Swan de trap af. De deur van de woonkamer naar de winkel stond open.

Oom Toy stond in de winkel tegen de toonbank geleund; met zijn zakmes pelde hij de schors van een tak die hij vermoedelijk had opgeraapt tijdens een van zijn tochten door het bos. Tussen zijn lippen hing een brandende Camel, en hij rookte zonder zijn handen te gebruiken. Swan bleef in de deuropening naar hem staan kijken. Ze wist dat hij wist dat ze er was, maar hij keek niet op en zei geen woord.

Behoedzaam liep Swan de winkel in, klom op de ijskist, en begon met de teen van haar ene schoen te wrijven langs de hak van de andere. Toy keek op en tuurde naar haar door een blauwwitte mist van rook.

'Dus jij houdt ook niet van begrafenissen.'

'Ik heb er nog nooit een meegemaakt.' Dat was natuurlijk gelogen. Domineeskinderen woonden meer begrafenissen bij dan welk ander kind ook. Dat wist Toy uiteraard ook.

'Tja…' Toy liet het woord een tijdje tussen hen in hangen, alsof daarmee alles gezegd was. Hij schaafde een kleine knoest bij, die uit de zijkant van de stok uitstak. Ten slotte zei hij: 'Je mist er niks aan.'

Swan was bang geweest dat hij iets volwassens zou zeggen als: 'Weet je moeder wel dat je hier bent?' Aangezien hij dat niet deed, schiep dat in haar optiek onmiddellijk een band tussen hen. Swan hunkerde ernaar om vertrouwelijk met iemand om te gaan. Echt vertrouwelijk. Zielsdiep. Ze snakte naar zo'n vriendschap waarin twee mensen elkaar van haver tot gort kennen en altijd voor elkaar opkomen, wat er ook gebeurt. Een dergelijke vriendschap had ze nog nooit gehad, en ze was ervan overtuigd dat dat kwam omdat haar vader dominee was.

Swan had geconstateerd dat er een samenzwering onder gemeenteleden leek te zijn, om te voorkomen dat de dominee en zijn gezin hen al te goed leerden kennen. Wanneer zij op bezoek kwamen, werden speelkaarten weggestopt. Sterke drank werd achter in de voorraadkast gezet, achter de weckflessen met zelf ingemaakte sperzieboontjes en witte bonen. En over dansen werd zelfs met geen woord gerept. Die mensen wisten nu eenmaal niets van Sam Lakes verleden – maar Swan wel. Ze had horen verluiden dat haar vader vroeger een zuiplap was geweest, voordat God hem in zijn nekvel had gegrepen. Samuel Lake had vaak genoeg de zolen van zijn schoenen gedanst en hij had zijn portie whisky wel gehad.

'Zijn portie, en die van alle anderen erbij,' zei Willadee dan met een lach. Willadee was niet het type vrouw dat de reputatie van haar echtgenoot ophield. Ze was een Moses, en de familie Moses deed niet aan liegen. Er waren genoeg dingen die de Mosesen zonder enige scrupule zouden doen, maar ze zouden beslist nooit liegen. Dat gold niet automatisch ook voor de kinderen. Swan jokte dagelijks. Had er plezier in. Ze verzon de meest buitenissige, afschuwelijke verhalen en bracht ze als de waarheid. Het mooie aan liegen was dat de mogelijkheden onbegrensd waren. Je kon een wereld bedenken die precies was zoals jij het wilde hebben, en als je maar genoeg deed alsof, begon het zelfs echt te lijken.

Het punt was dat kerkmensen weliswaar hun best deden om in-druk op de dominee te maken met hun vroomheid – dan zeiden ze dat hij zo'n zegen was, en spraken ze over broederliefde alsof ze die zelf hadden uitgevonden – maar ze toonden hem nooit hun ware gelaat, en soms zeiden ze lelijke dingen achter zijn rug om. Eén ding dat Swan regelmatig had opgevangen was de gemeenste uiting na 'Zijn kop eraf!'.

'Domineeskinderen, dat zijn de ergste.'

Niemand zei ooit *waarvan* ze de ergste waren, maar het impli-ceerde dat alle domineeskinderen ongeoorloofde avonturen beleef-den, en Swan zou nooit vertrouwelijk kunnen zijn met iemand die op haar neerkeek om dingen waarvoor ze nog niet eens de kans had gekregen ze te doen.

Swan had geen flauw idee hoe ze het moest aanpakken om ver-trouwelijk te worden met oom Toy. Het lag echter voor de hand dat als je vrienden wilde worden met iemand die de naam Moses droeg, de beste tactiek was om eerlijk te zijn. Dat vonden ze immers zo belangrijk.

'Lovey zei dat je totaal geen respect hebt voor de overledenen.' Swan hoopte dat dat voldoende eerlijkheid was om zijn aandacht te trekken. Ze hoopte ook dat hij zich beledigd zou voelen door wat Lovey gezegd had, zodat zij samen een hekel aan dat nest konden hebben.

Oom Toy glimlachte enkel loom. 'O ja, zei Lovey dat?'

'Ze is een donders vals kreng.'

Swan gokte erop dat ze bij iemand die weigerde naar de begrafe-nis van zijn eigen broer of zijn eigen vader te gaan, wel veilig een paar lelijke woorden kon uitproberen. Dat had ze goed ingeschat. Hij knipperde niet eens met zijn ogen.

'Tja…' Toy zei het woord weer alsof het een hele zin was. 'Ik denk dat ik iemand in ongeveer dezelfde mate respecteer wanneer hij gestorven is, als ik hem respecteerde toen hij nog leefde.'

'Hield je eigenlijk wel van je vader?'

'Ja.'

En daarmee was de kwestie van de begrafenis wel afgehandeld.

'Stook je echt clandestiene whisky?'

'Wie zegt dat ik dat ik dat doe?'

'Zo'n beetje iedereen.'

Toy draaide de stok rond in zijn hand, speurend naar lelijke plekken. Hij had er geen bepaalde vorm aan gegeven, maar hem wel volkomen glad gemaakt.

Swan liet haar stem dalen en waarschuwde hem op dreigende toon: 'Misschien ben ik wel een belastingcontroleur. Pas maar op dat ik je stokerij niet vind en je arresteer.'

'Ik ben geen stoker. Ik heb geen distilleerderij en hoef me geen belastingcontroleurs van het lijf te houden. Ik ben maar een tussenpersoon. Ik ontmoet de brave kerkmensen in de bosjes, of achter de schuur, en verkoop hun waarmee ze niet in het openbaar gezien willen worden. Vanwaar al die vragen?'

'Ik ben gewoon nieuwsgierig.'

'Eén dwaas kan meer vragen dan tien wijzen kunnen beantwoorden.'

'Ik ben geen dwaas.'

Hij keek haar met samengeknepen ogen aan. 'Weet je dat zeker? Ik dacht dat ik wat dwaasheid uit je oren zag komen.'

Ze lachte. Hardop. Ze genoot hiervan. Nu waren ze vrienden. Ze leerden elkaar beter kennen. Zij zou alles over hem te weten komen, en hem alles over zichzelf vertellen, en ze zou vast een keertje op zijn schouders mogen zitten, en wie weet wat ze verder nog zouden doen samen.

'Heb je echt een man vermoord?' vroeg ze opeens. Ditmaal verstrakte hij wel. Swan was er vrij zeker van dat ze zijn gezicht zag verstrakken.

'Ik heb een heleboel mannen gedood,' zei Toy. Kortaf. 'Ik heb aan het front gevochten.'

'Ik bedoelde niet in de oorlog. Ik bedoel, heb je Yam Ferguson om zeep geholpen, omdat hij met tante Bernice had gerommeld?'

Toy was verder gegaan met hout snijden; nu sloeg hij zijn ogen op en keek haar recht in het gezicht. Swan besefte opeens dat ze nog nooit zulke doordringend groene ogen had gezien. Toy trok zijn borstelige, roestbruine wenkbrauwen iets op. Ze had een open zenuw geraakt, en wenste dat ze dat niet gedaan had. Maar nu wist ze wel het antwoord op haar vraag.

'Ik wil niet hebben dat je zo over je tante Bernice spreekt,' zei Toy. Zijn stem klonk gespannen, alsof zijn keel kurkdroog was. 'En maak nu dat je wegkomt.'

'Ik bedoelde er niets mee,' zei Swan.

Toy antwoordde niet. Hij pakte een groezelig doekje achter de kassa vandaan en begon de toonbank schoon te maken. De toonbank hoefde helemaal niet schoongemaakt te worden.

'Ik wilde alleen maar wat kletsen.'

Toy keek niet eens op. Hij bleef wrijven over een denkbeeldige vlek. Swan bestond niet meer voor hem.

Swan keek uit het raam. Ze was niet van plan om weg te gaan, enkel omdat oom Toy haar dat had opgedragen. In ongenade weggaan was niet haar stijl. Buiten stopte een glanzende rode Chevrolet Apache pick-up bij de benzinepomp. De chauffeur − een man met scherpe gelaatstrekken en ravenzwart haar − drukte hard op de claxon. Naast hem op de voorbank zat een vrouw. Een mollige, blondachtige vrouw, die een baby vasthield. Een iets oudere dreumes stond op de bank tussen de vrouw en haar man in. En in de laadbak van de pick-up zaten twee jongetjes van ongeveer vier en acht jaar oud. De man met de scherpe trekken toeterde nog een keer. Harder ditmaal.

Swan wierp een ongeruste blik op oom Toy, die de poetsdoek teruglegde achter de kassa. En zich niet haastte.

'Vervloekt!' bulderde de man buiten, en hij sprong uit de pick-up. Hij was een miezerig mannetje, nog geen één meter zestig, maar zo te zien wel sterk. Pezig en sterk gespierd. Hij liep naar de winkel toe, met vlugge stappen, voorovergebogen, alsof hij van plan was om iedereen die daar binnen was, naar buiten te slepen en ze een paar flinke trappen te verkopen. Hij bereikte de deur en wilde naar binnen gaan op exact hetzelfde moment dat Toy naar buiten wilde gaan, en dus botsten ze tegen elkaar op. Het hoofd van de kleine man sloeg tegen Toys middenrif aan. Dat had hem moeten vloeren, maar het enige wat er gebeurde was dat hij abrupt tot stilstand kwam. Hij deed een stap achteruit, hief het hoofd op en staarde Toy nijdig aan.

Ondertussen had Swan zich van de ijskist af laten glijden en was naar de deur geslopen. Even dacht ze dat de kleine man oom Toy in het gezicht zou spugen. Hij had zeker nooit het verhaal over Yam Ferguson gehoord.

'Wat kan ik voor je doen, Ballenger?' vroeg Toy rustig.

'Je kunt 'm verdorie volgooien, als dat verdorie niet te veel moeite is,' snauwde Ballenger. Zijn ogen – die zo zwart waren dat je niet kon zien waar de pupillen ophielden en de irissen begonnen – snauwden ook.

'Geen probleem,' antwoordde Toy bedaard. Hij stapte om Ballenger heen, de zon in. Swan volgde hem, maar hield zich op de achtergrond en bleef buiten haar ooms blikveld. Terwijl Toy de benzinetank vulde, volgden de twee jongetjes in de laadbak hem zwijgend met de ogen. Hun haar en ogen waren even zwart als die van hun vader. Hun gezicht had de zachte trekken van een kind, maar het leed geen twijfel dat de man zijn stempel op hen gedrukt had.

'Ha, mannen,' begroette Toy hen. Roerloos als tinnen soldaatjes staarden ze hem aan. De vrouw met de baby op de voorbank draaide zich iets om en glimlachte – een zweem van een glimlach. Blijkbaar merkte Toy het niet op, en dat was maar goed ook, want haar man merkte het wél. Dat zag Swan aan de manier waarop zijn opmerkzame zwarte ogen heen en weer schoten van het gezicht van zijn vrouw naar dat van Toy. De vrouw ging weer recht zitten. Toy was klaar met tanken en hing de slang op.

'Hoeveel krijg je van me?' vroeg Ballenger. Hij had een hoge borst opgezet en speelde met zijn riem, liet zijn vingers over de gesp glijden, met een verholen glimlach, alsof hij uitzag naar iets waar verder niemand van wist.

'Vandaag niets,' antwoordde Toy.

Ballenger keek Toy met half toegeknepen ogen aan; toen wierp hij een blik in de auto, op zijn vrouw. Zij veegde de neus van de baby af aan de zoom van haar jurk. Ze ontvelde hem bijna, zo ijverig was ze. Swan zag nu dat deze 'vrouw' zelf nog haast een kind was. Ze moest zo ongeveer zijn begonnen met kindertjes krijgen zodra ze wist waar die vandaan kwamen.

'Is er een reden waarom je me matst, Moses?'

Toys mond verstrakte. 'Mijn vader wordt vandaag begraven, Ballenger. Ma wilde dat de winkel open zou blijven, voor het geval iemand iets nodig zou hebben, maar het ging haar te ver om daar geld voor te vragen.'

Ballenger trok behoedzaam een gepast treurig gezicht. 'Condoleer miz Calla van me,' zei hij, en sprong in de pick-up. In de laadbak was de oudste jongen iets vertrouwelijker geworden; hij schoof beetje bij beetje naar de zijkant. Naar Toy toe. Ballenger ving een glimp van de beweging op in zijn achteruitkijkspiegel. Hij stak een hand naar buiten, reikte naar achteren en gaf de jongen een mep – achteloos, alsof hij een vlieg doodsloeg. Zijn hand raakte het kind hard in het gezicht.

'Hoe vaak moet ik nog zeggen dat je achterin stil moet zitten?' riep Ballenger over zijn schouder. En tegen Toy voegde hij eraan toe: 'Soms moet je ze er even aan herinneren.'

Toy schonk Ballenger een boze blik, zoals je kijkt naar iets wat je het liefst zou willen platstampen. De lippen van de jongen trilden, en hij keek verbouwereerd uit zijn ogen, maar hij stond zichzelf niet toe te gaan huilen. Zo jong nog, en nu al wist hij dat wie niet huilt ook geen slaag krijgt.

Swan had hoorbaar naar adem gehapt en stond nu met haar hand voor haar mond geslagen, wensend dat ze het geluid kon terugnemen. Ze voelde instinctief dat Ballengers aandacht op jouw bestaan vestigen net zoiets was als een adder porren met je blote voeten. Een adder is dodelijk giftig, en hij zal achter je aankomen. Hij zal je in je hiel bijten.

Ballengers blik ging haar kant op. Zijn zwarte ogen werden groot, en hij grijnsde. Swan was het liefst weggekropen en verdwenen, maar daar was het te laat voor.

'Hé, snoepje, waar kom jij opeens vandaan?' vroeg hij.

Toy keek haar strak aan. Heel strak. 'Ik dacht dat ik had gezegd dat je moest wegwezen.'

Ze wás weg. Ze draaide zich om en verdween in de winkel. Er kwam nog een auto aangereden, maar het interesseerde haar niet wie erin zaten. Ze zou hen toch niet kennen. Ze leunde tegen de ijskist en gluurde door het met vliegenstippen bezaaide raam. De nieuwe klant was een vrouw van middelbare leeftijd in een katoenen bloemetjesjurk. Waarschijnlijk de vrouw van een of andere boer. Ze kwebbelde tegen Toy terwijl ze naar de winkel liepen, en Toy gaf haar antwoord. Zijn stem was een laag, zacht bromgeluid. Swan besteedde echter geen aandacht aan hen.

Ze keek naar de rode pick-up, die met gierende banden de weg op schoot. De twee jongetjes zaten weer stijf in het gelid, als soldaten. Kaarsrecht. Twéé jongetjes. Swans aandacht ging echter helemaal uit naar één van de twee. Degene die door de adder was gebeten. Die jongen… zoals hij daar zat, met zijn hoofd een beetje schuin, alsof het hem niets kon schelen, alsof het niets voorstelde. Het gezicht van die jongen stond op Swans netvlies gebrand.

Ze keek hen na tot de pick-up de bocht in de weg om ging en uit het zicht verdween achter een rij amberbomen en moeraseiken. Tot er van het gieren van de banden en het ronken van de motor slechts een fluistering overbleef, die nog eindeloos lang bleef hangen en niet wilde wegsterven.

Hoofdstuk 5

Soms, wanneer Geraldine Ballenger niet bewust nadacht maar gewoon haar gedachten de vrije loop liet, was er ineens een schitterend idee of inzicht dat sneller begon te kolken dan de rest en fonkelend naar de oppervlakte schoot. Ze kon zulke ideeën nooit helemaal te pakken krijgen. Het waren net vallende sterren. Meteen weer verdwenen.

Ook nu liet ze haar gedachten de vrije loop, genietend van hun aangename stroom. Er was een klein, helder lichtpuntje dat even daarvoor, bij de winkel, was komen bovendrijven en nog steeds ronddobberde in haar onderbewustzijn. In gedachten staarde ze er gefascineerd naar. Ze deed geen poging om vast te stellen of het een briljant of gebrekkig idee was – dat was toch zinloos. Als ze te veel haar best deed om het te vangen, zou het oplossen, of zinken, of wegschieten buiten haar bereik. Bovendien was ze er, voorlopig althans, tevreden mee om er alleen maar naar te kijken.

Haar man glimlachte bij zichzelf onder het rijden. Dat zag ze vanuit haar ooghoek, en haar maag maakte een onbehaaglijk sprongetje. Bij de meeste mensen betekende een glimlach iets positiefs. Bij Ras kon het van alles betekenen. Maar goed, ze zou zich niet door hem en zijn glimlach laten afleiden van het mooie, glinsterende Idee. Ze wilde het zo lang mogelijk in het zicht houden.

'Hoe lang heb je al een oogje op die smeerlap?' vroeg Ras. Hij ging prat op zijn sluwheid, en op zijn vermogen om haar gedachten te doen verdwijnen. Hij wist maar al te goed hoe hij haar gedachten kon doen verdwijnen.

Ze keek hem enkel aan, zonder een woord. Wanneer Ras zich opwond, was het onverstandig om iets te zeggen, omdat hij uit de woorden die je zei altijd iets bezwarends kon halen – en het was onverstandig om niets te zeggen, omdat je zwijgen duidde op schuld. Het betekende dat je nooit wist wat je moest zeggen om welk schandalig geheim hij ook maar aan het ontdekken was, verborgen te houden.

'Ik heb je zonet wel zien kwijlen,' beschuldigde hij haar. 'Denk maar niet dat het me ontgaan is.'

Geraldine werd boos. Het Idee begon al een beetje te vervagen. Als Ras nu eens z'n mond hield, zodat zij zich kon concentreren. 'O, jij denkt zo veel te zien,' antwoordde ze. Ze was alweer vergeten dat het niet verstandig was om iets te zeggen.

Hij lachte – een weerzinwekkend geknor. 'Geloof dat maar.'

Geraldine verschoof de baby van haar schoot naar haar schouder en streelde het kind met regelmatige bewegingen over de rug. Ze was spinnijdig. Het lichtpuntje was verdwenen. Er zat niets anders meer op dan doorgaan met ruziemaken met Ras. Als je hem geen koekje van eigen deeg gaf, werd hij alleen maar onhebbelijker. Niets maakte Ras zo snel onhebbelijker als de wetenschap dat hij de overhand had.

'D'r viel anders niks te zien,' snauwde ze.

Ras spuugde een roestbruine straal tabakssap uit het raampje en veegde zijn mond af aan de mouw van zijn shirt. 'Je hoeft mij niet te vertellen wanneer een vrouw zit te lonken.'

'Nou moet je ophouden mij zomaar te beschuldigen, Ras Ballenger.' Ze gaf haar stem een hooghartige klank. 'Jij begint altijd meteen met beschuldigingen te strooien. Ik ken die man niet eens.'

'Je bedoelt: niet zo goed als je zou willen?'

Geraldine kende Toy Moses echt niet; ze had hem zelfs nooit ontmoet, behalve op dagen als vandaag wanneer hij toevallig de winkel beheerde en zij met haar man en kinderen langskwam. Altijd samen met haar man en kinderen. Ze mocht nergens alleen naartoe. Ze kende echter wel de verhalen – dat Toy een been was verloren om een leven te redden, en dat hij iemand van het leven had beroofd om de eer van zijn vrouw te redden. Deze dingen had ze gehoord en er notitie van genomen. Toy Moses kwam op voor wie zichzelf niet kon beschermen. Dat was het Idee geweest dat daarstraks ongrijpbaar door haar gedachten had gedarteld.

Ze had Ras leren kennen en was met hem getrouwd toen ze nog maar veertien was geweest. Veertien! Een meisje nog, met twee paardenstaartjes. En toen was hij gekomen, een soldaat die van het front terugkeerde, en hij zag er niet slecht uit, ook al was hij maar een onderdeurtje.

Hij was met veel zwier haar leven binnengestapt, een en al kwiekheid en zelfverzekerdheid, en hij had haar het hoofd helemaal op hol gebracht. Per slot van rekening waren er niet veel meisjes van haar leeftijd die verkering hadden met een man die overal was geweest en alles had gezien en meer vijanden dan hij kon tellen de dood in had gejaagd. Toentertijd had het haar niet gehinderd dat Ras mensen had gedood. Dat was immers wat soldaten geacht werden te doen? De enige reden waarom het haar nu wél hinderde, was dat ze nu wist hoezeer hij ervan genoten had. Voor Ras Ballenger was de oorlog de kans van zijn leven geweest.

O ja, ze was inmiddels een boel over hem te weten gekomen.

Hun verkering had maar heel kort geduurd – enkel zo lang als hij nodig had gehad om te verifiëren dat zij nog maagd was. Dat had hij gedaan door het uit te proberen, nogal ruw. Zodra hij op dat punt overtuigd was, had hij haar tranen afgeveegd en gezegd dat er geen reden was om te huilen. Het was eigenlijk haar eigen schuld omdat ze hem zo opgewonden had gemaakt, en bovendien had hij het gewoon *moeten* weten. Hij zou nooit van een vrouw kunnen houden die al door een andere man genomen was.

Bij dat woord 'genomen' had er bij haar een alarmbelletje moeten gaan rinkelen. Had moeten… Maar toen was hij over trouwen begonnen, en was zij verder zo ongeveer alles vergeten. Ze had niet geweten waar ze aan begonnen was. Sindsdien was ze er voortdurend achter gekomen.

Op sommige momenten had ze het daar moeilijker mee dan op andere momenten. De eerste keer dat ze het er vreselijk moeilijk mee had gehad – dat was de eerste keer geweest dat Ras haar had afgeranseld – had ze haar ouders gesmeekt of ze weer mocht thuiskomen, maar zij hadden geantwoord dat wie zijn billen brandt, zelf op de blaren moet zitten. Sindsdien was weggaan nooit echt een optie geweest.

In feite (en dit begreep Geraldine zelf ook niet) *wilde* ze ook niet altijd weg. Toegegeven, Ras ging ruw met haar om, maar na afloop maakte hij het weer goed. Gaandeweg was het zelfs zo geworden dat de ruwheid alles alleen maar intenser maakte. Ergens diep van binnen was ze gaan geloven dat niets die intensiteit kon evenaren. Zelfs wanneer ze wél weg wilde, was het moeilijk om zich een leven voor te stellen zonder… dat.

Nu stak Ras zijn hand naar haar uit, over de dreumes heen – nog een jongen, die in de verte staarde en met zijn vingers zijn neus en mond aan het verkennen was. Ras liet zijn hand onder de rok van zijn vrouw glijden, langs de binnenkant van haar dij omhoog, en gaf een gemeen kneepje in het gevoelige plekje. Geraldine, die nog steeds de baby (haar enige dochter) over de rug streelde, stopte even – een paar tellen maar – en beet zich op de tanden.

'Jullie vrouwen zijn allemaal hetzelfde,' zei Ras. 'Jullie willen altijd hebben wat je niet hebt. We zijn zo thuis, dan zal *ik* je es iets geven wat je nog nooit gehad hebt.'

Weer die lach. Allengs steeds hoger, tot hij onbeheersbaar dreigde te worden. Zijn lach kon pardoes terugkaatsen en van toon en richting veranderen, en je dan als een kogel in het hart raken. Of in het hoofd.

Geraldine sloot zich voor hem af. Soms was dat nodig, met Ras. Je moest gewoon aan andere dingen denken, dat was de enige manier. Ze richtte zich weer op de stroom van haar gedachten, maar die waren traag en donker geworden. Ze deed haar uiterste best om dat heerlijke lichtpuntje terug te vinden, dat glanzende Idee over Toy Moses, de Beschermer van de Weerlozen. Maar het Idee had zijn schitterende vuur verloren. Ook al zou ze het nu terugvinden, dan had ze er nog niets aan. Wanneer een vallende ster eenmaal gedoofd is, helpt het geen zier meer om er een wens bij te doen.

***

'Waarmee heeft oom Toy Yam Ferguson vermoord?'
'Wát zeg je?'
'*Waarmee* heeft hij het gedaan? Met een geweer? Een mes? Iets anders?'
Swan zat in bad, tot aan haar schouders in het badschuim. Haar moeder had over de wastafel gebogen gestaan om haar haren te wassen, maar haar hoofd was met een ruk omhoog gekomen toen Swan haar eerste vraag stelde, en nu veegde ze de shampoo uit haar ogen.
'Wie heeft jou verteld dat oom Toy iemand heeft vermoord?'
'Lovey.'
'Lovey praat veel te veel.'
'Ze is niet de enige die het zegt. Ik heb jou en oma er ook een keer over horen praten, een hele poos geleden.'
Willadee boog weer over de wastafel en wrong zich in allerlei bochten tot haar hoofd zich onder de lopende kraan bevond. De shampoo schuimde en stroomde weg in watervallen en beekjes.
'Wat heb je oma en mij horen zeggen?'
'Dat weet ik niet meer precies.'
'Mooi zo.'
'Nou, ik vind dat ik er recht op heb om precies te weten hoe het zit als een van mijn verwanten een *moord* heeft gepleegd,' klaagde Swan.
'Waar jij recht op hebt, is negen van de tien keer een pak slaag.'
Willadee trok met duim en wijsvinger aan een plukje haar, om te zien of het piepte. Dat deed het. Ze zwaaide haar hoofd naar achteren, wikkelde er een handdoek eromheen en liep de badkamer uit.
'*Heeft hij hem nou vermoord of niet?*' schreeuwde Swan haar achterna.
'Ja!' riep haar moeder terug. Soms duurde het even voordat Willadee zover was dat ze de waarheid sprak, maar als je haar in het nauw dreef, zou ze nooit liegen. Ze was door en door een Moses.

'Maar waarmee dan?'

'Met zijn handen!'

Zijn handen. Oom Toy had een man vermoord met zijn blote handen. Daar zat Swan een poosje over na te denken. In haar gedachten werd oom Toy met de minuut groter en sterker. Hij sprak tot haar verbeelding, en ze kon hem niet meer uit haar hoofd zetten. Vreemd genoeg leek tante Bernice helemaal niet zo onder de indruk van hem te zijn. Vaak deed ze alsof haar man lucht was, zelfs wanneer ze pal naast hem zat. En ze pasten zo perfect bij elkaar – hij zo sterk en zelfverzekerd, en zij met dat hartverscheurend mooie lichaam en die zijdezachte huid. Als tante Bernice zich ook maar een klein beetje had laten bekoren door oom Toy, zou het de meest ongelooflijke liefdesgeschiedenis zijn geweest, van het soort dat voortleeft wanneer de mensen die het betreft allang zijn overleden.

Swan ging in het bad staan. Haar hele lichaam glinsterde van de zeepbelletjes. Ze bukte zich, schepte haar beide handen vol schuim, plakte het aan weerszijden van haar borstkas en vormde er pronte borstjes van, net zoals die van tante Bernice. Willadee kwam het vertrek weer binnen, op zoek naar een kam, en betrapte haar.

'Wil je daarmee ophouden.' Het was geen verzoek.

Swan liet zich weer in het water glijden. Haar fantastische schuimborsten verloren hun puntigheid.

'Heeft hij 'm doodgeslagen? Heeft hij 'm gewurgd?'

Willadee had haar kam gevonden en ging weer weg. 'Hij heeft zijn nek gebroken.'

Hoofdstuk 6

Oom Toy had sinds de begrafenis geen woord meer tegen Swan gezegd. Hij was vaak genoeg in de buurt geweest. Zijn broers hadden
een 'echte' baan, dus was het zijn taak om *Never Closes* te runnen.
Zijn eigen klanten moesten hun sterkedrank maar in het openbaar
kopen, of het voorlopig zonder zien te stellen.

Elke middag, een uurtje voordat oma Calla de winkel sloot, kwam
Toy het erf op rijden in ofwel zijn blauwe de-politie-te-snel-af-
Oldsmobile, ofwel zijn zwarte het-bos-in-Ford pick-up. Bernice
kwam altijd mee, en liet nooit na om toe te lichten dat ze niet alleen
thuis durfde blijven. Terwijl Willadee het avondeten klaarmaakte, was
Toy in en om het huis in de weer, op zoek naar klusjes waar een
mannenhand voor nodig was – een deur die uit het lood hing (alle
deuren hingen uit het lood), een gat in het hek om de kippenren dat
gerepareerd moest worden, een dode boom die geveld moest worden
voordat een storm hem zou omwaaien boven op het huis.

De eerste dag was Swan Toy overal gevolgd, in de hoop dat hij
haar zou opmerken, en haar zou vergeven, en ze vertrouwelijk zouden worden, zoals het ernaar had uitgezien dat ze zouden worden.
Maar Toy keurde haar geen blik waardig. Hij werkte gewoon door
tot het tijd was om te eten; dan at hij als een slootgraver en verdween
naar de bar. Die eerste avond bleef Swan na zijn vertrek aan de keukentafel zitten, luisterend naar wat haar moeder en tante Bernice
bespraken terwijl ze de keuken aan kant maakten.

'Ik kan de gedachte aan wat je vader heeft gedaan nog steeds niet
verdragen,' zei Bernice en rilde, waaruit bleek dat ze er wel degelijk
aan dacht. In geuren en kleuren. Ze was de enige in de familie die
erop gebrand leek dat onderwerp ter sprake te brengen. De rest liet
het over het algemeen rusten. Het was echter in ieders gedachten.
Altijd aanwezig.

'Laten we pa laten rusten,' zei Willadee.

Bernice keek haar aan met een blik alsof ze een beetje beledigd
was dat haar poging een gesprek te beginnen niets had opgeleverd.
'Ik begrijp niet hoe jullie je zo goed staande houden. Als ik in jullie
schoenen stond, denk ik dat ik 's morgens niet eens uit bed zou kunnen komen.'

'Je zou wel moeten, als je kinderen had.'

Kinderen hebben was iets waar Bernice niet graag over praatte,
en dus viel het gesprek in de keuken even stil. Enkel het gerinkel en

gerammel van de vaat klonk. Toen vroeg ze, alsof het haar net te binnen was geschoten: 'Wanneer komt Sam terug?'

'Vrijdagavond,' antwoordde Willadee. 'Net als anders.'

'Ik ben benieuwd waar jullie volgend jaar zullen zitten.'

'God alleen weet het.'

'Misschien hoeven jullie niet te verhuizen.'

'Zo erg is het niet om te verhuizen.'

'Ik zou het zelf niet aankunnen, denk ik.'

'Dan is het maar goed dat jij niet met Sam bent getrouwd.'

Einde gesprek. Er viel een lege stilte, totdat Willadee een deuntje begon te neuriën, en toen liep Bernice opeens de keuken uit. Zomaar. Zonder iets te zeggen. Willadee veegde haar handen af aan haar schort en keek haar na. Toen zag ze Swan zitten, een en al oog en oor.

'Swan Lake, wat doe jij hier?'

'Niets.'

'Nou, ga dat eens ergens anders doen.'

'Ja, mam.'

Natuurlijk verroerde Swan zich niet. Zolang je niet daadwerkelijk weigerde om Willadee te gehoorzamen, kon je er vaak wel mee wegkomen om niet te gehoorzamen, in elk geval een tijdje.

'Wat is er met tante Bernice?' vroeg Swan, toen haar moeder weer met de vaat was verder gegaan.

'Ergens *anders*, Swan.'

★★★

Dat was woensdagavond geweest, en nu was het vrijdag, en de tijd begon te dringen. Swans vader zou vanavond terugkomen en hun vertellen waar ze het komende jaar zouden wonen, en morgenochtend zou Willadee hun kleren al ingepakt hebben voordat zij zelfs maar uit bed waren. Direct na het ontbijt zouden ze gaan. Terug naar huis, naar Louisiana. Ofwel om de draad weer op te pakken in Eros, het kleine plaatsje waar ze nu een heel jaar hadden gewoond, ofwel om zich voor te bereiden op een verhuizing.

Swan hoopte dat ze zouden verhuizen. Veel mensen hadden medelijden met haar en haar broers omdat ze zo vaak moesten verhuizen, maar zij vond het onweerstaanbaar opwindend. Wanneer je in een nieuwe stad kwam, werd je door iedereen verwelkomd, en nodigden de kerkgangers je uit om te komen eten en sloofden ze zich voor je uit, en was alles geweldig. Voor zolang als het duurde.

Wat Swan betreft werd het tijd om te verhuizen wanneer het nieuwtje eraf was. Dan werd het leven een dans – voorzichtig, uitkijken waar je je voeten neerzet, je wilt niemand op de tenen trappen, maar dat deed haar vader wel, voortdurend. Het was zijn specialiteit. Hij kon het gewoon niet nalaten om zondaars te vertellen dat God van hen hield, en dat hij van hen hield, en als ze zich aanstaande zondag nou eens lieten zien in Gods huis? En dan hebben we het hier over de *allerergste* zondaars. Mannen die te lui waren om te werken, en stelletjes die in zonde leefden, en zelfs een vies oud vrouwtje die vroeger een stripper op Bourbon Street was geweest, totdat haar uiterlijk afgedaan had. Samuel beperkte zich niet tot pogingen gewone zondaars te bekeren. Hij wilde dat ieder mens op Gods groene aarde verlost zou worden, en gedroeg zich alsof die hele klus enkel van hem afhing. Alsof de Heer geen andere helpers had.

Soms wenste Swan dat haar vader een ander beroep had – zo ongeveer alles was beter dan dominee. Misschien als hij op het postkantoor werkte of een ijzerwinkel had of zo, en zij niet voortdurend door alle mensen in de stad in de gaten werd gehouden in de hoop dat zij er een potje van maakte zodat zij iets hadden om over te roddelen, *misschien* zou zij dan een gewoon kind kunnen zijn. Het moest heerlijk zijn om net als alle anderen te zijn.

Maar op dit moment had ze belangrijkere zaken aan haar hoofd. Ze had minder dan een dag om dikke maatjes met oom Toy te worden. Wanneer zij en hun gezin morgenochtend eenmaal vertrokken waren, zou ze hem een jaar lang niet meer zien, en tegen die tijd kon de wereld al zijn vergaan.

Zodra ze wakker was, ging Swan op zoek naar oom Toy. Gelukkig was er geen spoor van Noble en Bienville. Zij hadden zich de afgelopen dagen meer en meer aan Swan geërgerd omdat zij steeds achter oom Toy aan liep, en speelden nu liever met z'n tweeën. Wat Swan prima vond. Alles wat nog geen week geleden zo spannend had geleken, was verbleekt bij oom Toy, die meer dan levensgroot was, groter dan alles wat *zij* ooit in haar leven had gezien of zich kon voorstellen.

Ze vond hem buiten naast het huis. Hij lag op de grond onder opa Johns oude pick-up; alleen zijn voeten staken eronder uit, en hij zat ergens aan te sleutelen. Swan hurkte neer, keek onder de auto en schraapte luid haar keel. Oom Toy hoefde niet eens te kijken om te weten wie het was.

'Kan ik je ergens mee helpen?' vroeg Swan.

'Nee.'

'Ik zou het best willen.'

'Ik niet.'

Zijn antwoord was botter dan een botte bijl. Swan kneep haar ogen tot spleetjes en kreeg zo'n afwezige, *peinzende* blik op haar gezicht. 'Zal ik je eens wat vertellen?' zei ze na een poosje.

'Wat?'

'Ik heb gewoon mijn tijd verspild aan jou.'

'O ja?'

'Nou en of.'

Ze stond op en tikte met haar voet. Minachtend. Ze had haar armen over de borst gekruist, en staarde naar zijn voeten. Als ze zeker had geweten welke voet de echte was, had ze er een flink harde trap tegen gegeven. Maar ze wist het niet, en dus gebruikte ze enkel woorden om hem te kwetsen.

'Al die tijd ben ik achter je aan gelopen alsof je een held was, maar je bent niks meer dan een oude vent met één been die stiekem drank verkoopt. Ik durf te wedden dat je nooit iemand het leven hebt gered. Je bent dat been vast kwijtgeraakt toen je van het front wilde weglopen. En wat Yam Ferguson betreft – dat moet wel een miezerig mannetje zijn geweest, als hij zich door iemand als jou van kant heeft laten maken. Ik zou in het stikdonker op het kerkhof nog niet bang voor je zijn.'

Het bleef vreselijk stil. Oom Toy was opgehouden met sleutelen. Hij kon nu elk moment onder die pick-up vandaan komen. Maar dat kon Swan niet schelen. Ze was echt niet bang voor hem. Ze had besloten om zich helemaal niets van hem aan te trekken. Hij was volstrekt onbelangrijk voor haar geworden, net zoals zij voor hem.

'En ik wil ook niet meer vrienden met je zijn,' zei ze. Dat kostte haar moeite, omdat ze het niet meende, nog minder dan al die andere dingen die ze gezegd had. Het lag haar als een steen op de maag, zo'n gevoel dat je hebt wanneer je een deur sluit die je niet wilt sluiten, nooit. Maar ze had het helemaal gehad met hem. Smeken was niet haar stijl. Dus keerde ze zich om en beende weg, te trots om om te kijken.

Toy liet zich onder de pick-up vandaan glijden en ging rechtop zitten. Hij zag haar het huis in gaan – schouders recht, hoofd omhoog. 'Nou, blij toe,' zei hij zachtjes.

Hoewel dat niet helemaal waar was.

★★★

Het schemerde al toen Samuels oude auto het erf op draaide. Swan zat hem op het trapje van de veranda op te wachten. Zodra zijn voeten de grond raakten, stoof ze het erf over en stortte zich op hem; ze omhelsde hem en danste op en neer.

'Ho, ho, wacht even,' protesteerde Samuel, maar hij was blij met de ontvangst.

'Gaan we verhuizen?'

'Ja.'

'Mooi zo. Waarheen?'

'Daar hebben we het nog wel over. Waar is je moeder?'

Net op dat moment verscheen Willadee op de veranda en zwaaide naar hem, en ze liepen naar elkaar toe. Bernice zat op de schommelbank, een beetje opzij, bijna verscholen achter de winde die zich om de reling van de veranda slingerde. Ze keek toe hoe Samuel en Willadee elkaar in de armen vielen. Noble en Bienville, die in het weiland waren geweest, kwamen het erf op gehold en stormden op hun ouders af – ze omhelsden hen allebei tegelijk, omdat die twee nog steeds met elkaar verstrengeld waren. Dat moest je Samuel en Willadee nageven: ze begroetten elkaar alsof ze het echt meenden.

Uiteindelijk liet Samuel zijn vrouw los en tilde Bienville op; hij schudde hem als een lappenpop door elkaar, slaakte een dierlijke brul en zette hem weer neer. Hij begroette Noble met een stomp tegen de schouder. Noble stompte terug. Samuel greep naar zijn schouder, alsof dat meer pijn had gedaan dan hij had verwacht, en terwijl Noble zich afvroeg of hij z'n pa te hard had geslagen, deelde Samuel nog een rake uit.

Dit alles sloeg Bernice gade vanaf haar plekje op de schommelbank. Samuel en Willadee en de kinderen kwamen het trapje op; ze snaterden allemaal door elkaar. Toen ze langs Bernice kwamen, stond ze op, slank en sierlijk als een kat. Ze droeg een zacht crèmekleurig jurkje dat zich nauw om haar rondingen sloot wanneer ze zich bewoog. En ook wanneer ze dat niet deed. Ze bleven allemaal stokstijf staan. Die uitwerking had Bernice altijd op andere mensen.

'Hoe gaat het met je, Bernice?' vroeg Samuel.

'Uitstekend, dank je,' antwoordde Bernice. Zacht en warm, als smeltende boter.

Willadee rolde met haar ogen en zei, met meer nadruk dan gewoonlijk: 'Ik heb eten op het vuur staan, Sam. Wanneer je zover bent, kom je maar verder.' En ze ging naar binnen. Dat was nog eens een blijk van vertrouwen.

'Waar is die man van je?' vroeg Samuel aan Bernice. Ze gebaarde naar het erf achter het huis. Een vaag gebaar. Samuel wierp een blik in de richting die ze had aangegeven en knikte instemmend, als om goed te keuren dat Toy daar ergens was. 'Ik heb gehoord dat hij de afgelopen dagen de boel hier gaande heeft gehouden.'

'Sommige dingen, ja.'

Samuels ogen gleden over het gezicht van Bernice. Geen genegenheid, geen wrok. Enkel een blik die zei dat hij wist waar ze naartoe wilde, en dat hij er niet in meeging. Zo keek hij haar aan tot ze wegkeek. Toen deed hij de hordeur open en wenkte zijn kinderen naar binnen. 'Kom op, jongens, je moeder zit op ons te wachten.'

'Nou en of, domineetje van me,' riep Willadee. Weer zo nadrukkelijk.

★★★

Onder het eten bestookten Swan en Noble en Bienville Samuel voortdurend met de vraag waar ze naartoe zouden verhuizen, maar hij scheepte hen telkens af. Zo kenden ze hun vader niet. Gewoonlijks popelde hij om het hun te vertellen, en om het nieuws op te smukken met elke positieve opmerking die hij had weten te ontfutselen aan iedereen die er ooit geweest was. Doorgaans was hun nieuwe woonplaats zo klein dat het niet gemakkelijk was om mensen te vinden die er geweest waren, zelfs niet in het voorbijgaan – met uitzondering van de predikant die er wegging, en over het algemeen putte die zich meer uit in waarschuwingen dan in complimenten. Samuel wist echter altijd iets positiefs te achterhalen om te vertellen. De gemeenteleden waren het zout der aarde, of het landschap was een aangename verrassing, of het kerkgebouw was een monument en het gerucht ging dat er geheime gangen in zaten, of de tuin van de pastorie leende zich goed voor het bouwen van een speelhuisje – wat dan ook.

Vanavond was het echter anders dan anders, en iedereen merkte het. Zelfs Calla en Toy en Bernice hadden een vragende blik op hun gezicht.

'Is er iets, Sam?' vroeg Willadee.

'Ik had het eerst aan jou willen vertellen en dan pas aan de anderen.'

Willadee gaf de kievietsbonen door aan Toy. 'Dan sturen ze ons vast naar de Bayou. Verder zijn we overal al geweest.'

'Ze sturen ons niet naar de Bayou,' zei Samuel. Hij zette zijn glas ijsthee neer en liet beide armen op tafel rusten. Alle ogen waren op hem gericht. Verwachtingsvol.

'Ze sturen ons nergens heen.'

Na het eten vloog Swan zo snel naar buiten, dat ze alle records verbrak. Ze moest een plekje zoeken om hier goed over na te denken.
Ze had zich wel in de schommelbank willen nestelen, maar tante
Bernice zou weer naar buiten komen voordat je zelfs maar kon spugen. Zij pikte altijd de schommelbank in zodra ze klaar waren met
de keuken opruimen. Swan hoefde zelf nooit te helpen bij zulke
klusjes, hoewel ze ook pechvogels van haar leeftijd kende die dat wel
moesten. Willadee was van mening dat je maar één keer jong bent.
Oma Calla vond dat die ene keer uitermate geschikt was om te leren
enige verantwoordelijkheid op je te nemen, maar je kon doodmoe
worden van Swan, dus ze drong nooit echt aan. Als tante Bernice al
een mening had, dan hield ze die voor zich. Ze deed haar deel van
het werk gewoon zo snel mogelijk, en verdween dan in de schaduwen van de veranda, tot het tijd werd om naar bed te gaan. Afgezien
van het zachte piepen van de schommelbank zou je niet hebben
geweten dat ze er was.

Soms vroeg Swan zich af waar tante Bernice allemaal over nadacht, wanneer ze helemaal in haar eentje daar buiten zat. Ze had
het haar een keer gevraagd. Tante Bernice had het haar in haar nek
opgetild en gemompeld: 'Hm? O, van alles.'

Hoe dan ook, de schommelbank was geen optie, dus liet Swan
hem links liggen en stak het erf over, langs de auto's die kriskras door
elkaar geparkeerd stonden tussen het huis en de weg. Al ruim een
uur druppelden de stamgasten weer binnen in *Never Closes*.

Op ieder ander moment zou Swan achterom naar *Never Closes*
geslopen zijn en zich hebben verstopt om naar binnen te gluren. Dat
was haar broers en haar streng verboden; desondanks deden ze het,
zo vaak ze de kans kregen. Tot dusver hadden ze niets gezien wat het
bekijken waard geweest was, en als het niet verboden was geweest
zouden ze de hele onderneming hebben laten varen. Maar het feit
dat het verboden was moest wel iets te betekenen hebben, en dus
bleven ze ermee doorgaan.

Vanavond had Swan echter geen zin in spioneren. Het enige wat
ze wilde was een poosje op zichzelf zijn. Ze kwam bij de weg en
volgde die door de met gras begroeide berm. Ze kon uitstekend zien
waar ze liep, zelfs toen ze de lichten van het huis en de bar achter
zich gelaten had. Het was bijna, op een haar na, volle maan. Ze had
zich nooit gerealiseerd dat de maan genoeg licht kon geven om de
wereld echt te verlichten. Ze was ook nog nooit ver van haar familie

weggelopen in het donker. Maar het wás niet donker. De nacht was helder licht.

Terwijl ze zo voortstapte langs de weg die geleidelijk een bocht maakte, kwam Swan tot de conclusie dat ze geen *plek* nodig had om na te denken. Waarom zou je een *plek* willen hebben, als je gewoon kon blijven lopen, de ene voet voor de andere kon zetten, kon genieten van het feit dat je nergens naartoe ging.

Inmiddels was het probleem van haar vaders omstandigheden in haar hoofd vanzelf opgelost. In eerste instantie, toen het tot haar was doorgedrongen dat hun gezin geen inkomen meer had en geen huis om in te wonen, had ze zich schuldig gevoeld omdat ze gewenst had dat haar leven anders zou worden. Dat kreeg je er dus van, als je iets wenste waar je niet genoeg vanaf wist.

Het ontging haar echter waarom de situatie nu zo ernstig zou zijn. Het gezin Lake verhuisde toch al zo'n beetje om het jaar, dus het was niet zo dat ze nu opeens ontworteld werden. Ze hadden nergens wortel geschoten. Trouwens, volwassenen losten aan de lopende band problemen op. Daar had je volwassenen voor. Bovendien, redeneerde ze, moest dit wel Gods wil zijn. Had haar vader niet keer op keer in zijn preken gezegd dat God een Plan met ons heeft, en dat Hij alle dingen doet medewerken ten goede voor hen die Hem liefhebben? Haar ouders hadden God beslist lief. Swan ook, dat leed geen twijfel, ook al nam ze het niet zo nauw met Zijn geboden en bad ze alleen Wanneer Het Belangrijk Was. Ze was niet iemand die God vermoeide met koetjes en kalfjes.

Hoe dan ook, welbeschouwd garandeerde de Bijbel dat dit alles goed zou aflopen, en dus kon haar geweten gerust zijn.

Ze ademde een volle, blijde teug kamperfoelielucht in. Het hoge gras gaf mee onder haar voeten en richtte zich weer op wanneer ze voorbij was. Ze had nog geen zin om terug te gaan. Dit ogenblik was te heerlijk. Links voor haar boog een smal pad van de doorgaande weg af. Ze wist dat ze het pad niet in moest gaan, dat ze hier niet eens hoorde te zijn, maar het kon geen kwaad. Erge dingen gebeurden op Donkere, Stormachtige Avonden, niet op avonden zoals deze, wanneer er over de hele schepping een zachte zijdeglans lag.

Hoofdstuk 7

Het pad slingerde en kronkelde en werd steeds smaller tot er bijna niets van overbleef, maar er kwam geen einde aan. Elke bocht beloofde een nieuwe ontdekking – en maakte de belofte waar. Een ranke jonge boom, zilver in het maanlicht. Dansende sterren, weerspiegeld in de rotsachtige beek die langs het oneffen pad klaterde. Vanavond was niets gewoon. Zelfs koeienweiden en valhekken straalden iets bovenaards uit.

En de stilte! Het leek op de overweldigende stilte van vallende sneeuw, midden in de zomer. Dit moest iets te betekenen hebben. Iets goeds. Er kon alleen maar iets goeds voortkomen uit zo veel licht waar het normaal gesproken donker zou zijn.

Dat waren de gedachten die door haar hoofd gingen, toen ze een laatste bocht omging en het huis zag. Het was vrij klein, gebouwd van verbleekt hout en bedekt met een zinken dak. Binnen brandde er licht, waardoor de ramen een gouden gloed gaven tegen het zilver van de nacht. Om het huis lag een buitengewoon netjes erf, en op dat erf stond iets te glimmen. Een auto. Een pick-up. Hoe helder en schitterend de nacht ook was, bij dit licht kon je geen kleuren onderscheiden. Maar diep van binnen wist Swan het. Hij was rood.

Ze hoorde een dof, steunend geluid – zoals je slaakt wanneer je een stomp in je maag krijgt. Het duurde een paar tellen voor ze besefte dat zijzelf de bron van dat geluid was. Ze leek zich niet te kunnen bewegen. Haar hart moest het wel begeven hebben.

Haar geest was echter niet verlamd. Die sloeg op hol, dacht zich het ondenkbare in. Wat als die adder van een man ergens hier buiten was, hier in het donker rondkroop? Wat als hij op dit moment naar haar stond te kijken?

Ze draaide zich vliegensvlug om en zette het op een lopen. Rende, half struikelend, terug over het oneffen pad – weg, weg. Ze voelde Ballenger daarginds, achter zich – en was zich van hem bewust, daar, vóór haar. Geen enkele richting was veilig. De zachte juniwind was zijn hete adem. Het geritsel van bladeren was een sinister gefluister. *De slangenman die haar naam siste.*

Swan beschouwde zichzelf als iemand die op alles voorbereid was. Maar hierop was ze niet voorbereid. En ze was ook niet voorbereid op wat er toen gebeurde.

De maan gleed achter een dikke wolkenbank, en de wereld werd zwart. Opeens kon Swan niet meer zien waar ze liep – en dus struikelde ze. Er was niets om zich aan vast te grijpen om haar val te breken. Ze sloeg haar armen uit, wild alle kanten uit maaiend als twee windmolens, maar ook dat voorkwam niet dat ze viel.

Het leek alsof ze eindeloos lang viel. Buitelend, kopjeduikelend. Toen ze niet langer viel, bleef ze stil liggen, bang om zich te verroeren. De reden dat ze bang was om zich te verroeren was dat haar hand iets zachts en warms raakte. Een andere hand.

Haar ogen waren gesloten, en dat liet ze zo, bang voor wat ze zou zien als ze hen zou opendoen.

'Ben je dood of niet?' vroeg een stem.

Het was niet Ballengers stem. Swan bezweek bijna van opluchting. Ze deed haar ogen een beetje open, net genoeg om het donker in te kunnen turen. Toen ging ze met een ruk rechtop zitten.

Degene die tegen haar sprak… was de jongen. Ballengers zoontje. Degene die een klap had gekregen, toen bij de winkel. Hij zat in de greppel, gekleed in een rafelig T-shirt en een onderbroek. Een mager ventje. Zijn haar stond recht overeind, zijn ogen namen haar ernstig op. Swan onderdrukte het rillen en nam op haar beurt hem op.

'Wat doe jij hier buiten?' vroeg ze ten slotte.

'Wachten.'

'Wachten waarop?'

'Tot ik weer terug kan.'

'Waar naartoe?'

De jongen wees in de richting van het huis.

'Waarom kun je nu niet terug?' vroeg Swan.

'Daarom.'

'Je bent te jong om 's nachts in je eentje buiten te zijn,' zei Swan. '*Waarom* kun je nou niet terug?'

Het joch haalde enkel zijn schouders op.

Swan zuchtte. Ze vermoedde dat ze het antwoord wel kon raden. Toch moest dit kind echt niet in z'n eentje hier buiten blijven, en zij kon niet bij hem blijven. Ze zei: 'Nou, misschien moest je nu maar teruggaan, want ik moet naar huis.'

Hij schudde nogmaals hevig het hoofd.

'Tja, ik kan niet op je passen,' zei Swan.

'Hoeft ook niet.'

Ze stond op. 'Pas maar op dat je niet gesnapt wordt door een lynx. Die eet jou in twee happen op.'

'Ik kan een lynx doden,' zei hij.

'O ja? Waarmee dan?'

Hij staarde haar alleen maar aan. Swan begon boos te worden, omdat ze wist dat ze in moeilijkheden zou raken als ze zich niet snel bij oma Calla liet zien. Ze zouden mensen eropuit sturen om haar te gaan zoeken, en er is niets wat volwassenen zo boos maakt als een kind veilig terugvinden wanneer ze doodsbang zijn geweest om dat kind dood terug te vinden.

Ze zei: 'Kijk, ik snap dat je bang bent voor je vader. Ik ben zelf ook bang voor hem, en ik heb hem nog maar één keer gezien. Als ik nou es mijn vader vraag om met jouw vader te gaan praten? Mijn vader is dominee. Hij haalt elke dag mensen over om hun leven te beteren.'

'Mijn vader zou jouw vader doodmaken,' zei hij.

Swan liet zich weer op haar knieën vallen, met haar gezicht naar hem toe. De maan was uit zijn schuilplaats tevoorschijn gekomen, en ze kon het gezicht van de jongen duidelijk zien. Hij had een knap gezicht, met mooie hoge jukbeenderen en weelderige zwarte wimpers en lippen die voller waren dan ze nu leken – want op dit moment was zijn mond vertrokken tot een strakke, stoere streep. Die zwarte ogen van hem boorden zich recht in haar hart. Die felle zwarte ogen. Ze had nog nooit zo'n mooie jongen gezien.

'Je praat wel veel over doodmaken,' zei ze, 'voor iemand die nog maar net oud genoeg is om staande te plassen.'

Maar je kon hem niet eens beledigen. Hij hield enkel zijn hoofd schuin, om aan te geven dat niets hem kon raken.

Ze stond weer op. 'Ga naar huis,' zei ze.

Hij verroerde zich niet.

'Ga naar huis,' *smeekte* ze. En dat uit de mond van Swan Lake, die *nooit* smeekte.

Nog steeds verroerde hij zich niet.

'Ik ga, hoor,' waarschuwde ze. En dat deed ze ook. Eén stap tegelijk. En met immense tegenzin. Ze maakte zich de hele weg zorgen over dat joch, en hoe het hem zou vergaan, of hij door een slang gebeten zou worden, of door een spin, of dat een of ander beest hem zou opeten. En waar moest hij slapen? Zou hij een gat graven om zich in te nestelen? Zou hij dat intuïtief weten? Of zou zijn afschuwelijke vader razend en tierend naar hem komen zoeken, en wat zou er gebeuren als hij hem vond? Wat dan?

Misschien moest ze teruggaan, het joch ophalen en naar huis brengen, en hem aan zijn moeder overdragen – maar ze had het vermoeden dat die moeder hem weinig bescherming bood. Misschien kon ze dus beter teruggaan en hem ophalen en hem met *haar* mee naar huis nemen. Maar zoiets kun je niet doen. Het is kinderroof, zelfs al wordt de roof door een kind gepleegd. Swan verwachtte niet dat ze ervoor naar de gevangenis gestuurd zou worden, niet zolang de sterke arm der wet nog gratis drank kreeg in *Never Closes*, maar ze wist wel dat het verhaal niet goed zou aflopen.

Ze besloot dat ze, zodra ze weer thuis was bij oma Calla, haar vader zou vragen dat joch te zoeken en naar huis te brengen en met zijn ouders te praten. Geen mens zou het *werkelijk* in zijn hoofd halen om Samuel Lake te vermoorden, en zelfs als ze het wel overwogen, zou het hun niet lukken. Samuel Lake stond onder de Bescherming van de Heer.

Het moeilijkste deel van dit plan zou zijn om een goeie leugen te bedenken, die kon verklaren waarom ze geweest was waar ze geweest was; maar Swan had een grenzeloos vertrouwen in haar vermogen om te liegen. En in het ergste geval kon ze altijd nog de waarheid vertellen.

Uiteindelijk hoefde ze echter niemand de waarheid te vertellen, of een leugen, of wat dan ook. Toen ze bijna bij oma Calla's huis was, voelde ze dat er iets of iemand achter haar liep. Ze wierp een blik over haar schouder, en daar liep hij. Dat stoere joch. Hij liep tien, twaalf stappen achter haar, geruisloos als een indiaan.

★★★

'Hoe gaan we dit aanpakken?' vroeg Willadee aan Samuel. Ze lagen in bed, tegen elkaar aan gekropen, en zo lagen ze al een uur. Ze waren voor alle anderen aan naar bed gegaan – iets wat ze zelden of nooit deden. Na al die jaren waren ze nog steeds dol op elkaar, maar ze vonden het nog altijd niet prettig om daar erg doorzichtig in te zijn door zich bijvoorbeeld naar hun slaapkamer te haasten voordat het echt bedtijd was. Ditmaal had het hun echter de enige manier geleken om een beetje privacy te hebben.

Willadee had Samuel verteld over John Moses, en wat er allemaal gebeurd was op de dag dat hij stierf. (Wat er de avond daarvoor gebeurd was, noemde ze niet. Ze redeneerde dat Samuel op dit moment wel genoeg aan zijn hoofd had; over die biertjes kon ze hem een ander keertje wel vertellen. Eventueel.) Ze had hem ook verteld hoe Calla er een gewoonte van gemaakt had om midden in de nacht naar de woonkamer te gaan, met een van Johns oude overhemden over haar nachtjapon, en daar urenlang in haar eentje te blijven zitten. Willadee had haar daar 's nachts een keer aangetroffen, en gevraagd of ze ergens over wilde praten.

'Voor praten is het te laat,' had Calla haar verdrietig geantwoord. 'Ik heb honderden keren de kans gehad om tegen John te zeggen hoe ik het miste hem naast me in bed te hebben. Hoe graag ik zijn haar wilde ruiken en zijn huid voelen, en hem 's nachts wilde aanraken. Ik had mijn trots opzij moeten zetten, maar dat wilde ik niet, en nu stik ik erin.'

Samuel had geluisterd terwijl Willadee haar hart uitstortte, en toen ze hem gesmeekt had om nooit muren tussen hen te laten ontstaan, had hij dat beloofd. Toen had hij haar verteld over de jaarlijkse conferentie, en hoe het districtshoofd hem had uitgelegd dat de kerken vandaag de dag andere behoeften hadden dan in het verleden, maar dat het voor hem nu niet *over en uit* was, hij was immers nog steeds preekbevoegd en zo, er leek alleen dit jaar geen geschikte standplaats voor hem te zijn, dus misschien moest hij er eens over nadenken, echt goed over nadenken, welke veranderingen ten goede hij kon maken en welke verbeteringen hij kon doorvoeren in zijn uitoefening van het ambt.

'Ze willen geen predikanten meer,' had Samuel tegen Willadee gezegd, met sombere stem. 'Ze zoeken activiteitenbegeleiders.'

'Tja, maar toch moet je vasthouden aan wat jij denkt dat goed is.'

'Ik denk dat het goed is mijn gezin te onderhouden, maar ik weet niet hoe ik dat nu moet klaarspelen.'

'We redden ons wel.'

'Zou het?'

'Ja, natuurlijk, dat weet je toch.'

Verschillende keren waren ze bijna begonnen de liefde te bedrijven, maar het bed was zo oud en de veren kraakten zo, dat ze hadden besloten te wachten, ofwel totdat alle huisgenoten naar bed waren en sliepen, ofwel tot ze een ingeving kregen en ze een manier bedachten om van elkaar te genieten zonder het risico te lopen om morgen bij het ontbijt vreemde blikken toegeworpen te krijgen.

'Nou?' vroeg ze nu nogmaals. 'Hoe gaan we dit aanpakken?'

'Ik zou olie kunnen zoeken,' zei Samuel, 'en de veren smeren.'

'Dat bedoelde ik niet.'

'Weet ik wel.'

'We moeten besluiten waar we gaan wonen.'

'Weet ik.'

Even zweeg hij. Alleen zijn ademhaling, het enige geluid. Sterk en diep en regelmatig. Toen zei hij: 'Willadee... wat dacht je van de vloer? Zou je diep beledigd zijn als we het gewoon op de vloer deden?'

'Niet beledigd. Maar ze zouden ons nog steeds horen.'

'We zouden heel stil kunnen zijn.'

'*Jij* misschien.'

Hij kon er niets aan doen – hij moest lachen. Ze legde hem met een kus het zwijgen op. Even later zei hij: 'Ik neem aan dat ik bang zou moeten zijn of zo, Willadee. Ik bedoel, daar zit ik dan met een vrouw en kinderen, en geen werk, en geen huis, en zal ik je eens wat vertellen, Willadee?'

'Wat dan?'

'Ik ben inderdaad bang.'

Het beviel haar helemaal niet dat hij bang was. Gekwetst was. Dat was nog het ergste van alles, dat ze hem gekwetst hadden. Uitgerekend Samuel. 'Vergeet die rotveren.'

'Wat zei je?'

'Ik zei "Vergeet die rotveren", Samuel.'

Willadee schopte de dekens van zich af en kwam overeind. Ze trok haar knieën op onder zich en knielde naast haar man, boog zich over hem heen, kuste zijn nek, zijn borst, zijn buik. Haar handen beroerden, streelden. Hij verschoof zijn gewicht, drukte zich omhoog tegen haar handen. De veren van het bed kraakten luidruchtig.

Een zacht gekreun – niet helemaal zo zacht als zijn bedoeling was – ontsnapte hem. 'Willadee,' kreunde hij, en vervolgens: 'Willadee, ik heb je zo nodig.'

Haar mond bewoog over zijn huid. Veroverend. Veelzeggend. 'Dat is maar goed ook, domineetje van me. Anders zou je niet overleven wat ik allemaal met je ga doen.'

★★★

Beneden op de schommelbank zat Bernice Moses een glas ijsthee met heel veel citroen te drinken. Haar oren waren gespitst op de slaapkamer boven, die zich toevallig precies boven de plek bevond waar zij zat. Ze luisterde ingespannen. Luisterde, zonder te glimlachen. Over het algemeen had Bernice in haar leven alles gekregen wat ze hebben wilde, en niets daarvan had haar gelukkig gemaakt. Er was slechts één ding dat ze heel graag wilde en dat ze niet had gekregen, en ze was ervan overtuigd dat als ze dat kreeg (nee, *wanneer* ze dat kreeg) ze uitzinnig gelukkig zou zijn. Eindelijk.

Wat zij wilde hebben was Samuel. En wat in haar weg stond was Willadee. Wat tot vanavond in haar weg *had* gestaan was de afstand. Maar afstand zou voortaan geen rol meer spelen, dus bleef alleen

Willadee nog over. En wat stelde zij nu wel beschouwd voor als concurrentie?

Bernice was één van die meisjes in Columbia County die er een week ziek van geweest waren toen Sam getrouwd was. Zij was de enige die zich erop kon laten voorstaan dat ze met hem verloofd was geweest – en hem de bons had gegeven, en ze was ervan overtuigd dat hij van de weeromstuit met Willadee was getrouwd. Waarom zou hij anders met haar getrouwd zijn? Ze was niet eens mooi. Niet volgens Bernice' definitie van schoonheid. Ze zat onder de sproeten, die ze niet eens probeerde weg te bleken of te verbergen, en afgezien van haar ogen was ze zo alledaags als een houten schutting, en ogen had iedereen.

Hoe dan ook, het was heel anders afgelopen dan haar bedoeling was geweest. Bernice had hem alleen maar tijdelijk de bons willen geven, om hem een lesje te leren, dat hij niet te aardig moest zijn tegen andere meisjes. Samuel was aardig tegen iedereen, mannen en vrouwen, jong en oud – hij maakte geen onderscheid. Dat ging op den duur aan je knagen. Dus had ze gewoon gedaan wat iedere vrouw met enig verstand van zaken zou hebben gedaan. Ze had hem Iets Gegeven Om Over Na Te Denken. Dat kon je haar toch niet kwalijk nemen. Bovendien was ze van plan om toe te geven en met hem te trouwen zodra hij overstag ging en haar zienswijze toegedaan was.

Maar Samuel was niet overstag gegaan. Terwijl hij nadacht over het lesje dat Bernice hem wilde leren, had hij Willadee leren kennen. Ongelofelijk, hoe hij in vervoering was geraakt over haar. Alsof hij goud had gevonden. Natuurlijk wist Bernice – en had ze altijd geweten – dat Samuel niet werkelijk zo veel van Willadee hield als hij deed voorkomen, maar ze had hem nooit zover gekregen er met haar over te spreken. Ze had hem sowieso nooit meer zover gekregen met haar te spreken, afgezien van buitengewoon beleefde, nietszeggende gesprekjes, en dat was nog erger dan helemaal genegeerd te worden.

Bernice had zich met Toy verloofd in een poging Samuel nog een lesje te leren, maar ook dit had hij niet willen leren. Hij was gewoon met Willadee getrouwd, en Bernice had geen andere keus gehad dan het huwelijk met Toy door te zetten; het was gewoonweg verschrikkelijk geweest.

Arme Toy. Hij was een aardige vent, en hij was zo dol op haar dat zijn blik vertroebeld was. Maar als iemand zo veel van je houdt dat hij er niets voor terugvraagt, dan ligt het voor de hand dat hij dat ook zo ongeveer krijgt. Het is een soort natuurwet.

Zodoende zat Bernice nu in de schommelstoel te peinzen over hoe het zover had kunnen komen dat ze zich in zo'n erbarmelijke toestand bevond, toen er op de bovenverdieping plotseling veren begonnen te kraken. Of eigenlijk niet *plotseling*. Het gekraak kwam geleidelijk aan opzetten, en nam gaandeweg toe in snelheid.

Dat eerste geluidje sneed Bernice's hart bijna doormidden, en de overige – die elkaar steeds harder en sneller opvolgden – maakten het karwei af. Het was meer dan genoeg om een vrouw te drijven tot Dingen Die Ze Normaal Gesproken Nooit Zou Doen.

Wat Bernice deed was zo snel van de schommelbank opspringen, dat de inhoud van haar glas omhoog schoot als stoom uit een geiser, en ze een vuist in haar mond moest proppen om het niet uit te gillen. Thee en ijsklontjes regenden op haar neer, om maar niet te spreken van zompige schijfjes citroen, waarvan er enkele in haar haren bleven steken. Bernice graaide naar de schijfjes citroen en smeet ze naar het plafond, en begon te stampvoeten als een kind met een driftbui.

Wat echter in dit alles van belang is, is het feit dat Bernice Moses al met al te zeer in beslag genomen was om zelfs maar te merken dat Swan het trapje op en het huis in sloop, gevolgd door een achtjarig jongetje met grote ogen, slechts gekleed in zijn ondergoed.

Dat joch volgde Swan alsof zij de weg naar verlossing was.

Hoofdstuk 8

Het bed waar Swan in sliep, was zo hoog dat ze altijd een krukje gebruikte om erop te klimmen. De jongen zat op het bed, met zijn rug
tegen het hoofdeinde. Zijn benen staken recht voor hem uit, als stok-
jes. Swan had zich op het voeteneinde van het bed uitgestrekt, steunend op één elleboog, en vroeg zich af hoe deze zaak zou aflopen.

'Goed,' zei ze, 'nou heb ik je hier gebracht. En wat nu?'

De zwarte ogen keken haar onafgebroken aan.

Ze vroeg: 'Hoe heet je?'

'Blade.'

'Zo heet toch niemand.'

Hij knikte. Toch wel.

Swan proefde de naam keer op keer op haar tong, probeerde hem
uit. 'Blade Ballenger. Blade Bal-len ger. Jouw naam is al even erg als
de mijne.'

Na zo'n perfecte voorzet zouden de meeste mensen hebben gevraagd hoe *zij* heette, maar Blade niet; dus vertelde ze het onge-
vraagd. 'Swan Lake. Als je lacht, sla ik je in elkaar.'

Hij lachte niet. Zijn gezichtsuitdrukking veranderde niet eens.
Swan kwam overeind, wipte op het bed op en neer en probeerde
een ander gespreksonderwerp te bedenken. Ten slotte zei ze: 'Hier
woon ik. Deze week. Die mevrouw die je zonet zag – buiten op de
veranda? Maak je geen zorgen, ze is niet gek of zo. Ik denk dat ze
boos is omdat haar man 's nachts moet werken.'

Nog steeds geen reactie.

'Waarom ben je me naar huis gevolgd?'

Hij haalde zijn schouders op en liet ze weer zakken.

'Je weet dat je weer terug moet.'

Hij liet zich onder de dekens glijden en trok het laken op tot aan
zijn kin, alsof hij een harnas aantrok.

'Ik bedoelde niet nu meteen,' zei ze. 'Ik bedoelde ooit.'

Hij nestelde zich in het kussen en sloot zijn ogen. Hij moest wel
vreselijk moe zijn. De greep van zijn kleine handen op de dekens
verslapte, en zijn lichaam leek zich te ontspannen, één lichaamsdeel
tegelijk. Met zijn acht jaren was Blade Ballenger te zeer op zijn hoede om zich in één keer aan de slaap over te geven.

Swan kreeg een brok in haar keel. Ze zou met geen mogelijkheid
kunnen uitleggen waarom precies. Langzaam, behoedzaam ging ze
op het bed staan; haar ogen lieten het gezicht van de jongen niet los.

Er hing een geknoopt touwtje aan het kale peertje boven haar hoofd. Swan trok aan het touwtje, en de kamer werd gehuld in duisternis. Even bleef ze zo staan. Later, jaren later, zou ze op dit moment terugkijken als een ogenblik waarop de wereld was veranderd. Alle stappen die ze van nu af aan zette, zouden in een andere richting zijn dan ze ooit gegaan was. Maar nu dacht ze daar niet aan. Ze dacht er niet eens aan dat Blade Ballenger iets had veranderd, hoewel hij dat wel had gedaan. En zou doen. Ze dacht aan het feit dat haar vader geen gemeente meer had, en zij dus strikt genomen geen domineeskind meer was, en dat ze nu dus normaal kon zijn.

Door het geopende raam hoorde ze de muziek uit *Never Closes*. Een of ander countryliedje. *'Gonna live fast, love hard, die young – and leave a beautiful memory.'* Waarom zou iemand in vredesnaam zo'n liedje schrijven wanneer niemand, maar dan ook echt niemand jong wilde sterven?

Swan liet zich op het bed zakken, en kroop op de tast onder de dekens. Blade bewoog even, en lag weer stil. Een poosje later, toen Swan bijna in slaap gevallen was, hoorde ze hem slaperig mompelen: 'Swan Lake. Wat een maffe naam.'

★★★

In de kleine uurtjes voordat de zon opkwam bedachten Willadee en Samuel alsnog een plan van aanpak, dat Samuel de volgende morgen bij het ontbijt meedeelde. 'We willen graag een poosje hier blijven. Tot we iets anders kunnen regelen. Als jullie het goedvinden.'

Noble en Bienville vonden het uitstekend. Ze slaakten allebei een reeks strijdkreten. Swan vond het ook goed, hoewel zij niet begon te schreeuwen. Je moet niet schreeuwen als je eten van tafel probeert te smokkelen om mee naar boven te nemen voor een Vluchteling, en hoopt dat niemand het merkt.

Calla zei dat zij het prima vond; ze zou het niet anders willen hebben. Ze hoopte alleen dat Samuel ertegen kon om te wonen in een huis waar een bar aan vast zat. Samuel verzekerde haar dat de bar hem niet zou hinderen, dat hij niet inzag hoe een bar hem zou kunnen hinderen als hij er niet naar binnen ging, en trouwens, hij ging een baan zoeken – ergens. Hij zou dus niet de hele tijd in huis rondhangen en overal over oordelen.

En het preken dan, informeerde Calla. Ze kende Samuel goed genoeg om te weten dat als hij niet kon preken, hij niet gelukkig zou zijn. En ze kende het Leven goed genoeg om te weten dat als één persoon in huis zich langere tijd echt ongelukkig voelt, de misère even besmettelijk wordt als de pokken.

'Daar hebben we iets op bedacht,' vertelde Samuel. 'Ik ben van plan om in het weekend invalbeurten te doen.'

'Wat zijn invalbeurten?' vroeg Bernice poeslief, zoals alleen een echte zuiderlinge dat kan – een toontje dat bedoeld is om op iemands gemoed te werken. Ze zat aan de ontbijttafel in een soepelvallende wit satijnen peignoir, die ongetwijfeld voor hetzelfde doel gemaakt was. Haar haren hingen over haar schouders gespreid, en glansden – hoogstwaarschijnlijk dankzij het citroensap. Ze kon zó uit de catalogus van Sears & Roebuck zijn gestapt.

Willadee schonk Bernice een geduldige blik en legde uit dat een dominee soms even vrijaf wil nemen, bijvoorbeeld om met zijn gezin op vakantie te gaan, of vanwege een noodgeval, of wat dan ook. Ze vervolgde dat iemand als Samuel, die preekbevoegd was maar geen eigen gemeente had, de kerkdiensten kon overnemen gedurende de afwezigheid van zo'n andere predikant, en dat dat voor alle betrokkenen heel nuttig en heilzaam kon zijn.

'Er is veel vraag naar invallers,' besloot Willadee opgewekt. 'Het is voor zo'n gemeente echt een verademing.'

Calla dacht er even over na, nam een slok van haar koffie en schudde treurig het hoofd. 'Het zal geen verademing voor hen zijn als ze Samuel krijgen,' zei ze.

★★★

Na het ontbijt had Swan grote haast om weer naar boven te gaan. Ze maakte zich zorgen dat Blade Ballenger wakker zou worden, helemaal alleen in een vreemde omgeving, en bang zou zijn. Of dat hij elk moment de trap af kon stommelen, en dan zou iedereen erachter komen dat zij hem verborgen had. Maar haar bezorgdheid was niets vergeleken bij het andere wat ze voelde. Blade Ballenger had haar uitgekozen als zijn toevlucht. Had ze niet vurig gewenst dat ze met iemand een band zou krijgen? Opeens kwamen haar wensen aan alle kanten uit.

Net toen ze de keuken uit wilde stuiven, vatte Samuel haar in de kraag. Willadee en hij dirigeerden haar en haar broers naar de woonkamer, deden de deur achter zich dicht en lieten hen in een kringetje gaan zitten – net zo'n volmaakt familietafereel uit een tijdschrift.

'Ons leven gaat op een heleboel manieren veranderen,' deelde hij hun mee. 'We zullen ons best moeten doen om onze gemoedsrust te bewaren. Maar ik wil niet dat jullie je zorgen maken of bang zijn. Wat ons ook te wachten staat, het zal goed zijn, omdat Gods plan met ons altijd goed is.'

'Is één van die veranderingen dat ik voortaan een spijkerbroek aan mag?' wilde Swan weten. 'Dat lijkt mij heel goed. Want we wonen nu op een boerderij.' (Sinds de vorige dag droeg ze weer een jurk. Vanzelfsprekend. Wanneer Samuel terugkwam van de conferentie, stopten de kinderen altijd meteen met het overtreden van alle regels die ze tijdens zijn afwezigheid hadden overtreden.)

'Je weet best dat dat niet mag, Swan,' zei Willadee. Swan knipperde verontwaardigd met haar ogen naar haar. Willadee keek met een uitgestreken gezicht terug. Als ze wilde, kon ze bijzonder onschuldig kijken.

'Maar we hebben nu toch niet meer een kerk vol mensen die alles wat we doen in de gaten houden.'

'Hoe wij ons leven leiden, baseren we niet op wat andere mensen vinden,' zei Samuel. 'We proberen enkel ons te houden aan wat de Bijbel zegt.'

Swan bracht daar, heel overtuigend, tegen in dat de Bijbel met geen woord rept over wat een kind moet dragen als het in een koeienweide speelt, maar Samuel was al doorgegaan op het volgende onderwerp. Ze zouden niet veel geld hebben – niet dat ze ooit veel geld hadden gehad, maar nu zouden ze geen vast inkomen meer hebben, dus ze zouden allemaal offers moeten brengen. En hij hoopte dat ze dat begrepen, en zouden meehelpen en zonder klagen hun steentje zouden bijdragen.

Swan wist niet precies wat het woord 'offer' vandaag de dag inhield. In de tijd van de Bijbel betekende het dat je iets kostbaars op het altaar legde, om Gods gunst af te smeken. In Abrahams geval was Isaak dat 'iets' geweest, maar God had een zondebok gestuurd zodat Abraham zijn zoon niet daadwerkelijk had hoeven doden. Stiekem had Swan dat altijd net iets te gemakkelijk gevonden. Dat zei ze natuurlijk niet hardop. Je plaatst geen vraagtekens bij de Bijbel, niet als je te zijner tijd naar de hemel wilt gaan. Bovendien: als je eenmaal begint ergens gaten in te bikken, is het moeilijk om te bepalen welke stukken je moet wegdoen en welke stukken je moet houden.

Maar toch… Als Samuel hun vroeg om niet te klagen, dan wilde dat zeggen dat er misschien wel iets te klagen viel. Het klonk steeds minder aantrekkelijk om geen domineeskind te zijn. Wat haar het meest zorgen baarde, was de knagende gedachte dat haar vader misschien wel bij God uit de gunst was geraakt. Ze kon zich niet voorstellen hoe dat had kunnen gebeuren. Er was niemand die zó zijn best deed om het goede te doen als Sam Lake. Dat besefte God toch zeker ook wel?

★★★

Natuurlijk wachtte Blade niet tot Swan weer terug op haar kamer was. Tegen die tijd was hij het huis al uit gegltp en naar huis gehold. Hij zei tegen z'n moeder dat hij bij de beek had gespeeld, en zij zei dat hij die dan zeker helemaal tot aan Alaska gevolgd was, want hij had geen antwoord gegeven toen ze hem een halfuur geleden had geroepen, en sinds wanneer ging hij al buiten spelen voordat de rest van het gezin de ogen opendeed?

Geraldine had de strijkplank in de woonkamer neergezet (ze deed strijkwerk tegen betaling) en rookte een Pall Mall. Haar gezicht vertoonde wel vijf verschillende kleuren, voornamelijk tinten blauw, met snijwonden en schrammen kriskras door elkaar over haar kaak. Wat er de vorige avond was gebeurd was dat Blades vader zijn moeder had geleerd hoe ze zich moest gedragen, en Blade was het huis ontvlucht. Het was angstaanjagend wanneer zijn vader iemand iets leerde. Soms deed Blade alsof hij sliep wanneer dat gebeurde, maar gisteravond was doen alsof niet mogelijk geweest. Ras had Geraldine aan haar haren door de keuken gesleept en haar geslagen met een metalen bakspaan. Geraldine had eerst gehuild en vervolgens hem gesmeekt op te houden en ten slotte geprobeerd weerstand te bieden, wat nooit verstandig was. Blade had geprobeerd niet te luisteren, en had geprobeerd niet te luisteren, en ten slotte was hij maar het raam uit geklommen.

Eerst had hij ineengedoken tegen het putschuurtje gezeten en met zijn vingers tekeningen gemaakt in het zand – iets wat hij vaak deed op dergelijke momenten. Hij hoefde niet te zien wat zijn handen deden wanneer hij tekende, en hij hoefde een voorwerp niet te zien om het te kunnen tekenen. Hij had altijd in het donker getekend, meestal zelfs zonder erbij na te denken. Hoe dan ook, hij kon nog steeds alles horen, en dus was hij verder het erf op gelopen, en toen het pad af, tot hij zo ver weg was dat het vrijwel helemaal stil om hem heen was. En toen was dat meisje gekomen.

Blade wist niet waarom hij had besloten haar te volgen. Misschien omdat hij het gevoel had dat er daar waar zij naartoe ging – waar dat ook was – niets engs zou gebeuren. Ze leek beslist nergens bang voor – behalve toen ze net gevallen was. Toen was ze eventjes vrese-

67

lijk bang geweest, alsof ze dacht dat de duivel haar kwam halen. Maar toen ze daar eenmaal overheen was, was ze oersterk geweest.

Hoe dan ook, hij was blij dat hij achter haar aan gegaan was. In gedachten had hij al besloten dat Swan Lake bij hem hoorde. Zij was een veilige plaats – en nog iets anders, wat hij nog niet kon begrijpen of onder woorden kon brengen, daarvoor was hij nog te jong. Het enige wat hij zeker wist, was dat hij het gevoel dat hij de vorige avond had gehad wilde vasthouden, en zich erin wilde hullen als in een warme deken op een koude nacht.

Hoofdstuk 9

Bernice vond het onverdraaglijk hoe ze zich de daaropvolgende paar dagen voelde. In de eerste plaats bleef ze zich inbeelden dat de hele familie wist van haar woede-uitbarsting van die avond. Iedereen behalve Toy. Over het algemeen zorgde Toy er wel voor dat hij geen dingen te weten kwam die hij liever niet zou willen weten, die zijn geluk en gemoedsrust in de weg zouden staan. Dat was al zo sinds die akelige kwestie met Yam Ferguson, net na de oorlog. Maar wat de anderen betreft – nu ze allemaal zo op een kluitje woonden, kon niemand een wind laten zonder dat een ander het rook.

Niet dat Bernice ooit een wind liet.

Het tweede waardoor Bernice zich ellendig voelde, was dat ze de laatste tijd zo'n gevoel had van de-tijd-vliegt-en-ik-heb-ook-m'n-beste-tijd-gehad. Als je jarenlang het mooiste meisje in de wijde omtrek bent geweest en je je dan realiseert dat je in volle bloei staat, dan is het onvermijdelijk dat je je een beetje ongerust maakt, aangezien na volle bloei de fase volgt waarin de bloemblaadjes slap gaan hangen en beginnen af te vallen. Daar zat ze nu, rijp en weelderig, terwijl al haar bloemblaadjes nog de goede kant op wezen, en Sam Lake merkte het niet eens.

Daar zou ze dus iets aan moeten doen.

Bernice probeerde te bedenken hoe ze ervoor kon zorgen dat Sam haar opmerkte. Ze dacht er overdag over na, wanneer Toy en zij in hun eigen huis waren. Hij kroop altijd meteen in bed zodra ze thuiskwamen, en werd gewoonlijks pas ergens halverwege de middag wakker. Terwijl hij sliep, dwaalde Bernice van de ene kamer naar de andere, geruisloos en sierlijk als een vlinder. Hier en daar even neerstrijkend. Op een stoel. Op de bank. Soms, buiten, op de reling van de veranda. Naast het trapje stonden gardenia's in bloei, en ze roken zo heerlijk dat ze er een brok van in de keel kreeg en het liefst zou willen huilen.

Ze dacht er 's nachts over na, wanneer ze in haar eentje op Calla's schommelbank zat, met de uitgelaten muziek uit *Never Closes* op de achtergrond. Ze dacht erover na toen Samuel en Willadee en de kinderen teruggingen naar Louisiana voor de afscheidsdienst in hun kleine kerkje. Ze dacht er voortdurend over na. Er móést toch een manier zijn om Samuel de waarheid te doen inzien: dat hij ongelukkig was zonder haar.

Met ieder uur dat verstreek nam haar gevoel van urgentie toe. Bernice kreeg niet genoeg slaap, ze kreeg niet wat ze wilde, en ze werd er niet jonger op.

★★★

Het was al laat toen Samuels auto op vrijdagavond het erf op tufte, een aanhangwagen meezeulend die zo hoog was opgeladen met meubels en dozen, dat het een wonder mocht heten dat hij onderweg onder de spoorbruggen door was gekomen. Oma Calla had hen opgewacht. Ze kwam van de veranda af, baande zich een weg tussen de wirwar van auto's van barklanten door, en bukte zich naar het portierraampje. Ze moest hard praten om boven de herrie van de jukebox in de bar uit te komen.

'Laad de kinderen uit en zet de aanhanger in de schuur,' zei ze tegen Samuel. 'Het is nu te laat om je spullen naar binnen te sjouwen, en je wilt niet hebben dat iemand met lange vingers erin gaat neuzen.'

Samuel deed wat ze gezegd had.

Op zaterdag stroomde Calla's toilet over, en dus bracht Samuel de dag door met het opgraven van de afvoerpijp van haar septic tank. Het kostte hem geen moeite die te lokaliseren, aangezien het gras dat boven die dingen groeit altijd veel helderder groen is dan het omringende gras, maar het kostte hem heel veel moeite om de amberboomwortels die erdoorheen en eromheen gegroeid waren, los te hakken. Met die klus was hij de hele dag zoet. De auto en de aanhangwagen bleven achter slot en grendel in de schuur staan, en er werd niets uitgeladen, en dus bleef de gebruikelijke opschudding achterwege die ontstaat wanneer een gezin een huis betrekt. En zodoende ontging het de meeste buurtgenoten dat Sam Lake en zijn gezin weer terug naar Arkansas waren verhuisd.

★★★

Op zondagmorgen ging Bernice niet naar beneden voor het ontbijt. Ze bleef in bed liggen nadenken over hoe onjuist deze hele situatie was. En zo kwam het dat ze haar Ingeving kreeg.

Eigenlijk was het Samuel die haar de ingeving bezorgde, al wist hij dat zelf niet. Willadee en hij waren zich op hun kamer aan het klaarmaken voor de kerk, en hun stemmen drongen overduidelijk tot haar door. Bernice hoefde niet eens haar oor tegen de muur te leggen om hen te kunnen verstaan. Het was alsof Het Zo Had Moeten Zijn.

Willadee vroeg Samuel of hij het wel zag zitten om vanmorgen naar de kerk te gaan, in de wetenschap dat men hem zou vragen waarom hij niet thuis in Louisiana was om bij zijn eigen gemeente voor te gaan. (Het zou beslist een vernedering voor hem zijn om te moeten toegeven dat hij geen gemeente had.) En Samuel antwoordde dat hij niet van plan was om de Heer teleur te stellen door niet op Zijn Dag in Zijn Huis te verschijnen.

'Ik moet erop vertrouwen dat dit alles een reden heeft,' zei hij. 'Misschien is er iets wat ik hier moet doen, wat ik niet zou kunnen doen als ik ergens anders was. Misschien is er iemand voor wie ik iets kan betekenen, of een probleem waarbij ik moet helpen.'

Bernice zat rechtop in bed.

In de aangrenzende kamer antwoordde Willadee instemmend. Het moest wel zo zijn dat God hier een taak voor hem had, en dat de enige manier om het gedaan te krijgen was door hem los te rukken uit de leem van Louisiana en hem te herplanten in de klei van Arkansas. Waarschijnlijk waren de velden nu al rijp om te oogsten.

Bernice sloeg de dekens van zich af en sprong uit bed. Nou en of de velden rijp waren. Gezien het feit dat zij de velden was. En zij was zo klaar om te worden geoogst dat haar hoofd ervan tolde.

***

Nog voor Bernice zich goed en wel had kunnen omkeren, waren Samuel en Willadee de kinderen al in de auto aan het laden. Calla had allang de winkel geopend, en Toy was meteen nadat hij de bar gesloten had naar het meertje gegaan om een poosje te vissen – dus zij konden geen van beiden een spaak in het wiel steken. Desondanks had Bernice amper genoeg tijd om haar gezicht te wassen en haren te borstelen, en de jurk aan te schieten die ze naar opa Johns begrafenis had gedragen. Het was een lichtgrijs geval, met een enigszins laag uitgesneden ronde hals – precies goed voor deze gelegenheid. Netjes en tegelijkertijd verleidelijk. Ze nam niet de moeite zich op te maken, aangezien haar huid geen make-up nodig had, en bovendien loopt make-up uit als je huilt waardoor je er als vrouw ronduit angstaanjagend uitziet, en ze was stellig van plan om vanmorgen te huilen.

Op het allerlaatste moment kwam ze het huis uit gerend; ze liet de hordeur met een klap achter zich dichtvallen. Samuel keek met een ruk om in haar richting, en keek toen nog eens goed. Een rennende Bernice Moses zag je niet elke dag.

'Wat is er, Bernice?'

Ze wachtte met antwoorden tot ze pal naast hem stond, zodat hij haar parfum kon ruiken terwijl hij luisterde. 'Ik vroeg me af of ik met jullie mee kon rijden naar de kerk,' zei ze zachtjes.

Als Sam al verbaasd was, dan liet hij dat niet merken. Hij schonk haar die grote, brede, knappe glimlach van hem en zei: 'Kom maar mee. In Gods huis kan er altijd nog iemand bij.'

Alsof God hier ook maar iets mee te maken had.

Samuel pakte haar bij de arm, leidde haar om de auto naar de passagierskant, deed het portier open, bukte zich voor haar langs en zei: 'Willadee, Bernice wil met ons meerijden naar de kerk.'

Willadee schonk haar echtgenoot een veelbetekenende glimlach en schoof op om ruimte voor haar te maken. Bernice stapte in zoals ze dat filmsterren had zien doen – ze liet zich elegant op de bank zakken en zwaaide haar benen de auto in, waarbij ze net genoeg blote huid liet zien om verleidelijk te zijn. Ze gluurde ingehouden naar Samuel, om te zien of hij in verzoeking was gebracht, maar hij was druk bezig het portier te sluiten en ervoor te zorgen dat geen van de kinderen er met hun vingers tussen kwamen.

Bernice had zich niet gerealiseerd hoe de rit naar de kerk daadwerkelijk zou zijn. Ze had zich voorgesteld dat Samuel en zij op de voorbank zouden zitten, met Willadee tussen hen in, die zich lelijk en ongemakkelijk voelde. Samuel zou over Willadees hoofd heen heimelijk verlangende blikken op haar werpen, en zij zou hem af en toe een ondoorgrondelijke glimlach schenken. Als Willadee het doorkreeg, zou ze waarschijnlijk een pruillip opzetten, wat uitstekend paste in Bernice' plannetje, aangezien een man het hevigst naar een andere vrouw gaat verlangen wanneer hij eraan herinnerd wordt dat de vrouw die hij heeft, vastbesloten is hem niet te laten gaan.

Wat de kinderen betreft, die waren een soort achtergrondkleuren, deel van het decor rondom Samuel. Ze had hoe dan ook nooit veel gedachten aan Samuels kinderen gewijd. Ze had ook nog nooit met alle drie tegelijk in een auto opgesloten gezeten.

Het duurde niet lang voor ze besefte dat er geen verlangende blikken van Samuel zouden komen. Willadees en zijn hand lagen verstrengeld in Willadees schoot, en Samuel had de blik van een man wiens behoeften onlangs zijn bevredigd.

De eerste kilometer bleven de kinderen inderdaad op de achtergrond, maar toen begon Noble naar voren te leunen en diep in te ademen door zijn neus.

'Wat doe je daar achterin, Noble?' vroeg Samuel ten slotte.

'Zitten.' Wat natuurlijk waar was.

'Hij snuift haar parfum op,' zei Bienville. Als je genoeg boeken leest, leer je dat soort dingen op te merken.

Noble werd zo rood als een biet, en wierp zijn broer een blik toe die zei dat hij later wel met hem zou afrekenen. Bienville maakte zich geen zorgen. Er was al vaker met hem afgerekend, en hij had het altijd nog overleefd.

'Waarom dragen vrouwen parfum, tante Bernice?' vroeg Bienville.

'Om mannen aan te trekken,' antwoordde Willadee.

'We vinden het gewoon prettig om lekker te ruiken,' verbeterde Bernice haar.

'Nou, je ruikt erg lekker, tante Bernice.'

'Dank je, Bienville.'

'Trek je veel mannen aan?'

Willadee voelde een lachbui opkomen en deed haar best die te onderdrukken, maar hij liet zich niet onderdrukken; al snel borrelde hij op in haar keel. Bernice zat daar maar met open mond en pijnigde haar hersenen om een goed, bruikbaar antwoord te vinden. Ze kon niet zeggen 'Meer dan genoeg', want er zijn van die momenten dat de waarheid je als vrouw alleen maar hindert om je doel te bereiken. En ze kon niet zeggen 'Alleen mijn eigen man', want dan zou ze saai klinken, wat volstrekt onaanvaardbaar was. En ze kon beslist niet zeggen: 'Ik probeer er nu juist eentje aan te trekken.'

Ten slotte zei ze: 'O, daar let ik eigenlijk nooit zo op.'

Het lukte Samuel om zijn gezicht in de plooi te houden, maar alleen omdat dominees al vroeg leren om niet te lachen wanneer dat niet gewenst is. Iets anders wat dominees al vroeg leren is dat de beste manier om een gemeente weer in het gareel te krijgen, is iedereen aan het zingen te zetten. Dus vroeg hij Swan of ze nog nieuwe liedjes kende.

'Moet het een gezang zijn?'

'Nee, gewoon iets wat we allemaal kunnen meezingen.'

Swan vertelde dat Lovey haar 'My Gal's a Corker' had geleerd, en dat was echt een goed meezinglied. Normaal gesproken zou Samuel zijn veto uitgesproken hebben over zo'n ordinair lied, maar vandaag niet. Vandaag zei hij: 'Nou, laat maar horen.'

Je hoefde Swan geen twee keer te vragen om te zingen. Ze had een groot stemgeluid voor zo'n klein meisje, en ze was niet bang om het te laten horen. Ze begon te zingen, het ene couplet na het andere, en de andere kinderen deden mee. Noble zorgde voor de geluidseffecten. Ze klapten in hun handen, en stampten met hun voeten, en het ging steeds harder, en Willadee en Samuel zeiden geen enkele keer dat het wat zachter moest. Ze hielden pas op toen ze het erf van de Bethel Baptist Church op draaiden. (De familie Moses, althans de leden die naar de kerk gingen, was altijd baptist geweest. Toen Willadee met Samuel trouwde, werd ze de eerste methodistische Moses ooit.) Terwijl de auto tot stilstand kwam, brulde Noble de laatste noot van het liedje uit op zijn allerbeste bronstig-hert-achtige toon.

Ter plekke besloot Bernice dat wanneer de mooie dag aanbrak dat zij eindelijk Samuel kreeg, Willadee de kinderen zou krijgen.

Ze smeet het portier open en struikelde de auto uit, en ja hoor, natuurlijk stapte ze meteen in een gat. Het elegante hakje van haar elegante schoentje brak finaal af, met een knak die je helemaal in El Dorado nog kon horen.

'Gaat het?' vroeg Willadee, terwijl het toch overduidelijk was dat Bernice pijn leed. Dat de hak afbreekt van een paar schoenen waarin je voeten er gewoonweg onbetaalbaar uitzien, is voor *elke* vrouw een pijnlijke ervaring.

Bernice rechtte haar rug en hobbelde naar de hoofdingang van de kerk. Bij elke stap hield ze zichzelf voor dat je je door zulke kleinigheden niet moet laten afleiden als je een missie te vervullen hebt. Ze was hier vanmorgen gekomen om zich te bekeren, en dat zou ze waarachtig door niets en niemand laten bederven.

★★★

Toen ze de kerk binnenkwamen, was de gemeente het eerste lied aan het zingen. *Ze verheffen hun harten tot God*, dacht Samuel – en die gedachte werd gevolgd door een golf van emoties. Een hevig verlangen naar een eigen gemeente. De meeste mensen die in Samuels schoenen stonden, zouden zich wellicht afvragen of ze iets gedaan hadden wat Gods woede had gewekt, maar zo dacht Samuel niet. In zijn beleving was God mild en goed, en dus was hij ervan overtuigd dat deze ervaring een zegen zou blijken te zijn, misschien wel de grootste zegen van zijn leven. Dat nam echter niet weg dat het pijn deed.

Bernice strompelde door het gangpad, glipte de eerste lege bank in en schoof door om ruimte te maken voor de anderen. De kinderen schoven achter haar aan de bank in, gevolgd door Willadee en daarna Samuel. Swan begon al enthousiast te zingen voordat ze helemaal stilstond. De mensen draaiden het hoofd om om naar haar te kijken, zoals ze altijd deden wanneer zij haar mond opendeed en die krachtige stem eruit kwam. Swan merkte het niet. Wanneer zij zong, bevond ze zich in haar eigen wereldje. Dan stortte ze zich met hart en ziel in de muziek, en kwam de muziek uit haar gestort als een waterval, en ze had nog nooit iets gevoeld wat kon tippen aan de gevoelens die zich dan van haar meester maakten.

Samuel en Willadee stootten elkaar aan en glimlachten. De jongens trokken een gezicht vanwege het volume van hun zusjes stemgeluid. Bernice stond rechtop en staarde recht voor zicht uit. Onwillekeurig volgde Samuel de richting van haar blik. Het kon niet de schriele, rood aangelopen zangleider zijn naar wie ze keek, aangezien hij een en al rusteloze beweging was – heen en weer banjerend, met zijn armen zwaaiend op de maat van de muziek. Wat het ook was waar Bernice naar keek, het stond stil. Maar Bernice kennende was het goed mogelijk dat ze helemaal niet bewust naar iets keek. Ze had de wonderlijke gewoonte om zich in haar eigen hoofd terug te trekken. Je wist nooit wat zich daarbinnen afspeelde.

Eén ding was zeker. Ze voerde vanmorgen iets in haar schild – en Samuel vermoedde dat het te maken had met haar pogingen om hem terug te winnen. Je zou denken dat ze dat na al die jaren wel zou hebben opgegeven, maar wat hield ze over als ze het opgaf? Een huwelijk dat ze nooit gewild had, met een fatsoenlijk man die zo veel van haar hield dat zij hem verachtte.

Niet dat Bernice ooit echt achter Samuel aan zat. Ze speelde het enkel klaar om zich, telkens wanneer hij in de buurt was, ergens neer te vlijen waar hij haar wel moest zien, en ze sprak op dat verleidelijke honingzoete toontje tegen hem, en ze gedroeg zich… nou ja, geamuseerd. Alsof er een krachtige elektrische spanning tussen hen was en zij het vermakelijk vond om te zien hoe hij probeerde zich ertegen te verzetten.

Samuel reageerde door haar op dezelfde manier te behandelen als ieder ander. Hij was vriendelijk en beleefd, en zo respectvol als het maar kon. Hij vermeed nooit haar in de ogen te kijken. Hij keek nooit als eerste weg. Hij liet haar nooit vat op hem krijgen.

Eerlijk gezegd had Samuel medelijden met Bernice. Hij kende niemand die zo eenzaam was – zo erop gericht om voor altijd adembenemend te blijven, dat ze zichzelf nooit de adem kon laten benemen door al het moois dat het leven te bieden heeft. Hij had nooit meer iets voor haar gevoeld sinds de dag dat hij Willadee voor het eerst had ontmoet. (Over het moois dat het leven te bieden heeft gesproken! Over adembenemend gesproken!) Desondanks besloot hij extra op zijn hoede te zijn bij zijn schoonzus. Ook wanneer er geen spanning op staat, kan een elektriciteitsdraad nog steeds gevaarlijk te zijn. Hij kan nog altijd worden gebruikt om mensen vast te binden. En hen te wurgen.

Hoofdstuk 10

Als je een paard wilt africhten, moet je hem leren dat het leven onzeker is en straf gegarandeerd. Dat was tenminste hoe Ras Ballenger paarden africhtte. Als de mensen die hun dieren aan hem toevertrouwden van zijn aanpak hadden geweten, zouden de meesten van hen een andere trainer hebben gezocht.

Sommige mensen zouden desondanks van Ras gebruik hebben gemaakt. Degenen voor wie alleen het resultaat telde. Ras behaalde beslist goede resultaten. Hij kon een paard zo ongeveer alles leren wat je maar wilde. Wilde je dat hij zijn benen hoog optilde? Ras zorgde er wel voor dat hij zijn benen hoog optilde. Wilde je dat hij rondstapte met zijn hoofd in een elegante maar onnatuurlijke houding? Ras kreeg hem zover dat hij de hele dag bleef dansen en niet één keer het hoofd boog. Wilde je dat hij geschikt was voor kinderen? Ras maakte er een paard van dat een kind van drie nog kon berijden.

Het punt was dat de paarden die Ras africhtte zo gehoorzaam waren en het je zo graag naar de zin maakten, omdat ze doodsbang voor mensen waren en hun wil gebroken was. Hij leverde ze af met een verzorgde en glanzende vacht, maar met een wezenloze blik en de neiging om te sidderen wanneer ze werden aangehaald. Daar stelden de eigenaren Ras wel eens vragen over, en dan had hij er allerlei verklaringen voor. Het weer sloeg om, en je weet hoe raar een paard kan doen wanneer het weer omslaat. Of ze waren hun eigenaar ontwend, per slot van rekening hadden ze hem een paar maanden niet gezien, maar dat zou gauw genoeg weer bijtrekken. Of ze voelden aan dat ze moesten verkassen, en paarden hebben er een hekel aan vervoerd te worden. Dat soort dingen.

Ras liet het gesprek nooit lang over zulke futiliteiten gaan. Waar de mensen telkens voor terugkwamen waren prestaties, en dus verspilde hij geen tijd om ter zake te komen en hun te laten zien wat hun paarden allemaal konden nu hij hen zo intensief had getraind.

Dan besteeg hij het paard en reed er een rondje mee, liet het lopen en stilstaan en achteruitgaan en zijwaarts stappen. Hij liet het schrijden en in handgalop gaan en draven en galopperen. Als het toevallig een veedrijverspaard was, liet hij een paar kalveren los op het erf en gaf hij een kleine demonstratie vee drijven, wat het altijd bijzonder goed deed bij de eigenaren. Er zijn weinig dingen zo mooi en opvallend om te zien als de complexe dans van een prachtig paard dat een kalf van de kudde scheidt.

Op enig moment ging Ras zonder handen rijden. Dan bond hij de teugels om de voorste zadelboog, legde zijn handen op zijn dijen en liet het paard zelf het werk doen. Altijd sloot hij de voorstelling af door een kind in het zadel te zetten. Als de eigenaren er zelf niet eentje hadden meegebracht, gebruikte hij een van zijn eigen kinderen. Dan vertelde hij het kind wat het moest doen, en deed het kind Ras' oorspronkelijke demonstratie nog eens dunnetjes over, en tegen die tijd maakte niemand zich er nog druk om of het paard een wezenloze blik had. Ze sloegen Ras op de schouders, en vroegen hem hoe hij dat toch klaarspeelde, en drukten geld in zijn bereidwillige hand.

'Een paard is slim,' zei Ras dan met een glimlach. 'Je hoeft hem alleen maar te laten zien wat je wilt en dan doet hij het, of hij blijft het proberen tot hij er dood bij neervalt.'

Tot dusver was nog geen van de paarden die aan Ras waren toevertrouwd er dood bij neergevallen, hoewel het bij sommige niet veel had gescheeld.

Als je je paard door Ras Ballenger wilde laten africhten, moest je het brengen en bij hem achterlaten. Zo kon hij er immers meer tijd aan besteden, en bovendien was zijn terrein er helemaal voor uitgerust.

Wat de eigenaren niet wisten, was dat ook een praam en een zweep deel uitmaakten van die uitrusting van Ras, plus een plek in zijn schuur waar de dieren gekluisterd konden worden, zodat ze geen millimeter meer vooruit, achteruit of opzij konden. Soms liet hij een paard uren- of dagenlang staan zonder voedsel of water, zodat het dankbaar en mak was wanneer het ten slotte werd losgelaten en te drinken kreeg. Paarden konden op een heleboel verschillende manieren worden gemarteld, en Ras Ballenger wist ze allemaal.

Ongeveer op hetzelfde moment dat Samuel Lake in de kerk zat en zich afvroeg hoe zijn leven nu verder zou verlopen, stond in de paddock op Ras Ballengers land een grote witte ruin genaamd Snowman vermoedelijk zich hetzelfde af te vragen. Ras stond buiten de paddock tegen de houten omheining geleund; hij keek hoe het paard naar hem keek.

Zo – met z'n tweeën, kijkend naar elkaar – stonden ze er nu al een paar uur. Al vanaf het moment dat de eigenaar, een man die Odell Pritchett heette en ergens in de buurt van Camden woonde, het paard hier had gebracht. Odell had verteld dat Snowman net gebroken was, maar er moesten nog wat puntjes op de i gezet worden. Hij hield zijn hoofd nog te veel omhoog en was wat onberekenbaar.

Ras had Odell verzekerd dat hij zou doen wat hij kon. Over het algemeen had zo'n paard alleen een beetje ervaring nodig. (Hij zei niet wat voor ervaring.) Veel speciale aandacht. (Ook dat lichtte hij niet nader toe.) Wat hij zou doen was Snowman elke dag trainen. Hij zou consequent zijn, en hem laten zien wat er van hem verwacht werd, en voor je het wist zou hij hem in het gareel hebben gebracht, hij kende immers het klappen van de zweep. (Over dat laatste weidde hij *zeker* niet verder uit.)

Op dit moment deed Ras wat hij altijd met een nieuw paard deed: hij liet de angst het dier in zijn greep krijgen. Als het nodig was, bleef hij hier de hele dag zo staan, enkel om het paard de kans te geven om te beseffen dat wat er hierna ook zou gebeuren, hij er geen enkele controle over zou hebben. Een onzeker paard is een paard dat fouten maakt. En een paard dat fouten maakt is een paard dat gecorrigeerd kan worden. En dat was het punt waarop Ras Ballenger werkelijk plezier kreeg in zijn werk.

'Je staat na te denken, hè?' vroeg hij. Met zachte stem. Zacht lachend.

Snowman liep naar de andere kant van de paddock en wendde het hoofd af.

'Je bedenkt dat je groter bent dan ik, en sneller dan ik, en dat jij vier benen hebt en ik maar twee,' ging Ras verder, en zijn stem klonk bedrieglijk vriendelijk. 'Je vraagt je af of dit makkelijk of moeilijk gaat worden, hè Snowman?'

Hij ging de paddock in en liep naar het paard toe, pakte hem bij de halster en knipte er een halstertouw aan vast, dat al bevestigd was aan een stevige paal die in de grond vastgemetseld was.

'Nou, dan kan ik je vertellen, Snowman, dat het niet gemakkelijk wordt. Want makkelijk – daar is gewoon geen lol aan.'

★★★

Broeder Homer Nations stond op om de mededelingen te doen, en de eerste woorden die hij sprak waren precies de woorden die Samuel gevreesd had. 'We hebben vanmorgen een heel bijzondere gast in ons midden, mensen,' deelde broeder Nations mee. 'Ik vind het een voorrecht hem te mogen kennen; hij is een van de voortreffelijkste en godvrezendste mannen die ik ken. Samuel Lake. Sta even op, Samuel. Laat ons je eens even goed bekijken.'

Samuel stond op. Hij vond het verschrikkelijk, maar deed het wel. Hij keek om zich heen naar alle aanwezigen, en glimlachte tegen hen, en knikte hen toe, en ze glimlachten en knikten allemaal terug. Broeder Nations straalde en schraapte zijn keel om aan te geven dat hij nog meer te zeggen had. Gehoorzaam richtte de gemeente de ogen weer op hem.

'We hebben niet zo vaak de eer om Samuel in onze dienst te mogen begroeten. Maar tragische omstandigheden hebben ertoe geleid dat hij vanmorgen in ons midden is. Samuel, ik weet dat je hier bent om de familie van je vrouw bij te staan in deze tijd van rouw. Ik wil jullie allemaal graag onze innige deelneming betuigen en jullie laten weten dat we voor jullie bidden.'

'Dank je, broeder,' antwoordde Samuel. 'Dat stellen we zeer op prijs.' En toen voegde hij eraan toe: 'Ik hoop wel dat jullie er niet te snel genoeg van krijgen om mijn gezicht te zien, want Willadee en de kinderen en ik zijn hiernaartoe verhuisd.'

'Nee maar, prijs de Heer!' zei broeder Nations. 'In welke gemeente ga je preken?'

Samuel keek om zich heen naar de gemeenteleden, deze mensen met wie hij was opgegroeid, die hem respecteerden en tegen hem opkeken, en hij zei met zijn kalme, welluidende stem: 'Ik heb dit jaar geen eigen gemeente. Ik ga preken waar God me ook maar van een kansel voorziet.'

Dat nieuws sloeg in als een bom. Dat Sam Lake geen eigen gemeente had, betekende dat de methodistenconferentie het niet juist had geacht om hem er een toe te wijzen. En als dat het geval was, dan moest er een reden voor zijn. Methodisten mochten het dan wel helemaal bij het verkeerde eind hebben door niet te geloven in het besloten avondmaal en in eens-gered-altijd-gered, maar ze schenen hun dominees wel goed te behandelen. Ze zouden hen toch zeker niet zomaar ontslaan, als fabrieksarbeiders in economisch moeilijke tijden. Er moest iets ergs gebeurd zijn, en Samuel moest ten onrechte de schuld gekregen hebben.

Op dit moment geloofde niemand, althans niet serieus, dat Samuel wellicht zelf iets verkeerd had gedaan. Die gedachten zouden later komen. Vooralsnog stond iedereen aan Samuels kant.

De preek van broeder Nations stond bol van de hel en verdoemenis, wat niet bepaald het aspect van het geloof was dat Samuel graag benadrukte; maar geconcentreerd luisteren naar de boodschap hielp hem om niet te denken aan wat er straks zou volgen, namelijk na de dienst met deze en gene een praatje maken en keer op keer moeten uitleggen dat de methodistische kerk en hij het momenteel niet zo goed met elkaar konden vinden. Willadee had gelijk gehad. Het was vernederend, en hoe meer mensen er waren met wie hij erover moest praten, des te vernederender het zou worden.

Wat hij nog niet wist was dat tegen de tijd dat de dienst was afgelopen, alle aanwezigen iets heel anders aan hun hoofd zouden hebben.

★★★

Toen Calla hoorde dat Bernice zich bekeerd had, kon ze wel spugen van woede. Niet dat ze er bezwaar tegen had dat mensen tot geloof kwamen. Ze had zelf die stap gezet toen ze nog maar een sprietig meisje was geweest, en ze bad nog altijd en probeerde het goede te doen, ook al had ze inmiddels besloten dat God overal was en je niet naar de kerk hoefde te gaan om Hem te vinden. Ze had echter allang de buik vol van Bernice, en ze was het punt al ruimschoots gepasseerd dat ze dat mens het voordeel van de twijfel zou geven. Ze had het nooit hardop gezegd, maar Calla was altijd van mening geweest dat de grootste fout die Toy gemaakt had toen hij terugkwam van het front en Yam Ferguson vermoordde, was dat hij de verkeerde persoon de nek omgedraaid had.

De kinderen zaten te popelen om Calla het grote nieuws te vertellen. Ze sprongen al uit de auto voordat hun vader de motor had uitgezet, en ze kwamen direct de winkel in gehold en gestruikeld.

'Tante Bernice heeft zich bekeerd!' schreeuwde Noble, zonder ook maar de geringste aandacht te schenken aan het feit dat Calla een paar klanten had die echt niet Alles Over Iedereen hoefden te weten.

Calla liet het dozijn eieren en het blik bakpoeder die ze wilde aanslaan, bijna uit haar handen vallen. De klanten – een lief oud vrouwtje en een oude man met een verweerd gezicht – keken helemaal gelukkig, zoals je hoort te kijken wanneer je te horen krijgt dat iemand tot geloof gekomen is.

''t Is niet waar,' kirde de oude dame.

'O, ja hoor, mevrouw,' kweelde Swan terug. De drie kinderen waren pal voor Calla's toonbank slippend tot stilstand gekomen, en Swan probeerde Noble opzij te duwen zodat zij de woordvoerster van de delegatie kon zijn. 'Ze ging naar voren zodra ze *Just As I Am* begonnen te zingen, en ze wierp zich op de knieën...'

Swan wierp zichzelf op de grond naast een stapel balen met fijngehakte mais, het soort dat oma Calla aan haar kippen voerde. De zakken waren van katoen, de meeste bedrukt met een kleurige bloemetjesprint, dus die vormden een mooi decor voor het naspelen van de scène.

'En ze hield haar hoofd opgeheven,' vervolgde Swan. 'Zo, zie je wel? Alsof ze naar de hemel opkeek. En ze huilde tranen met tuiten, maar haar gezicht was niet helemaal verwrongen zoals meestal als mensen huilen, je weet hoe lelijk de meeste mensen eruitzien wanneer ze huilen. Maar zij zag er *helemaal* niet lelijk uit, ze leek wel een engel.'

'En zo'n beetje iedereen die er was ging naar haar toe en knielde om haar heen en hielp haar door het gebed heen,' voegde Noble eraan toe.

Bienville knikte ernstig. 'Ze is bekeerd van heb ik jou daar.'

Calla kreeg een soort schele, starende blik in haar ogen, en ze gaf het oude echtpaar hun boodschappen en wenste hun nog een fijne dag. De twee oudjes wierpen elkaar beduusde blikken toe, beseffend dat ze waren weggestuurd; en ze vroegen zich af wat er in vredesnaam in Calla Moses gevaren was, die altijd zo aardig en sympathiek was en altijd voor iedereen een vriendelijk woord had.

★★★

Calla's moestuin was een prachtige wirwar van bloemen en groenten die spontaan leken op te komen waar ze maar wilden. Zonnebloemen reikten tot drie meter hoog; pronkbonen en komkommers klommen al bloeiend langs hun steel op. Tomaten werden omringd door paprika's, die mooi afstaken tegen oranje, bronskleurige en gouden afrikaantjes. Sierlijke okraplanten vormden een waaiervormig baldakijn boven een bonte lappendeken van slasoorten. Scharlakenrode zinnia's en pastelkleurige cosmea's dansten tussen de heuphoge pompoenen, en paarse doperwten wikkelden zich om de stevige stelen van uit de kluiten gewassen suikermais. Het was een prachtig gezicht.

Toy stond zonnebaars schoon te maken aan een wankel oud tafeltje tussen de moestuin en het gereedschapsschuurtje. Bij het slaan van alle autoportieren keek hij even op; toen richtte hij zijn aandacht weer op wat hij aan het doen was. Hij wist dat Bernice met de anderen naar de kerk was gegaan – niet omdat hij haar had zien vertrekken, en niet omdat hij naar hun kamer was gegaan en had gemerkt dat ze daar niet was. Hij wist het gewoon omdat hij het wist, zoals hij wel vaker gewoon dingen wist, met name waar het zijn vrouw betrof.

Met zijn hele hart wenste Toy dat hij er niet zo veel om gaf wat Bernice deed, en of *zij* om *hem* gaf. Hij wenste dat hij er gevoelloos voor kon worden, en geen verdriet om haar zou hebben of naar haar zou verlangen, en dat het hem geen zier kon schelen wat ze deed. Hij wenste dat ze niet nog altijd verliefd was op Sam Lake, of ten minste dat hij zich er niet zo sterk van bewust hoefde te zijn. Het moeilijkste wat hij elke dag deed, was doen alsof hij zich er niet van bewust was, en dat lukte hem alleen door maar gewoon door te gaan met het werk doen dat er te doen viel, vanaf het moment dat hij uit bed kwam tot hij weer naar bed ging, dag aan dag aan dag.

Wat er op dit moment te doen viel, was vis schoonmaken. Dus wamde en schrabde en wamde en schrabde hij. Zijn bewegingen hadden een soort ritme waardoor iedereen die naar hem keek zou denken: *Kijk, dat is nu eens een man die tevreden is met zijn leven.*

Vanuit de keuken bereikten hem de eerste kookgeluiden. Het gerammel van potten en pannen. Het zachte gemurmel van vrouwenstemmen. Dat zouden Bernice en Willadee wel zijn. Hij deed geen poging om te horen wat ze zeiden, enerzijds omdat dat zijn stijl niet was, en anderzijds omdat ze toch niet veel zouden zeggen dat de moeite van het beluisteren waard was.

Al snel kwam Samuel naar buiten en voegde zich bij hem. Hij had een kaki broek en een daags overhemd aangetrokken, en hield een schilmes in zijn handen.

'Kun je wat hulp gebruiken?' vroeg Samuel.

'Het is nergens voor nodig dat we allebei naar vis stinken,' antwoordde Toy. 'Bovendien ben ik bijna klaar.'

Samuel had niet verwacht dat Toy zijn hulp zou willen of zou aannemen. Hij had het mes alleen meegenomen om te laten zien dat hij bereid was zijn bijdrage te leveren. Omdat hij zich nutteloos voelde en niet wist wat hij anders moest doen, leunde hij tegen een boom en gooide het mes over van de ene hand naar de andere.

'Hoe was de dienst?' vroeg Toy. Beleefdheidshalve.

'Inspirerend,' antwoordde Samuel.

'Mooi zo,' zei Toy.

Hij ging door met vis schoonmaken, en Samuel bleef het mes over en weer gooien. Na een poosje zei Samuel: 'Bernice heeft vanmorgen haar leven aan de Heer gegeven.'

Even stokte Toys ritme. Heel even maar. Hij maakte de vis af waar hij mee bezig was, gooide hem in een teiltje bij de andere al schoongemaakte vissen, en pakte de volgende uit de tobbe waarin de laatste paar levende nog rondspartelden.

Hij zei: 'Dat betekent zeker dat ze voortaan vaak naar de kerk zal gaan.'

'Misschien wil jij wel met haar mee,' suggereerde Samuel. Hij hoopte oprecht – maar verwachtte geen moment – dat Toy ja zou zeggen. Niet alleen vanwege de voor de hand liggende reden van Toys zielenheil, maar ook omdat als Toy voortaan zou meegaan naar de kerk, zijn vrouw dan met hem zou meerijden in plaats van met Samuel en zijn gezin. Willadee was een buitengewoon goedhartige vrouw, maar ook zij had haar grenzen, en Samuel voelde aan zijn water dat die grenzen op de proef gesteld gingen worden.

Toy schudde het hoofd. 'Dan zou het dak instorten, en dat moeten we niet hebben.'

Samuel grinnikte. Hij gooide het mes hoger in de lucht, en ving het ditmaal met dezelfde hand op. 'Ik geloof nooit dat het dak zou instorten,' zei hij.

'Het zou jammer zijn als het kerkvolk daar proefondervindelijk achter moet komen,' antwoordde Toy.

***

Tegen de tijd dat de vrouwen de lunch klaar hadden, had Toy de vis verpakt in lege melkpakken en de melkpakken met water gevuld, en had hij Samuel gevraagd ze in de diepvries te stoppen. Vervolgens had hij alle ingewanden en afval in krantenpapier gewikkeld en de rommel begraven in een onbebouwd stuk van Calla's moestuin. Volgend voorjaar zou wat ze daar ook plantte welig tieren, en zou iemand zeggen: 'Zo te zien heeft Toy vorige zomer een keer een goede vangst gedaan.'

Hij markeerde de plek met een stok die hij diep in de grond dreef, zodat hij niet per ongeluk kon worden omgestoten. Calla wilde altijd weten waar hij visafval had geplant, zodat zij zeker wist dat ze er geen erwten of bonen bij in de buurt plantte. Erwten en bonen produceren weelderige, schitterende ranken wanneer ze een grote dosis mest krijgen, maar dat is dan ook alles wat ze produceren. Calla was angstvallig precies als het om haar tuin ging. Ze had een systeem dat goed werkte, en als iemand de balans verstoorde, werd hem of haar dat niet in dank afgenomen.

Met de tuinslang spoot Toy de tafel af waaraan hij de vis had schoongemaakt; toen trok hij zijn shirt uit en spoot zichzelf ook schoon. Daarna stonk hij nog steeds een uur in de wind. Dus ging hij naar *Never Closes* en waste zich met water en zeep aan de spoelbak achter de bar.

Hij wist niet waarom hij zo verrast was door wat Samuel hem had verteld. Echt iets voor Bernice, om precies datgene te bedenken wat niemand haar kwalijk kon nemen. De enige manier waarop ze het vaakst, en onder de gunstigste omstandigheden, samen kon zijn met de man die ze beschouwde als de liefde van haar leven.

Toy had niets dan respect voor zijn knappe zwager-domineetje, en hij kon zich niet voorstellen dat Sam Lake zich ooit zou laten meeslepen in een compromitterende situatie.

Desondanks voelde Toy Moses zich flink beroerd.

Hoofdstuk 11

Swan en haar broertjes speelden geen Spionnetje meer, want telkens wanneer ze nu door het Mijnenveld renden, vijandige kogels ontweken en probeerden te voorkomen dat ze naar de andere wereld geblazen werden doordat ze op een mijn stapten, vroegen ze zich onwillekeurig af hoe het echt moest zijn om neergeschoten te worden, of hoe het voelde als een lichaamsdeel plotseling ontplofte. In gedachten zagen ze steeds voor zich hoe opa John eruitgezien moest hebben, twee tellen nadat hij de trekker had overgehaald.

Opeens hadden ze gemerkt dat ze niet meer op dezelfde manier aan sterven konden denken als ze tot dan toe gedaan hadden. Voorheen konden ze rustig elkaar neerschieten en toekijken hoe de ander viel en met veel gekerm en krampachtige bewegingen over de grond rolde, en ze hadden de dood nooit gezien als iets waarvan je niet kon opstaan en weglopen. Nu was dat allemaal anders geworden.

Daarom waren ze van Spionnetje overgestapt op Cowboys en Indianen, en dat was goed uitgepakt. Cowboys en Indianen maakten elkaar ook voortdurend dood, maar dat leek minder echt. Bovendien schoten Swan en Noble en Bienville elkaar niet meer neer. Enkel om het spannend te houden lieten ze zich nog wel eens door een revolverheld in een hinderlaag lokken, maar bij die confrontaties liepen ze meestal slechts vleeswonden op. Geen van hen eindigde ooit op het cowboykerkhof.

Swan wilde de sheriff zijn, maar daar stak Noble een stokje voor. Wie had er ooit gehoord van een vrouwelijke sheriff? Bovendien ging zij altijd zo overhaast te werk dat ze hoogstwaarschijnlijk allemaal het loodje zouden leggen. Hij zou zelf sheriff zijn. En als zij toch een wetsdienaar wilde zijn, mocht ze zijn hulpsheriff spelen.

Swan was niet van plan genoegen te nemen met de rol van iemands hulpsheriff, en dus werd ze een federale politieagent. Bienville was een doofstomme indiaanse verkenner, en hij bedacht een hele reeks gebaren om met hen te kunnen praten. In het begin was dat nogal verwarrend, aangezien hij geen woord kon spreken en er ook geen kon horen (hij moest zijn gebaren uitleggen met behulp van nog meer gebaren), maar na een poosje kregen ze het onder de knie.

De kinderen hadden voor die middag een groot, beslissend vuurgevecht gepland. Ze hadden een groep vogelvrije bandieten achternagezeten en uiteindelijk het stelletje laffe gluiperds ingesloten in Bizon Canyon (hun nieuwe naam voor de voormalige kalverpaddock). Afgaande op het aantal hoefafdrukken op de plek waar ze al-lemaal de Grote Rivier waren overgestoken (hun nieuwe naam voor de beek) waren er een stuk of vijftig bandieten, dus de Goeien waren hopeloos in de minderheid. Zoals gewoonlijk.

Ze hadden bedacht dat de doofstomme indianenverkenner naar de andere kant van Bizon Canyon zou sluipen en er een brandende fakkel in zou gooien, en dan zou het struikgewas vlam vatten, en de Slechten zouden er als een haas vandoor moeten gaan als ze niet geroosterd wilden worden. De toegang tot de canyon (het hek van de kalverpaddock) was erg smal; er kon maar één man tegelijk door-heen rijden, dus de sheriff en de federale agent zouden de gemene, waardeloze bruten gemakkelijk één voor één kunnen neerschieten wanneer zij probeerden te ontsnappen.

Bienville had het plan niet bedacht, en hij was er niet zo blij mee. In zijn optiek had zelfs een bandiet recht op een eerlijke kans. Swan hoonde zijn bezwaar weg. Een stuk of vijftig bandieten tegen één plaatselijke sheriff en één federale agent vond *zij* nu niet bepaald eerlijk. Trouwens, als die boeven een eerlijke kans wilden, hadden ze de bank niet moeten beroven, de stad niet overhoop moeten schieten en niet moeten pissen in de paardendrinkbak voor de saloon.

★★★

Tegen de tijd dat het middageten op was en de posse klaarstond om eropuit te trekken, waren de plannen natuurlijk veranderd. Swan was zo geïnspireerd door wat er die morgen in de kerk was gebeurd, dat ze besloot dat er een zeildoek uit de schuur gegapt moest worden, zodat ze een tent konden opzetten bij de beek om een Evangelisa-tiebijeenkomst te houden. Op die manier konden ze eventuele be-keerlingen meteen dopen, voordat zij de kans kregen in hun zondige levensstijl terug te vallen.

Ze was vastbesloten bekeerlingen te krijgen. Eén in het bijzonder. Oma Calla had tijdens het eten gezegd dat ze verwachtte dat Sid en Nicey en Lovey later die middag zouden langskomen, en dat Swan het vast heel fijn zou vinden om voor de afwisseling eens met een meisje te spelen.

Oma Calla moest eens weten.

Swan had uitgerekend dat tegen de tijd dat hun gasten kwamen, zij (de evangelist) en haar assistenten de tent konden hebben opge-zet, en ze klaar zouden staan om hun eerste zondaar tot bekering te brengen. Als het moest, zouden ze haar naar voren slepen. Swan zei tegen oma Calla dat ze heel graag met een meisje wilde spelen, en zou ze alstublieft wanneer Lovey kwam tegen haar willen zeggen dat ze naar de beek achter in het land moest komen?

Oma Calla wierp zo'n ik-doorzie-jou-wel-blik op Swan en zei: 'Als je maar niks van plan bent, Swan Lake.'

'Het enige wat ik *van plan* ben, is proberen aardig tegen Lovey te zijn,' antwoordde Swan schalks.

'Hm-mm.'

De Evangelisatiebijeenkomst was moeilijker te coördineren dan Swan had verwacht. Het was Nobles taak geweest om al het noodzakelijke gapwerk te doen, en het enige wat hij had kunnen vinden om de hoeken van de tent mee omhoog te houden was een stel oude bamboe vishengels, die voortdurend ombogen onder het gewicht van het zeildoek. Ten slotte had Bienville bedacht dat ze het doek over een laaghangende boomtak konden hangen. Dan konden ze de hoeken vastbinden aan een paar jonge boompjes.

Het enige probleem was – ze hadden geen touw.

Dus moest Noble terug om nog een keer in de schuur in te breken. Terwijl hij weg was, ging Bienville op zoek naar bomen met laaghangende takken, en Swan zwierf naar de beek om een geschikte plek voor de ophanden doop uit te zoeken.

De kleine stroom was niet diep; op de meeste plekken kwam hij tot net boven haar enkels, wat voor een methodistische doop uitstekend zou zijn geweest, aangezien methodisten de mensen laten kiezen tussen besprenkelen en begieten. Maar Swan was niet van plan een methodistendoop toe te dienen. Ze was ook niet van plan om haar dopeling een keuze te geven. Dit zou een baptistendoop worden. Een doop door onderdompeling. Daarvoor moest ze alleen een plek vinden waar het water diep genoeg was.

Ze wist dat er in de beek ten minste één plek was die diep genoeg was, omdat het haar broers en haar verboden was daar zonder een volwassene naartoe te gaan. De Oude Zwemkolk. Zo noemden haar moeder en haar ooms het altijd, wanneer ze vertelden hoeveel plezier ze daar als kinderen hadden gehad, met zwaaien aan een wingerd en bommetjes maken in het water.

Swan realiseerde zich niet dat als het water diep genoeg is om er een bommetje in te maken, het te diep was om erin te waden met een nieuwe bekeerlinge die waarschijnlijk de grootste angsthaas van heel Arkansas was. Zeker gezien het feit dat Swan zelf niet eens kon zwemmen. Hoe kon het ook anders, aangezien haar vader het altijd te druk had om het haar te leren? Ze had hem erom gesmeekt, en hij had het beloofd, en hij was het beslist ook van plan geweest, maar er was altijd iets dringenders geweest. Dan was er bijvoorbeeld iemand in de rimboe met een kind met veertig graden koorts. En dat kind moest naar de dokter, maar ze hadden geen auto. Dus dan belde iemand de dominee, en liet hij alles uit zijn handen vallen om te doen wat er gedaan moest worden.

Niet dat Swan aan iets van dit alles dacht. Het enige waar zij aan dacht, was dat Lovey het te goed met zichzelf getroffen had en wel een toontje lager mocht zingen.

De zwemkolk was in geen jaren gebruikt, en er waren geen paadjes meer die ernaartoe leidden, dus hij was niet gemakkelijk te vinden. Swan volgde de oever van de beek, zoekend en hopend, en zoekend en hopend, maar de zwemkolk leek van de aardbodem verdwenen. De oever rees en daalde; soms was hij op gelijke hoogte met het water, soms torende hij er hoog boven uit.

Toen ze ten slotte vond waarnaar ze op zoek was, kwam het als een enorme verrassing, omdat ze bijna van de hoge oever af stortte en er middenin belandde. Ze was juist op een van de hoge gedeelten gekomen en baande zich een weg door wat struikgewas waar geen einde aan leek te komen, toen opeens – er wél een einde aan kwam. Vóór haar was een open ruimte, en zij ging er gauw op af, en toen bleek dat die open ruimte was waar de oever opeens naar beneden ging, loodrecht naar beneden, dieper en dieper en dieper. Als de legendarische wingerds er niet geweest waren, en als Swan niet toevallig met een arm in eentje verstrikt was geraakt toen ze zich door de struiken naar het licht drong, had ze vanaf de kant een bommetje gemaakt, of ze dat nu wilde of niet.

Maar gelukkig waren de wingerds er wél, en haar arm raakte wél in eentje verstrikt (om niet te spreken van de achterkant van haar rok), en dus viel ze uiteindelijk niet in het water, maar bleef ze erboven hangen met haar onderbroek in het volle zicht. Ze schreeuwde moord en brand.

★★★

Noble was teruggekeerd met een touw, en Bienville had een boom gevonden met een geschikte lage tak. Ze waren druk bezig de Evangelisatietent op te zetten toen ze alle consternatie hoorden. Het probleem was echter dat hun zusje zo ver van het Evangelisatieterrein vandaan was dat haar doodsbange stem niet echt luid en duidelijk doorkwam. Het klonk gedempt. Ver weg. En niet helemaal geloofwaardig, omdat Swan in het verleden al te vaak een verzinsel heel echt had laten klinken.

De twee jongens bouwden verder aan hun tent.

★★★

Blade Ballenger was Swan gevolgd vanaf het moment dat ze Bienville had achtergelaten en er zelf opuit getrokken was. Hij was uit het zicht gebleven en had geen enkel geluid gemaakt.

Toen Swan door het struikgewas drong, deed Blade zijn mond open om te roepen, om haar te waarschuwen dat er een steile klif was. Hij was hier eerder geweest. Hij kende deze plek. Hij kende een heleboel plekken in de omgeving, omdat hij de meeste op enig moment wel eens verkend had, wanneer hij uit de buurt wilde blijven van wat er thuis ook maar gaande was. Maar zij was sneller dan zijn gedachten. Zó stond ze nog op de kant, en één tel later hing ze in de lucht, en het enige wat haar scheidde van het water was een knoestige oude wingerd.

Blade stormde naar het randje van de oever, buiten zichzelf van angst dat Swan Lake op het punt stond voorgoed uit zijn leven te storten. Hij moest iets doen.

Hij durfde niets tegen haar te zeggen. Hij was bang dat wat hij ook deed, het verkeerd zou zijn. Maar hij moest iets doen.

Dus maakte hij een bommetje. Hij nam gewoon een grote sprong van de kant, passeerde haar in het voorbijgaan, en plonsde in het water. Hij was zo klein dat het water niet eens erg opspatte. Hij ging kopje-onder en nog wat verder naar beneden, en kwam toen weer boven.

Swan had hem voorbij zien zoeven en staarde met open mond naar beneden. Ze klampte zich vast aan de wingerd die zich aan haar vastklampte, en kon hem alleen maar aanstaren.

'Laat dan los!' schreeuwde hij.

Ze schudde het hoofd en klemde zich nog steviger vast. 'Ik kan niet zwemmen!'

'Je gaat onder, en dan kom je weer boven!' zei hij.

'En dan ga ik wéér onder.'

'Nee hoor. Ik heb leren zwemmen doordat iemand me in het water gooide.'

Dat was waar. Zijn vader had hem uit een bootje in een meer gegooid toen hij drie jaar oud was. Hij kon zich niet precies herinneren hoe het allemaal gegaan was, maar hij had meteen als een vis gezwommen.

Swan geloofde hem niet. 'Nou, ik laat mooi niet los! Als je drie keer kopje-onder gaat, ben je er geweest.'

'Ik zal je redden!'

'En wie moet *jou* dan redden?'

'*Ik* hoef niet gered te worden.'

Hij zwom als een hondje in het rond, en het zag er inderdaad niet naar uit dat hij gered hoefde te worden, maar Swan nam geen enkel risico. 'Ik ga mezelf terug naar de oever zwaaien,' zei ze.

Ze trok haar voeten onder zich in, en duwde ze door de lucht, en ging geen bepaalde kant op. Ze probeerde het nog een keer. Hetzelfde resultaat.

'Ga hulp halen!' brulde ze. Ze hield zich nu met beide handen vast en durfde niet los te laten; dus gebaarde ze met haar hoofd globaal in de richting van het Evangelisatieterrein. 'Ga m'n broers halen! Ze zijn daarginds.'

Niet dat haar broers konden zwemmen.

Maar Blade was niet van plan haar alleen te laten. Het zou te lang duren. Wat als ze haar greep verloor terwijl hij weg was? Dat risico durfde hij niet te nemen. Hij wist niet precies wat hij zou doen als ze nu losliet, maar als ze viel, dan zou hij er zijn.

★★★

Swan was in de loop der jaren heel wat keren met haar vader meegegaan om oudere gemeenteleden te bezoeken, die er een genoegen in schepten om tot in details te vertellen hoe ze onlangs ternauwernood aan de dood waren ontkomen, waarbij hartaanvallen het vaakst werden genoemd en het meest dramatisch werden beschreven. Ze kende de symptomen van een hartaanval en was er vrij zeker van dat ze er op dit moment eentje had. Haar borst voelde gespannen, haar polsslag bonsde in haar oren, en haar linkerarm raakte verdoofd.

Swan was een optimistisch type, maar nu kon ze alleen maar denken dat dit op twee manieren kon aflopen. Ofwel ze zou in de lucht doodgaan, ofwel ze zou in het water doodgaan. Toen een paar tellen later de slangenman uit het niets opdook op de oever van de beek, en zei dat ze niet bang hoefde te zijn, hij zou zorgen dat ze in een mum van tijd weer vaste grond onder de voeten zou hebben, kreeg Swan er alleen maar een zorg bij.

Misschien zou ze wel doodgaan op het droge.

Hoofdstuk 12

Ras Ballenger had wel iets beters te doen dan door het bos achter een kind aanzitten dat steeds wegliep. De laatste tijd was die jongen steeds spoorloos verdwenen wanneer hij hem nodig had om z'n tabak te halen of om hem een kan ijskoud water te brengen. Vroeger verdween Blade alleen wanneer hij iets gedaan had wat niet mocht, om het pak ransel nog even te ontlopen; of om niet te hoeven luisteren naar het gesnotter van z'n moeder als zij zich misdragen had. Tegenwoordig was hij echter net een veenbrand. Dan hier, dan daar, dan verdwenen. Je zou denken dat hij ondertussen wel zou hebben begrepen dat hij het alleen maar erger maakte door weg te lopen, maar dat joch moest altijd eerst z'n vingers branden voordat hij iets leerde.

Ras was vastbesloten hem dat eens en voor altijd duidelijk te maken, wanneer hij hem nu te pakken kreeg. Een paard was niet het enige wezen dat gekluisterd kon worden.

Maar nu stond hij hier op de hoge oever boven de beek, en daar lag Blade in het water, en daar hing dat kleine meisje boven de zwemkolk met haar rok opgehesen. Opeens was Ras niet meer zo nijdig.

In zijn handen hield hij een opgerolde zweep. Hij hoefde niet te zeggen dat het meisje stil moest hangen, want dat deed ze al zodra ze hem in het oog kreeg.

'Niet bang zijn,' zei hij, allervriendelijkst en zachtjes. 'Ik ga alleen die wingerd pakken met deze zweep, en je hiernaartoe trekken en je losmaken.'

Swan had ogen als schoteltjes. Ze probeerde uit alle macht te slikken, maar haar keel weigerde mee te werken. O, kon ze maar vliegen.

Maar misschien was Ballenger niet van plan haar pijn te doen. Misschien was hij alleen maar gemeen tegen zijn eigen kinderen. Veel mensen waren zo – aardiger tegen alle andere mensen dan tegen hun eigen vlees en bloed.

Hoe dan ook, de slangenman hief zijn arm met de zweep op, klaar om hem te laten zwiepen. Als ze een vin verroerde, zou hij haar arm eraf kunnen slaan.

Het koord van de zweep zoefde door de lucht en wikkelde zich met een klap om de wingerd, een halve meter boven Swans hoofd. Ras gaf er een ruk aan, en Swan zweefde naar hem toe alsof ze op een trapeze zat. Zodra ze binnen zijn bereik kwam, greep hij de wingerd met zijn vrije hand vast en bracht hem tot stilstand.

'Dat viel mee, hè?' vroeg hij. Swan probeerde zich uit de wingerd te bevrijden, maar haar handen beefden en haar benen waren slap als pudding. Het kostte haar de grootste moeite om te blijven staan. Timide knikte ze.

Ras lachte en begon haar arm los te maken uit de wingerd. Haar maag maakte een sprongetje toen hij haar aanraakte.

'Je hoeft nergens bang voor te zijn, snoepje,' zei hij, opgewekt als een nieuwe morgen. Hij zorgde ervoor dat zijn handen niets aanraakten dan haar arm en schouder, terwijl hij haar losmaakte. Hij zorgde ervoor dat hij wegkeek toen ze de achterkant van haar rok weer naar beneden trok, zoals het hoorde. Hij gaf haar zelfs een aai over haar bol.

De taaie oude wingerd had Swans bovenarm geschaafd en gekneusd, en nu ze veilig was voelde ze de pijn. Ze klemde de tanden op elkaar en vocht tegen haar tranen.

Ras klakte meelevend met zijn tong. 'Ga maar gauw naar huis, zodat je mama daar iets op kan smeren.'

Ze knikte en deed een stap achteruit, bij hem vandaan.

Ras Ballenger maakte een plechtige buiging. 'Als je nog eens een redder nodig hebt, geef je maar een brul.'

***

Nou en of die meid mag brullen, dacht hij, toen hij even later samen met Blade huiswaarts ging. Ras had er flink de pas in gezet. De jongen holde naast hem, keek naar hem op en ratelde aan één stuk door.

'Dat was geweldig, wat je met die zweep deed,' zei hij. 'Je liet 'm door de lucht vliegen en gaf die ouwe wingerd een oplawaai. Dat was echt geweldig, wat je met die zweep deed.'

Ras gaf zijn zoon een aai over zijn bol, net zoals hij een paar minuten geleden bij het meisje had gedaan. 'Nou hoop jij vast dat ik *jou* geen oplawaai ga geven,' zei hij.

De jongen slikte moeizaam. Hij had gehoopt dat zijn vader was vergeten dat er een verband was tussen de reden waarom hij naar de beek had moeten komen, en de reden waarom hij de zweep bij zich had.

Ras keek hem aan en glimlachte. Het was geen kwaadaardige glimlach, zoals andere keren. Hij ging met zijn hand door het haar van zijn zoon. 'Nou, wees gerust,' zei hij. 'Je krijgt niet met de zweep.'

Blade slikte nog een keer, ditmaal van pure opluchting. 'Niet?'

'Neeee...' zei Ras.

Toen, vlug als een slang, verstrengelde hij zijn vingers in het haar van de jongen, tilde hem met een ruk van de grond, gooide hem van zich af, en liep door.

★★★

Toen Swan bij het Evangelisatieterrein terugkwam, hadden de assistenten de tent opgezet en waren ze bezig een preekstoel te bouwen van stenen en dood hout. Het zou geen erg hoge lessenaar worden, legde Noble uit. Als ze hem te hoog maakten, zou hij omvallen. Maar hij had een keer een evangelist gezien die zo lang was dat hij helemaal over de lessenaar heen had moeten buigen om zijn preeknoties te kunnen lezen. Misschien kon Swan wel doen alsof ze lang was.

Swan zei dat hij compleet gestoord was als hij dacht dat zij zich ergens overheen zou buigen. Toen ging ze er stilletjes vandoor, terug naar huis. Wat betekende dat Noble de evangelist mocht spelen, en Bienville de hele gemeente moest zijn.

★★★

Sid en Nicey en Lovey waren niet de enige familieleden die waren gekomen terwijl Swan zich bevond waar ze niet mocht zijn. Alvis was er ook, met Eudora. Hun kinderen waren allemaal in de stad naar de film – iets wat Swan en haar broers nooit deden, aangezien naar de film gaan in Samuels ogen zondig was. De volwassenen hingen rond op de veranda en het erf, knippend met hun vingers en tikkend met hun voeten terwijl Samuel een vrolijk deuntje speelde op zijn vijfsnarige banjo.

Toen Samuel Swan voorbij zag schieten, stopte hij met spelen en riep haar. 'Hé, jongedame, wil je een liedje zingen met je vader?'

Ze schudde het hoofd en liep door.

Hij maakte het aanbod nog aantrekkelijker. 'Wat dacht je van *Faded Love*?'

Maar zelfs door die mooie melodie liet ze zich niet verleiden om gezellig mee te doen.

Alvis, de ergste plaaggeest van het hele stel, stond tegen de grootste oude eik op het erf geleund. Onverwachts greep hij Swan vast en probeerde met haar een rondje te dansen. Ze trok zich los alsof hij puur vergif was, en liep verder.

Alvis keek verbouwereerd, rook aan zijn oksels en zei: 'Zo erg stink ik toch niet?'

In feite rook hij naar Sunlight-zeep en Old Spice. Alvis Moses was automonteur, die de ene helft van zijn leven onder de smeer en het zweet zat, en de andere helft blinkend schoon was.

'Het is gewoon een fase waar ze doorheen gaat,' zei oma Calla.

'Kijk dan maar uit,' waarschuwde Alvis. 'Zulke fasen kunnen je helemaal uitputten.'

★★★

Swan stampte de veranda op en liep om Lovey heen, die bij de hordeur met een paar beweegbare poppen zat te spelen. Lovey mocht wel korte broeken dragen, en ze had nu een marineblauwe aan met een enig wit matrozenbloesje erop. Even overwoog Swan om haar mee te slepen naar de zwemkolk en haar eens goed te dopen. Maar voor geen goud ging ze terug naar die zwemkolk. Er lagen daar gevaren op de loer waar zelfs haar ouders niets vanaf wisten.

Lovey vroeg haar niet of ze mee wilde spelen met de poppen, en dat was maar goed ook. Swan verafschuwde poppen. Ze stormde het huis binnen en ging meteen naar de badkamer, om haar schrammen te verzorgen met Mercurochroom – beter bekend als Apenbloed.

Kon ze de mannen in haar familie maar vertellen dat ze doodsbang was voor Ras Ballenger, en hun vragen om voor haar op de uitkijk te staan en haar tegen hem te beschermen. Maar dat kon ze niet. Als ze om hulp vroeg, zou ze moeten uitleggen dat ze ongehoorzaam was geweest, en daar was meer moed voor nodig dan ze in zich had. In dergelijke gevallen is het een kwestie van kansberekening. Als ze voortaan dicht bij huis bleef, had ze minstens vijftig procent kans dat ze Ras Ballenger kon ontlopen. Maar als haar ouders er ooit achterkwamen wat ze had gedaan, was de kans honderd procent dat ze zich nergens zou kunnen verschuilen.

★★★

De familie Moses was gewend aan de constante stroom muziek uit *Never Closes*, soms zacht en dan weer harder. Gewend aan het slaan van portieren en gedempte stemmen, en stemmen die gedempt moesten worden. 's Nachts deden ze de deuren nooit op slot, en ze waren nooit bang dat iemand het huis binnen zou glippen. Per slot van rekening had niemand dat ooit gedaan. Maar die week werden er diverse malen deuren voorzichtig geopend, en gangen verkend, en

96

trappen stilletjes beklommen, en geen van de slapende mensen in de slaapkamers merkte er iets van.

Soms vonden de bezoekjes plaats bij klaarlichte dag – hoewel de insluiper overdag niet in de buurt van het huis kwam, maar door een kier in de muur van de schuur gluurde, of zich op de hooizolder verstopte, of bij de bosrand neerhurkte. Geduldig, en opmerkzaam, en stil als de nacht.

Op een zwoele middag stond Samuel bij het raam van Willadees en zijn slaapkamer en tokkelde een liedje op zijn gitaar. Het was een melancholiek liedje, en hij wist dat hij eigenlijk moest overgaan op iets vrolijkers, omdat het niet goed is om te lang neerslachtig te blijven, maar het melancholieke liedje won het telkens weer. Hij sloot zijn ogen en liet zich meedrijven op de noten; en het voelen van die mooie, droevige muziek was bijna als een gebed. Toen hij zijn ogen weer opendeed, keek hij uit over de boerderij. Het was een troostrijke aanblik, zelfs in zijn huidige verwaarloosde staat. Sam Lake was een boerenzoon geweest voordat hij predikant was geworden. Hij hield van goede grond – van de geur ervan, en hoe het voelde in zijn handen. Hij hield van wat ermee gedaan kon worden wanneer iemand er genoeg om gaf om zich ervoor in het zweet te werken en het te geven wat het nodig had.

Eigenlijk zou iemand dit land moeten aanpakken. Iemand zou het te lijf moeten gaan en het liefde moeten geven en het moeten overhalen weer te worden wat het eens geweest was. Dat is waar hij aan dacht, toen hij in zijn gedachten werd gestoord omdat zijn blik op iets viel. Daar beneden, in wat vroeger het hooiland was geweest, half verborgen in de donzige, grijsgroene zee van ageratum. Een kleine, donkerharige jongen, die naar het huis staarde.

Samuel ging de trap af en naar buiten, het veld op, maar niets wees erop dat er hier iemand geweest was. Niets behalve een stuk kale grond waar iemand in de aarde had zitten tekenen.

Afgezien daarvan was Blade Ballenger spoorloos verdwenen.

Hoofdstuk 13

Bernice was wel zo verstandig om niet te veel te praten over hoe de Heer haar leven aan het veranderen was. Ze wist maar al te goed dat hoe meer je ergens over praat, des te minder men geneigd is het te geloven, en dus was het haar bedoeling om haar daden voor zich te laten spreken.

In de eerste plaats was ze vastbesloten om elke keer dat de kerkdeuren opengingen, erbij te zijn. Willadee had er nooit een geheim van gemaakt dat zij vond dat God dienen en naar de kerk gaan twee heel verschillende dingen waren, en het was bekend dat ze af en toe een dienst oversloeg. Bernice was ervan overtuigd dat ze Willadee op dit punt in de schaduw kon stellen.

Ten tweede nam ze zich voor om solo te zingen, zodra iemand opmerkte hoe mooi ze kon zingen en haar ervoor vroeg.

Bernice had al een tijdje niet meer gezongen, nog geen noot, want wie wil er nou zingen als je verdrietig bent, en ze was zo lang zo vreselijk verdrietig geweest. Vroeger had ze echter wel gezongen, voordat ze Samuel aan Willadee was kwijtgeraakt. Het was zelfs een van de dingen geweest die Samuel en haar bij elkaar hadden gebracht. Samuel kwam vaak bij hen thuis; dan gingen hij en Bernice' broer Van op de voorveranda tokkelen op hun oude gitaren. Bernice kwam erbij zitten en zong dat het een lieve lust was, en dan ging Samuel helemaal op in de muziek. En in haar.

Ten derde nam ze aan dat ze voortaan anders zou moeten leven, ook al was er maar één ding dat ze werkelijk wilde veranderen aan haar leven: de man die er deel van uitmaakte. Maar goed, kerkmensen hadden het er altijd over hoe God hen veranderd had, dus ze veronderstelde dat ze best zichzelf kon veranderen en God met de eer laten strijken.

Dat kon ze wel aan. Een vrouw kan bijna alles aan, als de reden ervoor goed genoeg is. En elke avond tijdens het eten zag Bernice die reden tegenover zich aan tafel zitten. Soms moest ze zich inhouden om geen hand uit te steken en hem aan te raken.

Zo dom was ze natuurlijk niet. Ze zou de aardappelpuree aan hem kunnen doorgeven en met haar vingertoppen even de zijne aanraken. Ze zou achter hem kunnen gaan staan en voorover buigen om het maisbrood op tafel te zetten, en haar lichaam één geladen seconde tegen zijn schouder laten rusten. Zo gemakkelijk. Maar niet slim.

Goede werken waren slim.

Dus bood ze aan om meer in de huishouding te doen, en ja hoor, natuurlijk drukte Calla haar meteen een zwabber in de hand. Typisch Calla Moses, om Bernice niet gewoon te laten doen waar ze zelf mee kwam, zoals... Nou ja, er wilde haar niet direct iets te binnen schieten, maar ze had aangeboden om te helpen, en ze vond dat Calla haar best had kunnen bedanken voor haar attentheid en het daarbij had kunnen laten.

Ze liet haar gedachten gaan over andere goede werken die ze zou kunnen doen, zoals zieken en ouderen bezoeken, maar daar schoot ze niets mee op – ze zou daardoor niet vaker in Samuels gezelschap zijn, tenzij ze hem vroeg om haar te brengen, maar daar zou ze niet mee wegkomen, aangezien ze zelf kon autorijden. Bovendien kreeg ze de kriebels van zieke en oude mensen.

★★★

Toy was verrast toen Bernice opeens weer evenveel aandacht aan hem begon te besteden als toen ze pas verkering hadden. Verrast – maar zo blij dat hij wel een potje kon huilen. Hij was zich bewust van de mogelijkheid dat Bernice dit alles alleen maar deed voor de show, enkel om indruk op Samuel te maken met hoe deugdzaam ze aan het worden was, en hij hield zichzelf voor dat geen enkele man zich het hoofd zo op hol mocht laten brengen door een vrouw als hij door zijn vrouw. Maar zijn 'zelf' luisterde niet. Zijn 'zelf' slikte het allemaal gretig, als een kind dat op een snoepje zuigt.

Toy Moses kon bijna niet geloven hoe heerlijk het leven hem tegenwoordig smaakte. Wanneer hij laat in de middag wakker werd, trof hij een glimlachende Bernice aan. Ze bracht hem koffie en terwijl hij die opdronk, maakte ze een praatje met hem. Wanneer ze naar Calla's huis reden, ging ze pal naast hem zitten in plaats van helemaal aan de andere kant van de auto – en als hij zijn arm om haar heen liet glijden, kroop ze tegen hem aan als een vogel in zijn nestje.

Op een avond tijdens het eten, ongeveer een week na haar bekering, betrapte hij haar erop dat ze naar hem keek met een soort blozende blik, zoals een vrouw kijkt wanneer ze verliefd wordt, of opnieuw verliefd wordt. Toy was niet de enige die het opmerkte. Samuel en Willadee knipperden allebei met de ogen, en Calla verslikte zich in haar kool.

Het kon Toy niet schelen. Laat ze maar denken dat Bernice hem straks alleen maar des te harder zou laten vallen. Laat ze maar denken wat ze maar wilden. Toy wilde niets liever dan Bernice vertrouwen, en hij was zo'n man die bereid is alles op het spel te zetten voor iets waarin hij gelooft.

★★★

'Schaamteloos' vond Calla het. Het was donderdagmorgen, en Willadee en zij hingen de was aan de lijn op het achtererf. Bernice was de vorige avond met Samuel en Willadee en de kinderen meegegaan naar de gebedssamenkomst, en ze had er gewoonweg sensueel uitgezien, met een kuise glimlach op haar gezicht en een ingetogen jurkje met een prinsessenlijn die duidelijk deed uitkomen hoeveel smaller haar taille was dan de gedeelten erboven en eronder. Calla had zich moeten inhouden om haar niet uit de auto te sleuren en te zeggen dat ze maar thuis moest gaan bidden.

'Je kunt moeilijk zeggen dat ze het niet meent,' zei Willadee. Ook al wist ze wel beter.

'O ja, ze meent het beslist,' mompelde Calla. 'En we weten ook *wat* ze meent.'

Willadee hing een laken op, streek hem zorgvuldig glad en zorgde dat de hoeken recht hingen. Als je een laken goed ophangt, lijkt hij gestreken wanneer hij van de lijn komt.

'Mam,' zei ze, 'het doet er niet toe wat Bernice doet. Het enige wat van belang is, is wat Samuel doet. En hij is een te rechtschapen man om zijn principes te laten varen.'

Calla bromde iets. Ook zij was overtuigd van Samuels rechtschapenheid. Het probleem was echter dat ze even heilig overtuigd was van Bernice' vermogen om alles wat goed was, helemaal kapot te maken.

Willadee voelde zich schuldig omdat ze hardop zei dat ze Bernice het voordeel van de twijfel moesten geven, terwijl ze dat zelf niet deed. Eerlijk gezegd verwachtte ze echter niet dat de aanval van vroomheid van haar schoonzus lang zou duren. Bernice zou het toneelstukje een tijdje volhouden, maar wanneer ze inzag dat het haar niet zou brengen wat ze wilde, zou ze het opgeven.

Het ergste van dit alles was echter dat Toy ongetwijfeld weer gekwetst zou worden, en hij was al genoeg gekwetst. Willadee had dat ook een keer tegen Samuel gezegd, 's morgens vroeg, net nadat Toy en Bernice weer naar huis waren gegaan. Bernice was bij het ontbijt buitengewoon attent voor Toy geweest; ze had hem 'liefje' genoemd en boter op zijn toast gesmeerd, en een hand op zijn arm gelegd terwijl ze hem waarschijnlijk in geen jaren opzettelijk had aangeraakt. Boter was niet het enige dat ze er dik op kon leggen.

★★★

'Ik zou me niet te veel zorgen om hem maken,' zei Samuel tegen Willadee. Ze waren samen in de badkamer, met de deur dicht. Zij zat op de rand van het bad haar benen te scheren, terwijl hij aan de wastafel zijn gezicht schoor. Het was nu drie weken sinds hij was teruggekomen van de methodistenconferentie, en vandaag wilde hij op zóek gaan naar werk. Hij trok de ene kant van zijn gezicht strak terwijl hij er met het scheermes overheen ging. 'Hij kijkt de laatste tijd erg vrolijk.'

'Dat is juist waar ik me zorgen om maak. Ze houdt hem weer voor de gek.'

'Hoho, dat weten we niet.'

Samuels stem klonk geduldig en vriendelijk – en een heel klein beetje verwijtend. Willadee draaide zich zo snel om dat ze zich in haar enkel sneed. 'Vertel me alsjeblieft niet dat ze jou ook voor de gek houdt,' zei ze. De snee op haar been deed venijnig zeer, maar het was niet die wond wat haar het meest stak.

'Ik verdedig haar niet,' protesteerde hij. 'Ik wil alleen maar zeggen dat we met geen mogelijkheid kunnen weten wat er in iemands hart leeft.'

'Ik weet wel wat er in het hare leeft.' Willadee verfoeide zichzelf om die woorden. Over het algemeen zaten Samuel en zij op dezelfde golflengte. Ze wachtte tot Samuel nog iets zou zeggen, maar hij was zich weer aan het scheren en was daar volledig op geconcentreerd. Willadee keerde zich weer om en ging ook verder met scheren. Voor het eerst sinds ze vijftien jaar was, sneed ze zichzelf op drie verschillende plekken.

★★★

De hemel buiten was donkergrijs, en de lucht voelde zwaar aan, alsof de elementen op het punt stonden los te barsten en iets vreselijks te doen. Willadee probeerde Samuel over te halen om thuis te blijven, maar hij wilde niet dat zijn kinderen hem zagen nietsdoen. Hij ging ervan uit dat het met het weer net zo ging als met mensen: de meeste dreigementen die ze uitten, werden nooit uitgevoerd. Bovendien stond er in de Bijbel dat wie niet voor zijn gezin zorgt, erger is dan

102

een ongelovige. En zelfs als de Bijbel er met geen woord over gerept had, kon Samuel de gedachte niet verdragen om op Calla's kosten te blijven leven.

Hij had telefoontjes gepleegd en brieven verstuurd en zijn diensten aangeboden aan andere dominees die hij al jaren kende.

Mochten ze op vakantie willen gaan en een invaller nodig hebben...

Mochten ze zich geleid voelen om binnenkort een evangelisatiebijeenkomst te houden en nog geen evangelist hebben gevraagd...

Samuel zag zichzelf niet echt als evangelist, hoe hij het ook probeerde. In zijn optiek was een evangelist een soort eenzame wolf die van de ene kudde naar de andere trok en de dwalende schapen weer de schaapskooi in dreef. Misschien was 'wolf' niet zo'n gelukkig gekozen term, aangezien de schapen niet het risico liepen om levend verslonden te worden. En ze werden de schaapskooi in gedreven om hun eigen bestwil. Maar een herder *dreef* zijn schapen niet, hij leidde ze. En Samuel was een herder, zo simpel was het. Het enige wat hij wilde was zijn eigen kudde hebben, en die aan rustige wateren voeren, en hen behoeden voor onheil, en de verlorenen zoeken, en hen zachtjes terugleiden naar rust en veiligheid. Van de ene stad naar de andere trekken, hier een week blijven en daar twee weken, en de mensen dan achterlaten zonder hen echt te hebben leren kennen – dat alles sprak hem helemaal niet aan.

Hij had zich geen zorgen hoeven maken. Alle predikanten die hij benaderde, hadden hun vakanties en evangelisatiecampagnes al gepland en invallers op de kansel geregeld. Ze leken het echter wel vervelend te vinden om hem nee te moeten verkopen, en ze beloofden allemaal hem in gedachten te houden voor het geval zich een gelegenheid aandiende.

Sam Lake kon een heleboel. Hij kon zingen en musiceren, en mensen helpen het beste in zichzelf en elkaar te ontdekken. Hij kon een echtpaar dat op het punt stond te gaan scheiden, weer met elkaar aan het praten krijgen, en hij kon het gesprek zo sturen dat ze zich weer herinnerden waarom ze eigenlijk verliefd op elkaar waren geworden, en ze vergaten waardoor ze ervan overtuigd waren geraakt dat de liefde verdwenen was. Hij kon een dief overhalen om terug te geven wat hij had gestolen, en zich als een man te gedragen en het op te biechten. Hij kon een rechter of sheriff overhalen om mild te zijn voor iemand die een tweede kans verdiende. Hij kon een tienermeisje bezoeken dat net een onwettig kind had gekregen, en tegen de tijd dat hij weer wegging was zij trots op haar kind in plaats van vervuld van schaamte.

Echter, geen van de dingen die Sam Lake kon werd genoemd in de personeelsadvertenties in Magnolia's *Banner News*.

Het eerste bedrijf waar hij langsging was de Eternal Rock Monument Company in Magnolia, waar ze zeer dringend verlegen zaten om een vertegenwoordiger. De baas van het kantoor, meneer Lindale Stroud, wierp één blik op Samuel en concludeerde wat iedereen altijd concludeerde wanneer ze Samuel zagen: dat hij zo'n man was tegen wie niemand nee kon zeggen. Hij nam hem ter plekke aan.

Samuels nieuwe baan werkte als volgt. Hij ging naar mensen toe die onlangs een geliefde verloren waren, en hij zei hoezeer hij met hen meeleefde in deze tijd van rouw – wat niet overdreven was. Hij was werkelijk begaan met mensen die het moeilijk hadden. Hij ging bij hen op bezoek, om hun omstandigheden een beetje te peilen, en dan vroeg hij hun of ze al hadden overwogen om een grafsteen uit te zoeken ter herinnering aan hun geliefde. Zo niet, dan sprak hij nog wat langer met hen, hielp hen inzien hoe belangrijk het was om dat nu te doen en het niet uit te stellen tot later, aangezien de tijd ons ongemerkt door de vingers glipt. Ten slotte sloeg hij de drierings map open die meneer Lindale Stroud hem had gegeven, en toonde hun de glanzende foto's van alle verschillende soorten grafmonumenten die verkrijgbaar waren.

Om het gemakkelijker te maken voor de families die zich niet konden veroorloven het hele bedrag in één keer te betalen (en dat waren de meeste), had het grafmonumentenbedrijf een eenvoudige regeling voor afbetalen in termijnen. De rente in deze regeling was echter niet zo eenvoudig, wat Samuel niet lekker zat. Hij rekende het de mensen helemaal voor, liet hun zien dat ze het hele bedrag een paar keer betaalden als ze aan de regeling deelnamen, maar niemand wilde die uitleg horen. Het was gewoon te verleidelijk om bij het kruisje te tekenen en de kleine aanbetaling te doen. Al die volgende wekelijkse afbetalingen leken mijlenver weg.

Tegen de tijd dat de storm losbarstte, om acht over drie 's middags, had Samuel zijn eerste grafsteen al verkocht.

★★★

Willadee had de kinderen het grootste deel van de dag binnengehouden, omdat ze een slecht voorgevoel over het weer had en ze hen niet wilde hoeven opsporen als het de verkeerde kant op zou gaan. Swan en haar broers hadden nooit in een tornadogebied gewoond, en hadden tijdens hun bezoekjes aan Arkansas ook nooit een wervelwind meegemaakt, dus ze begrepen niet waar iedereen zich zo druk om maakte. De onheilspellende wolkenbanken aan de horizon leken lang zo dreigend niet als de donderkoppen waaraan ze thuis in Louisiana gewend waren. De brede, loodkleurige wolkenbanken zagen eruit alsof ze afgeschoren waren: de onderkant was plat, en eronderdoor was de gewone lucht zichtbaar. Er viel een beetje regen, en er schoot wat bliksem door de wolken, en de donder rommelde, en de boomtoppen zwiepten in de wind. Niets van dit alles kwam bijzonder angstaanjagend op de kinderen over, zelfs niet toen er kleine slurfjes uit de platte onderkant van de wolken kwamen, om zich heen tastend alsof ze iets zochten om zich aan te hechten.

De hele dag was Willadee om de haverklap naar het raam gegaan om naar buiten te kijken, of de veranda op gelopen, fronsend naar de lucht en hardop wensend dat Samuel maar gauw thuiskwam. Halverwege de middag kwam Calla uit de winkel door het huis gelopen en ging naast Willadee op de veranda staan, en ook zij keek fronsend naar de lucht.

'Mannen hebben ook geen greintje gezond verstand,' zei Calla. Wat helemaal niet waar was. Haar zonen hadden meer dan genoeg gezond verstand, evenals Samuel. Zelfs John had een goed stel hersens gehad, voordat ze door de drank waren aangetast. Maar mopperen dat mannen geen verstand hadden, was voor Calla gemakkelijker dan toegeven dat ze zich zorgen maakte om Samuel.

'Ik weet zeker dat het goed met hem gaat,' zei Willadee, in een poging zichzelf ervan te overtuigen.

De kinderen hadden bij de voordeur rondgehangen – half binnen, half buiten – en waagden zich nu op de veranda, om te helpen bij de weersobservatie.

'Waarom wordt de lucht groen?' wilde Bienville weten.

'Waarom gaat jouw achterwerk rood worden?' vroeg oma Calla. Ze bespaarde hem de moeite van het antwoorden. 'Omdat ik er een tik op ga geven, daarom.'

'Het weer doet helemaal niks,' zei Swan. 'De wind is zelfs gaan liggen.'

Ze had gelijk. Willadee had zo ingespannen naar de lucht staan te turen, dat ze de plotselinge, griezelige stilte niet had opgemerkt. Nu keek ze haar moeder aan, die haar aankeek, en ze kregen allebei een grimmige trek om de mond.

'Naar binnen, en pak je kussen van je bed,' beval Willadee. 'Ga in het bad zitten met de kussens over je hoofd, en blijf daar tot ik het zeg.'

'Maar er gebeurt helemaal niks!' hield Swan vol.

'Swan Lake,' brulde oma Calla, 'als deze storm jouw hoofd van je schouders rukt en het daar in het weiland slingert, dan zul je wel leren luisteren!'

Swan vond het een uitermate komisch beeld. Een hoofd dat in een weiland ligt te luisteren. Ze durfde echter niet te lachen, omdat oma Calla stampvoette en met haar schort wapperde, alsof ze haar kippen de ren injoeg. Swan, Noble en Bienville stormden de deur door en de trap op; ze grepen hun kussens en stommelden weer naar beneden. Ze stoven de badkamer in en doken in de badkuip. Tot dusver was dit best leuk, dacht Swan.

Oma Calla en hun moeder waren ook naar binnen gerend en gooiden alle ramen open, omdat ze ooit eens hadden gehoord dat dat hielp om te voorkomen dat een huis ontplofte wanneer het door een tornado werd geraakt. Toen haastten ze zich de badkamer in en gingen op de vloer naast het bad zitten. Willadee zei tegen de kinderen dat hun vader vast op dat moment aan het bidden was of God hen wilde beschermen, dus ze hoefden nergens bang voor te zijn.

Swan trok het kussen van haar hoofd en zei dat als ze nergens bang voor hoefden te zijn, zij er persoonlijk niet het nut van inzag dat ze zich moesten verstoppen in de badkuip. Voordat Willadee haar mond kon opendoen om te vragen of Swan alsjeblieft de hare wilde houden, hoorden ze iets wat klonk als een goederentrein die uit het niets gierend op hen af kwam. Het enige waaraan de kinderen op dat moment konden denken, was hoe vreemd dat was, aangezien er in de wijde omtrek geen spoorweg was.

Hoofdstuk 14

Samuel reed op Macedonia Highway; hij was onderweg naar het huis van Birdie Birdwell, dochter van de onlangs overleden T.H. Birdwell. Volgens meneer Lindale Stroud, die het had gehoord van Avery Overbeck, wiens achterachterneef Frank de oom van Birdies buurvrouw was, had T.H. een zware hartaanval gekregen terwijl hij in het privaathuisje had zitten neuzen in de lingeriesectie van de catalogus van een postorderbedrijf.

Samuel hield zich niet bezig met dergelijke bijzonderheden. Het was zijn taak om te troosten – een taak waar hij zich goed bij voelde – en om te proberen Birdie een grafsteen te verkopen – waar hij zich *niet* helemaal goed bij voelde. Hij begon zichzelf nu al te zien als een aasgier, die neerdook wanneer de dood had toegeslagen in de hoop zich te goed te doen aan de slachtoffers. Het grootste verschil tussen hemzelf en de roofvogels was volgens hem dat zij teerden op de doden, terwijl hij – zolang hij hiervan zijn beroep maakte – zou teren op de levenden.

Aan de andere kant: er was geen morele reden om géén grafstenen te verkopen. Hij zou gewoon zorgen dat hij zijn best deed voor de mensen op zijn lijstje potentiële klanten, door er goed op te letten dat hij nooit misbruik van hen maakte.

Als hij hier nu ook een steen kon verkopen, dan zou hij twee cheques kunnen overhandigen aan de Eternal Rock Monument Company. En dat zou hem tweemaal provisie opleveren. Samuel zou naar huis kunnen gaan met geld op zak. En dat niet alleen, hij zou ook volgende week weer langs kunnen gaan om de eerste termijnen op te halen van de verkopen van deze week. In theorie zou de hele constructie zich moeten blijven uitbreiden tot hij te zijner tijd een aanzienlijk inkomen zou hebben, of hij nog nieuwe grafmonumenten verkocht of niet.

Samuel was geen lichtgelovig type, dus hij wist allang dat het in werkelijkheid niet allemaal zo rooskleurig zou blijken te zijn. Wanneer de grafstenen eenmaal geplaatst waren, zou men de termijnbetalingen eerst als een ongemak ervaren, vervolgens als een last, en ten slotte als iets wat men het bedrijf eigenlijk toch niet verschuldigd was, aangezien de rente zo schandalig hoog was. Hoe hij dat moest oplossen, zou Samuel echter wel zien als het zover was. Op dit moment zocht hij naar de brievenbus van de familie Birdwell. Het weer verslechterde met de minuut.

Hij aarzelde nog of hij de oprit op zou draaien of zou omkeren en naar huis gaan, toen de bodem uit de lucht viel. De regen was onverwacht en meedogenloos en benam hem volledig het zicht. De wind stak weer op met verdubbelde kracht, sloeg met een harde klap tegen Samuels auto, schudde hem heen en weer. Tenzij die auto de lucht in vloog, wat op dit moment een reële mogelijkheid leek, ging Sam Lake voorlopig nergens heen. Wat er thuis ook gaande was, het was te laat om erheen te gaan en te helpen. Dus deed hij iets nog beters.

Hij zette de motor uit, pakte zijn bijbel van de stoel naast zich, drukte die tegen zijn hart en begon rustig te bidden. Als je hem hoorde, zou je denken dat hij zijn beste vriend om een glaasje water vroeg.

'Heer,' bad hij, 'ik wil U één ding vragen, één ding maar. Als de storm in de richting van Calla's huis gaat, laat hem er dan alstublieft omheen gaan.'

★★★

Twee uur later, toen het weer uitgeraasd was en de lucht in het westen net zachtpaars en goud begon te worden, bereikte Samuels auto de top van een heuvel, iets minder dan een kilometer van Calla's huis vandaan. Vanaf die heuveltop kon Samuel de boerderij zien liggen, uitgestrekt in het dal onder hem. Hij had zich geen zorgen gemaakt om de veiligheid van zijn gezin. Het kwam niet eens bij hem op om te betwijfelen of zijn gebed verhoord zou zijn. Hij was echter niet voorbereid op het tafereel dat zich vóór hem ontvouwde. Zijn eerste indruk was dat de brokstukken van de boerderij wel over heel Zuid-Arkansas verspreid moesten zijn. Samuel moest de auto wel stilzetten en uitstappen en daar een poosje staan staren. Het leek alsof een bulldozer door het bos was gereden, hoge bomen neermaaiend alsof het grassprietjes waren, en vervolgens recht op het huis af was gegaan. Een oude veevoersilo stond in zijn weg. Hij had de silo vermorzeld. Een voormalig privaathuisje stond in zijn weg. Hij had het privaathuisje verpletterd. Calla's kippenren stond in de weg, maar die was gespaard omdat de tornado abrupt van richting was veranderd, een halve cirkel had beschreven om het erf en de dichtstbijzijnde bijgebouwen en het huis zelf, en vervolgens weer rechtdoor was gegaan op zijn oorspronkelijke, allesverwoestende pad.

Samuel liet zich op de knieën vallen, zomaar midden op de weg vol modderplassen, en keek op naar de hemel. Zijn ogen schoten vol tranen.

'Vraag van me wat U maar wilt, Heer,' zei hij eenvoudigweg. 'Wat U maar wilt.'

★★★

De rest van de middag hielp Samuel Toy met het opruimen van afgebroken takken en versplinterde planken en gebutste stukken zink.

'Ik neem aan dat het heel wat werk zal zijn om alles weer op te bouwen,' zei Samuel, toen ze even uitrustten.

'Ik neem aan van niet,' antwoordde Toy. Met zijn arm gebaarde hij naar wat gesneuveld was. 'We hebben geen buitenplee nodig, omdat we binnen een toilet hebben. We hebben geen silo nodig, omdat we geen vee hebben om te voeren. Dat hek daarginds wilde ik toch al neerhalen, omdat hij op instorten stond. En al die schuurtjes werden alleen maar gebruikt door ratten en slangen om zich voort te planten. Van wat we echt gebruiken, is niets ook maar *aangeraakt*. Ik heb nog nooit zoiets bizars gezien.'

Later die avond, toen ze in bed lagen, vertelde Samuel aan Willadee dat hij het gevoel had dat God hem het een en ander over vertrouwen wilde leren.

'Maar jij vertrouwt altijd op Hem,' zei ze.

'Dat is zo. Maar het is altijd gemakkelijk geweest, Willadee. Alles is me altijd komen aanwaaien.'

'Omdat je op Hem vertrouwt,' hield ze vol.

'Dat dacht ik ook altijd,' zei Samuel. 'Ik dacht dat alles me kwam aanwaaien omdat ik zo'n sterk geloof heb. Maar vertrouwen is een peulenschil zolang alles gaat zoals jij het wilt. Ga maar na. Ik heb nooit een dierbare verloren, behalve mijn ouders, en zij hebben een lang leven gehad, en iedereen weet dat hij vroeg of laat z'n ouders moet missen. Ik heb nooit liefdesverdriet gehad, behalve toen Bernice me de bons gaf, en dat is het beste wat me ooit is overkomen. Afgezien van het feit dat ik nu geen eigen gemeente heb, heb ik mijn hele leven lang nooit om iets gevraagd wat ik niet heb gekregen.'

'Samuel,' zei Willadee, 'ik ken niemand die zo goed is als jij. God zegent jou, omdat je goed bent.'

'God zegent me omdat *Hij* goed is,' verbeterde Samuel haar.

Willadee wilde Samuel eraan herinneren dat ondanks het feit dat God goed is, er wel erg veel mensen zijn die van de wieg tot het graf lijken te moeten lijden. Maar Samuel wilde haar iets belangrijks vertellen, en ze wilde hem daar niet van afleiden.

109

'Je moet je wel afvragen wat het te betekenen heeft,' vervolgde hij. 'Ik vroeg God om de storm om het huis heen te laten gaan, en dat is precies wat Hij gedaan heeft. De tornado is niet aan de ene kant van het huis opgetild en aan de andere kant weer neergekomen. Hij is niet een heel andere kant op gegaan. Hij is om dit huis heen gegaan. Het scheelde echt maar een haartje. Heel dichtbij. Heel duidelijk.'

Hij tekende het pad van de tornado op haar blote buik.

'Kijk, zo,' zei hij. 'Hij kwam recht op het huis af, en ging er toen met een boog omheen, en toen weer rechtdoor verder. Precies zo. Ik zal je eens meenemen naar de heuvel, zodat je het zelf kunt zien, want hier beneden zie je maar het halve plaatje.'

Willadee ging rechtop in bed zitten en keek hem in het donker aan. 'Waar wil je nu eigenlijk zeggen, Sam Lake?'

'Wat ik wil zeggen is... Ik denk dat God me dit vandaag heeft gegeven als een teken.'

'Wat voor teken?'

'Eentje om op terug te kijken, en me aan vast te houden.' Even zweeg hij weer, en toen vervolgde hij ernstig: 'Het was alleen zó beeldend, Willadee. Alsof Hij ervoor wilde zorgen dat ik het nooit zou kunnen vergeten.'

Hoofdstuk 15

Op de eerste vrijdag in juli belde Odell Pritchett vanuit Camden om Ras Ballenger te vragen hoe het ging met het africhten van Snowman, en Ras vertelde dat hij nog nooit een dier had gezien dat het hem zo graag naar de zin wilde maken. Odell was buitengewoon in zijn nopjes met dat antwoord, aangezien zijn tienerdochter Sandy helemaal verliefd was op dat paard. Ze was erbij geweest toen hij geboren werd, en had hem onmiddellijk geclaimd, en nu miste ze hem vreselijk. Odell had zo gedacht: hij wilde graag eens met Sandy langskomen, zodat ze kon zien hoe Ras Snowman trainde, en misschien kon Ras haar een paar tips geven voor later.

Om een heleboel redenen wilde Ras niet dat Odell met zijn dochter zou langskomen om toe te kijken hoe hij Snowman africhtte; niet in de laatste plaats omdat Snowman momenteel allemaal vuurrode, bloedende striemen op zijn flanken had, waar Ras hem met zijn zweep had bewerkt. Over een paar weken zouden de wonden genoeg genezen zijn om te worden wegverklaard, maar op dit moment zagen ze er gruwelijk uit. Vanzelfsprekend was dat niet de reden die Ras aanvoerde.

'Nee, meneer Pritchett,' zei hij, 'u weet dat ik geen eigenaars toelaat op mijn terrein wanneer ik nog met hun paarden bezig ben. Het haalt de hele training onderuit. Ze raken opgewonden, en ze vergeten wat ze zouden moeten doen. Dan verliezen we de helft van het terrein dat we gewonnen hadden, en uiteindelijk verspil je een boel geld dat je had kunnen gebruiken om voor dat dochtertje van u een mooi zadel of zo te kopen.'

Odell suggereerde dat Sandy en hij van een afstandje zouden kunnen toekijken. Snowman zou niet eens hoeven weten dat ze er waren.

'U weet niet half hoe slim dat paard is,' zei Ras tegen hem. Hij vertelde de eigenaren altijd dat hun paarden zo slim waren, want dat was wat de meeste eigenaren het liefst wilden horen. 'Die jongen weet al van een kilometer afstand dat u er bent. Geloof me, hij kan m'n gedachten lezen. Hij weet al wat ik wil voordat ik het hem verteld heb.'

Dat klonk Odell Pritchett als muziek in de oren. 'Vindt u hem echt zo goed?'

'Nou,' zei Ras, 'ik wil niet overdrijven, maar ik heb in m'n leven met veel paarden gewerkt, en deze blijft me verrassen.'

Dat laatste was waar. Snowman had hem een paar keer verrast

door hem af te werpen (wat maar heel weinig paarden ooit gelukt was), en hij had hem meerdere keren verrast door niet terug te deinzen voor de zweep (wat vrijwel alle paarden wel deden). Hij had hem zelfs een keer verrast door te steigeren en te proberen hem een trap te verkopen (wat de reden was waarom Snowman nu overal op z'n flanken van die bloedende wonden had).

Odell praatte op hem in met argumenten en met vleierij, maar Ras hield voet bij stuk. Hij wist heel goed dat het even belangrijk was om de eigenaar de baas te blijven als om het paard de baas te blijven – soms zelfs nog belangrijker, aangezien onhandelbare eigenaren je konden ruïneren door er tegen andere eigenaren dingen uit te flappen waarvan je niet wilde of niet kon gebruiken dat ze werden uitgeflapt. Ze konden je het brood uit de mond stoten, dat was zo oneerlijk.

Ten slotte zei Ras: 'Meneer Pritchett, als u er niet op kunt vertrouwen dat ik weet wat voor uw paard het beste is, dan is het misschien beter dat u iemand anders zoekt om hem af te richten.'

Hij speelde hoog spel, maar dat had hij al vaker gedaan, en tot dusver was niemand ooit op zijn bluf ingegaan. Ook deze keer niet.

'Ho nou,' protesteerde Odell, 'ik heb nooit gezegd dat ik niet op uw oordeel vertrouwde.'

'Dan heb ik het zeker gedroomd,' zei Ras.

Odell kuchte en bromde wat, en zei dat hij wist dat Ras de beste trainer van het hele land was, dat was algemeen bekend, maar hij vond het alleen zo erg om z'n dochter teleur te stellen, omdat ze zo aan Snowman gehecht was. Ras antwoordde dat hij het nog veel erger zou vinden als dat paard z'n goede manieren vergat en het kind afwierp en zij haar nek brak, allemaal omdat ze hem op het slechtst denkbare moment hadden gestoord bij het africhten.

'Maar u mag het zeggen, hoor,' zei hij. 'Het is uw paard, en het is uw dochter, en ik ga u niet zeggen wat u doen moet. Trouwens, hoe langer ik erover nadenk: kom 'm maar gewoon ophalen. Ik trek m'n handen er verder van af.'

Na zo'n mededeling was Odell natuurlijk niet van plan zijn paard te komen ophalen. Hij krabbelde terug, en stamelde wat, en vroeg ten slotte – met de juiste mate van nederigheid – of Ras een inschatting kon geven van hoe lang het zou duren voordat Snowman helemaal afgericht was. Zonder bochten af te snijden. Hij vroeg Ras niet om bochten af te snijden, en het was niet z'n bedoeling hem onder druk te zetten of op te jagen, hij vroeg het zich gewoon af.

'Eind augustus,' snauwde Ras. 'Precies zoals ik u van tevoren heb verteld.'

★★★

Geraldine stond weer te strijken. In gedachten verzonken. Wanneer je voor zonsopgang opstaat, en de hele dag doorbrengt met strijken voor andere mensen, voor geld dat je nooit zelf in handen zult hebben omdat jij niet degene bent die over het geld gaat, dan moet je iets bedenken om jezelf mee bezig te houden. Dikwijls hield Geraldine zich, net als vandaag, bezig met het uitdenken van de begrafenis van haar man. Wat ze nooit echt uitdacht was hoe hij het punt zou bereiken waarop hij dood was en zij het punt waarop ze weduwe was, hoewel ze vaak hoopte dat het laatste wat Ras in dit leven zou zien, de hoeven van een paard zou zijn, die in een flits op hem neerdaalden als zwaarden der gerechtigheid. Dat leek haar wel passend.

Soms dacht ze – heel even, wanneer ze het zichzelf toestond – dat het nog passender zou zijn als zij hem zelf van kant maakte met haar grote gietijzeren koekenpan. Hem gewoon een mep gaf boven op zijn kleine kogelronde hoofd. Ze had echter nooit het lef gehad om het te proberen. Ras was veel te vlug. Elke poging om hem van kant te maken zou averechts uitpakken, en het zouden háár hersenen zijn die uiteindelijk op de keukenvloer belandden.

Bovendien was het voor het doel van haar dagdroom helemaal niet belangrijk *hoe* het kwam dat hij dood was, en ze hield zichzelf voor dat ze hem ook niet echt dood *wenste*. Ze dacht er alleen maar over na hoe het zou zijn als dat gebeurde. Er was niets mis mee om te mijmeren over hoe je leven eruit zou zien als een bepaalde gebeurtenis plaatsvond.

In haar verbeelding zag ze hem opgebaard liggen; hij lag er heel natuurlijk bij. En ze zag zichzelf in een mooi zwart jurkje, stille tranen huilend, terwijl de leden van de kleine Kerk van de Nazarener die ze af en toe bezochten, met haar meeleefden en haar vasthielden voor het geval haar krachten het begaven, en lofgezangen zongen. Ze had niet eens een zwart jurkje, en ze wist niet waar ze er eentje vandaan moest halen, maar het mooiste van dagdromen was dat je niet alles tot in de kleinste bijzonderheden hoefde in te vullen. Misschien zou een aardige buurvrouw haar wel een zwarte jurk willen lenen of, beter nog, er eentje voor haar willen kopen. Misschien zou ze ontdekken waar Ras zijn geld verstopte, en zou de aardige buurvrouw haar naar de stad rijden zodat ze haar eigen zwarte jurkje kon kopen. Ze wist ook niet waar ze de stille tranen vandaan moest halen, maar ze nam aan dat die vanzelf wel zouden komen. Soms schoten haar ogen al vol als ze er alleen maar over nadacht.

'Het is verdorie zeker te veel moeite om me een kop koffie te bezorgen,' snauwde Ras uit het niets. Geraldine was zo diep in haar mijmerij verzonken geweest dat ze niet had gemerkt dat hij de telefoon op de haak had gesmeten en de keuken in gelopen was. Nu hing hij aan de keukentafel, nijdig als een spin.

Met een smak keerde Geraldine terug in de werkelijkheid. Ze zette het strijkijzer op zijn kant en haastte zich naar het fornuis om koffie voor hem te pakken. Die zou niet goed zijn, want niets was ooit goed, maar ze deed er de juiste hoeveelheid suiker en melk in en gaf hem de koffie, en wachtte af wat er nu weer mis mee zou zijn. Ras nam een proefslokje.

'Wat sta je daar nou als een domme koe te staren?' wilde hij weten. 'Heb je niks beters te doen dan als een domme koe te staan staren?'

Dan moest de koffie in elk geval wel in orde zijn. Geraldine liep terug naar de strijkplank en ging verder waar ze gebleven was. Ras bleef slurpen aan zijn koffie en kwaad om zich heen staren – niet naar iets in het bijzonder.

'Die smeerlap denkt dat hij wel even langs kan komen zonder dat-ie uitgenodigd is,' zei hij.

'Welke smeerlap?' vroeg Geraldine. Per slot van rekening wist je het maar nooit. Ras vond iedereen een smeerlap.

'Die hufter van een Odell Pritchett.'

Met een geluidloos O hing Geraldine het overhemd dat ze zojuist gestreken had op een hangertje, dat ze aan de bovenrand van de wijd openstaande achterdeur hing, bij enkele andere net gestreken kledingstukken.

'Het zou zomaar kunnen dat die smeerlap binnenkort op een avond een telefoontje krijgt,' zei Ras.

Wat hij bedoelde, wist Geraldine, was dat Odell Pritchett een telefoontje kon krijgen waarin hem werd meegedeeld dat zijn paard kreupel was gaan lopen en moest worden afgemaakt. Of dat het in een kuil was gevallen en zijn been had gebroken en moest worden afgemaakt. Of dat hem een van vele andere mogelijke dingen was overkomen, met als uiteindelijk resultaat dat hij moest worden afgemaakt. Ras kon altijd wel een excuus bedenken om te doden.

Hij was zo kwaadaardig dat hij z'n honden neerschoot als ze niet joegen zoals hij dat wilde, en hij was zo kwaadaardig dat hij zwerfkatten ving en ze aan de honden voerde. Hij vergiftigde ratten – hoewel je dat niemand kwalijk kunt nemen. Hij joeg op eekhoorntjes en herten en konijnen om ze op te eten, en op wasberen en vossen en bevers om hun bont, en op wolven en coyotes en rode lynxen om de nobele reden dat als hij hen niet doodde, zij iemands vee zouden doden. Hij vond het geen punt om armadillo's en buidelratten en stinkdieren te doden, want die hadden toch geen bestaansrecht. Hij had nooit een paard van een klant gedood. Nog nooit. Maar hij had ook nog nooit een paard zó gehaat als dit paard.

Ras sloeg met zijn hand op de tafel, wat betekende dat hij zojuist een besluit had genomen. Toen stond hij op en beende de deur uit; hij minderde alleen even vaart om in het voorbijgaan Geraldine een ruwe, pijnlijke por tussen de billen te geven.

Ze reageerde niet. Dat hoefde ook niet. Haar dagdroom wachtte op haar. Het enige wat ze hoefde te doen was zich er weer in te laten verzinken. Tegen de tijd dat Ras van de veranda af was, zag Geraldine het allemaal al weer voor zich. Daar lag hij, netjes opgebaard, heel natuurlijk. En daar was zij in haar mooie zwarte jurkje, stille tranen huilend. Ze werd omringd door mensen van de Kerk van de Nazarener, die met haar meeleefden en haar vasthielden voor het geval haar krachten het begaven, en lofgezangen zongen.

***

Blades jongere broertje, Blue van vierenhalf, was net een teddybeer met zijn krullenbol en mollig lijfje. Hij keek huizenhoog tegen zijn vader op. Dat zou hij waarschijnlijk niet hebben gedaan als hij even vaak een pak slaag of de zweep zou krijgen als Blade, maar dat kreeg hij niet. Blade nam hem dat niet kwalijk. Je kunt het iemand toch niet kwalijk nemen dat hij niet afgeranseld wordt tot het bloed over z'n benen stroomt, of dat hij niet op z'n hoofd geslagen wordt tot de builen er aan alle kanten uitsteken.

In plaats van een hekel aan zijn jongere broertje te krijgen, probeerde Blade erachter te komen wat Blue goed deed en hijzelf verkeerd. Hij vermoedde dat het te maken moest hebben met het feit dat Blue slim was en hijzelf dom. Dat had hun vader hun keer op keer voorgehouden.

'Blue, je bent zo slim als een rat en scherp als een scheermes.'

'Blade, je bent nog dommer dan het achtereind van een varken.'

Blade zou dolgraag zo slim als een rat en scherp als een scheermes zijn geweest, net als Blue, maar hij begreep alleen niet goed in welk opzicht Blue dan zo slim was. Blue plaste nog steeds in bed, hij brabbelde nog steeds als een peuter, hij zoog nog steeds op zijn duim. Wat hij echter wel heel slim deed, was dat hij elke kans die hij kreeg aangreep om op zijn vader te lijken. Hij liep net zoals hij. Hij praatte net zoals hij. Als Ras een strootje opraapte en het in zijn mond stak en erop kauwde, dan raapte Blue een strootje op en stak het in zijn mond en kauwde erop. Als Ras zijn broek ophees en zijn duimen achter de lussen voor de riem haakte, dan trok Blue zijn broek op en haakte zijn duimen achter de lussen voor de riem. Als Ras een van de honden uit de weg schopte wanneer hij van de veranda af kwam, dan schopte Blue een van de honden uit de weg wanneer hij van de veranda af kwam.

Ras vond het buitengewoon grappig en koddig om te zien, dat kleine mollige snotjochie dat probeerde z'n vader na te apen. Telkens wanneer hij zag dat Blue hem nadeed, schudde hij het hoofd en grinnikte hij en vertelde hij aan iedereen die het maar horen wilde dat die jongen me d'r eentje was.

Blade wilde helemaal niet op zijn vader lijken, maar hij wilde dat zijn vader hem *aardig* zou vinden, en dus probeerde hij hem af en toe na te doen, precies zoals Blue deed. Dat pakte nooit goed uit. Wanneer Blade Ras' gebaren nabootste, vroeg Ras hem waarom hij zo brutaal deed, wie dacht hij wel niet dat hij was? Op zulke vragen had Blade nooit een antwoord, wat voor Ras alleen maar bevestigde dat hij het over zijn oudste zoon altijd al bij het rechte eind had gehad.

'Je bent niet bijster slim, hè jongen?'

'Je bent nog te dom om water uit je laars te gieten als op de hak staat hoe het moet.'

'Blade, je bent nog dommer dan het achtereind van een varken.'

***

Toen Ras over het erf kwam aanlopen, stonden Blade en Blue bij de paddock naar Snowman te kijken tussen de houten balken van de omheining door. Blade had erg veel medelijden met het paard – iets wat hij nooit hardop zou zeggen, want niets maakte Ras Ballenger zo razend als wanneer iemand die dommer was dan het achtereind van een varken medelijden had met een dier dat hij mishandeld had. Blade had gezien wat er met zijn moeder was gebeurd, die paar keer dat zij haar medelijden had durven uiten.

Blue had nooit medelijden met dieren. Integendeel, hij vond het reuze opwindend om te kijken naar Ras' manier van werken, en wanneer zijn vader het toeliet hielp hij hem erbij. Ras liet hem nooit aan de paarden komen, behalve wanneer ze helemaal vastgebonden waren, omdat hij zo klein was en die verdraaide smeerlappen hem pijn konden doen. Katten waren een heel ander verhaal. Zij konden moeilijk iemand pijn doen – zelfs een klein kind niet – als ze in een jutezak zaten, wat over het algemeen het geval was wanneer ze aan de honden werden gevoerd. Als er een zwerfkat langskwam, was Blue er altijd als de kippen bij om het aan Ras te vertellen. Het was een hond-eet-kat-wereld bij de Ballengers, en Blue, met zijn vierenhalf jaar, wist heel goed waarmee hij punten kon scoren.

Ras kwam zwierig naar de paddock gelopen, en leunde tegen de omheining, en staarde naar Snowman – die volkomen roerloos stond, om maar geen aandacht op zich te vestigen. Hij was een vurig paard, althans, dat was hij enkele weken geleden geweest. Het was die vurigheid die hem zo in moeilijkheden had gebracht. Van een man als Ras Ballenger, die een heleboel smerige Duitsers (van wie er velen geen uniform hadden gedragen) had gedood met een bajonet, kon je niet verwachten dat hij brutaliteit duldde van een paard. De Duitse burgers hadden hem gesmeekt hun leven te sparen. Niet dat dat hun een zier had geholpen. Ras had daar een immens genoegen aan beleefd – dat tweebenige dieren hem smeekten om genade.

Vierbenige dieren (althans paarden) smeken niet. Als je een paard pijn doet, kan hij op drie manieren reageren. Hij zal proberen te ontsnappen. Of hij zal de mishandeling verduren, en staan sidderen, bereid om alles te doen wat je van hem vraagt. Of hij zal proberen terug te vechten.

De meeste paarden die Ras had afgericht, waren begonnen met de proberen-te-ontsnappen-reactie en al vrij snel overgegaan op de sidderende bereid-alles-te-doen-wat-er-van-hem-gevraagd-wordt-reactie. Snowmans reactie was precies het tegenovergestelde geweest van wat je mocht verwachten. Hij was aanvankelijk enigszins bereid geweest te doen wat Ras van hem vroeg; maar toen niets wat hij deed goed genoeg was, en alles wat hij deed leidde tot een of andere straf, had hij ervoor gekozen terug te vechten. Dat had hem niet meer geholpen dan het smeken die smerige Duitsers had geholpen, maar er was één verschil. Snowman leefde nog.

Ras Ballenger was niet bevoegd om het paard van een ander te doden, zoals hij in de oorlog had gemeend bevoegd te zijn om de inwoners van een ander land te doden. Hij kon dit paard niet zomaar neersteken met een bajonet. Om andermans paard van kant te maken en ermee weg te komen, had je een goede reden nodig. Je moest het dier verlossen van onbeschrijflijke pijnen die niet verholpen konden worden. Of je moest een manier bedenken om het paard uit eigen beweging te laten doodgaan.

Iedereen die enig verstand van paarden heeft, weet dat de doeltreffendste manier om er eentje uit eigen beweging te laten doodgaan, ook de eenvoudigste is. Je laat gewoon de deur van het voerhok openstaan, en vervolgens ga je naar de stad (als het toevallig overdag is) of je gaat naar bed (als het toevallig avond is). Een paard weet niet wanneer hij moet stoppen met eten, en hij kan niet overgeven. Dat is in het open veld of in het weiland geen probleem. Daar krijgt het paard gewoon een dikke grasbuik, of hij raakt aan de dunne. Maar als hij op een en dezelfde plek blijft staan en twintig kilo haver eet, sterft hij een pijnlijke dood.

★★★

Een paard dat bang is voor een mens, zal die persoon niet in de ogen kijken. Het lijkt wel alsof ze denken dat het gevaar er niet meer is als zij het niet kunnen zien. Of misschien kunnen ze gewoon de spanning niet aan. Snowman had zijn ogen afgewend van het pezige mannetje dat tegen het hek geleund stond en naar hem grijnsde.

Ras lachte hardop. 'Ja, kijk jij maar weg, jij smeerlap,' kraaide hij.

'Kij-jij maweg, smillap,' aapte Blue hem na.

Ras lachte weer, en deelde Blue mee dat hij me er eentje was. Misschien wist Blue wat hij daarmee bedoelde, misschien ook niet, maar in elk geval keek hij op naar zijn vader en zei dat *hij* me er eentje was. Ras schaterde het weer uit, tilde Blue op, zette hem op de bovenste balk van de omheining en wees naar Snowman.

'Weet je wel waar je naar zit te kijken?' vroeg hij.

'Paadje,' zei Blue.

'Inderdaad. Paardje. Dood paardje.'

Blues ogen werden groot van verbazing, en Blades ogen werden groot van ontzetting.

'Dood paadje,' grinnikte Blue.

'Hoor je dat, Snowman?' riep Ras. 'Je bent een dood paardje.'

Blade zei geen woord. Hij kon zich alleen maar met beide handen vastklampen aan de omheining. Blue mocht dan wel degene zijn die op de bovenste balk zat, maar het was Blade die het gevoel had dat hij zou vallen als hij losliet.

'Zodra die striemen weggetrokken zijn,' zei Ras.

'Zoda sieme weg zijn,' echode Blue.

'Want meneer Odell Pritchett zal z'n paard willen onderzoeken,' zei Ras. 'En het is niet mijn bedoeling hem dat voorrecht te onthouden.'

Dat was een iets te moeilijke zin voor Blue, maar hij herhaalde het zo goed als hij kon. 'Menee O hel Pitsjet wil ze paad zoeke, en tis nie boedeling voor de houte!'

Hoofdstuk 16

Blade had geen idee hoe lang het zou duren voordat Snowmans striemen weggetrokken zouden zijn, maar hij wist dat als het eenmaal zover was, dat paard er geweest was. Misselijkheid welde in hem op, gevolgd door woede.

Niets van wat zijn vader ooit had gedaan, had zo'n effect op Blade gehad. Al het andere had hij geaccepteerd als een feit – zo was het nu eenmaal. Hij wist niet, en vroeg zichzelf niet af, waarom het nu anders was. Maar het was wel anders.

De hele dag bleef hij erop broeden. Ras was druk in de weer met tuig repareren, stallen uitmesten, het gras om het huis maaien met een zeis. Blue volgde hem zoals gewoonlijk op de hielen, werd (zoals gewoonlijk) over zijn bol geaaid en kreeg te horen hoe slim hij was. Blade kroop onder de veranda en zat daar in het schemerige halfdonker plaatjes te tekenen met zijn vingers, terwijl zijn hersenen probeerden te bedenken wat hij moest doen.

Het had geen enkele zin om zijn vader te smeken het paard niet te doden. Dat zou er alleen maar voor zorgen dat hij eerder werd afgemaakt, en misschien ook dat hij daarbij meer zou moeten lijden. Blade had graag meneer Odell Pritchett gebeld, om hem te vertellen wat er gaande was en hem te vragen om Snowman alstublieft te komen ophalen. Maar daarvoor zou hij diens telefoonnummer uit zijn vaders portefeuille moeten halen, moeten uitvinden hoe een interlokaal telefoongesprek werkte, en op de een of andere manier dat telefoontje moeten plegen zonder betrapt te worden. Drie bergen die voor hem onoverkomelijk hoog waren.

Hij wenste dat zijn vader zou verdwijnen. Hij wenste niet daadwerkelijk dat Ras zou sterven, zoals zijn moeder dat deed. Met zo'n wens zou een jongen van Blades leeftijd niet goed kunnen leven. Hij wenste gewoon dat Ras het bos in zou lopen, of in de pick-up zou wegrijden, en nooit meer terug zou komen. Zo zie je hem nog, zo is hij weg. Verdwenen.

Maar Ras was niet verdwenen. Hij was vandaag niet verdwenen, en zou morgen niet verdwijnen. Hij was hier, en hij ging het paard afmaken, en Blade kon hem op geen enkele manier tegen te houden. Tenzij…

(En nu steigerde Blades geest even. Deinsde ervoor terug zoals blote voeten voor glasscherven.)

Tenzij… hij het *paard* kon laten verdwijnen.

★★★

Blade Ballenger was nog nooit zo bang voor zijn vader geweest als op het moment dat hij de ketting om het hek van de paddock losmaakte en zich bij Snowman voegde. Tot op dat moment had hij, als hij betrapt zou worden, nog een smoes kunnen bedenken waarom hij midden in de nacht buiten was, of hij had gewoon kunnen dichtklappen, zoals iedereen zou verwachten van een kind dat dommer is dan het achtereind van een varken. In beide gevallen zou dat hebben geresulteerd in straf, maar Blade was gewend aan straf. Zijn leven bestond zo ongeveer uit de ene straf na de andere.

Als hij nu betrapt zou worden, zou daar straf op volgen van een soort dat hij nooit had ondervonden, maar waarover hij wel nachtmerries had gehad. Uit voorzorg had hij zijn nachtgoed (zijn moeders benaming voor welk T-shirt en ondergoed hij die dag ook maar had gedragen) aangehouden en geen broek aangetrokken, want wat als zijn vader hem zou horen stommelen bij het aankleden, en de slaapkamer in zou komen om te zien wat hij uitspookte?

Het had geen zin om eraan te denken. Eraan denken loste helemaal niets op, en bovendien liet hij zich niet van zijn voornemen afbrengen. Hij zou Snowman uit de paddock laten, en kijken hoe hij wegrende naar de vrijheid, en dan zou hij weer naar binnen sluipen en in bed kruipen, en hopen dat dat paard Odell Pritchetts huis zou bereiken voordat Ras Ballenger wakker werd en ze de poppen aan het dansen zouden hebben bij het ontbijt.

Natuurlijk had Blade geen flauw idee hoe ver het was naar Camden, of hoe lang het duurde om daar te komen, en of een paard pienter genoeg is om de weg terug te vinden naar waar het vandaan kwam. Hij kon het alleen maar hopen.

Toen hij een paar minuten geleden door het raam van zijn slaapkamer was gekropen, hadden de honden allemaal de kop opgetild en hun ogen op hem gevestigd. Hij was bang geweest dat ze zouden gaan janken en iedereen wakker zouden maken, maar ze hadden hem de afgelopen tijd al twee of drie keer per week door dat raam zien klimmen, dus ze hadden het zeker de normaalste zaak van de wereld gevonden. Ze waren hem niet eens over het erf gevolgd.

Snowman stond met zijn hoofd van het hek afgewend, en hij verroerde zich niet toen Blade bij hem in de paddock kwam. Blade liep naar hem toe en keek naar hem op, zich afvragend wat hij nu moest doen. Hij was wel zo verstandig om niet te proberen Snowman eruit te jagen, want dan zou het paard misschien gaan steigeren en hinniken en van zich af trappen, waardoor de honden zouden gaan blaffen, en dan zou de hel losbreken. Blade overwoog Snowman te leiden, maar Ras had het paard zonder halter achtergelaten, dus er was niets om vast te pakken. Terwijl de jongen zijn opties nog overwoog, kuierde Snowman naar het hek en liep zelf al de paddock uit.

'Goed zo,' fluisterde Blade, bijna geluidloos. 'Ga door. Ga dan!'

Het paard bleef echter buiten het hek naast de omheining staan, alsof hij ergens op wachtte.

Blade had geen idee waar het paard op zou kunnen wachten. Er zou beslist helemaal niets goeds met hem gebeuren als hij hier bleef. Maar misschien wisten dieren dat soort dingen niet. Een hond bijvoorbeeld rent zelden weg van huis, hoe hij ook behandeld wordt. Misschien gaat hij af en toe eens naar een hondenbijeenkomst, maar dan komt hij weer terug als het feest voorbij is. Als hij kan.

Hoe dan ook, Snowman had er dus als een haas vandoor moeten gaan, maar hij bleef als een standbeeld naast die omheining staan. In een impuls klom Blade op het hek, en zwaaide één been eroverheen, en klauterde schrijlings op het paard, hopend tegen beter weten in dat zijn geluk nu niet zou opraken. Hij verstrengelde zijn beide handen in Snowmans manen, en duwde zijn knieën naar binnen om er niet af te vallen, en drukte heel zachtjes met zijn blote hakken in de flanken van het grote paard om hem in beweging te krijgen.

'Die kant op,' zei hij, in stilte, in zijn hoofd. 'Daarheen, Snowman. Naar de beek. We hoeven alleen maar de beek te volgen.'

★★★

Enkele uren voordat het licht werd deed Toy Moses iets wat zijn vader nooit zou hebben gedaan. Hij weigerde een betalende klant nog langer te bedienen.

De klant was Bootsie Phillips, een houthakker, een van de trouwste stamgasten van *Never Closes*. Het was vaste prik dat Bootsie vroeg kwam, bleef tot de anderen allemaal naar huis waren gegaan, en z'n geld tot de laatste cent uitgaf. En dat terwijl hij thuis een huis vol hongerige monden had en hij het geld beter zou kunnen besteden aan levensmiddelen. Hij was er al sinds de bar was opengegaan, en hij was zo dronken dat hij zich aan de jukebox moest vasthouden om er geld in te gooien, maar hij leek nog geen aanstalten te maken om er voor vanavond een punt achter te zetten.

Na een poosje vroeg Toy hem of hij vastbesloten was om te blijven tot z'n geld helemaal op was, en Bootsie antwoordde nou-en-of-hij-dat-van-plan-was.

'Ogenblikje,' zei Toy, en hij ging door de achterdeur het huis in en liep door naar de winkel. Hij pakte melk en eieren en brood en bacon en blikken met levensmiddelen en meel, en twee handenvol snoepjes van een cent, en stopte alles in een papieren zak. Toen beende hij door het huis terug naar de bar. Recht op Bootsie af, die zijn best deed om niet van zijn kruk te vallen.

'Je geld is helemaal op,' deelde Toy hem mee.

Bootsie probeerde Toy aan te kijken, maar het lukte hem niet zijn ogen scherp te stellen.

'R-rottop,' mompelde hij.

Toy stak zijn hand uit en wenkte met zijn vingers. Gehoorzaam groef Bootsie in zijn zakken, haalde al zijn geld tevoorschijn en overhandigde het aan Toy. Die gebaarde met zijn hoofd naar de deur. 'Kom mee. Ik breng je naar huis. Morgen vraag je maar iemand om je terug te brengen om je auto op te halen.'

Bootsie liet zich van de kruk glijden en deelde Toy duister mee dat hij verdorie zelf wel naar huis kon rijden. Of misschien zei hij wel dat hij zich kandidaat stelde voor het presidentschap. Zijn gebrabbel was zo onverstaanbaar dat het niet met zekerheid te zeggen viel.

Het deed er niet toe wat hij zei – Toy joeg hem de deur uit. Toen ze buiten kwamen en Bootsie voor Toy uit strompelde naar waar de auto's geparkeerd stonden, liet Toy Moses het geld dat Bootsie hem gegeven had in de zak met boodschappen glijden. Een zekere houthakkersvrouw stond een driedubbele verrassing te wachten. Haar man thuis voordat het licht werd, met eten voor het hele gezin, en genoeg geld om nog meer te kopen.

★★★

Toen Toy terugkwam bij Calla's huis, begon net wat hij 'het parelgrijs' noemde – de zachte volmaaktheid waarmee de wereld vlak voor zonsopgang omhuld wordt. Toys lievelingsmoment van de dag. Althans, dat was het vroeger, toen hij op dat tijdstip net uit bed kwam in plaats van eindelijk de kans kreeg erin te duiken. In Calla's winkel brandde licht, dus hij wist dat zij daar al was om koffie te zetten en zich klaar te maken om haar klanten te bedienen wanneer ze straks kwamen binnendruppelen.

Hij sprong uit de pick-up en wilde naar de winkel lopen, maar zag toen iets opzij van hem. Hij moest twee keer kijken om zijn ogen te geloven. Daar, naast de kippenren, in Calla's mooie moestuin – of wat er over was van Calla's moestuin – stond een paard. Een groot wit paard dat onder de viezigheid zat. Het dier had zich al door het mais heen gewerkt, dat hoog was opgeschoten dankzij de visingewanden die Toy daar het hele voorjaar in de grond had gestopt, en nu deed hij zich te goed aan de paarse doperwten.

Toy zwaaide niet met zijn armen en schreeuwde niet tegen het paard, want hij kreeg er de mais en de erwten niet mee terug als het dier in paniek raakte en ook de pompoenen en tomaten vertrapte. In plaats daarvan liep hij gewoon naar de moestuin, met rustige passen en met zijn armen langs zijn lichaam. Er zat niets anders op dan het paard te vangen en vast te zetten, en dan rond te vragen wie de eigenaar was. Het zou niet moeilijk moeten zijn om daar achter te komen. Je zag zelden zo'n mooi paard als dat dier zou zijn wanneer iemand hem een wasbeurt gaf en hem roskamde.

Toen hij dichterbij kwam, begreep hij niet hoe hij zo stom had kunnen zijn om te denken dat het paard alleen maar vuil was. Om niet meteen te beseffen dat die donkere vegen opgedroogd bloed waren. Eerst ging hij ervan uit dat het dier verstrikt was geraakt in een prikkeldraadhek, maar die theorie hield geen stand. Prikkeldraad veroorzaakt rafelige wonden, en de weerhaken kunnen hele stukken vlees lostrekken. Deze striemen waren recht, kriskras over elkaar heen. Ze waren toegebracht met een zweep. Het was lang geleden dat Toy Moses een zo hevige woede had gevoeld als nu in hem kwam opzetten.

Op een meter of drie afstand van het paard hield Toy stil en bleef roerloos staan. Het paard stopte met eten en keek hem aan, op zijn hoede.

'Rustig maar, jongen. Je mag weglopen, als je dat wilt. Maar je zult hier beter af zijn dan waar je vandaan komt, waar dat ook is.' Zijn stem was kalm als bronwater.

Het paard deed een paar stappen achteruit. Toy deed precies evenveel stappen achteruit.

'Ik wou dat je kon praten,' zei Toy. Toen ging hij nog een meter of wat achteruit en verbrak het oogcontact met het dier. Dus kwam het paard natuurlijk naar hem toe. Een klein beetje maar. Een minuscuul klein beetje. Toy keek het paard nog steeds niet aan, maar bleef praten, zacht en rustig.

'Als je me zou kunnen vertellen wie dit gedaan heeft, zou ik hem met gelijke munt terugbetalen. Eens kijken hoe het hem bevalt om zelf de klappen te krijgen.'

Blijkbaar was het paard ooit wél goed behandeld, dacht Toy, want nu kwam hij dichterbij. Toy bleef onbeweeglijk staan en wachtte af. Toen het paard dichtbij genoeg was om hem aan te raken, weerstond Toy de neiging om zijn hand naar hem uit te steken. Hij ademde enkel in en uit, diep en langzaam. En hij wachtte.

Het paard hield hem zijn gezicht voor. Toy begroette hem zoals paarden elkaar begroetten, door in zijn neus te ademen. Het paard knikte met zijn hoofd, alsof hij wilde zeggen dat Toy Moses wel deugde en dat hij het wel prettig vond om bij hem op bezoek te zijn. Met heel, heel langzame bewegingen deed Toy zijn riem af, maakte een lus om het hoofd van het paard en leidde de reusachtige Snowman weg uit Calla Moses' moestuin.

***

De kinderen wisten niet wat ze ervan moesten denken toen ze naar beneden kwamen voor het ontbijt en er geen ontbijt was. Nou ja, er stond een schaal met koude scones achter op het fornuis, en op het aanrecht een kom vol eieren die Willadee zeker had willen bakken maar waar ze niet aan toegekomen was. Swans eerste gedachte was dat er weer iemand moest zijn overleden, want ze had het nog nooit meegemaakt dat haar moeder vergat om haar kinderen te eten te geven.

Toen ze uit het keukenraam keek en de auto van de sheriff onder een schaduwboom zag staan, wist ze zeker dat ze gelijk had. Niet dat het zo'n ongewoon gezicht was. Die auto stond de meeste avonden wel een uurtje of zo op precies diezelfde plek, terwijl de sheriff en zijn hulpsheriff in *Never Closes* zaten, maar de sheriff was nog nooit overdag langsgekomen, behalve toen opa John zich door het hoofd had geschoten. Dus dit was een ernstige zaak.

Er was in de familie nog maar één persoon over die oud genoeg was om dood te gaan, en dat was oma Calla; maar zij kon het niet wezen, want zij stond daar naast de sheriff. Ze keken allebei naar iets wat Swan niet kon zien, omdat oom Toys pick-up in de weg stond.

'O, nee,' fluisterde Swan. Tragisch. Haar hersenen werkten op topsnelheid, en in gedachten zag ze alle vreselijke dingen die er konden zijn gebeurd, en degenen met wie ze konden zijn gebeurd.

'Hoezo, o nee?' vroeg Noble. Bienville en hij hadden toegetast en koude scones gepakt; nu boorden ze er met hun vingers gaten in, en schonken rietsuikerstroop in de putten die ze hadden gegraven.

Swan gaf geen antwoord. Ze stond al buiten.

Hoofdstuk 17

Sheriff Early Meeks was te vroeg geboren, rond de eeuwwisseling, en sindsdien had hij zijn naam altijd eer aan gedaan. Zijn vader had hem Early genoemd omdat hij dat wel grappig vond, en iedereen was het met hem eens, zelfs Early zelf toen hij oud genoeg was om er een mening over te hebben. Early was voor hem meer dan een naam. Het was zijn identiteit. De zondagsschool begon om tien uur, en dus was hij er om kwart voor tien. Hij werd geacht om half negen op zijn werk te verschijnen, en dus kwam hij om acht uur binnen. Hij leek nooit haast te hebben, maar hij was altijd, altijd te vroeg.

Sheriff Meeks was een extreem soort man. Extreem lang, extreem mager, en (over het algemeen) extreem rechtvaardig. Af en toe week zijn opvatting van gerechtigheid iets af van de letter van de wet, en wanneer dat gebeurde, plooide hij de wet naar de situatie.

Jaren geleden, toen Yam Ferguson op het erf voor zijn eigen huis werd gevonden met zijn hoofd zo ongeveer achterstevoren op zijn romp, was Early de eerste politieman die arriveerde. Het lichaam zat achter het stuur van Yams cabriolet, en de motor van de auto was nog warm, maar Yam niet meer. Zelfs als Early niet al alle stukjes van deze puzzel aangereikt had gekregen, zou hij er niet veel verbeeldingskracht voor nodig hebben gehad om te bedenken dat Yam die avond niet zelf naar huis was gereden.

Iedereen wist dat Yam had gerommeld met de vrouwen van minstens zes of zeven soldaten die voor hun land aan het vechten waren. Ze wisten het, en ze verachtten hem erom. Ze wisten ook dat van die soldaten Toy Moses de enige was die op die avond was thuisgekomen.

Dat wisten ze omdat Toy, toen hij in Magnolia uit de bus was gestapt, een lift had gekregen van Joe Bill Rader, die een paar kilometer voorbij het paadje naar Toys huis woonde. Zodra Joe Bill thuiskwam, had hij zijn vrouw Omega verteld hoe Toy, die nooit erg spraakzaam was geweest, de hele weg aan één stuk door had gepraat over hoe blij hij was om thuis te zijn, en dat hij Bernice niet had verteld dat hij kwam omdat hij niet wilde dat ze een hoop drukte maakte om alles voor hem in orde te brengen. Toen ze Toys huis in het zicht kregen, en ze de achterkant van Yams auto aan de andere kant zagen uitsteken, werd Toys gezicht even helemaal doods, en vervolgens vroeg hij Joe Bill om niet te stoppen. Hij zei dat hij vergeten was dat hij sigaretten nodig had, en dat hij beter even door kon rijden naar zijn moeders winkel om ze te halen. De laatste keer dat Joe Bill Toy had gezien, stond hij voor die winkel met het gezicht van een man die wenste dat hij tussen vier planken naar huis was gestuurd.

Omega liet geen tijd verloren gaan om haar zus Almarie te bellen, en je kon het haar niet kwalijk nemen dat zij het nieuws verder vertelde aan een paar goede vriendinnen. Eén van die vriendinnen was Early's vrouw Patsy; zodoende had Early al wat achtergrondinformatie toen hij ergens na middernacht dat telefoontje kreeg. Het telefoontje van een man wiens stem hij herkende.

'Ik vond dat je moest weten dat Yam Ferguson dood is,' zei de stem. 'Ik neem aan dat je me zult willen spreken, maar ik zou het erg op prijs stellen als je me eerst nog een paar uurtjes gunt.'

Early had de man meer dan een paar uur gegund. Hij had hem al die jaren gegund, en had hem nog altijd geen enkele vraag gesteld. Hij wist alles wat hij moest weten, zelfs zonder erover na te denken. Toy was bij de winkel weggegaan en was terug naar zijn eigen huis gegaan en was op een tafereel gestuit waar hij niet mee kon omgaan. Uiteindelijk was Yam dood geweest, en Toy had niet gewild dat het lichaam bij hem thuis zou worden gevonden. Dan zou Bernice hét onderwerp van gesprek van de hele buurt zijn geweest. Natuurlijk werd ze dat desondanks toch, maar aangezien Toy het lichaam had verplaatst, kon ze tenminste doen alsof ze 'net als iedereen in het duister tastte over wat er met Yam Ferguson was gebeurd'.

Er zat nog geen krasje op Yams auto toen Early daar aankwam, maar de voorkant was finaal aan gruzelementen tegen de tijd dat hij naar het politiebureau belde en de nachtagent vertelde dat hij zojuist langs Yam Fergusons huis was gereden en zijn auto op het erf had zien staan. Hij zei dat hij was gestopt om te kijken of Yam ziek was, of dronken of wat dan ook, en toen hij bij de auto gekomen was, had hij gezien dat die in de vernieling gereden was. Vermoedelijk was Yam tegen een boom gebotst of zo, en de arme stakker moest bij de klap zijn nek gebroken hebben. Hoe het hem gelukt was om naar huis te rijden, was één groot raadsel.

De familie Ferguson geloofde geen woord van dat verhaal, en ze maakten een hoop ophef, maar het hielp hun geen zier. Rechter Graves had in de oorlog een zoon verloren, en sinds die dag stierf hij zelf elke dag een beetje. In zijn optiek had Yam gewoon zijn verdiende loon gekregen.

★★★

Het eerste wat Swan vroeg toen ze buiten bij oma Calla en sheriff Meeks kwam, was: 'Wie is er dood?'

'Nog niemand,' antwoordde oma Calla. Wat Swan interpreteerde als: 'Pas op je tellen vandaag, Swan.'

Oma Calla had haar ogen geen moment afgewend van datgene waarnaar ze keek, en dus keek Swan dezelfde kant op, en door wat ze zag bestierf ze het inderdaad bijna. In de kalverpaddock stond Willadee een enorm wit paard te strelen en te kalmeren, terwijl oom Toy terpentijnolie smeerde op de bloedende wonden van het dier. Het paard beefde – misschien omdat hij bang was, misschien gewoon vanwege de pijn – maar hij verdroeg de behandeling zonder een kik te geven.

Swan werd misselijk en wilde het liefst wegkijken, maar kon haar ogen niet van hem afwenden.

Sheriff Meeks schraapte luidruchtig en minachtend zijn keel en spuugde naar opzij.

'Wat is er met dat paard?' wilde Swan weten. 'Hoe komen wij eraan?' Wat ze eigenlijk wilde weten, was of het haar paard kon worden, alleen van haar. Ze zag zichzelf al ervoor zorgen en hem verwennen en de beste vriendin voor hem zijn die hij maar hebben kon. Als dat paard van haar zou zijn, zou hij nooit meer iets te kort komen, helemaal niets. Ze zou hem roskammen en strelen en suikerklontjes voeren. Swan had in boeken gelezen over kinderen die paarden suikerklontjes voerden, en het klonk als een onfeilbare manier om een paard naar je toe te laten komen wanneer je hem riep. Oma Calla had geen suikerklontjes in de keuken, maar ze had ze wel in de winkel, en Swan zou haar een doosje afbedelen – ze zou er zelfs voor werken als dat nodig was. Iets doen voor dat paard – *haar* paard – was geen werk, het zou een daad uit liefde zijn, en ze zou het niet erg vinden, ze zou er haar hele hart en ziel in leggen. Ach, haar hele hart en ziel lagen er al in.

'Wij zijn niet aan *hem* gekomen,' antwoordde oma Calla. 'Hij is aan *ons* gekomen. En het is maar tijdelijk. Zodra we weten van wie hij is, zullen we hem moeten teruggeven.' Bij dat laatste werd haar mond een strakke, verbitterde streep.

'Teruggeven aan degene die hem *dat* heeft aangedaan?' protesteerde Swan boos.

'Eigendom is eigendom,' zei sheriff Meeks. 'De wet schrijft niet voor hoe iemand moet omgaan met wat van hem is.'

Swan was uit het veld geslagen. Even maar. Toen schoten haar ogen vuur, en ze gooide haar armen wijduit. *'Als u niet van plan bent er iets aan te doen,'* brulde ze uit alle macht, *'wat doet u dan verdorie hier?'* Ze was vergeten dat ze geen lelijke woorden moest gebruiken wanneer er andere volwassenen dan oom Toy bij waren.

Sheriff Meeks keek haar even aan, recht in de ogen, in een poging haar te doen ineenkrimpen. Dan kende hij Swan nog niet.

'Ik ben hier omdat je oom mij gebeld heeft,' antwoordde hij ten slotte. En vervolgens vroeg hij aan Calla: 'Denk je dat dat kind ooit even groot zal worden als haar mond?'

★★★

Early bleef niet lang. Hij had beloofd Bud Jenkins om acht uur te treffen bij het eetcafé in de stad, en het was nu al bijna zeven uur. Aangezien het hem bijna een half uur zou kosten om er te komen, bleef er niet veel tijd over om te vroeg te komen. Voordat hij echter vertrok, noteerde hij een beschrijving van het paard en beloofde hij wereldkundig te maken dat het gevonden was.

Ondertussen waren ook Noble en Bienville naar buiten gekomen; ze aaiden het paard met stroperige vingers. Snowman vond het niet erg. Natuurlijk wisten de kinderen niet dat hij Snowman heette. Ze kibbelden over hoe ze hem zouden noemen. Oma Calla loste het probleem op door hun mee te delen dat ze het paard niet gingen houden, maar als ze dat toch deden, dan zou het *haar* paard zijn, het was per slot van rekening *haar* moestuin waaruit hij alle planten had gerukt, en wie zich niet gedroeg en niet meehielp met wat er gedaan moest worden zou nooit op hem mogen rijden. En zolang hij op haar terrein verbleef, zou hij John heten.

John?' gilde Bienville.

'Wie noemt z'n paard nou *John?'* klaagde Noble luidkeels.

Oma Calla vond niet dat ze hun een verklaring schuldig was, ze mocht haar paard noemen wat ze wilde; maar onder vier ogen vertelde ze Willadee dat ze zichzelf er de laatste tijd een paar keer op had betrapt de naam van haar man te zeggen wanneer er niemand in de buurt was. Als iemand haar daar nu op zou betrappen, zou ze kunnen doen alsof ze hardop dacht aan het paard.

★★★

Blade was overweldigd van angst om wat hij had gedaan en wat zijn vader zou doen wanneer hij erachter kwam. Het was geen kwestie van *als*. Dat wist Blade zeker, net zoals hij wist dat zijn armen en benen tot bloedens toe geschramd werden door alle braamranken en doornstruiken waarin ze voortdurend verstrikt raakten.

Rond de tijd dat Toy Moses thuiskwam nadat hij Bootsie Phillips naar huis had gebracht, kroop Blade weer door zijn slaapkamerraam naar binnen, niet beseffend dat hij bloedsporen op het kozijn achterliet. Het was donker en stil in huis; het enige geluid was Blue die in zijn slaap op zijn duim zoog. Blade vond het vreselijk om het bed te moeten delen met zijn kleine broertje, voornamelijk omdat Blue altijd ergens in de vroege ochtend z'n water liet lopen, maar ook vanwege dat zuiggeluid.

Blade glipte onder de dekens en bewaarde zo veel mogelijk afstand tot zijn broer en de plas op het zeiltje dat de matras beschermde, maar niet de jongens die erop sliepen. De pis was koud en stonk en sijpelde door in zijn nachtgoed, waardoor het klam aan zijn huid plakte, maar dat was niet de reden waarom hij bibberde.

★★★

Om klokslag half zes 's morgens ging Ras Ballenger naar buiten om de dieren te voeren, en ontdekte hij dat Odell Pritchetts paard verdwenen was. Bij het zien van het openstaande hek liepen de rillingen hem over de rug. Dat een paard gestolen wordt is al erg genoeg wanneer hij van jouzelf is, en zijn huid niet op talloze plekken opengehaald is. Maar wanneer het dier van iemand anders is, en je de eigenaar zult moeten uitleggen hoe het kan dat hij weg is, en (wanneer hij weer gevonden is) hoe het kan dat hij er zo aan toe is, dan wordt de zaak aanzienlijk ingewikkelder.

Wat Ras echter niet begreep, was hoe iemand op zijn terrein had kunnen komen en de ruin had kunnen meenemen zonder dat zijn honden hem gewaarschuwd hadden. Die honden liepen niet bepaald kwispelstaartend op vreemdelingen af – en niemand mocht hier zo vaak komen dat hij iets anders dan een vreemdeling werd.

Eén ding was zeker: Snowman had zich niet zelf uit de paddock weten te bevrijden. Het hek was afgesloten geweest met een ketting die in een lus om de hekpaal was geslagen; de twee uiteinden waren

129

bijeengehouden door een slot dat alleen door vingers geopend kon worden. Een slim paard kan een ketting die ergens aangehaakt is loskrijgen, maar hij kan geen slot openmaken.

Een mens had dit dus gedaan. De vraag was wie. Odell Pritchett kon het niet wezen. Odell was niet het type om in het holst van de nacht te komen – waarom zou hij ook, het was zijn paard, hij kon hem op klaarlichte dag komen halen. En zelfs als hij het al geweest was, dan zou hij gekomen zijn in een pick-up met een trailer erachter, twee lawaaierige dingen. Oké, hij had op de weg kunnen parkeren en te voet zijn paard ophalen en meenemen. Maar nogmaals, waarom hadden de honden hun plicht niet gedaan?

Ras wendde met moeite zijn blik af van het hek en de paddock waar geen paard in stond, draaide zich om en staarde naar zijn huis.

★★★

Geraldine stond altijd nog eerder op dan Ras. Een van de dingen die hij niet kon uitstaan, was een luie vrouw. Toen ze het schrapen van zijn laarzen op de veranda hoorde, kromp haar maag even ineen, want hij zou zijn ontbijt op tafel willen hebben wanneer hij de deur in kwam, en ze begon nog maar net aan de bacon. Sinds wanneer was hij binnen vijf minuten klaar met het voederen?

Je kon altijd voelen wanneer hij een vertrek binnenkwam, omdat de atmosfeer veranderde, zich aan zijn stemming aanpaste. Als hij kookte van woede, voelde je de hitte, en zelfs wanneer hij in gewone doen was (althans gewoon voor hem), kon je aan alle kanten de spanning voelen knetteren. Nu was de atmosfeer echter vlak en doods. Wat zelden of nooit voorkwam.

Geraldine wierp een blik op Ras toen hij naar binnen slenterde, maar hij keek haar helemaal niet aan. Hij schonk zichzelf een kop koffie in, wat ook zelden of nooit gebeurde. Als een man zich afbeult om voor zijn gezin te zorgen, krijgt hij graag zijn koffie kant-en-klaar aangereikt. Ze had hem dat vaak genoeg horen zeggen om het van buiten te kennen.

Geraldines ingewanden begonnen rare sprongetjes te maken. Ze was eraan gewend dat haar man razend en tierend door het huis stampte. Maar zoals hij nu was, zo ontspannen en kalm – dat was ze niet gewend.

'Wat ben je stil vanmorgen,' zei ze. Het was niet haar bedoeling geweest om als eerste haar mond open te doen, maar ze kon de spanning niet langer verdragen.

Ras ging aan de keukentafel zitten, blies in zijn koffie en keek haar over de rand van zijn mok aan. Je zou bijna denken dat hij *aardig* keek.

'Jij ook,' antwoordde hij. Insinuerend. 'Tenminste, dat was je gisteravond.'

Ze keek hem niet-begrijpend aan. Op de een of andere manier had ze iets verkeerd gedaan, en ze had geen idee wat.

'Ik kan me niet herinneren dat ik gisteravond stil was.'

'Nou en of je dat was. Stil als een muisje.' Zijn vingers scheerden over het tafelblad, als een muisje dat stilletjes één kant op rende. Scheerden terug, de andere kant op. Zigzag, zigzag. Heen en weer. Dat was een knap bedrijvig muisje.

Geraldine probeerde zich te herinneren of ze de vorige avond stil was geweest. Had Ras iets tegen haar gezegd en had ze geen antwoord gegeven? Was ze zonder een woord langs hem heen gelopen, terwijl hij verwachtte dat ze iets zou zeggen?

De bacon brandde bijna aan, dus ze keerde hem om en drukte de stukken plat met de bakspaan.

'Tja,' zei ze, 'ik neem aan dat ik stil was toen ik lag te slapen.'

Ras glimlachte. *Glimlachte.* Alsof ze het toverwoord had gezegd.

'Volgens mij zie je dat verkeerd. Jij was stil terwijl *ik* lag te slapen.'

Ze fronste haar voorhoofd. Dit voelde helemaal niet goed. Wat voor drijfzand het ook was waarin ze beland was, ze zou er niet meer aan kunnen ontsnappen. Als je in drijfzand terechtkomt en je doet niets, zak je erin weg. Als je probeert eruit te komen, zak je sneller weg.

'Ik heb geen flauw idee waar je het over hebt,' viel ze uit. Ze kon maar net zo goed snel kopje-onder gaan, des te eerder had ze het weer achter de rug.

'Misschien heb je geslaapwandeld,' zei Ras. 'Sommige mensen doen al slaapwandelend dingen waar ze spijt van hebben wanneer ze wakker worden.'

Geraldine schudde het hoofd, het toonbeeld van verwarring. 'Als ik ooit van m'n leven heb geslaapwandeld, dan weet ik er niks van.' Ze had stellig willen overkomen, maar haar woorden hadden een weifelende klank. Alsof ze het niet echt zeker kon weten.

Ras liet zijn tong door zijn mond spelen en prikte ermee in zijn wang, waardoor er aan de buitenkant een uitstulpende en wriemelende bult ontstond. Geraldine kreeg de irrationele neiging om te lachen. Ze deed het echter niet. Te oordelen naar hoe Ras naar haar keek – alsof ze wel degelijk een muis was, en hij een kat, klaar om aan te vallen – was lachen nu waarschijnlijk niet het slimste wat ze kon doen.

Ze pakte een papieren zakje uit het kastje onder de gootsteen en legde het op een bord. Dat was om het vet te absorberen van de bacon, die ze van de pan naar het bord overhevelde. 'Nou, zeg het maar,' zei ze. 'Wat heb ik gedaan?'

'Dat herinner je je niet meer?'

'Ik herinner me dat ik naar bed ben gegaan.'

'Je weet niet meer dat je bent opgestaan.'

Ze zuchtte. Dit had nu wel lang genoeg geduurd. 'Ik ben net twintig minuten geleden uit bed gekomen. Natuurlijk herinner ik me dat ik ben opgestaan.' Ze bracht het bord naar de tafel en zette het voor hem neer. 'Ga je me nog vertellen wat ik heb gedaan, of niet?'

'Nee – dat ga *jij* aan *mij* vertellen.' Hij tastte toe en kauwde nadenkend op een plakje bacon, weer met die glimlach. 'En aangezien ik geen paard heb om af te richten, heb ik de hele dag de tijd.'

Hoofdstuk 18

In zijn dromen rende Blade langs de oever van de beek die van zijn vaders boerderij naar achter in het land van de Mosesen stroomde, en de struiken langs het pad strekten zich voortdurend naar hem uit – ze grepen zijn enkels vast en groeiden bliksemsnel langs zijn benen omhoog. Hij voelde hoe ze zich vastgrepen met die vishaakachtige doorns, en hij wilde stil blijven staan, zodat de vishaken zich niet nog dieper in zijn vlees zouden boren. Hij mocht echter niet stoppen, want boven zijn hoofd vloog een roodstaartbuizerd – een enorme buizerd, zo'n grote had hij nog nooit gezien – en die zou hem te pakken krijgen als hij ook maar een beetje vaart minderde… waarschijnlijk zou hij hem te pakken krijgen hoe hard hij ook holde.

Blade had zich nog nooit zo klein gevoeld. Hij kon niet veel groter zijn dan een konijntje.

De roodstaartbuizerd dook naar beneden, zijn klauwen uitgestrekt als lange, kromme messen. Blade wilde niet opkijken. Moest wel opkijken. En toen hij keek, zag hij het gezicht van de buizerd, duidelijk en onmiskenbaar, en wenste hij dat hij niet gekeken had.

Het was zijn vader.

Blade gilde het uit, maar er kwam geen geluid, enkel verstikkende stilte. Hij probeerde weer, met inspanning van al zijn krachten, schreeuwde de longen uit zijn lijf, vanuit het puntje van zijn tenen, tot hij dacht dat hij zou barsten. Hulpeloos, hopeloos, geluidloos – konijnen kunnen niet schreeuwen.

De buizerd lachte. Een rauwe, bijtende lach. Toen dook hij weer omlaag, en Blade gilde het weer uit, maar dit keer klonk er wel geluid. Een alom aanwezig geluid dat de lucht doorkliefde.

Blade werd met een schok wakker en zat rechtop in bed van schrik. Zijn hart bonsde. Hij kon wel huilen van opluchting dat de droom voorbij was – totdat hij besefte dat die helemaal niet over was, het was nog maar net begonnen.

Blue was ook wakker geworden, en lag naast hem te snuffen, zich vastklampend aan de natte dekens. Blade zei dat hij stil moest zijn en kroop uit bed.

Het gegil, dat uit de keuken gekomen was, hield abrupt op. Het volgende geluid was nog erger.

Ras hield Geraldine bij haar hals vast en duwde haar naar achteren over de gootsteen, met haar gezicht onder de kraan. Ze spartelde tegen, gorgelend. Slikte water in, en kreeg het in haar longen, en probeerde te praten, en kon alleen maar gorgelen.

Ras trok haar overeind en ging een beetje opzij terwijl zij proestte en kokhalsde en spuugde.

'Hoe staat het met je geheugen?' vroeg Ras.

Ze barstte in hoesten uit en schudde het hoofd.

'Het paard,' zei Ras geduldig. 'Wat heb je met het paard gedaan?'

Blade was inmiddels de keuken in gekomen, en wankelde op zijn benen. Dit ging om Snowman! Hij had verwacht dat hij degene was die gevaar zou lopen. Hij had er geen ogenblik bij stilgestaan dat iemand anders de schuld kon krijgen.

Geraldine was zover hersteld dat ze zich probeerde los te rukken uit Ras' greep. Ze probeerde zijn vingers van haar hals te trekken. Met als enige gevolg dat Ras nog harder kneep.

'Heb… paard… niet aan…geraakt,' bracht ze schor uit.

Ras schudde haar hard door elkaar. 'Je hebt hem niet aangeraakt, maar je hebt het hek opengezet en hem laten ontsnappen, hè?'

Geraldines gezicht was bloedrood van al haar gehoest en gehijg. Ze had ook een loopneus. 'Dat heb ik niet –' begon ze.

Ras sleurde haar weer over de gootsteen, en net als zo-even hield hij haar hoofd onder de kraan. Ze sloeg haar hoofd heen en weer, maar het hielp niets. Ze moest nog steeds ademhalen, en het water liep nog steeds in haar mond en neus. Ze begon weer te gorgelen.

'Stomme zeug,' snauwde Ras. 'Ik heb nog nooit zo'n stomme zeug gezien.'

Het zag ernaar uit dat zijn vader zijn moeder ging vermoorden, en dat kon Blade niet laten gebeuren. Dus greep hij zijn vaders koffiemok van de tafel en smeet hem door de keuken. Hij raakte Ras in zijn rug, precies tussen zijn schouderbladen.

Ras liet Geraldine los en draaide zich vliegensvlug om, maar Blade Ballenger was al weg.

★★★

Oma Calla hield voet bij stuk. Niemand mocht in de buurt van haar paard komen, tenzij ze zich gedroegen en meehielpen met wat er gedaan moest worden. Swan en Noble en Bienville waren de hele dag zo aardig tegen elkaar en tegen de anderen, dat Willadee aan hen begon te snuffelen wanneer ze langs haar liepen. Ze zei dat elke moeder haar kinderen herkent aan hun geur, zelfs wanneer ze zich zo raar gedragen dat ze op geen enkele andere manier nog te herkennen zijn.

En wat het werk betreft? Die kinderen werkten hard. Ze veegden de veranda aan, en wiedden de bloembedden, en plukten een maaltje witte bonen, en toen was het nog maar half twaalf. Daarna maakten de jongens de smerige oude benzinepompen schoon met water en zeep, en poetsten ze tot ze glommen als nieuw, terwijl Swan azijn en oude kranten gebruikte om elk glazen oppervlak in Calla's winkel schoon te maken. Het werd er zo blinkend schoon dat de klanten, wanneer ze uit hun auto stapten, een hand boven de ogen moesten houden tegen de schittering.

Zo nu en dan gingen de kinderen naar oma Calla toe, keken haar dwepend aan en zeiden dat zij de allerliefste *oude vrouw* van de hele wereld was en dat ze zo blij waren haar kleinkinderen te zijn. Dan schudde oma Calla het hoofd en antwoordde ze dat ze niet wist wiens kleinkinderen ze waren, maar dat ze beslist heel blij was dat ze waren langsgekomen om een handje te helpen.

Halverwege de middag besloot Willadee dat de kinderen zich lang genoeg hadden gedragen. Ze raakte er uitgeput van om hen zo snel te zien rondstuiven. Calla gaf toe dat zij er ook gewoonweg duizelig van werd. Bovendien had ze al meer werk van hen gedaan gekregen dan ze ooit had durven dromen dat ze in zich hadden.

De kinderen werden losgelaten, maar oma Calla waarschuwde hen opnieuw om niet in de buurt van haar paard te komen. Ze wist dat kinderen de verleiding niet kunnen weerstaan om te klimmen op alles wat groter is dan zijzelf, vooral wanneer het manen en een staart heeft.

'Denk er maar aan hoe jij je zou voelen als je er zo aan toe was als John,' zei ze. 'Zou jij het prettig vinden als een stelletje kinderen op je rug klom en precies op je zere plekken ging zitten?'

Bienville wees haar erop dat ze er nooit zo aan toe konden zijn als John, want zij hadden elk twee benen en hij had er vier.

Oma Calla was niet onder de indruk van die logica. 'Wees maar blij dat dat niet het enige verschil is,' zei ze. 'Dat paard heeft een flink pak rammel gehad.'

Ze voegde er niet aan toe (wat ze anders wel zou hebben gedaan) dat zij ook allemaal een pak rammel konden krijgen als ze niet uitkeken en zich gedroegen. Ze *hadden* zich voorbeeldig gedragen, en zij had haar ogen uitgekeken. Bovendien had ze vandaag geen zin om dreigementen te uiten. Wanneer ze keek naar dat paard, naar die wonden die iemand hem had toegebracht, werd ze op de een of andere manier diep in haar ziel geraakt. Deze John deed iets wat de andere John al heel lang niet meer had gedaan voordat hij het in zijn hoofd had gehaald om uit het leven te stappen. Deze John bracht de zachte kant van Calla Moses boven.

★★★

Het was Noble die oma Calla overhaalde om hun toe te staan dat ze John meenamen naar de Woestijn. Aangezien ze Bandieten gingen achtervolgen door Meedogenloos Terrein, zouden ze toch te voet moeten gaan. Wanneer het terrein meedogenloos is, moet je af en toe even neerhurken en je ogen tot echt smalle streepjes knijpen en de grond bestuderen om te zien of er stenen zijn verschoven, en of de hak van een laars een afdruk in het stof heeft achtergelaten. Misschien zie je ook waar iemand een rochel heeft uitgespuugd, wat onmiskenbaar duidt op Bandieten. Heel veel Bandieten hebben een rochelende hoest. Hoe dan ook, je kunt niet goed sporen volgen als je de hele tijd van je paard moet op- en afstijgen. Het mat je af en houdt je op.

Calla meende dat het geen kwaad kon als de kinderen het paard meenamen op avontuur, zolang ze niets anders met hem deden dan hem leiden, maar ze voegde eraan toe dat ze niet moest merken dat ze op zijn rug hadden gezeten.

Hem leiden was het enige wat ze van plan waren, beloofden ze. Verder zouden ze niets met hem doen, *erewoord*.

'En een belofte aan een lief klein oud vrouwtje zoals u zouden we nooit breken,' bezwoer Swan haar hartstochtelijk.

Calla was nog nooit zo vaak op één dag 'oud' genoemd, en 'klein' was ze al zolang als ze zich kon herinneren niet meer geweest, maar ze liet Swans opmerking passeren. Hoe eerder de kinderen vertrokken waren naar de Woestijn om Bandieten en rochels te zoeken, des te eerder kon zij gaan zitten en nadenken over hoe stil het in huis was.

★★★

Ras Ballenger hoefde zich niet af te vragen hoe het kwam dat die mok hem tussen de schouderbladen raakte. Hij stormde door het huis, rechtstreeks naar de slaapkamer van de jongens.

Blue zat rechtop in bed te krijsen, maar voor één keer besteedde Ras geen aandacht aan hem. Hij beende naar het open raam en liet zijn oog over het erf gaan. Geen spoor van Blade. Maar toen Ras tegen het kozijn leunde om na te denken over zijn volgende stap, merkte hij de roestkleurige vegen opgedroogd bloed op het houtwerk op. Hij likte aan een vinger en wreef ermee over een van de vlekken, en de kleur gaf af op zijn huid.

'Ik had dat joch aan de honden moeten voeren op de dag dat-ie geboren werd,' zei hij.

★★★

Ras vroeg zich wel af hoe Blade gewond was geraakt, toen hij afgelopen nacht zijn smerige streek had uitgehaald. Misschien had hij het paard naar de weg geleid om hem daar los te laten, was hij op het grind gevallen en had hij zo zijn armen en benen opengehaald. Of misschien was hij in het donker tegen iets op gerend wat hij niet had gezien.

Ras kon niet geloven dat Blade Snowman waar dan ook heen had kunnen leiden, maar wat hij ook met Snowman gedaan had, hij zou het bezuren. Op dit moment had hij echter iets dringenders te doen: Odell Pritchetts paard vinden.

Ras stapte in zijn pick-up, en hij hoefde niet ver te rijden. De eerste bij wie hij langsging was Calvin Furlough, omdat Calvin erom bekendstond dat hij alles van iedereen wist en dat hij vertelde wat hij wist aan wie het maar wilde horen. Ras trof Calvin in zijn werkplaats, waar hij met een rubberen hamer de deuken uit de motorkap van een Nash Rambler sloeg, en ja hoor – Calvin vertelde dat hij eerder die morgen naar miz Calla's winkel was gegaan voor z'n Bull of the Woods en dat er niemand kwam om hem te bedienen, omdat de hele familie buiten bij de schuur in een kringetje om een groot wit paard had gestaan. Ten slotte had hij de pruimtabak zelf maar gepakt en het geld op de toonbank achtergelaten.

'Sheriff Meeks was er ook,' zei Calvin. 'Vraag me niet waarom.'

★★★

Early Meeks scheurde lucifers uit een luciferboekje, en gooide ze naar een adder die op de hoek van zijn bureau opgerold lag, met wijd opengesperde kaken en ontblote giftanden. Early had de slang enkele jaren geleden gedood in een moeras achter zijn huis, en hij had hem zo laten opzetten dat er in het midden een asbak paste. Voor het geval het waar was wat Early had gehoord over de tanden van giftige slangen – dat ze net zo gevaarlijk zijn wanneer de slang dood is als wanneer hij nog leeft – waren die bedekt met een doorzichtig dichtingsmiddel dat inmiddels geel verkleurde.

De asbak was half vol lucifers toen Ras Ballenger het kantoor binnenstormde en verontwaardigd balkte dat er de afgelopen nacht bij hem een paard was gestolen. Hij zei dat zijn honden hem hadden gewekt met hun geblaf, en dat hij met zijn jachtgeweer het huis uit was gerend, maar toen ging de dief er al vandoor op het beste paard dat hij op zijn land had staan. Hij had niet geschoten, omdat hij het paard niet wilde raken.

Early leunde achterover in zijn stoel en hoorde hem aan, zoals een agent hoort te doen. Hij viel Ras niet één keer in de rede; hij liet die kleine smerige oplichter hem alles vertellen – meer dan zijn bedoeling was.

'Dat dier was in topconditie toen hij mijn terrein af ging.' Ras sloeg met zijn vuist op Early's bureau. 'En hij kan maar beter in dezelfde staat zijn wanneer ik 'm terugkrijg.'

Early krabde aan zijn oor en fronste zijn voorhoofd. 'Je denkt toch niet dat *ik* dat paard heb gestolen?' vroeg hij.

Ras hoestte en sputterde luidruchtig. 'Ik beschuldigde jou niet. Ik deed aangifte van een misdaad!'

'Dat was me niet duidelijk. Het klonk alsof je zei dat je mij ervoor verantwoordelijk houdt als dat dier iets overkomt.'

'Dat bedoelde ik helemaal niet.'

Early keek hem niet-begrijpend aan. Alsof dit alles zijn bevattingsvermogen te boven ging. 'Dus jij denkt… dat de dief op het paard van jouw land af is gereden, en wellicht besloten heeft dat hij hem toch niet mooi vond en dus niet wilde houden – en hem daarom op de een of andere manier heeft verwond, uit pure boosaardigheid – en hem ergens heeft laten staan waar ik hem zou kunnen vinden?' Hij krabde weer aan zijn oor. 'Gewoonlijk, als iemand een paard wil stelen, rijdt hij met een trailer naar het weiland en maakt hij een gat in de omheining en laadt hij het dier in en gaat hij er als een haas vandoor naar een naburige county. Ik heb nog nooit gehoord van een dief die te voet iemands erf op ging, tot vlak bij het huis, en tussen de honden door liep en zo – en dan een paard stal en erop wegreed, enkel om hem te kunnen mishandelen – en vervolgens weer te voet wegging. Ik vraag me af hoe die vent is thuisgekomen.'

Ras werd zo gespannen als een veer. Hij wist dat Early de draak met hem stak, maar nu had hij geen andere keus dan koppig blijven volhouden.

'Het enige wat ik weet, is dat-ie gestolen is. En het is jouw taak om hem voor me terug te halen.'

Early glimlachte. Het was een verdraagzame glimlach die hij bewaarde voor mensen op wie hij nog niet eens zou plassen als ze in brand stonden. Toen stond hij op, als een ladder die werd uitgeschoven. Ras reageerde door zichzelf in zijn volle lengte op te richten, wat niet erg lang was. Early verwachte half en half dat hij op het bureau zou springen zodat *hij* degene kon zijn die op de ander neerkeek.

'Ik zal eens rondvragen,' zei Early.

Hij liet niet blijken dat hij wist waar het paard was, en Ras liet niet blijken dat hij wist dat Early het wist. Ze hadden allebei zo hun geheimpjes.

Nadat Ras vertrokken was ging Early weer zitten, scheurde nog een lucifer uit het boekje en knipte hem met de vingers weg, in de asbak die in de opgerolde slang was geklemd. Door het raam zag hij Ras de stoep op lopen, waar de rode Apache op hem wachtte. De zomerzon speelde op de gebronsde huid en het middernachtzwarte haar van de kleine man, waardoor hij glom als een adder.

Terwijl hij toekeek hoe Ras in zijn pick-up klom en wegscheurde, moest Early onwillekeurig denken dat daar een man ging die allang de doodstraf verdiend had. Wanneer het zover was, zou hij met alle plezier de honneurs waarnemen, maar niemand wist hoeveel slachtoffers er nog zouden vallen voor die tijd. Vroeg of laat echter zou die man zijn gerechte straf niet ontlopen. Early hoopte eigenlijk dat het vroeg zou zijn.

Hoofdstuk 19

Ras wist dat hij over niet al te lange tijd Odell Pritchett zou moeten bellen om hem te vertellen dat zijn paard vermist werd, tenzij hij een manier kon bedenken om er onderuit te komen. Het maakte hem razend dat hij zou moeten zeggen dat het dier vermist werd terwijl het helemaal niet vermist werd – het was alleen niet waar het hoorde te zijn. Er moest toch een manier zijn om het terug te krijgen.

Maar die was er niet. Hij had zijn hand al overspeeld door tegen Early Meeks zo'n verhaal op te hangen over hoe het paard was gestolen. Nu wist Meeks waar het dier vandaan gekomen was, en dat was de eerste plek waar hij zou gaan kijken als het dier weer vermist raakte.

Toen Ras thuiskwam, deed hij wat klusjes in en om huis, at wat Geraldine hem voorzette, en trok zich terug zodra zij haar mond opendeed. Zelfs tegen Blue zei hij geen woord.

Hij belde Odell nog niet op, omdat hij nog niet goed had uitgedacht hoe hij de kwestie moest afhandelen, en hij ging nog altijd niet op zoek naar Blade, ondanks Geraldines gesnotter en gesmeek. Hij had geen haast. Laat dat rotjoch eerst maar eens zien hoe het hem beviel om honger te hebben en op de grond te slapen. En over een dag of wat kon hij zien hoe hem beviel wat hem verder te wachten stond.

★★★

De hele middag hing Blade Ballenger rond bij de beek, en keek hij naar de kinderen Lake die deden alsof ze bandieten opspoorden. In feite deden ze niet zo veel speurwerk, ze hadden het veel te druk met het paard aanhalen. Ze leidden hem naar de beek om te drinken en krabden hem tussen de oren en op zijn buik, en toen hij ging liggen in het hoge gras gingen ze allemaal om hem heen liggen en gebruikten ze hem als kussen.

Blade wilde graag met hen meespelen, maar hij durfde zich niet te vertonen. Hij verwachtte niet dat het meisje naar haar ouders zou rennen om over hem te vertellen (ze had hem immers die ene keer in haar bed laten slapen), maar van de jongens wist hij het nog niet zo zeker. Bovendien waren die kinderen helemaal aangekleed en redelijk schoon, terwijl hij nog steeds droeg wat hij de vorige nacht had aangehad – hetzelfde voddige T-shirt en ondergoed, vies van zijn eigen bloed en zijn broertjes pis en modder van onder het huis, waar hij zich verstopt had nadat hij die morgen uit het raam was gesprongen. Hij was daar gebleven, te bang om adem te halen, tot zijn vader in de pick-up het erf af gescheurd was, en toen was hij regelrecht naar het bos gehold.

En daar zat hij dan. Hij kon niet naar huis, en hij kon nergens anders heen. Het enige wat hij kon doen was stil blijven liggen en toekijken hoe die kinderen speelden met het paard dat hij had gered, en wachten tot er iets gebeurde.

Maar door het stilliggen had hij moeite zijn ogen open te houden. Hij was uitgeput door zijn gebrek aan slaap, en hij had de hele dag geen hap gegeten, en de tank was leeg. Zijn ogen waren droog en korrelig, dus kneep hij ze even stevig dicht, en meer was er niet voor nodig. Zodra zijn oogleden bij elkaar kwamen, wilden ze elkaar heel lang niet meer loslaten. Toen hij zijn ogen eindelijk weer open kreeg, was het donker en waren de kinderen verdwenen.

★★★

Blade was vaak genoeg op de boerderij van Moses geweest om het ritme van het dagelijks leven daar te kennen. Hij wist hoe hij in de schaduwen kon opgaan wanneer hij over het erf sloop. Hij wist ook waar hij zijn voeten moest neerzetten in de keuken om alle krakende planken te vermijden, en hij wist waar het eten werd bewaard. Het overgebleven maisbrood stond altijd achter op het fornuis, afgedekt met een theedoek. De laatste tijd hadden er zelfs plakken cake gelegen, of soms een stukje taart. Andere etensresten zaten in de ijskist, soms bewaard in afgedekte schalen, maar vaak ook in afgesloten weckflessen. Die hadden zijn voorkeur, omdat hij weckflessen kon meenemen en dus niet op de afgedekte schalen hoefde aan te vallen in de hoop dat niemand het hoorde. Blade vermoedde dat vrouwen gehecht waren aan hun schalen en van streek zouden zijn als er eentje verdween, maar niemand bekommerde zich om een ontbrekende weckfles.

Voor een jongen van zijn leeftijd wist hij veel, maar hij wist niet alles. Hij wist bijvoorbeeld niet dat Sam Lake soms in het donker in de eetkamer zat, nadat de anderen naar bed waren gegaan, om na te denken over zijn situatie en zich af te vragen hoe hij die kon verbeteren. Samuel had een paar keer gezien hoe Blade weckflessen met snijbonen en stukken maisbrood gapte, en hij was begonnen bij te houden of de jongen langs was geweest door na het avondeten zijn

142

toetje op het fornuis te laten staan ('Voor later,' zei hij tegen Willadee, voor het geval hij 's nachts honger zou krijgen).

Deze avond zat Samuel weer in de eetkamer, en toen Blade het huis uit sloop, volgde Samuel hem —.op een afstandje, zodat het joch niet wist dat hij werd gevolgd.

Blade verschool zich in de schuur en verorberde zijn maaltje met smaak. Toen hij uitgegeten was, verstopte hij de weckflessen onder een berg hooi, bij de groeiende verzameling leeg glas. Toen nestelde hij zichzelf in het hooi, opgerold als een vos in zijn hol.

Hij sliep.

Ergens in de nacht werd hij als door een wolk omhuld door een kraakschoon laken, en een stel schone kleren werd op het laken neergelegd. Het laken rook /fris als een zomerochtend, en toen de eerste stralen van de dageraad door de kieren in de oude schuurmuren filterden, duurde het even voordat Blake goed wakker was en besefte wat er gebeurd was, en wat dat betekende.

Het betekende dat hij was thuisgekomen.

Hoofdstuk 20

Onder het ontbijt vroeg Samuel aan de rest van de familie of ze ooit een kleine zwartharige jongen hadden zien rondhangen die eruitzag alsof hij geen thuis had, en iedereen keek stomverbaasd, met name Swan. Ze zei dat ze beslist geen zwartjarig jongetje had zien rondhangen, ze had helemaal niemand zien rondhangen, en als dat wel zo was geweest, zou ze het zó snel aan een volwassene hebben verteld dat hun hoofd ervan was gaan tollen.

Willadee nam goede nota van haar dochters pertinente ontkenning, en maakte in gedachten een aantekening, om later op terug te komen.

'Ik heb het joch een paar keer gezien,' vertelde Samuel. 'Sterker nog, ik heb hem gisteravond nog gezien, toen hij weer iets te eten uit de keuken haalde.'

Oma Calla keek Samuel met half toegeknepen ogen aan en trok haar wenkbrauwen op tot bijna in haar haren. 'Weer,' zei ze, min of meer alsof ze een vraag stelde, en min of meer alsof ze zijn echo was.

'Ik had eigenlijk al eerder iets moeten zeggen,' gaf Samuel toe. 'Hij komt en gaat al een paar weken. Eerst dacht ik dat hij wel familie zou hebben en dat ze misschien gewoon niet genoeg te eten hadden, maar sinds gisteravond vraag ik me dat af.'

Toen vertelde hij hoe hij de jongen naar de schuur was gevolgd, en hoe het joch zich in het hooi had genesteld om te slapen, en dat hij er zo meelijwekkend had uitgezien, als een hulpeloos klein hondje dat langs de weg is achtergelaten.

'Ik heb een van je nette lakens gepakt en hem daarmee toegedekt,' zei Samuel tegen Calla. 'Ik hoop dat je dat niet erg vindt.'

Calla antwoordde dat ze het niet erg vond – lakens waren ervoor gemaakt om mensen toe te dekken, dat was de enige reden waarom een mens lakens bezat.

Toen Bienville erachter kwam dat Samuel ook een paar van zijn kleren naar de schuur had gebracht omdat het jongetje enkel smerige vodden droeg, ging hij zo trots rechtop zitten dat het leek alsof hij net had ontdekt dat hij familie was van Abe Lincoln.

'Nou, het is hem van harte gegund dat hij mijn kleren gebruikt,' zei hij grootmoedig. 'Wat heb je eraan om meer kleren te hebben dan je tegelijk kunt dragen, als je niet bereid bent te delen?'

Aan het andere uiteinde van de tafel zat Bernice hand in hand met oom Toy, als de goede echtgenote die ze beslist wilde lijken, en ze kokhalsde bijna van al die weeïge naastenliefde. 'Tja,' merkte ze op een allerinnemendst toontje op. 'We moeten uitzoeken wie zijn ouders zijn en hem naar huis brengen. Ze zullen wel buiten zichzelf van bezorgdheid zijn.'

'Misschien zijn z'n ouders geen aardige mensen,' zei Swan. 'Misschien is z'n vader een gemene ouwe zakkenw–'

Samuel keek haar strak aan, en ze realiseerde zich wat ze bijna had gezegd, net op tijd om het woord anders af te maken.

'–*waterdrager*, en is die jongen bang om naar huis te gaan.'

Willadee maakte in gedachten weer een aantekening.

Toy Moses duwde zijn bord van zich af en stak een sigaret op.

Na het ontbijt verzamelde de hele familie zich voor het raam en tuurde naar de schuur, wachtend op een teken van leven.

'Hij is vast allang naar buiten gekomen en weggegaan.' Noble was teleurgesteld. Hij had zich erop verheugd een kind te ontmoeten dat in andermans schuur sliep en midden in de nacht eten uit andermans keuken gapte. Dat moest nou echt een *onverschrokken* jongen zijn.

'Waar zou hij naartoe moeten gaan als hij hier slaapt en eet?' vroeg Willadee.

En Calla zei: 'Ik voel me net als wanneer ik wacht op een koe die moet kalven.'

★★★

Blade Ballenger had Bienvilles kleren gepast en geconstateerd dat het shirt tot aan zijn knieën reikte, wat een goede zaak was, aangezien de broek zo wijd voor hem was dat die ook voortdurend naar hetzelfde niveau afzakte.

Hij vond het vreselijk om zulke mooie schone kleren aan te trekken, omdat hij zo vies was; en hij vond het vreselijk om naar buiten te gaan, omdat hij wist dat hij er belachelijk uitzag. Eerst bleef hij nog een poosje in de schuur, tegelijkertijd hopend en bang dat er iemand uit het huis naar hem toe zou komen. Het waren ongetwijfeld aardige mensen; alleen aardige mensen zouden midden in de nacht een kind komen toedekken met een laken dat rook naar een zomerochtend. Dat was dus de hoopvolle kant. Desondanks was hij nog steeds bang.

Na een tijdje waagde hij zich naar buiten en ging met gekruiste benen voor de schuur zitten, starend naar het huis. En wachtte af.

★★★

Ze zagen hem allemaal tegelijk, en ze begonnen allemaal *ooh* en *aah* te roepen alsof ze daadwerkelijk een kalf geboren zagen worden. Allemaal behalve Toy, die al begrepen had over wie Samuel het had nog voordat het kind uit de schuur tevoorschijn kwam, en Bernice, die gewoonweg geen enthousiasme kon opbrengen voor dezelfde dingen als de anderen.

'Daar is-ie! Daar is-ie!' kakelde Noble, en Bienville zei: 'Asjemenou,' en Calla zei: 'Is het geen plaatje in Bienvilles kleren?'

Willadee wierp een blik op Samuel, trots op hem om wat hij gedaan had, maar hij keek haar niet aan. Zijn gevoelens waren veel te hevig om wie dan ook in de ogen te kunnen kijken, inclusief Willadee.

Swan liep vlug naar de deur. 'Laat mij maar met hem gaan praten,' zei ze. 'Ik kan goed met kleine kinderen overweg.'

Willadees mentale lijstje aantekeningen werd met de minuut langer.

★★★

Blade verroerde geen vin toen hij Swan naar buiten en op hem af zag stormen. Ze had het erf in minder dan geen tijd overgestoken en stond voor zijn neus voordat hij het goed en wel wist.

'Niet laten merken dat je me kent!' siste ze. 'Als m'n ouders erachter komen dat ik je die keer in mijn kamer heb laten slapen, worden ze misschien kwaad.'

Blades ogen werden groot en rond, en hij maakte aanstalten om overeind te komen en weg te rennen. Hij wilde liever niet in de buurt zijn wanneer iemand kwaad werd.

Swan legde een hand op zijn arm en hield hem tegen. 'Wees maar niet bang,' stelde ze hem gerust. 'Als *mijn* ouders kwaad worden, gebeurt er niks bijzonders.'

Blade ontspande zich enigszins.

'Waarom heb je vannacht in onze schuur geslapen?' vroeg Swan.

Blade haalde uitvoerig de schouders op.

'Ik bedoel, het geeft niet,' zei Swan, 'het is helemaal geen probleem. Ik vroeg het me alleen af.'

Blade haalde nogmaals zijn schouders op en trok Bienvilles broek op tot onder zijn oksels, om te voorkomen dat die van zijn lijf viel.

Swan sloeg een arm om zijn schouders en keek hem samenzweer-
derig aan. 'Doet er niet toe,' zei ze. 'Je hebt vast honger. Kom maar
gewoon mee naar binnen, dan zal m'n moeder iets te eten voor je
maken, en onderweg zal ik je vertellen wat je moet zeggen en waarover je je mond moet houden.'

★★★

Je hebt nog nooit een klein kind zo veel zien eten als Blade Ballenger die morgen at, en je hebt nog nooit zo veel mensen eromheen zien staan die gefascineerd toekeken. Swan was pal naast hem
gaan zitten, zodat ze hem een por kon geven als hij even vergat wat
hij niet mocht zeggen. Er werden hem echter geen lastige vragen
gesteld. Voornamelijk dingen als 'Wil je nog wat boter op die pan-
nenkoeken?' en 'Gaan er nog een paar plakjes bacon in, denk je?'.
Vragen waarop hij natuurlijk ja zei. Uit zichzelf vertelde hij hun
verder niets. Swan echter wel.

'Hij heet Blade,' kondigde ze aan, alsof ze dat pas twee minuten
geleden voor het eerst had gehoord. 'Z'n ouders zijn in de tornado
omgekomen, en hij heeft niemand die voor hem zorgt, dus er zit
niets anders op dan dat wij hem adopteren.'

Toy stond aan de andere kant van de keuken tegen de deurpost
geleund, en viel bijna om van verbazing over de enormiteit van die
leugen. Hij begreep echter wel waarom Swan het zei. Ze had die
dag voor de winkel gezien hoe Ras Ballenger de jongen behan-
delde, en hij wist dat ze niet wilde dat hij terug moest om meer van
hetzelfde te ondergaan.

Toy was niet de enige die de zwakke plekken in Swans verhaal
opmerkte. Samuel had met eigen ogen gezien dat het kind al vóór
de storm hier was langsgekomen. Wat Willadee en Calla betreft, zij
wisten gewoon wanneer Swan loog. Noble en Bienville wisten het
niet zeker. Maar Bernice (die geen kinderen of moederinstinct of
ervaring met leugenaars had – zichzelf niet meegerekend) slikte het
hele verhaal voor zoete koek.

'Je kunt een kind niet adopteren, alleen omdat het een wees is,'
hield ze Swan voor.

'Hij is geen *het*,' reageerde Swan stekelig.

'Nee, natuurlijk niet. Hij is een jongen die zijn ouders is kwijtgeraakt, en jongens die hun ouders zijn kwijtgeraakt moeten worden overgedragen aan de kinderbescherming, voor hun eigen bestwil.'

Blade wierp haar een blik toe die uitdrukte dat hij niet wist waar zij het over had, maar dat hij er niet gerust op was.

'Voorlopig gaat niemand hem aan niemand overdragen,' kwam oma Calla tussenbeide. 'We hebben nota bene nog niet eens het hele verhaal gehoord!' Ze knikte dat Swan moest verdergaan, alsof ze verwachtte dat opeens de waarheid uit de mond van het meisje zou stromen.

Swan had eigenlijk geen vervolg gepland. Ze had min of meer verwacht dat Blade zou worden uitgenodigd om bij hen te komen wonen, en daarmee zou de kous af zijn. Ergens in haar achterhoofd wist ze wel dat Blades ouders zouden proberen hem terug te halen, maar over sommige dingen moet je niet nadenken tot je er echt niet langer omheen kunt.

Oma Calla zat haar verwachtingsvol aan te kijken. Ze moest iets zeggen. 'Nou,' begon ze, 'hij is kapot van verdriet om het verlies van zijn dierbaren –'

'Denk erom, Swan,' onderbrak Samuel haar. 'God luistert mee.'

Hij had zijn kinderen altijd geleerd om de waarheid te zeggen en de afloop in Gods hand te leggen, en dit leek hem voor haar een geschikte gelegenheid om dat principe uit te proberen. Maar zij was al te ver gegaan om terug te krabbelen.

'Weet ik,' antwoordde ze ernstig. 'En God weet hoeveel verdriet hij heeft.'

Samuel kon het niet over zijn hart verkrijgen om Swan te confronteren met haar verzinsels. Niet hier en nu, terwijl dat jongetje naar haar keek alsof ze een engel was. En naar Samuel keek alsof hij zijn lot in handen hield.

Dus was het Samuel die terugkrabbelde. 'Dat hele verhaal komt een ander keertje wel.'

Swan was zo blij dat hij dat zei.

'Maar nu,' vervolgde Samuel, 'moet ik aan het werk, en jullie kinderen moeten hier een handje helpen.'

'O, vandaag hoeven ze niet te helpen,' zei oma Calla opgewekt. 'Ze hebben gisteren zo goed geholpen. Ik ben er nog steeds moe van.'

Toen de kinderen naar buiten waren vertrokken om te gaan spelen, ruimde Bernice de tafel af terwijl Willadee de gootsteen vulde met heet sop.

'Wat ik niet begrijp,' zei Bernice, 'is waarom niemand van jullie zo bezorgd is om dat arme weesje dat hij de autoriteiten inschakelt.'

'Omdat hij geen weesje is,' vertelde Toy haar. 'Zijn familie woont om de bocht, aan het einde van dat zijpad door het kreupelbos.'

Bernice liet bijna een stapel borden uit haar handen vallen. 'Is hij een zoon van *Ras Ballenger*?'

'Wie is Ras Ballenger?' vroeg Willadee. Ze was al jaren weg uit deze streek. De familie Ballenger was er komen wonen nadat Samuel haar naar Louisiana had ontvoerd.

'De duivel in eigen persoon,' zei Calla. 'Dat gevoel krijg ik tenminste als ik naar hem kijk.'

'Nou, het kind kan niet hier blijven,' protesteerde Bernice. 'Ik weiger te slapen in een huis waarin aan een weggelopen kind onderdak wordt verleend.'

Calla zou het liefst tegen Bernice zeggen dat er een hele wijde wereld was waarin zij kon slapen, maar ze wist zich in te houden.

Samuel zei: 'Ik breng hem wel naar huis als ik zo meteen naar de stad rij.'

Willadee en Calla deden hun best om niet angstig te kijken, maar ze waren het wel.

***

Achter op het land leidden Noble, Bienville en Swan Blade rond in hun Terrein.

'Daarginds is de Woestijn,' zei Noble, wijzend naar de koeienweide. 'En daar achter' – hij gebaarde in de richting van de beek – 'stroomt de Grote Rivier.'

Blad knikte ernstig en trok Bienvilles broek op.

Noble knikte naar de kippenren. 'Hier is de saloon. Je kunt er niet echt naar binnen gaan, want die grote gespikkelde haan heeft sporen die je aan flarden scheuren, maar je kunt buiten wat rondhangen en zeggen dat je wel trek hebt in een glaasje prik.'

Blade knikte nog een keer. Hij moest wel veel tegelijk onthouden.

Noble wees naar de kalverpaddock, waar Snowman stond. 'En daar is Bizon Canyon, waar we de Bandieten naartoe lokken om zich schuil te houden. Als ze er dan weer uit komen, kunnen we ze neerschieten.'

Blades ogen begonnen te schitteren bij het zien van het paard.

Swan sloeg een arm om hem heen, alsof ze al heel lang vriendjes waren. 'Het belangrijkste waar je op het Terrein aan moet denken,' droeg ze hem op, 'is dat het de Goeien tegen de Slechten is, en de Goeien winnen altijd.'

Blade hoopte dat hij een van de Goeien mocht zijn. Zo te horen had dat zo z'n voordelen. Swan liep naar Bizon Canyon, haar arm nog altijd om zijn schouders geslagen, waardoor ze hem meevoerde. Noble en Bienville haalden hen haastig in.

'Wat we vandaag gaan doen, is zoeken naar een slechterik genaamd Dawson,' legde Swan uit. 'Hij vergiftigt alle watergaten, omdat hij wil dat alle boeren failliet gaan, zodat hij hun land kan inpikken en het aan de spoorwegen kan verkopen.'

Noble zei: 'Ik ben de sheriff.'

Swan zei: 'Ik ben agent van de federale politie.'

Bienville begon met zijn handen te gebaren om zijn identiteit duidelijk te maken, maar Blade kende geen gebarentaal, en dus keek hij gewoon naar Swan, aangezien zij altijd overal een antwoord op leek te hebben.

'Hij is een doofstomme indiaanse verkenner,' zei Swan. 'Hij kan niet praten, en hij kan je niet horen als jij iets zegt, dus je kunt bij hem zeggen wat je wilt.'

Als om haar opmerking te verduidelijken wendde Noble zich tot Bienville, en zei met een grote grijns: 'Je bent lelijk en je stinkt naar koeienpoep!'

Bienville grijnsde terug, knikkend alsof hij het er helemaal mee eens was.

Blade schaterde het uit. Hij had nog nooit zo'n plezier gehad.

'Oké, en nu moeten we bedenken wie *jij* bent,' zei Swan.

Noble had daar al over nagedacht. Hij vond dat Blade een Mexicaans jongetje moest zijn, dat ze hadden gevonden in de woestijn waar hij ronddoolde en bijna was omgekomen van de dorst, en ze hadden hem te drinken gegeven uit hun veldflessen, en nu volgde hij hen overal op de voet. Bienville was het daar niet mee eens, hij vond dat ze nog een indiaan nodig hadden. Swan betoogde dat één indiaan meer dan genoeg was, maar zij kon wel een assistent gebruiken.

Terwijl zij erover stonden te kibbelen, glipte Blade de paddock in. De andere kinderen hoorden het hek knarsend opengaan, en toen ze zich omdraaiden zagen ze nog net hoe Blade voorzichtig naar het paard toeliep. Ze stormden de paddock in om hem te beschermen, maar hij had geen bescherming nodig. Hij stak zijn handen op, en het paard bukte zijn hoofd. Het was een echte reünie tussen die twee.

'Je moet nooit naar een paard toe gaan dat je niet kent,' waarschuwde Noble hem. 'Deze keer had je geluk, maar wat als het een razende hengst was geweest?'

'Ik ken hem wel,' zei Blade. Hij wreef met zijn neus over Snowmans snuit. 'En of ik je ken, hè Snowman?'

Swan zuchtte. Ze wilde het joch niet boos maken, maar ze moest hem corrigeren. 'Je kunt ook niet zomaar andermans paard een naam geven. Hij heet John, en hij is van oma Calla.'

'Hij heet geen John, hij heet Snowman,' vuurde Blade terug. 'En hij is van meneer Odell Pritchett.'

Noble en Bienville en Swan staarden Blade aan en vroegen zich af of hij wist waar hij het over had. Wat vermoedelijk de reden was dat ze oom Toy niet zagen, die tegen Blade Ballenger kwam zeggen dat hij vlug naar het huis terug moest lopen, omdat Samuel hem naar huis zou brengen.

Hoofdstuk 21

Zodra Blade besefte wat er ging gebeuren, nam hij de benen. Natuurlijk kwam hij niet ver. Het feit dat hij in een kalverpaddock stond werkte tegen hem. Hij probeerde te ontsnappen door over het hek te klimmen, maar Toy ving hem van achteren en hield hem vast, terwijl hij schopte en krabde en krijste als een mager speenvarken.

'Rustig aan, jongen,' zei Toy met onverstoorbare kalmte. Blade werd alleen maar wilder. Het was echter zinloos. Toy had een erg stevige greep.

Noble en Bienville en Swan keken vol ontzetting toe. Ze konden het niet aanzien wat er voor hun ogen gebeurde.

'Je kunt hem niet terug naar huis sturen!' brulde Swan, en ze begon Toy op beide benen te slaan – één van beide zou de klappen moeten voelen. 'Zijn gemene vader zal hem iets vreselijks aandoen!'

'We kunnen hem niet houden, Swan,' antwoordde Toy. 'Dat is tegen de wet. Als we niet wisten bij wie hij hoorde, zouden we hem misschien kunnen houden tot zijn familie gevonden werd, maar vroeg of laat zouden we hem nog altijd moeten terugbrengen.'

'Je praat over hem alsof-ie een hond is!' jammerde ze. 'En zo behandelt zijn vader hem ook! Waarschijnlijk eindigt hij vastgebonden aan een boom, met een ketting om z'n nek!'

Ze stompte nog steeds met haar vuisten tegen Toys benen, en Blade was nog steeds uit alle macht aan het schoppen en krabben. Toy Moses kreeg al met al een flink pak slaag. Toen trokken Noble en Bienville Swan weg en hielden haar vast, zodat Toy kon weglopen zonder op haar te trappen. En Swan ging hen te lijf.

Noble ontweek een klap en zei: 'Swan, hier schiet niemand iets mee op.'

Het was een hopeloze strijd, en dat wist Swan ook. Ze glipte uit hun handen en ging op de grond zitten, machteloos snikkend.

Ondertussen had Toy het erf bereikt, waar Samuel in de auto zat met stationair draaiende motor en het rechterportier open. Toy zette de jongen op de voorstoel, deed het portier dicht en hield hem dicht tot de auto in beweging kwam.

★★★

Dat Blade zich ongewenst zou voelen was wel het laatste wat Samuel wilde, en dus sprak hij onder het rijden geruststellend tegen de jongen; hij zei dat de hele familie hem aardig vond, heel aardig vond, en dat hij altijd mocht terugkomen om te spelen, wanneer hij maar wilde, maar het moest alleen wel met toestemming van zijn ouders zijn. Samuel beloofde ook dat hij even zou meegaan om met Blades ouders te praten, en te proberen de gemoederen enigszins tot bedaren te brengen.

'Soms is het alleen maar nodig dat je als gezin praat over wat je dwarszit,' legde hij uit. 'Het is heel goed mogelijk dat als je vader wist hoe bang je voor hem bent, hij het heel vervelend zou vinden en hij echt zijn best zou doen om te laten zien hoeveel hij om jou geeft.'

Blade had een klein gaatje in de bekleding gevonden en er zijn vinger in gewurmd, waarmee hij groef in het vulmateriaal eronder. Niet dat hij iets *wilde* kapotmaken. Maar je doet gewoon wat je doen moet.

'Wat denk je ervan?' vroeg Samuel. 'Denk je dat het helpt als ik met hen ga praten?'

Ze naderden de bocht in de weg en niet ver daarna zouden ze afslaan naar het zijpad. Wat er gebeuren ging, moest snel gebeuren. Blade kromde zijn vinger onder de bekleding en trok, hard. De stof (die even oud was als de auto, die ouder was dan Blade) scheurrrrrde.

Samuel schrok er zo van dat hij op de rem trapte – hij bracht de auto niet tot stilstand, maar verminderde wel flink vaart. Blade greep de kruk met beide handen vast en trok eraan. Het portier vloog open. En Blade vloog de auto uit. Hij kwam neer op handen en voeten, in een dichte pluk klaver, en voordat Samuel aan de kant van de weg kon stoppen en de motor uitzetten, was hij er al vandoor.

Samuel stapte uit en keek om zich heen, stak de greppel over en probeerde zich een weg door het kreupelbos te banen, maar de bomen en het struikgewas waren zo dicht opeen gegroeid dat alleen een konijn of Blade Ballenger erdoorheen kon komen.

★★★

Hij kon een jongen van acht niet in het bos laten loslopen en zomaar weggaan; dus reed hij het smalle pad in volgde het tot aan het huis van Ballenger. Het was de vanzelfsprekendste zaak van de wereld om die mensen te vertellen waar hun zoon de nacht had doorgebracht en wat er aan de hand was. Ze moesten wel vreselijk ongerust zijn.

Op het erf was een stel honden aan het vechten over wat etensresten, maar toen Samuel uit de auto stapte, verloren de honden hun belangstelling voor het voedsel en kwamen ze op hem af met de kop gebogen en nekharen recht overeind. Blijkbaar stond Samuel echter nog steeds onder de Bescherming van de Heer. Hij liep midden tussen die honden door, als Mozes door de zee.

Toen hij vlak bij het trapje was, verscheen er een schuchter kijkende vrouw in de deuropening, met een baby op haar heup en een peuter aan haar rokken. Ze bood niet aan om naar buiten te komen, en ze nodigde Samuel niet binnen. Ze stond daar maar aan de andere kant van de hordeur, en keek alsof ze liever had gehad dat hij niet was gekomen.

'Die honden bijten,' waarschuwde Geraldine Ballenger.

'Ja, mevrouw,' antwoordde Samuel beleefd, ook al vertoonden de honden geen enkele neiging tot bijten meer. Toen stelde hij zichzelf voor en legde uit waarom hij was gekomen; hij vertelde haar hoe Blade gisteravond bij hen was verschenen, en hoe hij zojuist had geprobeerd de jongen naar huis te brengen, en dat hij zich nu zorgen maakte dat de jongen, helemaal alleen in het bos, zou verdwalen of zich bezeren.

'Ik neem aan dat u iemand eropuit zult sturen om hem te gaan zoeken,' besloot Samuel. 'Als u wilt dat mijn familie en ik u daarbij helpen –'

Geraldines ogen vlogen opeens van zijn gezicht naar iets op het erf, en ze verdween zo snel in huis, weg van de deur, dat hij zich bijna afvroeg of ze er ooit geweest was. Hij draaide zich om om te zien waarnaar ze gekeken had, en daar voor hem stond de duivel in eigen persoon. Althans, dat waren de woorden die hem te binnen schoten. Calla's woorden. En ze leken bijzonder passend.

Ras Ballenger kwam zwierig aangelopen bij de schuur vandaan, met een sardonische lach op zijn lippen. Naast hem dribbelde een klein ventje dat zijn bewegingen en houding na-aapte – en om de zoveel seconden even opkeek om zich ervan te vergewissen dat hij het goed deed.

Samuel had in zijn leven veel mensen ontmoet, goede en slechte, maar dit was de eerste keer dat hij iemand ontmoette die hem het bloed in de aderen deed stollen. Desondanks stak hij zijn hand uit, zoals een heer hoort te doen. Zoals een dominee doet.

'Sam Lake, aangenaam,' zei hij. 'Mijn gezin en ik wonen voorlopig op de boerderij van Moses, dus we zijn zo ongeveer buren.'

Ras negeerde Samuels uitgestoken hand en haakte zijn duimen achter de lussen van zijn broek. 'Je bent helemaal hierheen gekomen om me dat te vertellen?'

Samuel liet zijn hand zakken. Hij raakte er met de seconde meer van overtuigd dat het het kind wellicht meer kwaad dan goed zou doen als hij deze ouders hielp om hun zoon terug te krijgen. Misschien was het toch een beter idee geweest om de autoriteiten in te schakelen. Maar ja, hij had de vrouw al het hele verhaal verteld, dus het had geen enkele zin om nu terughoudend te zijn.

'Nee, meneer,' zei Samuel. 'Ik ben gekomen om u te vertellen dat uw zoon daarginds in het bos zit, en om mijn hulp aan te bieden bij het zoeken.'

Ballengers glimlach werd breder en verstrakte, allebei tegelijk. 'Nou, ik stel je menslievendheid op prijs. Werkelijk. En als ik je hulp nodig heb, zal ik erom vragen.'

Wat ongeveer neerkwam op: 'Ga als de bliksem van mijn erf af.'

En dat deed Samuel dus.

★★★

Toy Moses kreeg die dag geen kans om te slapen. Zodra Samuel met Blade was weggereden, had Toy sheriff Meeks gebeld, die vervolgens zelf een paar telefoontjes pleegde naar sheriffs in de omringende plaatsen. Jack Woodard, de politieagent van Camden, zei dat hij natuurlijk wist wie Odell was, iedereen kende Odell, Odell was een fatsoenlijk, rechtgeaard burger.

Jack belde Odell op om hem te vertellen dat zijn paard gevonden was, en Odell belde Ras om te vragen wanneer het paard in vredesnaam was *zoekgeraakt*, en waarom hij in vredesnaam niet was ingelicht. Ondertussen belde Early Meeks Toy terug om te vertellen dat Odell was opgespoord.

Ras Ballenger was er eerder dan Odell, en het leek wel of Columbia County weer getroffen werd door een tornado. Hij sloeg het portier met een harde klap dicht en beende als een wervelwind over het erf. Toy was opzij van het huis bezig een zetlijn uit de knoop te halen die hij de eerstvolgende keer dat hij niet aan het werk was of van het werk aan het uitrusten was, op Calla's meertje wilde uitzetten; en dus zag hij hem aankomen.

Hij had er een lief ding voor overgehad als hij dat kind die morgen niet in de auto had gestopt en hem teruggestuurd naar een plek waar de angst zelfs in de muren moest huizen. Hij had echter geen keus gehad. Zodra het algemeen bekend zou zijn geworden dat de jongen bij de familie Moses verbleef, zou iemand hem zijn komen halen. De vraag was niet of Blade terug had moeten gaan. De enige vraag was wie er 's nachts wakker moest liggen van de wetenschap dat hij er de hand in had gehad.

Toy liet de zetlijn vallen en sneed Ras de pas af, net op tijd om te voorkomen dat hij op Calla's dubbelbloemige petunia's stapte.

'Kan ik je ergens mee helpen, Ballenger?' Eerlijk gezegd wilde hij hem maar op één manier helpen, namelijk naar de andere wereld, maar hij wist uit ervaring dat het moeilijk kon zijn, naderhand, om met zo'n daad te leven.

'Je hebt jezelf al aan een paard geholpen dat niet van jou is,' snauwde Ras. 'Ik zou zeggen dat je wel genoeg geholpen hebt.'

Toy kon een heleboel vinnige antwoorden bedenken, maar het enige wat hij zei was: 'Het paard staat achter.'

Onmiddellijk draaide hij zich om en liep naar de schuur. Ras moest het op een drafje zetten om hem bij te houden. Toen ze bij de kalverpaddock kwamen, leunde Ras tegen het hek en staarde naar het paard alsof hij hem voor het eerst zag. Hij had niet geschokter kunnen kijken als het hek onder hem vandaan was gesprongen.

'Je gaat zeker niet toegeven dat je weet wie dat gedaan heeft.' Ras spuugde op de grond en gebaarde naar Snowmans verwondingen.

Toy schudde enkel vol afschuw zijn hoofd. Sommige mensen waren werkelijk niet te geloven, en niet te redden.

Snowman had zich afgewend zodra hij Ras in het oog kreeg, en nu begon hij zachtjes te beven. Toy ging de paddock in en liep naar het hoofd van het paard. 'Stil maar,' zei hij. 'Je gaat niet met *hem* mee.' Het feit dat hij niet op de een of andere manier had kunnen voorkomen dat de jongen terug moest, knaagde nu meer dan ooit aan hem.

Ras hoorde wat hij zei en zou de paddock in gestormd en Toy te lijf gegaan zijn, als twee dingen hem er niet van weerhouden hadden. Hij geloofde niet echt dat hij Toy Moses kon verslaan in een gevecht van man tegen man, en hij was er vrij zeker van dat het paard hem de hersenen zou intrappen als hij de paddock inging zonder zijn zweep – die hij om voor de hand liggende redenen had thuisgelaten. Dus bleef hij smeulend van woede staan.

Toen draaide opeens Odell Pritchetts pick-up met trailer het erf op. Odell sprong eruit en stormde op Ras af.

'Is dat hoe jij een paard africht?' brulde hij, toen hij een blik op Snowman had geworpen. Hij was een potige kerel. Niet zo lang als Toy, maar een stuk groter dan Ballenger. Hij was echter geen held, en dat wist hij zelf ook. Het bleek uit de manier waarop hij voortdurend zijn vuisten balde en weer ontspande. Hij wilde wel slaan, maar durfde het niet.

Ras zwol op en stak zijn kin naar voren, het toonbeeld van heilige verontwaardiging. 'D'r zat nog geen schrammetje op dat paard toen hij van mijn land gestolen werd,' verklaarde hij luidkeels. 'En ik ben d'r niet van gediend dat je insinueert dat ik iets te maken heb gehad met wat er sindsdien met hem gebeurd is.'

'Ik insinueer niets,' stoof Odell op. 'Ik *zeg* het.' Hij sprak met op elkaar geklemde kiezen, alsof zijn kaken dichtgeregen waren.

'Dan ga je nu zeker zeggen dat je niet van plan bent me te betalen voor al het werk dat ik in je paard heb gestoken,' zei Ras.

Odells kaken kwamen razendsnel van elkaar, want dat is wat er gebeurt wanneer je mond openvalt van verbijstering. 'Betalen!' barstte hij uit. Zijn huid had altijd al een rozige tint, maar werd nu zo rood als een tomaat. Zelfs zijn oren gloeiden. 'En of ik zal betalen! Ik zal de krant betalen om een foto van dit paard paginagroot af te drukken, zodat iedereen met eigen ogen kan zien wat voor werk jij erin steekt!'

'Als je dat doet, zet ik het jou betaald, en niet zo zuinig ook.'

Ras zei het zachtjes, zo zacht dat Toy het niet hoorde. Maar Odell verstond elk woord – en geloofde het ook. Hij deed een stapje naar achteren en schudde zich onwillekeurig om het gevoel dat hem nu bekroop, kwijt te raken.

Ongeveer op hetzelfde moment kwam Toy de paddock uit; hij leidde Snowman bij de teugel. Ras stond hem precies in de weg en maakte geen aanstalten om aan de kant te gaan, totdat Snowman begon te snuiven en steigeren en gillen zoals alleen een paard kan gillen wanneer hij plotseling in woede uitbarst. Toen ging Ras bliksemsnel aan de kant. Snowmans hoeven kwamen met een klap weer neer en spleten de grond waar Ras net nog had gestaan, maar Ras was al over het hek geklauterd en stond in de kalverpaddock te kijken alsof het zijn maag was die zojuist was opengespleten.

★★★

Swan en Noble en Bienville waren getuige van het drama van achter Swans slaapkamerraam, dat uitkeek over het achtererf en de velden en weiden daarachter. Alle drie genoten ze ervan om te zien hoe Ras bijna zijn verdiende loon kreeg, maar dat kleine beetje wraakzuchtig genot woog niet op tegen hun intense verdriet om Blade.

'Snowman had 'm bijna te pakken,' fluisterde Noble. Ze noemden het paard niet langer John, aangezien hij niet van oma Calla was, en de naam Snowman ook beter bij hem paste.

'Dat had een hoop bloed gegeven,' merkte Bienville op.

Swan vond het vreselijk jammer dat Ras Ballenger zo watervlug was. Zwijgend keken ze toe, terwijl Toy en Odell Snowman in de paardentrailer laadden. Ras Ballenger glipte ongemerkt weg, maar de kinderen volgden Odells auto met hun ogen, tot hij uit het zicht was.

'We zien dat paard nooit meer terug,' zei Bienville.

Swan beet op haar lip om niet te gaan huilen, maar het hielp helemaal niets. Ze had de hele morgen al van tijd tot tijd een huilbui gehad, en nu kwam er weer eentje opzetten.

'Snowman is nu tenminste veilig,' zei ze met een bibberend stemmetje. 'Maar Blade is misschien al dood voor de zon ondergaat.'

★★★

Als je let op wat de vogels en wilde dieren doen kun je je vrijwel overal in leven houden, omdat zij dingen weten die de mensen vergeten zijn, zoals wat giftig is en wat niet, en wat het betekent als het opeens te stil wordt, en waar je je moet verstoppen wanneer die stilte duidt op gevaar. Als Blade die dingen had geweten, had hij zich de hele dag te goed kunnen doen aan bladeren en scheuten en bessen en bloemen, plus een paar zorgvuldig geselecteerde insecten om het compleet te maken. Hij had kunnen luisteren naar de geluiden van het bos, en als die allemaal tegelijk ophielden – als het luidruchtige koor in een oogwenk veranderde in doodse stilte – had hij zich kunnen verstoppen in een holle boomstam of ver weg kunnen kruipen onder de laaghangende takken van een oude boom. En dan had hij kunnen toekijken, zoals dieren dat doen, geruisloos, tot hij de reden voor het alarm wist en kon bepalen of hij de prooi was die werd beslopen.

Hij wist dit alles echter niet, en dus deed hij wat de meeste jongens van zijn leeftijd zouden doen wanneer ze van huis waren weggelopen, een ander thuis hadden gevonden, die weer waren kwijtgeraakt, en waren weggelopen van degene die hen wilde terugbrengen naar de plek waarvandaan ze om te beginnen waren weggelopen. Hij ging zwemmen.

Het kreupelbos liep door tot aan een groep pijnbomen, die overgingen in wat eens een maisveld was geweest – vroeger, toen John Moses nog boerde – maar tegenwoordig slechts een overwoekerd rommeltje was. Blade baande zich een weg door het kreupelhout en struikgewas tot hij bij de beek kwam, en die volgde hij naar de Oude Zwemkolk.

In het water liggen heeft iets waardoor het leven goed lijkt, en voor een poosje vergat Blade bijna dat het helemaal niet zo was. Hij had Bienvilles kleren op de oever van de beek laten liggen, en voelde zich dus zo vrij als de witvissen die in het ondiepe gedeelte voorbij-schoten. Hij dook en hij zwom en hij dreef en hij dacht na. Hij dacht aan de kinderen met wie hij eerder die dag had gespeeld, en hoe hij bijna de assistent van een federaal agent was geworden. Dat was nog eens wat geweest.

Hij had half en half bedacht dat hij de hele dag in de zwemkolk zou blijven, en dan terug zou gaan naar de schuur van die mensen en daar slapen, net als afgelopen nacht, en dan zou Swan hem morgen-ochtend weer komen halen, alleen zou ze er dit keer voor zorgen dat niemand hem wegbracht. Ze was slim, die Swan, en Blade dacht niet dat iemand haar twee keer dezelfde streek kon leveren.

Dat is wat er in zijn hoofd omging toen, plotseling, elke vogel stopte met zingen, en elke krekel stopte met strijken, en elke kikker stopte met een wijfje werven. De wereld werd te snel te stil, en het was al te laat om zich te verstoppen voordat Blade Ballenger zelfs maar besefte dat dat nodig was.

Hoofdstuk 22

Willadee besefte dat Samuel die middag koeltjes zou worden ontvangen door zijn kinderen. Wat hen betreft paste wat hij die ochtend
had gedaan helemaal niet bij hem. De Samuel die zij kenden, kwam
altijd op voor wat goed was. Het feit dat hij had gedaan wat hij *meende* dat goed was, ontging hun. Willadee probeerde het hun 's middags
uit te leggen, toen ze uit de moestuin kwam met een emmer vol
versgeplukte tomaten en hen op het trapje van de veranda aantrof,
steunend met hun kin op hun handen en met lange gezichten.

'Jullie vader heeft gedaan wat gedaan moest worden,' hield ze hun
voor. 'Als we Blade hier hadden gehouden, waren er moeilijkheden
van gekomen.'

Niets van dat alles hielp om Samuel in hun aanzien te doen stijgen. Ze hadden hun vader altijd beschouwd als een man die andere
mensen overhaalde om te veranderen, niet andersom.

'Dat hij geen dominee meer is, betekent nog niet dat hij even
slecht moet worden als alle andere mensen,' flapte Swan eruit.

'Hij is nog steeds dominee,' zei Willadee. Ze haalden alle drie de
schouders op en sloten zich voor haar af. Ook zij stond bij hen op
de zwarte lijst. 'Waarom denken jullie in vredesnaam dat hij geen
dominee meer is?'

'Hij heeft geen gemeente. Waar moet hij dan preken?'

'Dat weten we nog niet.'

'Hoe kan hij dan dominee zijn?'

Misschien zou ze moeten zeggen dat Samuel predikant was omdat
God hem geroepen had om te preken. Maar zelf zag Willadee het
anders. In haar optiek had Samuel zichzelf geroepen. Hij was hartstochtelijk van God gaan houden, en als je van iemand houdt kun je
er je mond niet over houden, zo simpel is het.

Dat vertelde ze echter niet aan de kinderen. Tegen hen zei ze: 'Dat
is hij gewoon.'

Swan trok haar knieën op tegen haar borst en staarde kwaad naar
de weg. 'Nou, ik hoop dat hij niet van me verwacht dat ik nog naar
de kerk ga,' verklaarde ze. 'Want als hij niet goed hoeft te zijn, hoef ik
het ook niet.'

Willadee moest wel glimlachen. Wanneer een kind met iets dreigt
wat ze met geen mogelijkheid kan waarmaken, stelt dat een volwassene een beetje gerust. Dat het allemaal misschien niet zo erg is als
het lijkt. Toy had haar nog niet verteld dat de man van wie Blade was

weggelopen en de man die het paard had mishandeld één en dezelfde waren, en dus dacht ze dat het hoogstwaarschijnlijk allemaal wel met een sisser zou zijn afgelopen. Misschien had de jongen een pak slaag gekregen omdat hij zomaar was weggelopen, maar zijn ouders moesten toch blij zijn hem weer te zien toen hij werd thuisgebracht. En ongetwijfeld had Samuel het beste in alle betrokkenen bovengehaald.

'Ja, dat moet je wel,' antwoordde ze.

'Ik zie niet in waarom.'

'Hoef je ook niet. Maar je moet wel je vader en mij gehoorzamen. Als je dacht dat daar iets aan veranderd is, dan staat je nog wat te wachten.'

Swan weigerde nog steeds haar aan te kijken, maar daar bekommerde Willadee zich niet om. Een kind dat geen uitgesproken mening heeft, is een kind dat het niet ver zal schoppen. Waar ze zich echter wel om bekommerde, was hoe Swan en haar broers Samuel bejegenden.

'Hoor eens, ik wil niet dat jullie je zo gedragen wanneer je vader thuiskomt,' maande ze hen. 'Hij heeft al genoeg zorgen aan z'n hoofd zonder dat hij het gevoel krijgt dat zijn kinderen in hem teleurgesteld zijn.'

'Maar dat zijn we wel,' zei Swan.

En Noble zei: 'Ik wou dat hij een andere manier had bedacht om het op te lossen.'

Bienville schudde zijn hoofd als een oude man die zich afvraagt waar het heen moet met deze wereld. 'We zijn vast de enige kinderen in de hele wereld die ooit op één dag een paard en een indiaanse verkenner zijn verloren.'

'Hij was geen indiaanse verkenner,' zei Swan. 'Hij was mijn vriend.'

***

Samuel had al verwacht dat de kinderen hem moeilijk zouden kunnen vergeven wat er met Blade gebeurd was. Hij had moeite zichzelf te vergeven. Het feit dat Blade was ontsnapt, ervoer hij tegelijkertijd als een opluchting en als een last; en aan tafel onder het eten, toen hij vertelde wat er gebeurd was, zei hij dat ook met zoveel woorden.

Swan, die sinds zijn thuiskomst zijn blik had vermeden, keek hem hoopvol aan. 'Bedoel je dat hij is weggekomen?' vroeg ze.

'Helemaal.'

'Dan heeft z'n vader hem misschien niet te pakken gekregen.'

'Misschien niet.'

Alle gezichten rondom de tafel klaarden op, en iedereen behalve Bernice was opeens vrolijk. Zelfs Toy keek blij, en hij was niet iemand die zijn gevoelens toonde.

'Misschien slaapt hij vannacht wel weer in onze schuur!' jodelde Bienville.

'Misschien wel.'

Ze spraken niet over de vraag of ze hem weer zouden moeten afstaan als hij inderdaad zou terugkomen. Sommige kwesties moet je één stap tegelijk aanpakken, en hoe ze Blade Ballenger zouden mogen houden was zo'n kwestie.

'Nou, als hij vanavond hier eten komt stelen,' verkondigde oma Calla, 'dan staat er een grote weckfles met Willadees kip met knoedels op hem te wachten.' Ze liep naar het fornuis en pakte de karnemelktaart die Willadee had gebakken en zette hem op tafel.

'Je hoeft voor mij geen stukje af te snijden, Calla,' zei Samuel. 'Ik zit zo vol, ik geloof niet dat er nog een stukje taart bij kan.'

'Ik ook,' zei Noble, 'ik ben bang dat ik de taart vanavond moet overslaan.' En karnemelktaart was nog wel zijn lievelingstoetje.

Uiteindelijk bleek iedereen vol te zitten, en dus werd de taart helemaal niet aangesneden en in zijn geheel teruggezet op het fornuis, waar een jongetje dat etensresten kwam stelen hem met geen mogelijkheid over het hoofd kon zien.

'Ik hoop dat hij niet het hele ding in één keer opeet,' maakte Calla zich hardop zorgen. 'Ik zou het vreselijk vinden als hij moest overgeven, zo helemaal alleen daar buiten.'

'O, maar hij is niet alleen,' stelde Swan haar gerust.

★★★

Willadee wist niet goed wat ze moest denken van Swans plan om in de schuur te slapen, maar Samuel zei dat het geen kwaad kon, aangezien haar broers vastbesloten waren om bij haar te blijven. Toy bood aan om zo af en toe even om het hoekje te kijken, hij was immers toch de hele nacht aan het werk, en de kinderen lieten hem beloven dat hij dat niet te opvallend zou doen. Ze wilden Blade niet afschrikken. Als hij kwam opdagen en merkte dat er iets anders dan anders was, zou hij de benen kunnen nemen.

Willadee en Samuel overlaadden de kinderen met dekens en kussens en zaklantaarns en wc-papier, en gingen mee naar de schuur om hen te helpen zich daar te installeren. Inmiddels was het aanbod op het fornuis wel iets groter geworden dan anders. De restanten van het avondeten dat Willadee had gekookt stonden er, plus een lolly die Calla uit de winkel had meegenomen en een oude glazen knikker die Swan op Calla's erf had gevonden, half verstopt onder de grond. Noble had er een setje honkbalplaatjes bij gelegd, en Bienville had een *National Geographic* geschonken met uitvouwbare kaarten van Zuid-Amerika. Samuel vond dat elke jongen een Bijbel hoort te hebben; dus had hij een Nieuw Testament in zakformaat boven op de *National Geographic* gelegd. Toy droeg niets bij zolang er iemand toekeek, maar ergens in de loop van de dag werd er een handgemaakte katapult aan het allegaartje toegevoegd, en je kon er gerust van uitgaan dat Bernice hem er niet had neergelegd.

★★★

Swan was niet van plan te gaan slapen. Ze was van plan om helemaal niet te slapen. Niet voordat Blade gekomen was. Willadee en Samuel spreidden meerdere dekens over het oude hooi, en de kinderen kropen tussen de dekens met hun gezichten naar de schuurdeur. Ze lagen op hun buik, en steunden op hun ellebogen, en keken hun ouders na toen die terug naar het huis gingen – Willadee en Samuel, pratend en lachend, hun stemmen hoog en laag, en zacht en sterk, één en al contrast en harmonie. Het was de mooiste muziek die er was.

Er klonk ook andere muziek, vanuit *Never Closes*, maar die was bij lange na niet zo mooi. Swan en de jongens luisterden totdat Samuels en Willadees stem wegstierf, en toen keken ze tot de twee naar binnen gingen. Daarna keken ze uit naar Blade.

★★★

In haar schemerige slaapkamer stond Calla Moses ook op de uitkijk. Ze trok haar schommelstoel naar het raam toe en schoof de gordijnen open, zodat haar zicht door niets belemmerd werd. Wanneer de jongen opdook, wilde ze hem kunnen zien. Ze wilde er getuige van zijn wanneer hij zijn buit naar de schuur sleepte en de verrassing van zijn leven kreeg als hij de andere kinderen daar aantrof om hem te verwelkomen. Ze zou het niet allemaal kunnen zien vanuit haar stoel, maar ze wilde zien wat ze kon en de rest erbij denken.

Haar leven lang was ze een praktisch type geweest. Flauwekul en Calla Moses gingen niet samen. De laatste tijd kwam er echter iets in haar los. Misschien kwam dat omdat ze de kinderen om zich heen had. Dat stel, met al hun spelletjes en gekheid. Of misschien kwam het door het paard, dat zomaar uit het niets verschenen was, en afgezien van de striemen op zijn lijf eruitzag als iets uit een sprookje. En nu was die jongen met ogen zo zwart als de nacht gekomen, en had hen allemaal in zijn ban gekregen.

Wat de oorzaak ook was – Calla's verbeeldingskracht was wakker geworden uit een lange slaap, en tegenwoordig had ze het gevoel dat er betoveringen en wonderen in de lucht zaten, die elk moment konden plaatsvinden. Ze hechtte niet veel geloof aan zulke zaken, maar zette de gedachte ook niet van zich af.

Willadee en Samuel keken vanuit de woonkamer naar Blade uit. Normaal gesproken zouden ze in hun slaapkamer hebben gewacht, maar die ramen keken uit op de verkeerde kant van het erf. Als ze daarvandaan keken, zouden ze niets anders gezien hebben dan het komen en gaan van auto's voor *Never Closes*. En ze konden natuurlijk niet vanuit de keuken naar hem uitkijken, aangezien ze hoopten dat Blade Ballenger daar als eerste naartoe zou gaan wanneer hij kwam.

Als hij kwam.

Ondertussen bespraken ze alle andere zaken. Dat de school weer zou beginnen voor je het goed en wel wist, en dat de kinderen uit hun kleren groeiden – maar Willadee kon goed naaien, en ze kon op krantenpapier patronen tekenen die het even goed deden als het soort dat je in de winkel kocht. De jurken die ze in het verleden voor Swan had gemaakt, waren altijd leuker geworden dan de jurken uit de winkel. Ze vermoedde dat ze net zo makkelijk een blouse voor een jongen kon maken als een jurk voor een meisje, en het zou nog minder tijd kosten ook, omdat er minder handwerk in zat. Als je een jongen echt het leven zuur wilt maken, probeer hem dan eens naar school te sturen in een blouse die jouw kruissteekjes en smokwerk etaleert.

Ergens in de loop van de nacht vielen ze in slaap, op Calla's bank, met hun kleren aan en hun schoenen uit, en met meer zorgen dan ze ooit aan iemand zouden laten blijken, behalve aan elkaar.

Bernice keek niet uit naar Blade, maar ze keek eindeloos lang naar zichzelf in de spiegel. Ze zat aan het kleine kaptafeltje in haar slaapkamer en borstelde haar haren uit over haar blote schouders, en bestudeerde de lijn van haar jukbeenderen en het kuiltje onder aan haar keel. Ze stond op en strekte haar armen uit en staarde naar haar spiegelbeeld, en ze kon wel janken omdat elke centimeter van haar lichaam perfect was en het allemaal verspild werd.

Toy Moses maakte die nacht een heleboel tochtjes naar buiten; dan draaide de bar op basis van vertrouwen. De stamgasten schonken hun eigen drankjes in en zetten het op hun rekening in Johns oude beduimelde aantekenboekje, dat Toy nog steeds gebruikte. Niemand vroeg hem waarom hij steeds de duisternis in liep en in de schaduwen rondhing, en Toy gaf geen enkele verklaring. De twee mooiste kanten van *Never Closes* waren dat niemand tekst en uitleg over wat dan ook schuldig was aan wie dan ook, en dat iedereen op iedereen lette.

Een keer of vijf, zes glipte Toy behoedzaam om het erf en sloop naar de schuur om bij de kinderen te kijken. Het ging altijd goed met ze, maar de laatste keer dat hij keek, wat vlak voor zonsopgang was, waren het er nog steeds maar drie.

★★★

Blade had zelden of nooit over muizen nagedacht, maar nu dacht hij aan muizen, omdat zijn vader hem had verteld dat deze ruimte er vol mee kon zitten, en dat ze door muren heen konden knagen, dus het zou hun geen enkele moeite kosten om door een jongetje heen te knagen.

Dat is waar Blade zich bevond. In een ruimte met een vloer van aarde, waar hij al uren was. Hij wist niet hoeveel.

De duisternis in die ruimte was meer dan zwart. Meer dan eindeloos. Als Ras Ballenger iets bouwde, bouwde hij het hermetisch gesloten en ondoordringbaar. Er kon met geen mogelijkheid licht binnenkomen, als er buiten al licht was, en Blade had dus geen idee of het dag of nacht was. Hij vermoedde dat het nacht was, omdat hij Blue niet hoorde brabbelen. Of zijn vader hoorde antwoorden. Of de honden hoorde blaffen en bassen. Of wat dan ook.

Hij was naakt. Zo naakt als hij in de zwemkolk was geweest, toen er opeens een harde plons had geklonken en hij vlug had omgekeken en het water had zien opspatten zoals gebeurt wanneer iets of iemand met een klap op het oppervlak is terechtgekomen en kopjeonder is gegaan. Toen hij dat zag, stond zijn hart bijna stil, want hij wist wat dat betekende. Of meende het te weten. Hij probeerde naar de kant te zwemmen, maar toen kwam er onder hem iets naar boven wat zijn voet vastgreep, en hem onder water trok, en hem daar eindeloos lang vasthield.

Hij verzette zich. Niet dat dat iets hielp. Het diepe water van de zwemkolk was helder, en door de lichtgroene waas heen kon hij zijn vaders gezicht zien. Zijn vader, die naar hem grijnsde, alsof dit een spelletje was en hij ging winnen.

Blade had een keer gezien hoe zijn vader een meerval ving met zijn blote handen. Zo snel was die man. En zo voelde Blade zich nu. Als die meerval. Hopeloos gevangen.

En toen was het voorbij. Blades vader trok hem uit de zwemkolk en gooide hem op de grond en knoopte een halstertouw in een lus om zijn nek, terwijl hij hapte naar adem en water uitbraakte. Een halstertouw. Alsof hij een paard was, dat naar de stal gebracht zou worden om gekluisterd te worden. Ras liet het uiteinde van het halstertouw op de grond liggen terwijl hij zich aankleedde (hij had zijn kleren uitgegooid voordat hij in de zwemkolk was gedoken), en één keer probeerde Blade het ding van zijn nek af te halen. Maar Ras greep onmiddellijk het touw en gaf er een harde ruk aan, waardoor Blades hoofd bijna van zijn schouders leek te vallen, dus dat probeerde hij niet nog een keer. Hij bleef stil liggen en wachtte op zijn kans.

Maar er kwamen geen kansen. Ras dreef hem voor zich uit door de bossen naar huis, en liet Bienvilles kleren liggen, verspreid over de oever van de beek.

En nu zat hij hier.

Hij had het koud. Het was hoogzomer, maar hij lag te bibberen, opgerold tot een balletje. Zijn handen wilden figuren tekenen in de aarde, omdat hij zich daar altijd beter door voelde, maar hij was bang om zich te verroeren. Doodsbenauwd voor wat hij zou kunnen aanraken, en voor de duizenden harige wezentjes die uit hun schuilplaats tevoorschijn konden komen. Krioelende, hongerige wezentjes. Hij vroeg zich af of muizen geluid maakten terwijl ze aten, of dat zijn gegil het enige geluid zou zijn, en of zijn moeder het zou horen en hem te hulp zou komen.

Ze was nog niet gekomen, en hij had al genoeg gegild. Geschreeuwd en op de muren geslagen tot zijn stem het begaf en zijn vuisten onder het bloed zaten. Hij kon het bloed niet zien, maar hij kon het proeven wanneer hij op zijn handen zoog om de pijn tegen te gaan.

Hij had al heel lang geen enkel geluid gehoord, maar nu hoorde hij de roep van een boomkwartel; misschien was het wel morgen. Hij kwam overeind. Alles deed pijn. Zijn handen, zijn armen, zijn benen, zijn nek. Zijn huid en zijn spieren en zijn botten. Hij luisterde of die boomkwartel nog een keer zou roepen, en dat deed hij, en dat gaf hem een aanknopingspunt om zijn plek in het leven te bepalen. Dit tijdstip kon hij 'dag' noemen.

Toen kwamen er andere geluiden. Andere vogels, die goed gebruik maakten van de ochtend. En nu begonnen ook de honden zich te roeren, zich ergens over te beklagen.

Ergens sloeg een deur dicht. Blade wist zeker dat hij een deur had horen dichtslaan. Hij hoopte en vreesde dat hij gelijk had. En dat had hij. Zijn vaders stem riep iets over het erf; hij had het tegen de honden, zei dat ze hun bek moesten houden.

Blade zette zich schrap.

Hoofdstuk 23

Swan had besloten dat ze Blade Ballenger ging redden. Het duurde nu al drie dagen, en ze had meer dan genoeg van het nietsdoen.

De hele familie was in mineurstemming sinds ze die ochtend wakker geworden waren en hadden geconstateerd dat hun geschenken nog steeds achter op het fornuis stonden. Er was door de volwassenen veel gesproken (meestal zachtjes, wanneer ze dachten dat de kinderen het niet hoorden) over wat er met de jongen gebeurd kon zijn, en hoe graag ze allemaal hem wilden helpen, en dat de politie en Ras Ballenger zich op hen zouden storten als een wolkbreuk als ze het probeerden, maar geen woord over gewoon erop afstappen en hem ophalen.

Swan had de Val van Jericho ter sprake gebracht bij haar vader en hem erop gewezen dat als God Jozua werkelijk zo geholpen had, Hij toch zeker ook hun inspanningen om Blade te redden zou zegenen. Per slot van rekening moesten Jozua en zijn mannen de muren van een versterkte stad neerhalen. *Zij* hoefden alleen maar één glibberige slang van een man zo bang te maken dat hij een hartaanval kreeg. Of hem ten minste lang genoeg afleiden om hem zijn kind te kunnen afpakken. Aangezien ze geen bazuinen hadden, zei ze, had ze gedacht dat ze maar koeienbellen moesten gebruiken. Er lagen een paar oude roestige koebellen in de schuur, en die maakten een ongelooflijk lawaai als je er flink hard aan schudde.

Samuel legde haar uit dat je niet zomaar kunt proberen de wonderen uit de tijd van de Bijbel opnieuw te laten gebeuren, en zij antwoordde dat dat wél kon, als je maar geloof had als een mosterdzaadje. Dat was iets waarover ze hem vaak had horen preken – dat een klein zaadje van geloof een enorme oogst kan opleveren.

'Het is zoals jij altijd zegt in je preek,' hield ze hem voor. 'Als wij God ons geloof tonen, toont Hij ons Zijn gunst.'

'Ik vraag me alleen af of Ballengers huis omsingelen met een stelletje koeienbellen de beste manier is,' zei Samuel.

Maar Hij kwam niet met een beter idee, en de anderen ook niet, en dus besloot Swan zelf het heft in handen te nemen. Het probleem was alleen dat ze maar twee handen had, en ze had er meer nodig. Nou, ze wist er nog wel vier te vinden.

Noble en Bienville slikten bijna hun tanden in toen ze hun haar plan ontvouwde.

'Die vent vermoordt ons, Swan,' zei Noble.

'Niet als hij ons niet te pakken krijgt,' antwoordde Swan. 'Wat we moeten doen is ervoor zorgen dat de Heer aan onze kant staat voordat we aan deze operatie beginnen. En dat doen we door te vasten en te bidden.'

'Hoelang moeten we dan vasten?' wilde Bienville weten. Hij wist niet wat ze die avond verder te eten zouden krijgen, maar toen hij een poosje geleden in de keuken was geweest, had hij zijn moeder bananenpudding zien maken.

Swan had gedacht dat vierentwintig uur wel genoeg zou zijn. Het was minder lang dan mensen in de Bijbel over het algemeen vastten en baden, maar dit was een noodgeval. Toen ze hoorde van de bananenpudding, kortte ze de benodigde tijd nog verder in. Ze meende dat als ze de lunch oversloegen (die waarschijnlijk uit boterhammen met pindakaas zou bestaan) en die tijd doorbrachten op hun knieën voor de Troon der Genade, het toch ook wel moest lukken. Volgens haar zouden ze Blade kunnen redden en voor het avondeten weer thuis zijn.

★★★

Swan wist hoe ze via de weg en het pad bij het huis van Ballenger moest komen, maar ze vermoedde dat de beste manier om iemand te besluipen was dat je tijdens het sluipen uit het zicht bleef. Er moest een paadje achterom zijn, aangezien je geen voorkant zonder achterkant kunt hebben, en het leek haar volstrekt logisch dat als ze de beek maar volgde, ze vanzelf zou vinden wat ze zocht. Per slot van rekening waren zowel Blade als zijn vader daar opeens verschenen, die keer dat ze een plek zocht om Lovey te dopen, en ze moesten daar op de een of andere manier zijn gekomen.

Een reddingsoperatie vergt een bepaalde hoeveelheid voorbereidingen, en een van de meest cruciale punten is ervoor zorgen dat de volwassenen je niet net komen zoeken wanneer jij op het punt staat je Belangrijke Zet te doen. (Niet komen opdagen bij het eten is een feilloze manier om ervoor te zorgen dat grote mensen kleine mensen gaan zoeken.) Swan en haar broers losten dat probleem op door hun moeder gedeeltelijk de waarheid te vertellen – dat ze een paar uur wilden vasten en bidden voor Blade. Willadee bood aan om mee te doen, maar ze antwoordden dat dat niet nodig was, ze hadden het vasten en bidden goed genoeg onder de knie.

Willadee vertelde aan *haar* moeder wat de kinderen van plan waren (althans wat zij dacht dat ze van plan waren), en Calla Moses was tot tranen geroerd. 'We zouden eigenlijk met hen mee moeten vasten en bidden,' zei ze. Ze had in haar hele leven nog geen dag gevast en gebeden, en had dat vasten altijd nogal overdreven gevonden, maar ze was geraakt door wat de kinderen deden en wilde laten zien dat ze hen steunde.

'Heb ik al aangeboden,' antwoordde Willadee. 'Blijkbaar willen ze dat dit iets is tussen hen en God.'

Dat begreep Calla wel. Zij was er zelf altijd een groot voorstander van geweest om je relatie met God zo veel mogelijk voor jezelf te houden.

★★★

De kinderen hielden hun gebedsbijeenkomst in de schuur, geknield op de dekens die er nog steeds lagen. Ze hadden hun ouders belet ze weer naar binnen te brengen.

'Als Blade ooit komt,' had Swan uitgelegd, 'zou het zo fijn voor hem zijn om te merken dat er een zacht bedje op hem wacht.'

Ze kon de gedachte niet verdragen dat hij misschien nooit zou komen, en de rest van de familie ook niet. De dekens waren blijven liggen.

Noble, als oudste, leidde de gebedsbijeenkomst, en deed dat op indrukwekkende wijze. Zo lang als hij zich kon herinneren, of nog langer, had hij al gebedssamenkomsten bijgewoond. Die jongen kon goed bidden.

'Heer,' begon hij, 'Swan en Bienville en ik komen tot U om U te vragen om kracht.'

'Amen!' zei Bienville.

'Ja, Heer!' zei Swan.

'We hebben Uw hulp nodig om Blade Ballenger te ontwortelen aan de greep van het kwaad,' vervolgde Noble.

'Ontworstelen,' verbeterde Bienville.

'Blijf bidden, broeder Noble,' zei Swan.

Noble bleef bidden. Sterker nog, hij bleef zo lang bidden dat Swan ten slotte besloot dat God wel genoeg gehoord had. Er is een tijd om te bidden en er is een tijd om gebeden om te zetten in daden.

Het moeilijkste was nog om de koeienbellen stil te houden wanneer ze het Slagveld zouden naderen. Bienville kwam met de verstandige suggestie om de klepels in te pakken in een doekje en ze vervolgens snel en voorzichtig uit te pakken wanneer ze klaar waren om in actie te komen.

Dus moesten ze doekjes vinden. Dat was geen probleem. Oma Calla had een grote doos vol poetsdoeken onder de toonbank in de winkel. De moeilijkheid was om ze daar weg te halen zonder dat zij het merkte. Niet dat oma Calla bijzonder gehecht was aan die poetsdoeken. Ze had genoeg oude kussenslopen die ze in stukken kon scheuren om nieuwe te maken. Maar de kinderen wilden voorkomen dat ze vragen zou stellen.

Het was Swans taak om oma Calla af te leiden terwijl de jongens de doekjes leenden. Het woord 'stelen' kwam vandaag niet in hun woordenschat voor. Je steelt niet wanneer je een Heilige Missie te vervullen hebt.

Swan was niet op haar achterhoofd gevallen. En ze woonde niet voor niets al sinds de eerste week van juni bij oma Calla in huis. Ze wist hoe ze haar onverdeelde aandacht kon krijgen. Ze ging naar de deur van de winkel en stak haar hoofd om het hoekje, en keek zo schuldig als haar oma vroeger altijd verwachtte dat ze was. De laatste tijd verwachtte Calla het niet meer zo; ze begon er in elk geval niet meer zo vaak over.

'Ik geloof dat ik per ongeluk misschien een paar bloemen kapot heb getrapt,' zei Swan, toen oma Calla opkeek en haar zag staan. Nu is liegen natuurlijk net zo slecht als stelen, en heeft het net zo waarschijnlijk tot gevolg dat God je reddingsoperatie niet zegent, maar Swan loog niet. Niet echt. Ze zei 'misschien'.

'Ik dacht dat jullie aan het vasten en bidden waren.'

'Doen we ook. Maar ik moest even naar binnen om iets te halen – en ik heb misschien niet goed gekeken waar ik liep.'

'Ik heb meer dan genoeg bloemen,' zei oma Calla vriendelijk. 'Ik heb zo veel bloemen dat je bijna niet om het huis kunt lopen zonder op een paar te trappen. Welke bloemen denk je dat je misschien per ongeluk kapot hebt getrapt terwijl je misschien niet goed keek waar je liep?'

Swan aarzelde precies lang genoeg voordat ze antwoord gaf. Het moest lijken alsof het haar echt zwaar viel om toe te geven wat ze nu ging bekennen. 'Uw papavers,' fluisterde ze berouwvol.

Calla Moses was al om de toonbank heen en de deur uit voordat Swan zelfs maar met haar ogen kon knipperen. Zo snel heb je een vrouw van haar leeftijd nog nooit zien bewegen. Ze probeerde al tien jaar papavers in haar tuin te laten bloeien, maar het was haar nog nooit gelukt. Tot dit jaar. Dit jaar waren ze opgekomen en hadden ze flink uitgepakt, en het eerste wat Calla elke morgen deed was naar buiten gaan om ze te bekijken. Ze had Toy zelfs gevraagd de schommelbank er vlak naast te zetten, zodat ze daar onder het koffiedrinken hun kleuren kon bewonderen. Ze zei niets tegen Swan in het voorbijgaan. Het is moeilijk praten wanneer je op je tong bijt.

Swan wachtte tot Calla om de hoek van het huis was verdwenen, en floot toen zachtjes. Haar broers stoven uit hun schuilplaats tevoorschijn en de winkel in. Swan holde achter haar oma aan.

Toen ze aan de andere kant van het huis kwam, trof ze oma Calla zittend op de schommelbank aan. Ze keek alsof ze gedacht had dat ze een herseninfarct kreeg en toen had beseft dat het maar een opvlieger was.

'Er is helemaal niets mis met die papavers,' zei oma Calla.

'O, dan waren het misschien de tijgerlelies die ik misschien kapotgetrapt heb,' dekte Swan zich in.

'Een tijgerlelie kun je bijna niet kapot krijgen,' deelde oma Calla haar mee. 'Die zijn onverwoestbaar. Daarom zie je ze vaak nog staan bij oude huizen, zelfs wanneer de laatste bewoners al vijftig jaar zijn vertrokken of overleden.'

En toen voegde ze eraan toe: 'Je kunt een tijgerlelie ook bijna niet verwarren met een papaver.' Ze zei het met een half toegeknepen blik. Een nogal wantrouwige blik.

★★★

'Waar is die doos met poetsdoeken gebleven die altijd hier staat?' vroeg Willadee later die dag aan Calla. Ze stonden tegen de toonbank geleund hun boterhammen met pindakaas te eten, en Willadee was de mening toegedaan dat als je staande eet, je ondertussen best iets nuttigs kunt doen.

Calla keek onder de toonbank en zag dat de doos verdwenen was. 'Dus dáár ging het om,' zei ze. 'Ik wist wel dat Swan Lake heus wel het verschil tussen een tijgerlelie en een papaver weet.'

Willadee vroeg wat ze in vredesnaam bedoelde, en Calla zei dat ze het zelf ook niet precies wist, maar dat ze zich in elk geval niet hoefden af te vragen of alles in orde was met de kinderen. Ze hadden het vermoedelijk zo druk met vasten en bidden en liegen en stelen dat ze geen tijd hadden om echt in moeilijkheden te raken.

★★★

Terwijl Noble en Bienville de klepels verpakten in poetsdoeken, trof Swan extra voorzorgsmaatregelen door drie eendenlokfluitjes te lenen, die ze toevallig had gevonden toen ze een keer op strooptocht in het gereedschapsschuurtje was geweest. Koeienbellen waren ideaal om een hoop herrie mee te maken, maar ze leken in de verste verten niet op bazuinen, en Swan dacht dat deze hele actie echter zou zijn als ze instrumenten hadden om op te blazen. Ze propten de eenden-lokkers in de koeienbellen, tussen de opgefrommelde poetsdoeken.

De tocht door het weiland verschilde weinig van hun andere tochten door het weiland, behalve dat de kinderen aanzienlijk stiller waren dan anders. De ernst van wat ze gingen doen begon op hen te drukken. Ze konden nu echter niet meer terug. Blade Ballenger moest gered worden, en niemand anders was bereid het te doen.

Toen ze bij de beek kwamen, hurkten ze neer en dronken uit hun handen, zoals ze dachten dat de Kinderen van Israël zouden hebben gedaan. Ze waren extra op hun hoede terwijl ze dronken; ze waren zich er terdege van bewust dat ze nog nooit iets hadden gedaan wat echt gevaar met zich mee kon brengen – en dat dat ditmaal anders was.

Bienville wilde nog wat bidden voordat ze weer op pad gingen, maar Swan zei dat hij wel kon bidden onder het lopen. 'Dat is wat de Bijbel bedoelt met "bidden zonder ophouden",' zei ze. 'Het betekent dat je in beweging moet blijven terwijl je bidt.'

Ze liepen stevig door tot ze de hoge oever boven de zwemkolk bereikten, en toen kwamen ze abrupt tot stilstand. Alle drie tegelijk kregen ze een droge mond.

'O neeeeee,' kermde Swan.

Noble en Bienville konden alleen maar staren.

Wat hen had doen stilhouden was de aanblik van kleren, verspreid over de grond. Bienvilles kleren. De kleren die Blade had gedragen toen ze hem voor het laatst hadden gezien. Daar lagen zijn kleren, maar waar was de jongen zelf? Niet in de zwemkolk, en ze konden geen goede reden bedenken waarom hij in z'n blootje door het bos zou rondrennen.

'Denk je dat hij is *opgegeten*?' vroeg Bienville benauwd.

Noble snoof minachtend. 'Als iets hem heeft opgegeten, dan heeft-ie hem wel eerst uitgekleed. De kleren zouden helemaal aan flarden zijn en onder het bloed zitten als een beest hem had opgegeten.'

De kleren waren niet aan flarden, en er was geen bloed, dus dat was een goed teken.

Swan raapte de kleren op en drukte ze tegen haar hart. Haar broers zochten naar sporen van een gevecht. Die vonden ze niet.

'Als iemand hem gegrepen heeft, dan heeft hij zich niet erg verzet,' concludeerde Noble.

Swan was echter niet gerustgesteld. Ze herinnerde zich hoe heftig Blade had geworsteld om aan de greep van oom Toy te ontsnappen, die keer in de kalverpaddock, en daar had hij ook geen sporen van een worsteling achtergelaten. Als een kind in de lucht wordt gehouden door iemand die drie keer zo groot is als hij, dan vind je op de grond geen sporen van wat er gebeurd is.

Nu waren ze er nog meer van overtuigd dat er haast geboden was, maar ze gingen des te behoedzamer verder – uitkijkend waar ze liepen, en helemaal niet meer pratend. Het kon nu niet lang meer duren voor ze bij Ballengers land kwamen, en dus zou het ook niet lang meer duren voordat ze erachter kwamen hoe goed die hele wonderenkwestie eigenlijk werkte.

★★★

Er zijn van die momenten in ons leven waar we min of meer toevallig op stuiten – momenten die we niet hadden kunnen voorzien, en waar we niet op voorbereid waren, en die we koste wat het kost hadden willen vermijden – en de kinderen Lake naderden nu zo'n moment.

Volgens het plan dat Swan eerder had ontvouwd zouden ze, zodra ze de Vijand hadden gevonden, zeven keer om het gebied heen lopen, net zoals de priesters hadden gedaan bij de Val van Jericho. Ze mochten niet praten en geen enkel geluid maken tot ze klaar waren met de zeven rondjes. Dan zouden ze geruisloos de klepels uitpakken en – op een teken van Swan – met de koeienbellen rinkelen en op de eendenlokfluitjes blazen. Als er maar zeven bazuinen voor nodig waren om de muren van Jericho te laten instorten, dan zouden drie koeienbellen en drie eendenlokkers genoeg moeten zijn om Ras Ballenger van de benen te gooien. Daarna was het aan de Almachtige God om ervoor te zorgen dat hij lang genoeg gevloerd bleef, tot zij Blade konden vinden en hem in veiligheid konden brengen.

Ze kregen echter nooit de kans om het plan uit te voeren. Ze waren net onder een prikkeldraadhek door gekropen waarvan ze (terecht) aannamen dat het de grens markeerde tussen het land van oma Calla en dat van Ballenger, toen ze een stem hoorden. De jongens herkenden hem niet, hoewel ze wel vermoedden van wie hij was. Swan hoefde het niet te vermoeden. Zij wist het zeker.

'Hoho!' zei Ras Ballenger. *Honend.* 'Waar wilde jij naartoe? Nee. Niet die kant op.' En vervolgens: 'Nee, ook niet die kant op.'

Swan en haar broers bleven aan de grond genageld staan; ze durfden amper adem te halen. Na een paar tellen slopen ze verder in de richting van het geluid, dat van de andere kant van een rij treurwilgen kwam.

Ze moesten heel diep bukken om zich een weg door de afhangende takken te banen, voorzichtig om noch de bladeren aan de bomen te laten ritselen, noch de bladeren op de grond. Toen ze bijna de andere kant bereikt hadden, zagen ze voor zich een open plek in het bos – een grote open plek, waar een aantal hoge pijnbomen ontworteld was, vermoedelijk door de tornado. De pijnbomen waren over elkaar heen gevallen en hadden daarbij elkaars takken afgerukt. De grond lag bezaaid met afgebroken takken.

Midden in die chaos stond Blade. Nog geen honderd meter bij hen vandaan. De kleren die hij droeg waren bedekt met een dikke laag viezigheid, en hijzelf was al even vuil; zijn mooie zwarte haar klitte aan zijn hoofd. Hij was hout aan het sprokkelen. Hij rende in het rond, hierheen en daarheen, steeds sneller, terwijl zijn vader met zijn weerzinwekkende rijzweep klapte en bevelen schreeuwde.

'Daar heb je een stuk laten liggen!' brulde Ballenger, en joeg de jongen heen en weer. 'Wat mankeert jou? Kun je dan nooit eens iets goed doen?'

Swan was zo aangeslagen door wat ze zag, dat ze Nobles arm moest grijpen om op de been te blijven. Bienville stond aan de andere kant naast Noble, en hij klampte zich vast aan de blouse van zijn grote broer. Noble liet toe dat de anderen zich aan hem vasthielden, maar had zelf ook moeite om overeind te blijven.

Toen gebeurde het. Blade was niet snel genoeg om de zweep te ontlopen, en die raakte hem vol in het gezicht. Hij slaakte een meelijwekkende, klagelijke kreet en rende niet verder rond. Bewoog helemaal niet meer.

Swan en haar broers staarden vol afgrijzen naar het geschokte gezicht van hun vriend. Naar het bloed dat wegsijpelde uit waar zijn rechteroog *had gezeten*.

Swan viel flauw.

Noble voelde dat zijn zusje zijn arm losliet, en hij kon haar opvangen voordat ze de grond raakte. Hij slaagde erin haar zachtjes te laten zakken, zodat ze zich niet bezeerde bij haar val, of neerkwam met een klap die Ballenger op hun aanwezigheid zou attenderen. Bienville had Nobles blouse losgelaten en was versteend van angst. Hij had zijn ogen stijf dichtgeknepen en zijn lippen opeengeperst, en dus was Noble de enige die zag wat er daarna gebeurde.

Ras Ballenger wierp even een blik op wat hij had gedaan en schudde het hoofd; hij leek het eerder hinderlijk dan erg te vinden. Met zijn zweep nog altijd in zijn rechterhand liep hij naar Blade toe, tilde hem op met zijn linkerarm en droeg hem weg onder de arm, zoals een boer een gillend varken zou dragen. Uit de open plek weg. Uit het zicht.

Weg.

Hoofdstuk 24

Willadee zag hen aankomen toen ze over een heuvel kwamen, ver achter in het land, en aan het laatste stuk begonnen. Ze volgden een oud, door de koeien uitgesleten pad, hetzelfde pad dat ze altijd gebruikten. Ze had hen die tocht tientallen keren zien maken en nooit het gevoel gekregen dat haar hart bleef stilstaan, maar zo voelde het deze keer wel.

Ze stond achter het huis paarse doperwten te pellen; haar duimen en vingers zaten onder de kleurige vlekken, en het teiltje op haar schoot was halfvol. Ze zette het teiltje weg en stond op om nog eens goed te kijken. Er was iets mis. Dat wist ze zeker. Ten eerste liep Swan niet voorop, en dat gebeurde zelden. Ten tweede hield ze Nobles hand vast.

Bienville kwam achteraan. Daar was niets vreemd aan, hij kwam altijd achteraan. Maar zijn schouders waren gebogen, en hij veegde voortdurend zijn ogen en neus af aan zijn mouw.

'Toy!' schreeuwde Willadee. 'Toy, kom gauw, er is iets met de kinderen!'

★★★

Toy was in *Never Closes* toen hij Willadee hoorde roepen. Het was nog niet tijd om open te gaan. Het was zelfs nog niet tijd om te eten. Bernice en hij waren pas een paar minuten eerder aangekomen, en hij was vast naar de bar gegaan om er even een beetje op te ruimen. Hij stormde naar buiten en zag Willadee naar het weiland rennen. Tegen de tijd dat hij haar inhaalde, hadden de kinderen en zij elkaar al bereikt, en had Willadee haar armen om alle drie tegelijk geslagen.

'Het was afschuwelijk,' zei Noble. Huiverend.

Aan zijn gezicht te zien stond Bienville op het punt om over te geven, over zijn moeder heen. 'Zijn oog was weg!' huilde hij. 'Zomaar – *weg.*'

Swan balde haar vuisten en sloeg ermee tegen haar benen. 'We hebben hem laten stikken!' gilde ze. 'We waren daar, we zagen het gebeuren, en we hebben hem laten stikken!'

★★★

'Je hebt niemand laten stikken,' zei oma Calla, met klem.

Inmiddels waren ze allemaal in de woonkamer. Calla, die de winkel onbeheerd had achtergelaten zodra ze hoorde dat er een crisis-situatie was, en Samuel, die net thuiskwam uit zijn werk toen de kinderen hun verhaal aan het doen waren, en Bernice, die altijd al had geweten dat er zoiets ergs of nog ergers zou gebeuren, en Toy en Willadee en de kinderen. Calla zat in haar schommelstoel en hield Swan vast. Bienville zat op Willadees schoot, met zijn gezicht stevig tegen haar schouder gedrukt. Noble zat in zijn eentje op een poef, en hield zich met beide handen aan de zijkanten vast.

'We hebben hem vreselijk laten stikken,' snikte Swan. 'We hebben zelfs de kans niet gekregen om de klepels uit te pakken.'

'Welke klepels?' wilde Willadee weten.

'We zouden proberen meneer Ballenger bang te maken door met koeienbellen te rinkelen en op eendenlokkers te blazen,' legde Noble uit. Je kon zien dat hij zich schaamde om het toe te geven. Per slot van rekening was hij de oudste, en had hij de wijste moeten zijn.

Bij het woord 'koeienbellen' keek Samuel op en wendde het hoofd af; zijn gezicht stond intens bedroefd.

'Net als de priesters met de bazuinen bij de Val van Jericho,' vervolgde Noble. 'Alleen moesten we doeken om de klepels wikkelen, zodat ze geen geluid zouden maken tot we er klaar voor waren.'

Bij het woord 'doeken' keken ook Willadee en Calla op. De puzzelstukjes vielen op hun plaats, en het plaatje dat tevoorschijn kwam zou prachtig geweest zijn – als het allemaal niet zo vreselijk was afgelopen.

'En net toen Blade onze hulp het hardst nodig had, viel ik flauw,' treurde Swan. 'Als we ons aan het plan hadden gehouden, hadden we hem kunnen redden.'

'Nee, lieverd, jullie hadden hem niet kunnen redden,' zei Willadee. 'Jullie hadden wel allemaal dood kunnen zijn.'

'Er is een boel kwaad in de wereld,' zei oma Calla tegen de kinderen, hen alle drie tegelijk omvattend met haar blik. 'Dat moet je goed beseffen. Er zijn gewoon mensen die door en door slecht zijn, en niets van wat zij doen is jullie schuld.'

'Maar iemand moet hem tegenhouden,' zei Noble.

Even was het stil. De kinderen zwegen, wachtend tot een van de volwassenen zou beloven dat iemand Ras Ballenger inderdaad zou tegenhouden. De volwassenen zwegen, wetend dat ze dat niet konden beloven.

Samuel stond in stilte op en ging naar buiten. De anderen hoorden hoe hij zijn stem verhief en God te hulp riep.

Toy Moses nam niet de moeite om God te hulp te roepen, aangezien hij daar weinig ervaring mee had en er nooit van overtuigd was dat het enig voordeel opleverde. In plaats daarvan pakte hij de telefoon en riep de politie te hulp.

★★★

Later die avond kwamen twee hulpsheriffs langs in *Never Closes*, en vertelden Toy hoe hun onderzoek was verlopen. Ja, die jongen van Ballenger was die middag een oog kwijtgeraakt, maar de vader beweerde dat het joch op een scherpe tak was gevallen toen hij brandhout aan het rapen was, en de moeder bevestigde zijn verhaal.

'De moeder was er niet eens bij,' bracht Toy naar voren.

'Jij wel dan?' vroeg een van de hulpsheriffs. Deze specifieke hulpsheriff, Bobby Spikes, was een nieuwkomer in deze streek (hij woonde nog maar acht of negen jaar in de county). Hij was ook een van de weinige agenten die nog nooit het glas had geheven in *Never Closes*.

'Als mijn kinderen zeggen dat ze er niet bij was,' zei Toy, 'dan was ze er niet bij.'

'*Jouw* kinderen?' zei Spikes.

De andere hulpsheriff, een man genaamd Dutch Hollensworth, kende Toy Moses al zo lang als de aarde bestond, en hij was niet zo te spreken over de toon die Spikes aansloeg tegen een man voor wie hij persoonlijk veel respect had en van wie hij veel gratis drankjes kreeg.

'Ze zijn zijn *familie*,' zei Dutch tegen Spikes. 'En het zijn Mosesen in hart en nieren.'

'Aha,' zei Spikes, nogal droogjes. 'En een Moses liegt niet.'

Hij kende dus in elk geval de plaatselijke overlevering, zelfs al hechtte hij er niet veel geloof aan.

'Hoe dan ook,' vervolgde Spikes, 'de jongen wilde geen woord zeggen, linksom noch rechtsom. Maar zijn ouders zijn met hem naar de dokter geweest, zoals alle zorgzame ouders zouden doen, en volgens de dokter was het een ongeluk. In zo'n geval kan de politie niets beginnen.'

'Nee, in Columbia County niet, hè?' zei Toy Moses. Het was niet echt zijn bedoeling geweest dat het zo bits zou klinken, maar Spikes irriteerde hem.

De hulpsheriff keek hem aan en likte even met zijn tong aan de hoek van zijn mond. 'Eens in de zoveel tijd blijft een misdrijf onbestraft.'

Wat dicht in de buurt kwam – dichter dan ooit iemand was gekomen – van Toy Moses in zijn gezicht beschuldigen van het plegen van een moord waarvoor hij nooit had geboet. Dat was echter niet waarover Toy bleef nadenken nadat de hulpsheriffs vertrokken waren. Waar hij zich nog dagenlang regelmatig het hoofd over brak, was de vraag wat hem bezield had om 'mijn kinderen' te zeggen.

★★★

Er gingen twee weken voorbij.

De kinderen hadden last van nachtmerries. Op een keer werd Noble midden in de nacht wakker omdat Bienville bij hem in bed kroop, trillend als een espenblad.

'Jij dus ook?' vroeg Noble.

'Bedoel je dat ik niet de enige ben?'

'Bijlange na niet,' verzekerde Noble hem.

Wat Swan betreft, zij ging in een stoel slapen. Als ze dan wakker schrok nadat ze Ras Ballengers gezicht in haar dromen had gezien, zat ze in elk geval niet helemaal verstrikt en gevangen in haar dekens, waaruit ze niet kon ontsnappen.

Overdag bleven de jongens dicht bij huis. Swan bleef zo veel mogelijk op zichzelf. Willadee probeerde hen uit hun schulp te trekken door aan te bieden dat ze haar mochten helpen met koekjes bakken, en Calla bood hun het kostbaarste geschenk dat ze kon bedenken – de kans om haar te helpen met haar bloemen. Samuel bood aan hen mee te nemen naar de stad voor een ijsje. Calla had ook ijs in de winkel, maar hij meende dat een ijsje eten een grootser gebeuren is als je er een paar kilometer voor moet rijden.

Niets hielp. De kinderen wisten niet wat er van hun vriend was geworden, en het enige waaraan ze zich konden vasthouden was hun ellende. Diep in hun hart voelde het alsof hun verdriet loslaten, zelfs al was het maar voor een klein gedeelte, hetzelfde zou zijn als Blade loslaten. Voorgoed.

'Zo mag het niet langer doorgaan,' zei Willadee op een dag tegen Swan, toen ze haar weer neerslachtig op haar kamer aantrof.

Swan, die nog nooit 'mag niet' had gehoord zonder er uitentreuren tegenin te gaan, zweeg.

'Ik weet dat je je zorgen maakt om Blade,' zei Willadee. 'Dat doen we allemaal. Maar we moeten niet in onze schulp kruipen en de wereld buitensluiten. Dat is geen leven.'

Swan wendde het hoofd af.

Willadee ging naast haar staan. Ze deed geen poging om haar arm om haar dochter te slaan. Probeerde haar niet naar zich toe te trekken. Swan had de afgelopen tijd elke hand die naar haar uitgestoken werd van zich af geduwd, en dat begreep Willadee wel. Soms kan een verlies zo groot voelen, dat iedereen die jou komt troosten het lijkt te kleineren.

'Nou, hier is een lijstje met klusjes,' zei ze, en legde een papiertje op de vensterbank. (Ze had er nog twee in de zak van haar schort – één voor elk van de jongens.) 'Wanneer je klaar bent, kun je weer naar boven gaan en tot het avondeten verdrietig zijn, als je daar behoefte aan hebt.'

De kinderen hadden geen klusjes in en om huis meer hoeven doen sinds de dag dat Snowman was gekomen, en Willadee had nu als een laatste redmiddel bedacht dat ze hen aan het werk moest zetten. Eerlijk gezegd zou ze het liefst zien dat hun jeugd één eindeloze zomer zou zijn, waarbij elke dag gevuld was met doen-alsof-spelletjes en fantasie en betovering. Maar deze zomer begon op een andere manier eindeloos te lijken. Eindeloos in de zin dat alle drie de kinderen één afschuwelijke scène in hun gedachten steeds maar weer herhaalden. Misschien kon ze hen dwingen aan iets anders te denken door hun een beetje verantwoordelijkheid te geven.

En dus deden de kinderen hun klussen, en onder het werk dachten ze aan Blade Ballenger.

Op een middag trof Samuel Swan in haar eentje op Calla's schommelbank, en hij vertelde haar hoezeer het hem speet dat hij die dag niet beter had geluisterd toen ze hem dat idee met de koeienbellen had voorgelegd. Als hij haar serieus had genomen, zei hij, had hij haar misschien kunnen helpen om het beter te begrijpen, en dan had ze misschien niet getuige hoeven te zijn van zoiets vreselijks.

'Maar ook als ik er geen getuige van was geweest, was het nog wel gebeurd,' antwoordde Swan. 'Wat we nodig hadden was een wonder, en dat hebben we niet gekregen.'

Samuel dacht dat hij wel begreep welke kant ze op wilde, en dus vroeg hij haar of ze vond dat het Gods schuld was wat er met Blade was gebeurd.

Swan dacht een poosje na voordat ze antwoord gaf. Het was duidelijk een kwestie waar ze al een poosje mee worstelde.

'Nee,' zei ze ten slotte. 'Ik was het die het vasten inkortte zodat we de bananenpudding niet hoefden mis te lopen.'

★★★

Op vrijdagmorgen verscheen er weer een paard bij Calla's huis. Deze werd in een trailer gebracht door meneer Odell Pritchett, en contant betaald door Toy Moses. Odell had Toy opgebeld om te zeggen dat hij graag iets wilde terugdoen als dank voor zijn goede zorgen voor Snowman, en Toy had geantwoord dat hij hem niet hoefde te bedanken, maar dat hij het op prijs zou stellen als Odell hem kon vertellen waar hij een geschikt paard voor de kinderen zou kunnen krijgen. Eentje zonder slechte eigenschappen, en bij voorkeur zonder veel snelheid in de benen.

'Ik heb precies het dier dat je zoekt,' had Odell geantwoord. 'Ze heet Lady.' Ze hadden een poosje gesteggeld over de prijs (Odell wilde Toy het paard gratis voor niets geven, en Toy weigerde iets zomaar aan te nemen), en ten slotte hadden ze een compromis bereikt. Alleen zij tweeën wisten de voorwaarden. Sterker nog, alleen zij tweeën wisten dat er een koop gesloten was.

Ongeveer halverwege de morgen waren de kinderen klaar met hun werk en deden ze wat ze meestal deden wanneer ze klaar waren, namelijk niets bijzonders. Noble en Bienville lagen op een stuk kale grond op het voorerf en probeerden mierenleeuwen uit hun holletje te lokken. Dat deed je door een takje in het holletje te steken en die alsmaar rond te draaien. En dan moest je zeggen: 'Mierenleeuw, mierenleeuw, je huis staat in brand.' Omdat je dat hoorde te zeggen, zeiden ze het. Ze hadden het nog nooit zien werken, en ook dit keer werkte het niet, maar ze hadden tenminste iets te doen.

Achter het huis was Swan op de kippenren geklommen, omdat dat de gemakkelijkste manier was om in de moerbeiboom ernaast te komen. Vanaf het dak van de kippenren had ze zich in de boom gehesen. Nu zat ze schrijlings op een tak, en leunde met haar rug tegen de stam van de moerbei. De boom was zo bladerrijk dat ze niet kon zien wat er om haar heen gebeurde, en dat vond ze best. Ze kon zelf ook niet gezien worden, en dat vond ze nog beter.

Toen Odells pick-up met trailer kwam aanrijden hoorde Swan het gerammel en geratel wel, maar ze schonk er in het geheel geen aandacht aan. De hele dag en een groot deel van de nacht door kwamen er voertuigen het erf op gerammeld en gerateld. Ze spitste echter wel haar oren toen haar broers kreten begonnen te slaken als een stel indianen op oorlogspad.

'Een paard?' brulde Noble. 'Een paard voor *ons*?'

182

En Bienville gilde: 'Bedoel je dat we een paard hebben dat we aan niemand hoeven terug te geven?'

Tja, zoiets kun je niet horen zonder nieuwsgierig te worden. Niet als je elf jaar bent. Een paard hebben zou haar gebroken hart niet genezen, of haar verdriet om Blade doen overgaan. Maar het trok wel haar aandacht.

Ze klom uit de boom.

Paarden komen niet met het hoofd eerst uit de trailer, ze lopen achteruit, en dus was haar achterhand het eerste wat Swan en haar broers van Lady zagen. En ze hadden zich geen beter begin kunnen wensen.

'Wauw, wat is ze mooi,' fluisterde Noble.

'Ja,' zei Bienville ademloos, bijna eerbiedig.

'Wat? Haar kont?' vroeg Swan, die zichzelf niet wilde toestaan blij te worden van één blik op het staartstuk van een paard.

Toen kwam de rest van Lady naar buiten. Ze had precies het juiste formaat – niet te klein, niet te groot. Helemaal grijsgespikkeld. Misschien had ze een beetje een holle rug, maar dat merkten ze niet. Niet de jongste meer? Nou, dat was niet te zien. Wat ze wel zagen was dat haar manen er een beetje ongelukkig uitzagen. Het leek wel of een kind ze met een schaar had bewerkt, en dat bleek ook het geval te zijn.

'Die manen groeien wel weer aan,' zei Odell verontschuldigend. 'M'n dochter liet zich een beetje meeslepen.'

De kinderen knikten begripvol. Het zou hun een zorg zijn hoe haar kapsel eruitzag.

'Ze is een goed, lief paard, onze Lady,' zei Odell. 'Ze wordt al bijna achttien, dus ze heeft niet meer zo veel pit en vaart als vroeger. Maar ze geeft zich helemaal over.'

Bienville vermoedde dat 'zich overgeven' iets anders betekent wanneer je het voor een paard gebruikt dan voor een mens, en hij vroeg Odell om dat nader toe te lichten.

'Het betekent dat als je haar vraagt iets te doen, ze haar uiterste best zal doen om jou ter wille te zijn,' zei Odell.

De kinderen glimlachten opgetogen. Alle drie. Zelfs Swan. Toy Moses glimlachte echter niet. Hij keek nors van heb ik jou daar, en zei tegen die kinderen dat als ze dat paard overvroegen, hij wel een iepenboom wist waar hij een mooi soepele tak van kon afsnijden.

★★★

Ze reden zonder zadel op het paard. Toy had wel een oud zadel in de schuur liggen, maar het leer was gebarsten, en het zadel was hoe dan ook te groot voor Lady. Bovendien meenden de kinderen dat als indianen een zadel niet nodig vonden, zij het ook zonder konden stellen. Toy deed haar een hoofdstel om en liet hun zien hoe ze haar zachtjes konden besturen, zodat het bit niet in haar mond sneed. Verder moesten ze zichzelf maar redden.

Ze reden met z'n tweeën tegelijk, omdat Swan weigerde af te stijgen en de jongens zo vriendelijk waren om bij toerbeurt te rijden. Over het erf. Vervolgens om de schuur. Toen de weide op. Maar niet naar de beek. De beek was een soort kronkelende lijn die het einde van veiligheid en het begin van onvoorstelbaar groot gevaar markeerde. Ze waren er nog niet aan toe om weer met de beek geconfronteerd te worden.

★★★

Lady kreeg een vorstelijke behandeling. Wortels uit de keuken, suikerklontjes uit de winkel en watermeloenen rechtstreeks uit het perk naast het rookhok.

'Als jullie niet uitkijken, bezorgen jullie dat paard nog koliek met jullie liefde,' zei oma Calla, toen ze hen betrapte op het gappen van de appels die ze had klaargelegd om beignets mee te maken.

Koliek klonk als iets wat baby's krijgen, en voor zover zij wisten was er nog nooit eentje aan doodgegaan, maar Calla legde uit dat je een paard niet kon laten boeren, dus je kon hem maar beter geen buikpijn bezorgen. Daarna deden ze het wat rustiger aan met eten gappen voor Lady, en richtten ze zich op haar verzorging.

Toy leerde hun wat ze moesten doen met de borstel en de roskam, en hoe ze haar hoeven moesten schoonmaken met een hoefkrabber. 'De voeten zijn het belangrijkste wat een paard heeft,' vertelde hij. 'Een mens kan zich prima redden met een kunstbeen, maar een paard heeft het vervoer nodig dat God hem gegeven heeft.'

De kinderen moesten lachen om dat woord 'vervoer' – ze zagen in gedachten het paard al achter het stuur van een auto zitten – maar er was nog iets met wat Toy gezegd had, en ze wisten niet goed wat ze ervan moesten denken. Dit was de eerste keer dat ze hem ooit zijn kunstbeen hadden horen noemen. De allereerste keer. En door de manier waarop hij het zei, nogal terloops en achteloos, leek het alsof hij eigenlijk iets anders zei. Misschien wel dat hij hen in vertrouwen nam. Dat hij een deur openzette en hen binnen wenkte. Natuurlijk wisten ze allemaal dat ze er nu wel veel achter zochten. Hoogstwaar-schijnlijk had hij zich gewoon versproken. Hij was er niet echt de persoon naar om zich onopzettelijk te verspreken, maar hij was er ook niet de persoon naar om aan te pappen met een stel kinderen die niet van hem waren, dus ze wilden er niet te veel achter zoeken.

Die nacht sliepen alle kinderen Lake een stuk beter. Swan sliep zelfs weer in haar bed, in plaats van in de stoel. Ze deed wel het nachtlampje aan dat haar vader voor haar had gekocht, de dag nadat Blade gewond was geraakt. Ze betwijfelde of ze ooit van haar leven nog weer zou kunnen slapen zonder nachtlampje.

Hoofdstuk 25

Swan was diep in slaap. Ze werd niet wakker van de kleine schuifelende geluidjes van iemand die door haar raam naar binnen sloop, maar toen die persoon bij haar onder de dekens kroop, zat ze rechtop in haar bed. Voordat ze haar mond kon opendoen om te gillen, zag ze wie het was, en dat was het mooiste moment van haar leven tot dusver.

'Hoe ben *jij* hier gekomen?' zei ze, happend naar adem.

Blade Ballenger wees naar het raam. Hij was weer in zijn nachtgoed verschenen, en het verband over zijn oogkas had een verdacht geel tintje. Swan sloeg haar armen om hem heen en hield hem stevig vast. Blade ontspande zich en liet zijn hoofd op haar schouder rusten, zodat zijn gezicht tegen haar nek lag.

'Ik heb gezien wat er gebeurd is,' vertelde Swan hem; ze kreeg weer helemaal een afkeer van zichzelf omdat ze niets had gedaan om hem te helpen.

Blade trok zich los uit haar armen en staarde haar aan. Er was de laatste tijd zo veel met hem gebeurd, dat hij niet wist op welke gebeurtenis ze doelde.

'Die dag in het bos,' legde Swan uit. 'M'n broers en ik waren je komen redden, maar we kwamen te laat.'

Blades ene prachtige donkere oog werd groot van verbazing, en zijn mond viel open. Het was hem nog nooit overkomen dat iemand hem was komen redden.

Swan vervolgde: 'We waren van plan je vader zich een ongeluk te laten schrikken, maar ik viel flauw en daardoor is het wonder mislukt.'

Blade knipperde met zijn oog. Nu had hij werkelijk geen flauw idee meer waar ze het over had.

'Een wonder is niet iets wat je kunt doen,' vertelde ze, 'maar je moet erom vragen en dan krijg je het. Alleen – meestal zitten er allerlei voorwaarden aan vast die helemaal nergens op slaan, en je moet ze heel precies uitvoeren. Als je het verknalt, krijg je geen wonder.'

Hij begreep er nog steeds niets van, en dat stond op zijn gezicht te lezen. Swan klopte op het kussen, en hij nestelde zich ertegenaan. Toen ging ze naast hem liggen, met haar hoofd op één hand en de andere arm over zijn buik. Ze trok hem dicht tegen zich aan.

'Wat hebben ze met je oog gedaan? Heeft de dokter het er weer in genaaid?'

Blade wendde zijn blik af, alsof hij een geheim had waarvoor hij zich schaamde en zij erachter was gekomen. Dat was een afdoende antwoord.

Ze vroeg: 'Hoe ben je ontsnapt?'

''k Heb gewacht tot er een kat kwam.'

Nu was het haar beurt om met de ogen te knipperen.

'M'n vader vermoordt katten,' zei Blade. Hij vertelde er niet bij dat wanneer zijn vader katten aan het vermoorden was, hij daar zo door in beslag genomen werd dat hij geen aandacht meer besteedde aan andere zaken, maar Swan begreep wat hij bedoelde. Blade wierp een blik op het raam, alsof hij bang was dat zijn vader er elk moment doorheen zou kunnen komen.

'Ik laat jou niet weer meenemen, door niemand,' beloofde Swan. 'Ik weet nog niet hoe ik ze ervan moet weerhouden, maar ik laat het niet gebeuren.'

***

Toy Moses had net de bar afgesloten en hielp zijn moeder om de winkel te openen, toen Ras het erf op reed en uit zijn pick-up sprong alsof zijn broek in brand stond. Calla, die het trapje stond te vegen, en Toy, die een paar frisdrankkratten tegen de houten deur zette om hem open te houden, keken allebei op, en beiden zagen er even geërgerd uit als ze zich op dat moment voelden. Heel geërgerd.

'Nou zullen we het beleven,' zei Calla.

Ras Ballenger beende naar hen toe, bleef op een meter afstand staan en richtte een kwaadaardige blik op Toy. 'Ik kom mijn zoon halen,' zei hij. Niet snauwend of schreeuwend, zoals gewoonlijk. Zijn stem was dodelijk kalm.

Aangezien Toy niet wist dat Blade bij hen in huis was, was hij verrast, maar liet dat niet merken. Hij schudde het hoofd en liet ook niet merken hoe blij hij was dat Ballengers zoon weer aan hem ontkomen was.

'Dan vrees ik dat je bij ons aan het verkeerde adres bent, Ballenger. We hebben je zoon al meer dan twee weken niet gezien.'

Dat geloofde Ballenger natuurlijk niet, en dat zei hij ook. Toy schudde enkel nogmaals zijn hoofd en zei dat hij hoopte dat de jongen het goed maakte. 'Je weet tegenwoordig maar nooit,' vervolgde hij. 'Het is bijna niet te geloven, maar er zijn mensen op deze wereld die zo gemeen zijn' – hij zweeg even om zijn woorden kracht bij te zetten – 'zo verachtelijk' – weer zweeg hij even – 'zo waardeloos dat varkensstront er nog heilig bij is, dat ze met opzet een kind kwaad doen.'

Toy stak een sigaret op en nam een paar flinke trekken voordat hij verder ging. 'Persoonlijk vind ik dat zulke mensen hetzelfde moet worden aangedaan als zij het kind hebben aangedaan. Oog om oog, zogezegd.'

Ras kon onmogelijk *niet* begrijpen waar Toy op doelde, en hij vroeg zich af hoe die vent zo veel kon weten. Hoogstwaarschijnlijk waren de hulpsheriffs die hem hadden ondervraagd, meteen doorgereden naar *Never Closes* en hadden ze hier zitten drinken en kletsen over dingen die ze vóór zich hadden moeten houden. Dat deed Ras Ballenger gewoonweg schuimbekken. Per slot van rekening was je onschuldig totdat het tegendeel bewezen is, en hij kreeg er genoeg van om te moeten doen alsof hij onschuldig was aan dingen die de rest van de wereld geen moer aangingen.

'Ik kwam hier niet om jouw mening te horen,' zei hij, 'ik kwam voor mijn zoon. Ga je hem nog naar buiten brengen, of moet ik naar binnen gaan en hem zelf halen?'

Toys ogen schoten razendsnel naar Ballenger, en hij schonk hem zo'n blik die zegt: 'Waag het eens.' Hardop zei hij: 'Wat jij gaat doen, Ballenger, is in je pick-up stappen en wegwezen. Je hebt vijf seconden.'

Ballenger verloor zijn zelfbeheersing. 'Ik stuur de politie op je af, wacht maar! Je denkt zeker dat je beste maatjes met de sheriff bent, maar er zijn wetten, en ik weet heel goed wat mijn rechten zijn.'

'Nog drie,' antwoordde Toy.

★★★

De eerste plek waar Toy ging kijken nadat Ballenger vertrokken was, was in de schuur, maar daar was de laatste dagen niemand geweest. De dekens lagen keurig netjes uitgespreid, met Blades cadeautjes exact in het midden, zoals ze er hadden gelegen sinds kort na het gedoe met de Val van Jericho. Niemand wist precies wanneer de kinderen ze daar hadden neergelegd, maar ze waren vaak op bedevaart naar de schuur geweest, dus alles was mogelijk.

Daarna keek Toy waar hij al die tijd al had verwacht de jongen aan te treffen.

Swan en Blade lagen als twee puppies te slapen, opgerold tot balletjes; hier en daar raakten hun lichamen elkaar. Het was het toonbeeld van onschuld, maar het zat Toy toch niet lekker toen hij behoedzaam de deur opendeed en hen zo zag liggen. Hij mocht dan zelf geen vader zijn, maar hij had wel hetzelfde gevoel dat vaders omtrent hun dochters hebben, namelijk dat kleine kinderen zo vreselijk snel groot worden en dat alles opeens kan veranderen, en dat er soms dus bij voorbaat maatregelen getroffen moeten worden door de verantwoordelijke volwassenen.

Niet dat hij meende dat hij verantwoordelijk voor Swan was. Maar hij ging nu wel zijn verantwoordelijkheid nemen.

Hij ging aan het voeteneinde van het bed staan en schraapte zijn keel. Swan en Blade sprongen allebei op en vielen uit bed van schrik. Omdat het bed zo hoog was, belandden ze met een behoorlijk tumult op de vloer.

Blade wilde een uitval naar het raam doen, maar Toy versperde hem de weg. 'Laten we het niet allemaal nog eens overdoen,' zei hij. 'Deze keer stuur ik je niet terug naar huis.'

Blade slikte moeizaam en keek naar Swan, die oom Toy aankeek met plotselinge verering in haar ogen. 'Echt niet?'

'Nee, jongedame, beslist niet,' antwoordde oom Toy plechtig. En Toy Moses stond erom bekend dat hij in geen jaren iets plechtigs had gezegd.

Swan slaakte een diepe zucht en liet zich op de vloer neerploffen. Blade keek nog steeds naar haar, wachtend op een teken, en dit leek er één te zijn; dus ging hij naast haar zitten. Toy bleef staan en keek hen beiden recht in de ogen.

Tegen Blade zei hij: 'Ik kan je niet beloven dat de politie niet zal ingrijpen, want dat zullen ze waarschijnlijk wel. Maar ik beloof je wel dat zolang ik er iets over te zeggen heb, jij hier welkom bent en veilig zult zijn.'

Hij bukte zich en reikte hem de hand, en de jongen – die dit ritueel vermoedelijk nog nooit had ondergaan – gaf hem een ferme mannenhanddruk.

Toen zei Toy tegen Swan: 'We moeten bekijken waar jouw vriend voortaan kan slapen. Want dat zal niet meer bij jou zijn.'

En daarmee was de zaak beklonken. Blade Ballenger mocht blijven, tot de politie ingreep. Dat vond Swan best, aangezien de enige vorm van ingrijpen waarvan zij ooit gehoord had, was dat de politie ervoor zorgde dat er geen drank werd verspild.

Wat betreft een slaapplaats voor Blade, dat werd democratisch besloten tijdens een familieberaad in de slaapkamer van Willadee en Samuel. Toy bracht Swan en Blade naar de kamer van haar ouders, en Noble en Bienville waren vermoedelijk wakker geworden door de opwinding die in de lucht zat, want ze waren allebei al de slaapkamer in geglipt voordat Toy klaar was met uitleggen dat Blade terug was en een slaapplek nodig had. Per direct.

'Je mag bij Bienville op de kamer slapen,' zei Samuel tegen Blade. 'Als je tussen al zijn boeken een plekje kunt vinden.'

Dat was democratisch genoeg om alle betrokkenen tevreden te stellen.

***

Omdat Toy vermoedde dat Ras wel eens kon terugkomen en moeilijkheden veroorzaken, ging hij niet meer naar huis om te slapen. Hij ging gewoon naar zijn vroegere slaapkamer en kroop bij Bernice in bed. Wat een goede manier was om haar vroeg uit bed te krijgen.

Bernice stak haar hoofd om de hoek van de keuken, nog voordat Willadee de scones in de oven had kunnen zetten, en zei dat ze begrepen had dat het jongetje van Ballenger terug was. Jazeker, antwoordde Willadee, is het niet fantastisch? Bernice zag niet in wat daar nou fantastisch aan kon zijn.

Direct na het ontbijt stapte Bernice in de auto en verdween. Toy zou de komende uren nog niet wakker worden, tenzij Ras Ballenger terugkwam, en in beide gevallen was ze liever ergens anders. Het was zaterdag, dus Samuel zou thuis zijn, maar hij besteedde nog minder aandacht aan haar dan anders nu dat schoffie er weer was, en ze kon het gewoonweg niet verdragen om bij de anderen in de buurt te zijn – ze waren allemaal gek geworden.

Zij was de enige die niet blij was met Blades terugkeer. De rest van de familie was in de wolken.

Onder alle euforie hadden ze ook het gevoel dat niemand wist hoe dit verder zou gaan, en dus droegen Samuel en Willadee de kinderen op om in het zicht van de volwassenen te blijven.

'Jullie hoeven niet bang te zijn dat we zoekraken,' verzekerde Swan hun vol vuur. 'Deze ene keer kunnen jullie ons geloven als we beloven lief te zijn en ons te gedragen.'

En ze gedroegen zich inderdaad voorbeeldig. Allemaal. Blade liet toe dat Calla zijn verband verwisselde en hem de wasbeurt van zijn leven gaf, en hij paste telkens weer de kleren van Bienville aan die Willadee telkens verder vermaakte tot ze hem pasten, en de andere kinderen haalden tijdens het wachten helemaal geen kattenkwaad uit.

Later die dag, toen Samuel naar het weiland was gelopen om Lady op te halen zodat ze haar op het erf konden berijden, zaten Swan en

Blade op de schommelbank, Blade met opgetrokken benen en een schrijfblok steunend tegen zijn knieën. Calla had hem het papier en een paar potloodstompjes gegeven toen ze hem in het zand had zien tekenen. Dat kind bleek niet als een kind te tekenen. Hij tekende zo dat je kon zien wat het voorstelde. Het huis, de velden, Calla's eindeloze zee van bloemen. Swan keek beurtelings naar zijn vliegensvlugge handen en naar Noble en Bienville, die aan de picknicktafel zaten armpje te drukken. Noble ging winnen, omdat hij sterker was, maar Bienville verstoorde steeds zijn concentratie door hem te vragen waar hij aan dacht. 'Er is iets wat je dwarszit,' fluisterde hij dan geheimzinnig, als een waarzegger. 'Ik voel het.'

En elke keer aarzelde Noble dan een fractie van een seconde. Net lang genoeg voor Bienville om zijn greep te verstevigen of zijn elleboog beter neer te zetten. Hij kon met geen mogelijkheid winnen, maar hij was er behoorlijk goed in om Noble hard te laten werken voor de overwinning.

Normaal gesproken zouden Bienvilles plagerijtjes Noble vreselijk irriteren, maar vandaag kon hij erom lachen. Blade stopte even met tekenen en lachte mee. Zo veel gemoedelijke mensen – je zou er gewoon duizelig van worden. Tenminste, als je je hele leven bij Ras Ballenger hebt gewoond.

'Ik ga hier nooit meer weg,' fluisterde hij tegen Swan. Niet geheimzinnig, zoals Bienville had gedaan. Hij fluisterde zoals je doet wanneer je iets zó graag wilt dat je het niet hardop durft te zeggen.

'Nou ja, je zult hier ooit weg moeten,' zei Swan. 'Wij allemaal. We wonen niet echt hier. Dit is alleen maar waar we nu zijn.'

Daar kon Blade geen touw aan vastknopen. Daarom gaf Swan hem wat achtergrondinformatie. 'Kijk, als je vader dominee is, moet je vaak verhuizen, alleen konden we dit jaar nergens naartoe, en oma Calla was eenzaam omdat onze opa…' – hoe moest ze dat nou netjes zeggen? – 'onverwacht is gestorven, en dus zijn we bij haar ingetrokken. Maar voor je het weet krijgen we weer een kerk, en dan gaan we verhuizen, en als het goed is, kun jij dan met ons mee.'

Dat laatste was te moeilijk voor Blade. 'Gaan we in een kerk wonen?'

'Nee, niet *erin*. We gaan in een pastorie wonen. Meestal staat die naast de kerk, of aan de overkant van de straat, zodat de gemeenteleden altijd kunnen zien wat je aan het doen bent.'

'O,' zei Blade, alsof hij het nu *wel* begreep.

'Gemeenteleden zijn rare mensen,' vervolgde Swan. Dit was een onderwerp waar ze alles vanaf wist. 'Je kunt het eigenlijk nooit goed doen bij ze, en er is altijd een *factie* – dat is een groepje van mensen die na de kerk bij iemand thuis bij elkaar komen om koffie te drinken als de preek te stevig was en ze zich op hun teentjes getrapt voelen – maar goed, er is dus altijd een factie die om de een of andere reden van de dominee af wil. Daarom moet je zo vaak verhuizen. Omdat vroeg of laat de factie z'n zin krijgt. Maar de meeste gemeenteleden zijn best aardig. Zelfs de factieleden zijn aardig, in je gezicht.'

'Swan, wat zit je die jongen allemaal te wijs te maken?' Dat was Samuel, die net kwam aanlopen met Lady.

Swan keek op en glimlachte trots. 'Ik vertel hem alleen wat hij kan verwachten wanneer we een kerk en een pastorie krijgen.'

Samuel overhandigde Lady's teugels aan Noble en kwam bij hen zitten op de schommelbank. 'Nou, wacht even,' zei hij, 'we weten nog niet hoe het allemaal verder gaat. We moeten geen beloften doen die we misschien niet kunnen houden.'

Blade had Samuel aangekeken, maar begon nu weer te tekenen; zijn hand bewoog langzaam en werktuiglijk. Alsof dat het enige was waar hij de controle over had. Hij mocht dan de helft van de tijd niet snappen waar Swan het over had, maar hij begreep heel goed wat haar vader zei. Samuel zag het verdriet op zijn gezicht – zag hoe goed hij er al in was om zijn verdriet te verbergen – en hij vond het afschuwelijk dat hij niet kon zeggen wat dat joch zo graag wilde horen. Maar hij kon het niet.

'Wat we volgens mij moeten doen,' zei Samuel, 'is gewoon genieten van deze tijd met elkaar, en de afloop in vertrouwen in Gods hand leggen. Wat Hij doet, is altijd veel beter dan alles wat wij zelf ooit zouden kunnen verzinnen.'

Blade wendde zich weer tot Swan voor de vertaling. Zoals altijd. 'Wie is God?' vroeg hij. Weer fluisterend.

'God is nogal moeilijk uit te leggen,' antwoordde Swan, 'maar maak je geen zorgen. Als je lang genoeg bij m'n vader in de buurt blijft, kom je alles te weten wat er over Hem te weten valt.'

Hoofdstuk 26

Die middag werd Toy om een uur of vier wakker, niet omdat hij genoeg geslapen had, maar omdat Swan niet zachtjes genoeg deed toen ze zijn schoenen van naast zijn bed stal. Toen hij zijn ogen opendeed, zag hij haar op haar tenen de kamer uit sluipen. Hij overwoog haar te vragen wat ze in haar schild voerde, maar vermoedde dat hij eerder de waarheid te weten zou komen als hij gewoon afwachtte wat er ging gebeuren.

Wat Swan in haar schild voerde, was oom Toys schoenen poetsen. Ze had nog nooit een paar mannenschoenen gepoetst; ze had zelfs nog nooit haar eigen schoenen gepoetst. Haar vader was de schoenpoetsexpert in de familie Lake, en dus was hij degene aan wie ze om hulp vroeg. Samuel haalde zijn schoenpoetsspullen tevoorschijn, legde uit hoe het in z'n werk ging en liet het verder aan Swan over. Een geschenk is geen geschenk als iemand anders dan de schenker al het werk doet.

'Deze schoenen,' zei Swan tegen Blade, die haar hielp door aan te geven wat ze nodig had, 'gaan straks blinken als goud. Geef me die borstel eens.'

Hij overhandigde haar de borstel. Ze begon ijverig te borstelen om de modder los te maken, en blies de modder toen met bolle wangen van het leer af.

'We gaan oom Toy heel blij maken omdat hij voor dat raam ging staan, waardoor jij niet kon wegvluchten,' zei ze tegen hem. 'Wat wij moeten doen is een heleboel manieren bedenken om hem te laten weten dat dat de beste stap was die hij ooit heeft gezet.'

Blade luisterde en knikte.

'Bloemen bijvoorbeeld,' dacht Swan hardop. 'We zouden een bosje bloemen voor hem moeten plukken. Als je voor iemand een bloem plukt, voelt hij zich de hele dag bijzonder.'

Blade knikte weer, met een nadenkende blik.

'En we kunnen hem helpen met kleine dingetjes,' vervolgde Swan. 'Je weet wel – iets voor hem pakken, zodat hij niet hoeft op te staan. Dat soort dingen. Geef me die doek eens.'

Ze stak de borstel naar hem uit, en verwachtte dat Blade die uit haar hand zou nemen en de schoenpoetsdoek ervoor in de plaats zou leggen, maar haar assistent was niet meer waar hij geweest was toen ze voor het laatst gekeken had.

★★★

Calla's tuin maakte geen schijn van kans. Blade had al een flink spoor getrokken door de dahlia's en daglelies, en was tot halverwege de hortensia's gekomen toen er een grote en ietwat stevig gebouwde schaduw over hem viel. Hij keek op in het gezicht van Calla Moses en keek toen om zich heen, op zoek naar een vluchtweg. Die leek er niet te zijn, behalve dwars door de rimpelrozen, wat zelfs hij niet zou kunnen klaarspelen. Hij had nog nooit van de term 'ondoordringbare haag' gehoord, maar wist wel wat het was wanneer hij er eentje tegenkwam.

Calla had een emmer bij zich, en hij verwachtte half dat ze die naar zijn hoofd zou gooien, maar in plaats daarvan gaf ze de emmer aan hem. Werktuiglijk pakte hij hem aan. Het ding was zwaarder dan hij had verwacht, omdat hij half vol met water was.

'Als je iets nodig hebt om die bloemen in te zetten,' zei ze, 'dan kun je deze wel gebruiken.' Ze gebaarde naar de lading bloemen die hij in zijn armen hield, en de andere bloemen die verspreid op de grond lagen. 'Ik was al van plan om er een paar te plukken voor op het tafeltje in de woonkamer. Je hebt zeker m'n gedachten gelezen.'

In feite was dat wel ongeveer zo ver bezijden de waarheid als iemand kon komen en toch nog een Moses zijn. De reden waarom ze hier stond, was dat ze vanuit de deuropening van de winkel had gezien wat hij deed en bijna een hartverlamming had gekregen. Dat zou je echter niet zeggen als je haar nu zo zag. Ze was behoorlijk gekalmeerd terwijl ze besloot hem niet in stukken te scheuren, en inmiddels keek ze zo aardig als het maar kon. Zelfs de aderen in haar nek waren niet meer opgezwollen.

Blade kon geen woord uitbrengen. Nog geen twee seconden geleden dacht hij dat het einde van de wereld was aangebroken, maar nu zei ze dat hij iets goed had gedaan. De wereld werd met de minuut wonderlijker.

'Ik was ze voor die man aan het plukken,' zei hij zachtjes, met een knikje in de richting van het huis. 'Die *oom*.'

Calla boog haar hoofd achterover en haalde diep adem door haar neus, zoals je doet wanneer een emotie te sterk wordt om te beheersen. *Wanneer heeft iemand voor het laatst iets bijzonders voor Toy gedaan?* Die gedachte benam haar de adem. *Wanneer heeft iemand voor het laatst iets waanzinnigs en schitterends gedaan om hem een plezier te doen?* Ze wist niet dat Swan ook iets bijzonders voor Toy aan het doen was, of dat Toys leven aan het veranderen was op een manier die hij nooit

196

had kunnen voorzien. Het enige wat ze wist, was dat deze kleine jongen iets aardigs deed voor haar eigen kleine jongen – de man die haar kleine jongen was geweest – en haar dankbaarheid kende geen grenzen. Ze glimlachte naar Blade Ballenger, met enigszins trillende lippen.

Na een paar tellen zei ze: 'Wist je dat bloemen mooier gaan bloeien wanneer je ze plukt?'

Hij schudde ernstig het hoofd.

'Nou, het is echt waar. Het is alsof je hun een compliment geeft, en dan gaan ze opeens hun uiterste best doen om er nog één te krijgen.'

'Weet u alles van bloemen?' vroeg hij. Wat precies de goede vraag was om aan precies die vrouw te stellen op precies dat moment.

'Nee, jongeman, dat niet,' antwoordde ze kordaat. 'Maar ik durf te wedden dat jij later iemand wordt die alles weet van hoe je bij een vrouw in een goed blaadje komt te staan.'

★★★

Toen Toy de slaapkamer uit kwam, gekleed voor zijn werk, stonden zijn schoenen voor de deur, en (zoals Swan had voorspeld) ze blonken als goud. Langs de muur stond een hele rij fantastisch mooie boeketten in allerlei dingen die als vaas konden dienen – van Calla's mooiste vaas tot en met weckflessen van een liter en enkele kleine jampotjes. Allemaal boordevol bloemen. Toy hield zijn hoofd schuin en knipperde met de ogen, en vroeg zich af of degene die hiervoor verantwoordelijk was nog leefde, en of zijn moeder het lichaam had verstopt of de sheriff had gebeld om zichzelf aan te geven.

Bernice was nog niet terug, dus ze was niet aanwezig bij het avondeten. Tijdens de hele maaltijd zorgde Swan ervoor dat Toys glas ijsthee vol bleef, en elke keer dat Toy een stukje maisbrood pakte gaf Blade hem de boter aan. De hele familie zat voortdurend naar Toy te kijken en te grijnzen, alsof ze allemaal een geheimpje wisten en het bijna niet voor zich konden houden.

Ten slotte zei Toy: 'Ik wil graag degene bedanken die vanmiddag m'n turftrappers heeft meegenomen en me een gloednieuw paar heeft terugbezorgd.'

'Dat zijn geen nieuwe turftrappers!' gnuifde Swan. 'Ze lijken alleen maar nieuw omdat ik ze gepoetst heb!'

Hij schonk haar een ongelovige blik. 'Dat zou je niet zeggen. Ik was ervan overtuigd dat dit spiksplinternieuwe schoenen waren. Ze zitten zelfs anders.'

Swan lachte vanuit haar tenen. Naast haar had Blade het bijna niet meer; hij vroeg zich af of zijn geschenk ook zou worden vermeld.

Toy zei: 'En degene die mij die bloemen heeft gegeven, moet maar gauw een knuffel komen halen.'

Daarbij keek hij verwachtingsvol naar Swan, en dus was hij verrast toen Blade van zijn stoel klom en naar hem toe glipte. De jongen bleef zwijgend en afwachtend naast hem staan, terwijl de hele familie toekeek.

Toy staarde hem aan. 'Heb jij dat voor mij gedaan?'

Blade knikte verlegen. Nog steeds afwachtend. Toy schoof zijn stoel iets naar achteren, trok Blade op zijn knie en gaf hem een stevige knuffel. Blade durfde hem niet terug te omhelzen, maar hij aanvaardde het allemaal gretig.

'Ik heb me altijd afgevraagd hoe het zou voelen om koning te zijn,' zei Toy, 'en nu weet ik het.'

Calla Moses glunderde. Ze straalde gewoon.

***

Aan alles komt een einde. Een paar uur later stond de politie voor de deur van *Never Closes* in de gedaante van hulpsheriff Dutch Hollensworth, die gestuurd was door sheriff Early Meeks, die (weer) bezoek had gehad van Ras Ballenger, die het toonbeeld van heilige verontwaardiging was geweest. In de tussentijd had Blade iets gedaan wat geen van de kinderen Lake ooit had geprobeerd, laat staan voor elkaar gekregen. Hij was na het eten Toy naar de bar gevolgd.

Eerst had Toy hem weggestuurd en gezegd dat kinderen niet in de bar mochten komen, maar in antwoord daarop was Blade rondgestoven om de asbakken van de vorige avond te verzamelen en ze te legen in de vuilnisbak achter de bar. De asbakken moesten inderdaad geleegd worden, dus Toy liet hem dat klusje afmaken, en voordat hij eraan dacht hem nogmaals weg te sturen, had de jongen al een bezem gepakt en stond hij de vloer te vegen. Dat was hij nog steeds aan het doen toen de eerste barklanten binnenkwamen, en zij vonden het een dolkomisch gezicht, die kleine boef met het verband over zijn ene oog, zo bezig als een bij.

'Dat joch is net een zeerover,' zei Bootsie Phillips tegen Toy. 'Alleen z'n ooglap heeft de verkeerde kleur. Een echt goeie piraat moet een zwarte ooglap hebben.'

Toy zei niets, maar de andere mannen zeiden genoeg om zijn zwijgen te compenseren. Eén van hen zei tegen Blade dat hij wel hoopte dat hij ze niet allemaal de voeten zou spoelen, en een oude kerel genaamd Hoot Dyson vroeg hem waar zijn papegaai was, en toen zei Bootsie Phillips, wat kon hem die papegaai schelen, hij wilde weten waar al het goud begraven was. Blade kreeg meer aandacht dan hij in zijn hele leven bij elkaar had gekregen, en dat was het heerlijkste gevoel dat hij ooit had gehad, en dus veegde hij steeds sneller en sneller en voegde hij zelfs een soort danspasje toe aan zijn act. Binnen de kortste keren gooiden de mannen muntjes op de grond en zeiden ze dat hij alles wat hij opveegde mocht houden. Het rammelde al aardig in z'n zakken toen Dutch Hollensworth arriveerde.

Het hart zonk Toy in de schoenen. Misschien moest dit wel gebeuren, maar hij wenste dat het niet nu al hoefde te gebeuren. En opeens was hij er nog helemaal niet zo zeker van dat hij het wel zou *laten* gebeuren. Hij gebaarde naar Blade, probeerde hem duidelijk te maken dat hij door de achterdeur moest wegglippen, maar Blade had het te druk met de stamgasten vermaken om het te zien.

Dutch zag het echter wel. Hij zag Toy, en hij zag de jongen, en hij hield zijn blik strak op het ventje gericht terwijl hij zich een weg door het vertrek baande. Toen hij bij de bar aankwam, leunde hij er zijdelings tegenaan met zijn grote lijf, zodat hij achter Blade aan kon gaan als die ervandoor zou willen gaan. Toy pakte een flesje bier uit een teil met ijs aan zijn voeten, maakte hem open en duwde het Dutch in handen. Dutch hield het ijskoude flesje tegen zijn wang.

'Ik zou het liefst een bad nemen in die teil met ijs,' zei hij. En vervolgens: 'De sheriff heeft gezegd dat als ik die jongen daar zag, ik hem moest meenemen en naar huis brengen, hoe vreselijk we het allemaal ook vinden.'

Toy knipperde met zijn ogen alsof hij geen flauw idee had waar Dutch het over had. 'Welke jongen?'

'Ras Ballengers zoon,' zei Dutch, wijzend naar Blade. 'Die jongen daar.'

Toy liet zijn ogen globaal in de richting gaan waarnaar Dutch wees, en hij krabde zich achter de oren, alsof hij probeerde een groot mysterie te ontrafelen. 'Hé, mannen,' riep hij naar de aanwezigen, 'heeft er iemand hier een jongen gezien?'

Blade wierp één blik op hem, schatte de situatie in en bleef stokstijf staan.

De stamgasten begrepen onmiddellijk wat Toy Moses wilde dat ze zouden zeggen. Het was een openbaring voor hen. Ze mochten dan niet veel invloed hebben in de wereld, maar nu konden ze een keer iets doen wat er echt toe deed. Eén voor één keken ze eerst Blade aan, en daarna de sheriff – en schudden spijtig het hoofd.

'Misschien gaan je ogen achteruit, Dutch,' zei Bootsie Phillips.

En Nate Ramsey opperde: 'Je hebt toch niet van die dingen gedaan waarvan m'n moeder altijd zei dat ik ze maar beter niet kon doen omdat ik er blind van zou worden, hè Dutch?'

Iemand grinnikte even, en toen barstte de hele bar tegelijkertijd in lachen uit. Dutch hoorde aan hoe ze maar bleven doorgaan, en hij wist dat hij met geen mogelijkheid die bar zou kunnen verlaten met de jongen. In een dergelijke situatie legde zijn penning geen enkel gewicht in de schaal, tenzij hij zijn pistool zou trekken, en hij was niet van plan om zijn pistool te gebruiken tegen zijn vrienden. Niet vanwege zoiets als een jongetje dat zich schuilhoudt voor een man die hoogstwaarschijnlijk zijn oog eruit heeft geslagen met een rijzweep.

'Weten jullie het *zeker* dat jullie hem niet zien?' vroeg Dutch aan de aanwezigen. De vraag had een eenmaal-andermaal-klank alsof, zeg maar, deze veiling afgelopen was als er verder geen bod meer kwam.

Ze schudden allemaal nog een keer het hoofd.

Dutch dronk zijn bier op, liet een boer, en veegde zijn mond af met de rug van zijn hand. 'Tja,' zei hij, 'dan heb ik het zeker gedroomd.'

En daarmee was de zaak afgedaan. Althans voorlopig. De stamgasten juichten, en iemand gaf Dutch een joviale klap op de rug en zei dat hij een beste vent was, en verschillende mensen bestelden een biertje voor hem, ondanks zijn bezwaren. Blade Ballengers hart dreigde niet langer uit zijn borst te springen, en toen Toy hem weer gebaarde om te maken dat hij wegkwam, glipte hij door de achterdeur naar de keuken, vlug als een hagedis.

De andere kinderen zaten om de tafel op hem te wachten; ze konden hun ogen niet van de deur afhouden.

'Hoe was het daarbinnen?' wilde Bienville weten, zodra Blade goed en wel binnen was. 'Was het er *opzichtig*?'

Blade wist niet precies wat hij bevestigde, maar hij zei ja, het was er best wel opzichtig.

'Er staat een politieauto voor de deur,' zei Noble. 'Heeft die hulpsheriff je gezien?'

Blade liet zich op een stoel naast Swan vallen, haalde de muntjes uit zijn zak en stapelde ze voor zich op tafel op. Het waren er elf in totaal.

'Hij dacht eerst van wel,' antwoordde Blade, 'maar hij is van gedachten veranderd. Vinden jullie ook dat ik net een piraat ben?'

★★★

Toen Ballenger hoorde dat de Mosesen zijn zoon onderdak verleenden, en dat de politie en een aanzienlijk deel van de lokale bevolking samenspanden om te zorgen dat hij daar bleef, was hij niet meer te houden. Hij zou Toy Moses vermoorden, dat zou hij doen. Hij zou de bar binnenlopen en die eikel dwars door het hoofd schieten.

'Je zou de elektrische stoel krijgen,' hield zijn vrouw hem voor, toen hij voor zo ongeveer de tiende keer dat dreigement uitte. Ze dook niet eens weg bij die woorden.

'Verheug je d'r nog maar niet op,' snauwde hij.

Ze had echter wel een punt. Als je iemand in koelen bloede vermoordt, zeker in het openbaar, moet je daar over het algemeen een hoge prijs voor betalen. Als het om gerechtvaardigde doodslag gaat, houdt de wet er soms een andere visie op na dan degene die zich gerechtvaardigd voelde.

Elke minuut van de dag liep Ras te denken hoe hij wraak kon nemen op Toy en de hele Moses-clan. Aangezien de hele wereld wist van de rancune tussen beide families, zou Ras de schuld krijgen van alles wat er bij hen misging. Als dat huis afbrandde, zou hij worden gearresteerd op verdenking van brandstichting. Als er iemand van een ladder viel, zouden ze hem ervan beschuldigen de sporten te hebben doorgezaagd.

Uiteindelijk schoot hem op een morgen een plan te binnen dat zo schitterend was, en zo eenvoudig, dat hij niet begreep dat hij er niet eerder op gekomen was. Hij zat op het achtererf in een rechte stoel toen de gedachte hem inviel. Terwijl Geraldine zijn haren knipte, keek hij uit over zijn erf en zijn bijgebouwen en zijn hele labyrint van paddocks en voerplaatsen. Tot dat moment was hij één brok spanning geweest, helemaal kwaad en verwrongen van binnen, maar toen hij eenmaal wist wat hij moest doen, kwam hij helemaal tot rust. Hij voelde zich beter dan hij in lange tijd had gedaan.

Dit was niet het soort plan dat je van de ene op de andere dag kunt uitvoeren, niet als je het goed wilde doen, en voor minder deed hij het niet. Hij zou geduld moeten hebben, en ondertussen mochten zijn arrogante buren in hun eigen sop gaarkoken. Laten zij 's nachts maar wakker liggen, zich afvragend waarom hij geen poging meer had gedaan om zijn zoon terug te krijgen, en wat voor ellende hun boven het hoofd hing wanneer hij dat wel deed. Nu hij erover nadacht, dat maakte het wachten de moeite waard – de wetenschap dat die lui met geen mogelijkheid rustig konden slapen.

Geraldine was klaar met knippen en blies de snippertjes haar uit zijn nek. Ras kwam als herboren uit die stoel overeind. Voordat het donker begon te worden, had hij zijn tuigkamer opgeruimd, de hoeven van al zijn paarden uitgekrabd, en palen in de grond gezet voor een nieuwe paddock.

Hoofdstuk 27

Het was een heerlijke tijd.

Ergens in hun achterhoofd wisten de families Moses en Lake dat er Iets Ergs Kon Gebeuren, maar hoe meer dagen verstreken, hoe minder werkelijk dat idee werd, in elk geval voor de kinderen. Swan en Blade en Noble en Bienville brachten de rest van die zomer door met paardrijden en Piraatje spelen en schatgraven. Soms kropen ze met z'n allen onder het huis, waar ze liggend op hun buik met hun vingers tekeningen maakten in het zachte zand – dat hadden ze van Blade geleerd. Er waren dagen bij dat ze onder de veranda begonnen te tekenen en niet ophielden voor ze elke vierkante centimeter tot aan de andere kant van het huis hadden bedekt.

De volwassenen keken naar de spelende kinderen, en glimlachten omdat ze zo vrolijk waren, en verwonderden zich erover hoe hard ze allemaal groeiden – met name Blade. Die jongen kwam aan als een kalfje op jong gras, zijn huid glom als glanzend gepoetst koper, en als hij niet glimlachte stond hij op het punt dat te doen.

Ondertussen versleet Samuel zijn dagen met werk waartoe hij niet geroepen was. Zijn avonden waren nog erger. Hij deed zijn best om niemand de wanhoop te laten merken die in hem groeide, maar de muziek en het gelach van *Never Closes* dreef hem vaak naar zijn slaapkamer, waar hij luisterde naar *Radio Bible Hour* en God smeekte om antwoorden. Soms ging hij op zoek naar een kerkdienst. Hij ging naar gebedsavonden. Naar evangelisatiebijeenkomsten. Als er bij geen van de blanke kerken in de omgeving iets te doen was, ging hij naar zwarte kerken, waar de levendige muziek hem opbeurde en kalmeerde.

Wanneer hij thuiskwam of wegging, trof hij altijd Bernice op zijn pad. Ze had er behoefte aan om vanavond naar de kerk te gaan. Zou ze met hem mee kunnen rijden? Hij kon moeilijk weigeren, maar hij vroeg altijd aan Willadee om ook mee te gaan. Willadee had haar handen al vol aan de zorg voor de kinderen en het inmaken van groenten uit de moestuin, maar ze maakte er tijd voor. Het was echter meer kerk dan ze gewend was, en na een tijdje raakte ze uitgeput.

'Kunnen we vanavond niet gewoon eens thuisblijven en als gezin bij elkaar zijn?' vroeg ze Samuel op een avond. Hij was zich aan het klaarmaken om naar een gebedssamenkomst te gaan in Emerson, een klein vlekje-op-de-kaart een paar kilometer verderop. Willadee had zich eigenlijk ook moeten klaarmaken, maar ze had die dag twaalf grote weckflessen vol snijbonen ingemaakt en evenveel weckflessen met gekonfijte peer; bovendien had ze de was gedaan en het huis schoongemaakt en eten gekookt, en ze was moe. 'Je kunt zo af en toe ook God aanbidden door in de tuin te zitten en te kijken hoe de kinderen vuurvliegjes vangen.'

Samuel antwoordde dat ze niet hoefde mee te gaan als ze zich er niet toe in staat voelde, maar dat hij vastbesloten was om de Heer net zo lang om antwoorden te blijven vragen tot hij ze kreeg.

'Misschien is het antwoord wel dat we een watermeloen moeten opsnijden en het sap over onze kin moeten laten druipen,' zei ze. Wat Samuel enkel het gevoel gaf dat ze de zaak niet serieus nam, hoewel dat niet waar was. In haar optiek had God watermeloenen geschapen zodat mensen ze bij warm weer konden opeten, en Hij had mensen geschapen om van elkaar te houden en van het leven te genieten. Ze vond dat als je voortdurend zoekt naar Gods wil, je misschien het voor de hand liggende niet wilde zien.

Maar ze maakte zich klaar, en ze ging mee. Evenals Bernice.

★★★

Augustus sleepte zich voort, kokendheet en kurkdroog. Hoe meer de oogsten op het veld verschroeiden, des te meer droogde Samuels provisie op, en nu vonden zelfs de paar mensen die daadwerkelijk hun termijnbetalingen hadden gedaan het niet langer nodig om dat te doen. Sommigen vonden het zelfs niet langer nodig om de deur open te doen wanneer Samuel langskwam om het geld te innen.

Samuel vond het verschrikkelijk om geld op te halen bij mensen die het zich niet konden veroorloven, en hij kon het niet over zijn hart verkrijgen om de weerzinwekkende intimidatiemethoden toe te passen die Lindale Stroud hem trachtte te leren. Diefstal was diefstal, of je nu een pistool of een belediging gebruikte om de buit te behalen. Hij bleef verwachten dat God een nieuwe bron van inkomsten op zijn weg zou brengen, maar Gods plan bleek een stuk ingewikkelder te zijn. Hoe vaak hij ook solliciteerde, er was in de stad geen werk voor hem. Hij nam voortdurend contact op met zijn predikanten-broeders, maar kreeg telkens hetzelfde antwoord: als ze iemand nodig hadden om in te vallen, zou hij de eerste zijn die ze zouden bellen. En nu was de zomer bijna voorbij.

Omdat de scholen binnenkort weer zouden beginnen, namen Samuel en Willadee de kinderen mee naar Magnolia en kochten voor alle vier nieuwe schoenen. Swan wilde graag zwart-witte lakschoenen, maar haar moeder zei dat ze op dat zwart-wit uitgekeken zou raken voordat de schoenen versleten waren of zij eruit gegroeid was – en tot die tijd zou zij ze moeten dragen. Uiteindelijk kozen ze voor een paar instapschoenen, die Blade (die tegenwoordig allerlei muntjes op zak had van zijn vrienden in de bar) naar de laatste mode versierde met twee penny's.

De jongens kregen allemaal hoge sportschoenen en twee spijkerbroeken. Normaal gesproken zou de volgende stap zijn dat Samuel de jongens meenam om blouses te kopen, terwijl Willadee en Swan neusden tussen de stofjes. Eerlijk gezegd had Swan zich daarop verheugd. Het was vele malen leuker om je voor te stellen wat er gemaakt kon worden van dit lapje stof en die versiering, dan om je te moeten worstelen door rekken vol dezelfde jurken in eindeloze streepjes en ruitjes, met hun goedkope knoopjes en smakeloze strikken.

Dit jaar repte Samuel met geen woord over blouses kopen met de jongens, en ze liepen langs de stoffenbalie zonder zelfs maar vaart te minderen.

★★★

'Hoe bedoel je, "kies maar uit welke je leuk vindt"?' vroeg Swan. Haar moeder had haar naar de woonkamer geroepen, waar tientallen lappen stof over de bank, de stoelen en de diverse tafels gedrapeerd lagen.

'Ik bedoel, welke vind je het mooist?' zei Willadee. 'Ik geloof dat ik zelf een voorkeur heb voor de stofjes met een fijnere opdruk.'

Swan kneep één oog dicht en tuurde met het andere oog naar de stoffen. Er waren er met felle kleuren en zachte kleuren en grove patronen en fijne patronen, en door die hele verzameling liep één rode draad: het waren allemaal kippenvoerzakken.

'Gaan oma Calla en jij een quilt maken?' vroeg ze. Hoewel ze het antwoord wel wist. Als kind van iemand die tijdens de Grote Depressie op een boerderij woonde, kun je niet opgroeien zonder verhalen te horen over voerzakken en waar je die allemaal voor kunt gebruiken.

'Je oma heeft meer quilts dan mensen om eronder te slapen,' zei Willadee. 'We gaan een paar snoezige jurken maken.'

Swan kon zich niet herinneren dat ze haar moeder ooit eerder het woord 'snoezig' had horen gebruiken. Ze opende het oog dat dicht was en sloot het ander. Een paar tellen lang bleef ze zo staan, met open mond en ingehouden adem.

'Ik dacht dat de meeste mensen tegenwoordig geen jurken meer naaiden van voerzakken,' zei ze ten slotte.

'De meeste mensen hoeven het niet meer te doen.' Willadee klonk even opgewekt als ze op dit moment was – een verkoopster die iets probeert te verkopen aan iemand die het niet wil hebben. 'Maar jij hebt jurken nodig, en de jongens hebben blouses nodig. Jij mag als eerste kiezen.'

Swan zou het liefst zeggen dat ze koos om terug naar de stad te gaan en te kijken naar fijne katoen en misschien een mooi stukje broderie, maar iets in haar moeders vastberaden glimlach weerhield haar ervan. Ze haalde diep adem en keek nog eens goed naar de stoffen. Na rijp beraad deelde ze haar besluit mee. 'Je krijgt de jongens nooit zo gek om roze of lavendel te dragen, dus die neem ik wel. Dan kunnen zij de blauwe en groene krijgen.'

Willadee slaakte een zucht van verlichting. Ze had op Swan gegokt, en dat was goed uitgepakt.

'Dit betekent dat we echt arm zijn, hè?' vroeg Swan.

'Niet echt arm. Echt arme mensen hebben niet genoeg te eten, en hebben geen geld om naar de dokter te gaan als ze ziek zijn. Arm zijn is heel iets anders dan zuinig zijn.'

Swan zuchtte. 'Het is zeker niet te voorspellen hoe lang we zuinig moeten zijn, hè? Want ik zou het wel heel erg vinden als we met Kerst nog steeds zuinig zouden moeten zijn.'

'Als we met Kerst nog steeds zuinig leven,' beloofde Willadee, 'dan zullen we wel iets bedenken om dat te compenseren.'

★★★

September begon precies op tijd, en duurde een hele maand. De eerste dag van een nieuw schooljaar had Swan altijd een geweldig moment gevonden. Dit jaar begon ze er met gemengde gevoelens aan. Het pluspunt was dat Blade naast haar in de schoolbus zat en naar haar opkeek, zo opgewonden dat hij niet stil kon zitten. Oom Toy had bij een of ander postorderbedrijf een zwart ooglapje voor hem gekocht, en nu zag hij er echt uit als een piraat – een kleine, ondeugende piraat. Nu hij ergens woonde waar hij niet bang hoefde te zijn, kwam zijn ware aard boven. Hij was opgewekt. Enthousiast. Zorgeloos. Het bange, stille jongetje dat hij vroeger was geweest, was moeilijker terug te vinden dan een speld in een hooiberg.

Willadee had zijn blouses gemaakt van de restanten stof van de kleren van de andere kinderen (*alle* andere kinderen), en hij had er die morgen op gestaan de blouse te dragen die paste bij Swans jurk – een roze met kleine gele bloemetjes. Bienville had gekreund, en Noble had hem gewaarschuwd dat de andere jongens hem een meisje zouden noemen. Blade kon er helemaal niet mee zitten.

Het minpunt voor Swan was de bus zelf. Ze was altijd te voet naar school gegaan, en had er zelfs nog nooit bij stilgestaan hoe het zou zijn om al slingerend vervoerd te worden, dicht opeengepakt met een stelletje pezige boerenkinderen die eruitzagen alsof ze voor het ontbijt al met stierkalveren gestoeid hadden. Blade ging dit jaar naar de derde klas, dus hij was heel bedreven in het reizen met de schoolbus, en hij zei dat het niets voorstelde. Het enige wat ze moest doen, was heel snel opschuiven als een groter kind bovenop haar wilde gaan zitten.

De school stond in Emerson; alle twaalf klassen zaten op elkaar gepropt in één gebouw. Swan had ruime ervaring met beginnen op een nieuwe school waar ze niemand kende en niemand wist wie zij was, dus daar had ze geen moeite mee. Waar ze wel moeite mee had, was dat ze *zelf* niet meer wist wie ze was. Ze wist niet eens wat ze op het toelatingsformulier moest schrijven naast 'Beroep vader', dus liet ze die vraag maar open. Haar vader was zijn identiteit kwijtgeraakt. En zij de hare. Domineeskind zijn had zo z'n nadelen, maar het was tenminste iets. Nu was ze niemand. Gelukkig hoefde ze zich er geen zorgen om te maken dat iemand de spot zou drijven met haar voerzakjurk. Geen enkele jurk kon zich meten met wat Willadee genaaid had.

Bienville verging het beter dan Swan. Hij kwam alleen voor de boeken. Als niemand enige aandacht aan hem besteedde, des te beter. Dan hield hij meer tijd over om te lezen. En als iemand vervelend tegen hem deed? Dan stelde hij vragen die zij niet konden beantwoorden over een onderwerp waar zij nog nooit van gehoord hadden, tot ze ofwel hem met rust lieten, ofwel zo nieuwsgierig werden dat zij *hem* vragen gingen stellen, en in dat geval stak hij van wal. Uitvoerig.

Het verging Noble het slechtst van allemaal. Misschien was het de dikke bril, die de pestkoppen van de school het idee gaven dat hij een gemakkelijk doelwit zou zijn. Of misschien kwam het door zijn stem, die oversloeg toen hij die eerste dag moest opstaan en zich aan de klas voorstellen. Hoe dan ook, hij was geen partij voor de jongens uit de rimboe – en Een Boom Worden bleek een onhoudbare tactiek te zijn. Tegen het einde van de middagpauze was hij al door een stelletje rouwdouwers tegen de grond geslagen en aan zijn enkels het schoolplein rond gesleept. Die middag kwam hij thuis met een blauw oog en flinke schaafwonden op beide armen.

★★★

'Het meest manhaftige wat je kunt doen,' adviseerde Samuel hem onder het avondeten, 'is voor een gevecht weglopen.'

Noble hield zijn ogen strak op zijn bord gericht. Hij had de hele middag doorgebracht op zijn kamer, te vernederd om zijn gezicht te laten zien.

'Je kunt niet weglopen als je aan je hielen wordt meegesleept,' bracht Swan naar voren. Ze was rood aangelopen van woede om wat er gebeurd was.

'Het idee is dat je voorkomt dat het gebeurt,' zei Samuel. 'Er is altijd wel iemand op een gevecht uit. Als we ons verlagen naar hun niveau, worden we net zo erg als zij. Dat wil je toch niet, Noble?'

Oma Calla schepte wat extra rundvlees en aardappelpuree op Nobles bord en schonk er rijkelijk veel vleessaus overheen. 'Je moet eten,' zei ze. 'Een beetje vet op de botten kweken. Pestkoppen kiezen niet iemand uit van wie ze denken dat hij de vloer met hen kan aanvegen.'

Samuel schudde ernstig het hoofd. 'Nee, Calla, dat is niet de oplossing. Het maakt niet uit hoe groot hij wordt, er zal altijd iemand zijn die groter is.' En tegen Noble vervolgde hij: 'Ik zeg je, zoon, dat je van binnen sterk moet zijn.'

Noble kneep in zijn vork en prikte in zijn vlees. 'Als ik vanbinnen sterk bent, gaat dat die jongens er echt niet van weerhouden me helemaal kapot te trappen,' zei hij. 'Ze hebben besloten dat ze mij gaan pakken, en dat zullen ze doen ook.'

Samuel was niet op andere gedachten te brengen. Hij had een kijk op de wereld die voor hem uitstekend voldeed, en hij was ervan overtuigd dat dat voor de hele mensheid gold.

'Ach, ik denk dat ze dat gevoel nu wel kwijt zijn. Waar jij je op moet richten, is zoeken naar het goede in die jongens. Dat lijkt misschien onmogelijk, maar als je ernaar zoekt, zul je het vinden. En als je dat doet, dan garandeer ik je dat hun houding zal veranderen.'

Toy stond van tafel op. Om het niet te laten lijken alsof hij van tafel ging omdat hij het niet met Samuel eens was (hoewel hij dat wel deed en niet was), wreef hij over zijn maag en zei tegen Willadee dat het een buitengewoon lekker maaltje was geweest, hij hoopte maar dat hij zich niet overeten had. Terwijl hij achter Nobles stoel langs liep, kneep hij de jongen stevig in de schouder. 'Als je deze week nog eens een middagje tijd hebt... Ik moet de motor uit je opa's pick-up halen, en ik kan wel wat hulp gebruiken.' Hij zou niet zo vrijpostig zijn om Samuel te vertellen hoe hij zijn zoon moest opvoeden, maar hij kon die jongen verdorie wel als een man behandelen.

Noble sloeg warempel z'n ogen op. 'Goed,' zei hij. 'Daar maak ik tijd voor.'

Hoofdstuk 28

Het eerste wat Toy deed toen hij de volgende middag bij zijn moeders huis kwam, was de motorkap van opa Johns oude pick-up losmaken. Hij had de eerste bout eruit gehaald en wilde net aan de tweede beginnen toen de schoolbus voor het huis stilhield. Toy keek op; hij verwachtte te zien dat Noble naar hem toe kwam rennen, maar de jongen liep met gebogen hoofd en hangende schouders. Hij lette niet eens op waar hij liep. Swan, Bienville en Blade volgden hem stilletjes; ze waren alle drie duidelijk van hun stuk gebracht. Toen hij nog een keer goed keek, zag Toy waarom.

Nobles hele gezicht was opgezet, zijn neus was paars en misvormd, en de voorkant van zijn blouse zat onder het opgedroogde bloed. Toy voelde zich allereerst diepbedroefd, vervolgens woedend, en ten slotte vastbesloten deze toestand aan te pakken. Hij beende over het erf naar de kinderen toe, en bij elke stap blafte hij zijn bevelen.

'Swan! Jij brengt Nobles boeken naar binnen en zegt tegen je moeder dat wij wat later komen. Bienville, Blade, jullie gaan je huiswerk maken, en als je geen huiswerk hebt, dan verzin je die maar. Noble – jij gaat met mij mee.'

Niemand sputterde tegen. En niemand stelde een vraag, hoewel ze meer dan genoeg vragen hadden. Toy liep naar de schuur, stijver dan gewoonlijk, omdat hij sneller liep dan gewoonlijk, en Noble haastte zich om hem bij te houden. Ze verdwenen in de schuur en Toy trok de grote, verbleekte houten deuren achter hen dicht.

Swan en Bienville en Blade keken hen met open mond na.

'Denk je dat oom Toy hem een pak slaag gaat geven omdat hij zich weer in elkaar heeft laten slaan?' vroeg Bienville aan zijn zus.

'Ik weet het niet. Hij keek wel kwaad.'

Blade zei: 'Ik denk dat hij wil weten wie het gedaan heeft, zodat hij hetzelfde bij hen kan doen.' En hij voegde eraan toe: 'Volgens mij staat hij altijd aan onze kant.'

Swan en Bienville waren er ook vrij zeker van dat hun oom aan hun kant stond, maar ze wisten niet wat ze hiervan moesten denken.

Oma Calla kwam uit de winkel naar buiten, en Willadee uit het huis, en allebei stelden ze dezelfde vraag op hetzelfde moment. 'Waar is Noble?'

'In de schuur,' antwoordde Swan.

'Met oom Toy,' zei Bienville.

'Z'n neus is gebroken,' zei Blade.

Calla en Willadee wisselden een bezorgde blik, zich afvragend hoe het met Noble verder moest als het zo door bleef gaan. Willadee wilde meteen naar de schuur toe om te zien hoe het met haar zoon ging, maar Calla stond het niet toe. 'Laat die twee met rust, Willadee. Ik meen het. Sommige dingen moeten door een man worden aangepakt.'

Calla wees haar er niet op dat Toy deze kwestie aanpakte omdat de man die het had moeten doen, het niet deed. Dat was ook niet nodig.

★★★

In de schuur zat Noble op de metalen stoel van een oude tractor. Oom Toy stond tegen de bumper van de tractor geleund en keek naar hem op.

'Oké,' zei hij, 'nu hebben die jongens je twee keer in elkaar geslagen. Ik ben er niet bij geweest, maar ik kan je wel dit vertellen: beide keren was het omdat jij hun erom gevraagd hebt.'

Noble uitte een krachtterm. Swan was niet de enige die zich vrij voelde om lelijke woorden te gebruiken in het bijzijn van Toy. 'Mooi niet!' protesteerde hij. 'Ik heb me niet eens met hen bemoeid.'

Zo makkelijk kwam hij er bij Toy niet van af. 'We krijgen altijd waar we om vragen, jongen. Hoe dan ook vragen we erom. En hoe dan ook krijgen we het.'

Noble stoof op. Woedend. 'Dus jij hebt erom gevraagd dat je been eraf geschoten werd?' Hij vond het verachtelijk en min van zichzelf dat hij zoiets zei, maar het leven en Toy Moses waren te ver gegaan.

'Jazeker!' kaatste Toy terug. 'En ik zou het zó weer doen. Er gaan veel dingen in m'n leven niet helemaal zoals ik ze zou willen, maar het is precies waar ik voor getekend heb. Als je weet wat je wilt hebben, krijg je ook wat erbij hoort.'

Toy stak een sigaret aan en nam zwijgend een paar trekjes, starend in de verte. Alsof hij nog steeds al die woorden die hij gezegd had, aan het uitpluizen was. Na een poosje keek hij Noble weer aan.

'Waar teken *jij* voor? Dat kun je evengoed nu meteen beslissen. Wat wil jij hebben, Noble Lake?'

Eerst antwoordde Noble dat hij wilde dat hij niet meer in elkaar geslagen werd. Toy liet een schamper lachje horen. 'Jij vraagt ook niet veel.'

Toen zei Noble dus dat hij iedereen op z'n donder wilde kunnen geven die probeerde hem op z'n donder te geven.

'Veel te mager,' zei Toy.

Noble sprong van de tractorstoel af en ging recht voor zijn oom staan, met gebalde vuisten en fonkelende ogen. 'Waar moet ik in vredesnaam dan om vragen?' brulde hij.

Toy grijnsde ontspannen. 'Kom op, man. Vraag om iets groots.'

Dat deed Noble stilstaan. En deed hem nadenken. Ten slotte stak hij zijn kin naar voren, keek Toy Moses in de ogen en vroeg om datgene wat hij zijn hele leven al wilde hebben. 'Ik wil… *onverschrokken* zijn.'

En Toy Moses antwoordde: 'Kijk, nou komen we ergens.'

★★★

Toen Toy en Noble een uur later de schuur uit kwamen, liepen ze rustig en ontspannen, en moesten ze ergens om lachen. Niemand vroeg hun wat ze daarbinnen hadden gedaan, en zelf begonnen ze er ook niet over.

Die avond tijdens het eten at Noble alsof hij de hele dag gehooid had, en hij hield het hoofd hoog als een kampioen. Zijn vader, ontzet door hoe zijn gezicht eruitzag, vroeg hem wat er gebeurd was.

'Ergens tegenaan gelopen,' antwoordde Noble met een grijns die wel pijn moest doen.

'Dezelfde jongens?'

'Ja, pa.'

Samuel zuchtte gefrustreerd. 'Ik moest maar eens naar die school gaan en met het hoofd praten.'

'Nee, pa, dat hoeft niet.'

Samuel bestudeerde Nobles gezicht even. Het was duidelijk dat hij zich ten dele verantwoordelijk voelde. 'Weet je het zeker? Zo te zien hebben ze je dit keer flink te pakken gehad.'

'Dat klopt,' beaamde Noble. 'Ik denk dat ik niet genoeg m'n best heb gedaan om naar het goede in die jongens te zoeken.'

★★★

Voortaan zorgde Toy ervoor dat hij in de buurt was wanneer de kinderen 's middags uit de schoolbus stapten, en Noble en hij verdwenen altijd meteen in de schuur. Een uurtje later kwamen ze dan weer naar buiten, zwetend en strompelend. Allebei. Twee keer kwam Samuel uit zijn werk thuis terwijl hun sessie nog in gang was, en beide keren begonnen de 'kleintjes' (zoals Noble nu Blade, Bienville en Swan aanduidde) onmiddellijk Cowboys en Indianen te spelen. Dan liet Blade een bloedstollende strijdkreet horen, en begonnen de anderen de codewoorden te schreeuwen. 'Daar komt hij! Daar is het opperhoofd! Hij rijdt nu het kamp binnen!'Vervolgens riepen ze nog een heleboel andere dingen om Samuel op een dwaalspoor te brengen, voor het geval de waarschuwing te doorzichtig was geweest – 'Haw!' en 'Mij vriend!' en 'Heb kralen?'.

Er was een stilzwijgende samenzwering, en Samuel vermoedde niets. Wanneer hij Toy en Noble een paar minuten later uit de schuur zag komen met hun haar plakkend aan hun hoofd en hun kleren plakkend aan hun lijf, dan dacht hij gewoon dat de man de jongen flink aan het werk had gezet.

In en om huis hielp Noble nu goed mee met wat er gedaan moest worden, vooral met zwaar tilwerk. Alles waarmee hij spierballen kon kweken. Het mooiste was echter zijn nieuwe houding. Dat hij recht-op stond en er tegelijkertijd ontspannen uitzag. En dat hij nooit snel leek te bewegen, maar dat het altijd leek alsof hij dat wel kon doen – zonder waarschuwing vooraf. Voor de ogen van zijn familie veran-derde hij van schutterig en slungelig in zwierig en zelfverzekerd. En het was niet alleen iets fysieks. Hij deed wat Samuel hem had aan-geraden – hij werd sterk vanbinnen. Alleen niet precies zoals Samuel het bedoeld had.

'Wat heeft Noble opeens?' vroeg Samuel op een avond aan Wil-ladee, terwijl ze zich klaarmaakten voor de nacht.

'Misschien is hij zichzelf aan het ontdekken,' antwoordde ze.

Ze vond het niet nodig hem de rest te vertellen – dat Toy hun zoon onder handen had genomen en hem leerde om te overleven. Of dat ze er zo vreselijk blij om was. Ze was zich er terdege van be-wust dat Noble door de lessen die leerde, wat die ook waren, vroeg of laat gewond zou kunnen raken. Of erger. Maar dat kon ook ge-beuren als je wegliep voor een gevecht, dacht ze. Of als je de straat overstak. Het belangrijkste was dat als hij de juiste lessen leerde, en ze goed ter harte nam, hij de rest van zijn leven alles wat er op hem af zou komen met opgeheven hoofd tegemoet zou treden. Hij zou het hoofd nooit meer hoeven laten hangen.

★★★

Nobles vuurproef kwam zes weken later, wat eerder was dan hij had gehoopt, maar hij bleek er klaar voor te zijn. Zoals Swan het die avond onder het eten vertelde, had een drietal potige boerenjongens Noble achter het schoolgebouw ingesloten, en hem meegedeeld dat hij mocht kiezen: hun zolen likken of opeten.

'Dat zeiden ze,' kwebbelde ze opgewonden. '"Likken of slikken. Kies maar." En toen zei Noble: "Heb je er peper en zout bij?"'

Ze brulde het uit van het lachen en sloeg zo hard op de tafel dat de borden stonden te dansen. 'Eerlijk waar!' gierde ze. 'Dat zei hij letterlijk.' Ze liet haar stem dalen en, nou ja, *onverschrokken* klinken – zoals die van Noble moest hebben geklonken. 'Hij zei: "Heb je er peper en zout bij?" Precies zo.'

Iedereen behalve Samuel had het verhaal de hele middag al moeten aanhoren, en ook zij lachten allemaal. Noble uiteraard niet. Hij zat aan de andere kant van de tafel, bijna even erg in elkaar geslagen als de vorige keer, maar ditmaal nam hij dankbaar hun loftuitingen in ontvangst.

Samuel keek het vrolijke kringetje rond en luisterde zonder een woord te zeggen.

'En toen vielen ze hem aan,' ging Bienville verder. Dit was een te mooi verhaal om Swan alles te laten vertellen.

Blade sprong op van tafel en deed alsof hij Noble was die de boerenjongens ontweek. 'Alleen hij was er niet!' juichte hij, ronddansend en heen en weer schietend. 'Het enige wat ze deden was tegen elkaar op botsen.'

'En hard ook,' zei Bienville.

'Toen het voorbij was,' schepte Swan op, 'was Noble de enige die nog overeind stond.'

Blade deed een boerenjongen na. Gevallen. Met veel pijn.

'Blade,' zei Samuel, 'ga zitten.'

Blade klom vliegensvlug weer op zijn stoel.

Samuel richtte zijn blik op Noble. Alleen op Noble. 'Je bent nu zeker heel trots op jezelf.'

'Ja maar, hij is toch niet begonnen,' kwam Swan tussenbeide. 'Als het drie tegen één is –'

Samuel stak een waarschuwende vinger naar haar op, maar zijn ogen lieten zijn oudste niet los.

'Had je liever gehad dat ik hun zolen had gelikt?' vroeg Noble. Die toon had hij nog nooit tegen zijn vader aangeslagen.

'Ik vind dat je hen niet had moeten aanmoedigen.'

'Ze gingen aan*vallen*, pa. Dat ik dat zei, bracht hen alleen maar van de wijs. Daardoor was ik even in het voordeel. Ja toch, oom Toy?'

Een halve seconde verstijfde Samuels gezicht; zelfs zijn ogen bewogen niet. Toen keek hij Toy aan, die zijn blik beantwoordde. Zonder een spoortje schuldgevoel.

'Ik heb die jongen een paar tips gegeven,' zei Toy.

Iedereen keek met ingehouden adem naar Samuel. En nu begreep hij het. Hoe hij was buitengesloten en overstemd. Opeens had hij het gevoel in een kamer vol vreemden te zitten, en het kostte hem moeite om er te blijven zitten. Te blijven zitten terwijl hij zich nutteloos en machteloos en verraden voelde.

Hij wilde bitter zeggen dat hij blij was om te weten dat zijn mening zo op prijs gesteld werd. Hij wilde uitvaren met de licht ontvlambare drift die hij vroeger had gehad, maar die hij al jarenlang onderdrukte. Wilde gewoon weggaan. Dat alles kon hij echter niet doen of zeggen, want wat hij nu zei of deed zou bewijzen of alles wat hij tot dusver tegen Noble had gezegd, holle frasen waren geweest of woorden die je waar kon maken.

Toen hij ten slotte zijn mond opendeed, richtte hij zich tot Noble. Zijn stem klonk hard, omdat het zo lang stil was geweest in het vertrek.

'Ik ben blij dat het goed met je gaat,' zei hij.

★★★

Later die avond, toen Willadee en Samuel in bed lagen, bood ze haar verontschuldigingen aan omdat ze had meegeholpen de bezigheden van Noble en Toy voor hem geheim te houden.

'Ik neem aan dat je gedaan hebt wat je dacht dat goed was,' zei hij.

'Nee. Ik dacht dat het goed was dat Noble leerde voor zichzelf op te komen. Maar het was niet goed om het zo voor jou verborgen te houden. Ik had gewoon met jou in discussie moeten gaan. Er is niets mis met een stevig, gezond meningsverschil.'

Toen hij geen antwoord gaf, zei ze: 'Het was niet m'n bedoeling dat jij gekwetst zou worden.'

'Dat weet ik wel.' Dat is wat hij zei. Wat hij dacht, was: *Het was je bedoeling dat ik er niet achter zou komen.*

Willadee sloeg haar armen om hem heen en trok hem dicht tegen zich aan. 'Ik zal zoiets nooit meer doen. Dat beloof ik je.'

Even lagen ze zo zwijgend bij elkaar; toen maakte hij zich voorzichtig uit haar armen los en draaide op zijn zij, zijn gezicht van haar afgewend. Ze kuste zijn rug. Knuffelde hem.

'Is het weer goed tussen ons?' vroeg ze.

Hij antwoordde: 'Je weet hoeveel ik van je houd, Willadee.'

★★★

214

Voor Sam Lake werd het leven met de dag moeilijker. Hij sprak met geen woord, tegen niemand, over zijn gevoel mislukt te zijn. Liet niet merken dat hij het moeilijk vond om aan te zien hoe de band tussen Toy en de kinderen steeds hechter werd. Eerlijk gezegd gunde hij het Toy wel. Die kinderloze man, die opeens de held van al Samuels kinderen was geworden. En van één van Ras Ballengers kinderen.

Soms werd Samuel 's morgens wakker en merkte hij dat Toy de kinderen al uit bed getrommeld had en met hen naar het meertje was gegaan om te vissen. Soms kwam hij 's middags thuis en zag hij de kinderen het erf aanharken met Toy. Bladeren verbranden met Toy. Worstjes roosteren boven een kampvuur met Toy. Of uit het bos komen, waar ze met z'n allen een trektocht hadden gemaakt. Hij zag hoe Toy op hen mopperde en hen commandeerde en dol op hen was, en hij voelde dat een grote leegte in Toys leven vervuld werd. Hij wist dat Toy met die kinderen dingen deelde die hij met niemand had kunnen delen sinds de dood van zijn jongere broer. De bossen. Het water. Zijn wereld. Ja, hij was echt blij voor Toy. Maar hij was niet blij voor zichzelf. Op zichzelf was hij boos, omdat hij iedereen had teleurgesteld. Naar zichzelf staarde hij in de spiegel, zichzelf herkende hij niet meer.

Samuel vond nergens troost. Hij nam zijn viool mee naar de zwemkolk en zat op de oever te luisteren naar de wind in de populieren, en wanneer hij met zijn strijkstok over de snaren ging, scheerde de muziek over het water en danste door het bos en kwam altijd huilend bij hem terug. Samuel liet nooit een traan. Zijn viool deed het voor hem.

Hoofdstuk 29

Ras Ballenger had in het algemeen niet veel met mensen op, en hij had een bijzondere hekel aan de familie Moses. De afgelopen maanden, sinds dat gedoe met Odell Pritchett, ging het aanzienlijk slechter met de zaken, om maar niet te spreken van het feit dat Ras had gemerkt dat mensen achter hun hand fluisterden wanneer hij de stad in ging om veevoer te kopen. De haat die hij jegens zijn buren voelde, was uitgegroeid tot een giftig, etterend abces dat hem dag en nacht het leven zuur maakte. De laatste tijd had het buurhuis een onweerstaanbare aantrekkingskracht op hem uitgeoefend, en hij had er een gewoonte van gemaakt om er op willekeurige momenten even langs te rijden, gewoon om te zien wat er gaande was.

Tegenover Calla's huis, aan de andere kant van de weg, lag een stuk grond van vijfentwintig hectare, eigendom van een zekere familie Ledbetter die er katoen op had verbouwd tot enkele jaren geleden, toen Carl Ledbetter gestorven was en zijn vrouw Irma naar de stad was verhuisd. Nu was er niets dan lege velden die waren overwoekerd door struikgewas, een weegschuurtje dat was overwoekerd door brandnetels, en een bordje met *Te koop – betaalbaar* dat een of andere dronkenlap omvergereden had – niemand had ooit de moeite genomen het weer rechtop te zetten. Soms reed Ras 's avonds laat zijn pick-up het veld op, parkeerde hem achter het weegschuurtje en bleef urenlang kijken naar het huis aan de overkant.

★★★

Tegen het einde van oktober begon het onverwacht te regenen en werd het koud. Toen Toy laat in de middag wakker werd, was de regen verdwenen en de lucht tintelend fris. Hij moest zich er echt toe zetten om de bar te openen. Geen mens hoorde de hele nacht in zo'n plek opgesloten te zitten.

Bootsie Phillips, die het helemaal niet erg zou vinden om de rest van zijn leven in zo'n plek opgesloten te zitten, werd die avond zo dronken dat hij van zijn barkruk viel en onder een tafel rolde. Toy en de stamgasten lieten hem daar gewoon liggen. Het was niet de eerste keer dat dit gebeurde. Ergens om een uur of vier, toen alle klanten vertrokken waren en alleen Bootsie nog over was, drong het tot Toy door dat traditie allemaal goed en wel was, maar dat je het ook kon overdrijven. Het was volstrekt onzinnig om hier te blijven zitten, met niets te doen behalve toekijken hoe Bootsie Phillips sliep, terwijl hij daar geen geld mee verdiende en hij geen kans kreeg om te doen wat hij het liefste deed, namelijk het parelgrijs verwelkomen. Doordat hij *Never Closes* elke nacht de hele nacht openhield, kwam hij tegenwoordig pas in het bos als de dag al was gekriekt en aangebroken, en het zonlicht door de bomen filterde en grillige vlekken op de grond schilderde.

Hij wilde Bootsie niet wakker maken en hem dronken naar huis laten rijden; dus greep hij een oude overjas van zijn vader die al aan de kapstok bij de deur hing sinds John hem er ooit had opgehangen, en legde die over Bootsie heen. Toen deed hij het licht uit en verliet de bar. De deur deed hij achter zich op slot.

Even bleef hij op het erf staan en zoog de lucht op die rook naar vochtige grond en herfst, en hij vroeg zich waarom mensen eigenlijk huizen hebben. Hijzelf zou het uitstekend zonder muren kunnen stellen, en dat hij er op dit moment geen om zich heen had, maakte hem zo gelukkig dat hij inwendig beefde.

★★★

Ras Ballenger zat in zijn pick-up zich voor te stellen hoe het zou voelen wanneer hij met dat stelletje zou hebben afgerekend. Zij hadden hem geruïneerd en zijn zoon afgepakt en hem voor schut gezet. Voor dat alles zouden ze boeten, zwaar boeten. Alle voorbereidingen voor zijn plan waren getroffen. Nu was het enkel een kwestie van het juiste moment afwachten.

Hij kon de bar niet zien, aangezien die zich aan de achterkant van het huis bevond, maar hij kon het schijnsel van de lampen zien – het gedempte licht dat op het erf scheen. Hij zag de barklanten komen en gaan totdat ze alleen nog maar gingen, eenmaal, andermaal, alles moet weg. Toen in de vroege uurtjes de lichten doofden, ging hij rechtop zitten, zich afvragend wat dat te betekenen had. Hij had het erf nog nooit donker gezien. Niet één keer.

Het zou nog zeker een uur duren voordat het daglicht zich aandiende. Hij overwoog erheen te gaan en eens rond te neuzen. Misschien zijn zoon te grijpen en er met hem vandoor te gaan. Eens kijken hoe veilig die smeerlappen zich voelden als ze 's morgens wakker werden en ontdekten dat het kind dat niet van hen was, verdwenen was.

Terwijl die gedachten door zijn hoofd schoten, ging er op het zijerf een lichtje branden. Het binnenlampje van Toys auto. De auto en Toy Moses werden zichtbaar in het donker. Ras zag de lange man in zijn auto reiken en zijn jachtgeweer uit het rekje pakken. Hij zag Toy Moses achter de voorstoel grijpen en een vest tevoorschijn halen en dat aantrekken. Een jachtvest, wist Ras. Het portier ging dicht, het erf was even weer gehuld in duisternis. Toen sprong de dansende lichtbundel van een zaklantaarn aan en verwijderde zich van het huis, en in gedachten vulde Ras aan wat hij niet kon zien. Toy Moses liep het erf af en ging naar het bos met zijn geweer op zijn schouder. *Zijngeweerzijngeweerzijngeweer.* Die woorden bleven rondgonzen in Ras Ballengers hoofd, gonzen en roezemoezen en gonzen, en verdraaid nog aan toe, wel verdraaid nog aan toe, opeens wist hij dat hij nu meteen wraak kon nemen en daarnaast zijn oorspronkelijke plan uitvoeren op een later tijdstip, een fluitje van een cent maar onbetaalbaar zoet.

★★★

Het smalle beekje slingerde en kronkelde door het Moses-weiland; af en toe kabbelde hij even over Ballengers terrein aan de oostkant of het land van Millard Hempstead in het noorden.

Toy volgde de beek niet precies, maar hield hem onder het lopen wel steeds in het oog. Zo voor zonsopgang kon je in een donker bos zomaar de verkeerde kant op lopen, zelfs in bossen die je kende, als je niet lette op dingen als aan welke kant van de beek je liep, en welke kant het water op stroomde. Natuurlijk zou hij de weg terug weer gevonden hebben, maar dat was het punt niet. Het punt was dat dit een gestolen uurtje was, een gekoesterd uurtje, en Toy wilde het niet bederven door een stekelig gevoel van frustratie. Hij wilde zich zo vrij voelen als het water in die beek. En wanneer het ochtendgloren de lucht kleurde, wat niet lang meer zou duren, wilde hij het indrinken met lange, diepe, volle teugen. Hij was hier niet om te jagen (hij wist eigenlijk niet eens waarom hij het geweer had meegenomen), hij was hier om gedoopt te worden – met de enige doop die hij kende en waarin hij geloofde. Ondergedompeld worden in stilte, en gezalfd worden door het parelgrijs.

★★★

Rond de tijd dat Toy de eerste grote bocht in de beek bereikte, kwam Ras Ballenger thuis. Hij pakte zijn eigen jachtgeweer uit zijn eigen geweerrek, stak zijn erf over en verdween in het bos. Hij wist natuurlijk niet welke kant Toy Moses op ging, maar jagen is jagen. Je zoekt naar sporen en voetafdrukken, en je probeert te denken zoals het dier waar je op jaagt, en je maakt geen enkel geluid.

★★★

Er zijn van die momenten dat je niet denkt. Niet droomt. Je vraagt nergens om en je wenst niets en je hebt niets nodig, je staat jezelf gewoon toe om te *zijn*. Dat is wat Toy aan het doen was toen het parelgrijs aanbrak. Gewoon *zijn*. Hij zat op zijn hurken op de oever van de beek en keek naar het water – keek hoe het veranderde van donker naar licht, en zich in elke tint aanpaste aan de lucht erboven. Over het oppervlak scheerde een oranje blad. Eén feloranje, enigszins opgekruld blad, sterk afstekend tegen het kabbelende zilveren water, en hij kon zijn ogen er niet van afhouden. Zo volmaakt was het.

Toen Toy voorover viel, had hij het duizelingwekkende gevoel dat het blad naar hem toe vloog, heel snel, en het water met zich mee-bracht. Hij dacht nog dat het volstrekt belachelijk was dat een blad zich zo gedroeg, toen hij de harde knal hoorde waardoor hij wist dat hij was neergeschoten.

Hoofdstuk 30

Millard Hempstead en zijn maatje Scotty Dumas (die in de stad woonde en graag een paar keer per jaar bij Millard kwam om te jagen) waren die ochtend al vroeg het bos in gegaan. Ze waren op eekhoorntjes uit, maar toen zag Scotty een wild zwijn waar hij gewoon wel op moest schieten – in het wilde weg, want hij was veel te opgewonden om helder te kunnen nadenken. Stadsmensen krijgen niet zo vaak een wild zwijn te zien, en maken nog minder vaak een trofee buit om boven de schoorsteenmantel te hangen, dus hij wilde deze kans niet laten lopen.

Hij liet de kans niet lopen, maar het zwijn wel, hoewel hij niet slim genoeg was om dat te beseffen. Het zwijn draaide zich vlug om en stormde het struikgewas weer in, en Scotty stormde achter hem aan.

'Ik heb 'm!' riep hij over zijn schouder naar Millard.

'Man, het enige wat jij hebt is pudding in plaats van hersens!' riep Millard terug. 'Als je dat zwijn al had geraakt, zou je hem alleen maar kwaad hebben gemaakt. Je kunt geen zwijn doden met een eekhoorngeweer!'

Scotty luisterde niet. Hij ging achter het zwijn aan. Millard gaf weer een brul en zei dat-ie als de bliksem weer uit die bosjes moest komen als hij niet in meer stukken naar huis wilde gaan dan hij gekomen was, maar Scotty was vastbesloten die trofee in de wacht te slepen. Hij redeneerde dat als het zwijn geraakt was, vroeg of laat zijn krachten het zouden begeven. Het enige wat hij hoefde te doen wanneer hij hem vond, was nog een keer te schieten en hem afmaken.

Scotty sjokte in de richting waarheen het zwijn was verdwenen, en vrijwel onmiddellijk stuitte hij op de oever van de beek waar Toy Moses zo-even nog gezeten had. Van het wilde zwijn geen spoor. Scotty liep naar de rand van de oever, keek omlaag naar het water, en toen begaven zijn benen het. 'Millard?' schreeuwde hij. 'Millard, kom gauw! Ik heb Toy Moses geraakt!'

★★★

Ras Ballenger had Toys sporen gevonden, en het kostte hem geen enkele moeite ze te volgen. Door de regen van gisteren was de aarde zacht, en de bladeren op de grond glansden. Het leek wel of Toy een zak mais met een gat erin bij zich had, zo gemakkelijk was het spoor te volgen. Toen Ras het schot hoorde, wist hij dat hij in de buurt kwam en vermoedde hij dat Toy een eekhoorn geschoten had. Zijn laatste, tenzij hij er nog eentje te pakken kreeg voordat Ras hém te pakken kreeg. Het laatste uur had geslagen voor die vuile smeerlap.

Natuurlijk hoorde hij vervolgens al dat kabaal van Scotty Dumas die achter het zwijn aan ging, en vervolgens zijn stem, jankend dat hij Toy Moses had geraakt. Ras' eerste impuls was om te maken dat hij wegkwam, zodat niemand ooit zou weten dat hij vandaag hier in het bos was geweest. Maar waarom zou hij? Hij was niet degene die de trekker had overgehaald.

Hij holde in de richting van de stemmen (het waren er nu twee), en toen hij bij de beek aankwam, zag hij twee mannen van de oever af klimmen. Een van hen was Millard Hempstead, en hij was zo wit als een doek. 'Grote goedheid, Scotty,' zei hij, 'volgens mij heb je hem vermoord!'

Toen zei Scotty dat hij niet geloofde dat Toy dood was, en Millard zei dat hij dat wel zou moeten zijn, er zat zo veel bloed in het water, en Ras Ballenger kwam naar voren en deed wat elke goede buur zou doen in zo'n geval. Hij bood aan hen te helpen die arme man naar een dokter te brengen.

***

Toy hoorde niet bepaald engelen zingen, maar één keer meende hij dat er eentje zijn naam riep. Hij had zo'n pijn, dat als zij had gezegd dat zijn tijd gekomen was, hij niet zou hebben tegengesputterd.

Verder was de tocht naar de stad één bloederige waas. Bloed overal aan zijn druipnatte kleren, en bloed in zijn mond, met elke teug adem die hij probeerde te halen en niet kon halen. Die kogel had een long geraakt. Dat was duidelijk. En hij verloor erg veel bloed. Dat was hem ook duidelijk.

Hij was zich vaag bewust van de mannen die hem uit de beek sjorden en hem wegdroegen, rennend, elkaar verdringend, schreeuwend tegen elkaar – 'Mijn pick-up staat daar op de heuvel' – 'Leg hem achterin, en er moet iemand bij hem zitten om hem vast te houden' – 'Als we hem in de stad kunnen krijgen voordat-ie doodbloedt, mag het een wonder heten' – 'Kan die rotwagen niet sneller?'

Die mannen. De mannen die hem hadden gered. Millard en Scotty en nota bene Ras Ballenger. Toy kon de gedachte niet van zich afzetten dat Ras misschien degene was die hem had neergeschoten, maar het was Scotty die zich keer op keer verontschuldigde, tenminste, hij dacht dat het Scotty was. Elk geluid leek van zo ver weg te komen, drie stemmen die zich vermengen tot één, en een zacht, gorgelend geluid dat hij niet kon thuisbrengen, totdat het tot hem doordrong dat hij het zelf maakte. Daarna leek het alsof hij zich ver boven de mannen bevond en op hen neerkeek, en dacht dat hij hun eigenlijk moest zeggen dat ze wat gas terug moesten nemen en het kalmpjes aan doen. Het leven was te kostbaar om het gehaast te leven.

★★★

Alle volwassen Mosesen brachten de dag door in het ziekenhuis in Magnolia; iedereen behalve tante Nicey, die aanbood om de kinderen bij haar thuis op te vangen. Swan en Noble en Bienville en Blade waren buiten zichzelf van verdriet en smeekten om mee te mogen naar het ziekenhuis, zodat ze er zouden zijn wanneer oom Toy bijkwam na de operatie, maar Samuel wilde er niets van weten.

'Jullie mogen later in de week gaan,' beloofde hij, 'wanneer Toys toestand is gestabiliseerd.' Hij zei niet *als*, hij zei *wanneer*.

'Maar hij moet toch weten dat we er zijn!' huilde Swan. 'Wij zijn z'n grootste liefde.'

Calla had geen idee hoe dat kind aan zo veel wijsheid kwam, maar die woorden maakten haar aan het huilen. Ze sloeg haar armen om Swan en de drie jongens tegelijk heen. 'Je hebt helemaal gelijk,' zei ze.

Bernice stond vlak naast haar, het toonbeeld van schoonheid en diep beledigd. Dat liet Calla volkomen koud. Integendeel, ze was nog niet klaar.

'Ieder mens moet weten dat hij geliefd is, en ik denk dat jullie viertjes jullie oom Toy iets hebben gegeven wat hij veel te weinig heeft gehad.' Zo, die zat. 'Nu moeten jullie naar tante Nicey gaan, en je netjes gedragen, dan zal ik tegen Toy zeggen dat hij trots op jullie kan zijn.'

Dus gingen ze.

★★★

Toen Bootsie Phillips bijkwam, rond het middaguur, hoorde hij geen enkel geluid om zich heen, en hij kon maar niet begrijpen wat er in vredesnaam gebeurd was. Hij lag op de grond, onder een muffe oude overjas, en er was niemand in de buurt om hem een borrel in te schenken.

Dus schonk hij zichzelf er eentje in. En toen nog één. En nog één. Pas tijdens de derde borrel begon hij zich af te vragen waar Toy bleef. Als het niet te druk was in de bar, ging Toy 's nachts vaak even een luchtje scheppen en dan bleef hij wel een paar minuten weg. Maar dit duurde nu al langer dan een paar minuten.

Bootsie sjokte naar het raam en trok het gordijn opzij. Al dat daglicht, terwijl hij duisternis verwachtte te zien, verblindde hem. Hij liet het gordijn vallen, tilde het toen weer op en keek weer naar buiten. Nergens roerde zich iets, waar hij ook keek.

Dit moest hij nader onderzoeken. Hij ging naar de deur en probeerde hem open te gooien, maar de deur weigerde zich te laten gooien. Hij was ingesloten. Dat kon een van de beste of een van de ergste dingen zijn die hem ooit was overkomen. Daar was hij nog niet over uit.

Opeens had hij hoge nood, en het toilet dat bij de bar hoorde zat aan de buitenkant van het gebouw. Sommige mannen zouden direct naar de spoelbak achter de bar zijn gelopen om daarin te wateren, en misschien had Bootsie dat zelf ook wel gedaan als het een andere spoelbak was geweest, maar deze was van zijn vrienden. Hij kon niet zomaar gaan plassen in de spoelbak van de Mosesen, terwijl die mensen door de jaren heen altijd zo goed voor hem geweest waren. Om maar niet te spreken van het feit dat hij honger had. Dus voelde hij aan de andere deur, de toegang tot het huis, en kwam erachter dat hij toch niet ingesloten was.

Hij ging het huis binnen.

Het toilet was gemakkelijk te vinden; het eten ook. Er stond een bord met ham en scones op tafel, afgedekt met een extra theedoek, en Bootsie kon zich niet voorstellen dat Calla het erg zou vinden als hij toetastte. Terwijl hij at, hielden voor het huis verschillende auto's stil en reden weer weg, en daardoor ging hij zich weer afvragen wat er hier aan de hand was. De mist in zijn hoofd was nog niet voldoende opgeklaard om zijn hersenen enigszins efficiënt te laten werken, maar ze werkten inmiddels wel zo goed dat hij zich realiseerde dat er iets mis moest zijn. Misschien wel goed mis.

Hij ging op zoek naar antwoorden en ontdekte dat de rest van het huis even leeg en levenloos was als de bar en de keuken. Hij ontdekte ook dat de deur tussen de woonkamer en de winkel even open was als de deur tussen de keuken en de bar.

Hij ging de winkel in.

En ja hoor, hij was er nog niet binnen of er kwam weer een auto aan. Indachtig het feit dat de familie Moses de zaak nooit sloot, ongeacht de omstandigheden, liep Bootsie naar de deur, draaide hem van het slot en opende de winkel.

De nieuw aangekomene was Joy Beekman, die erom bekend stond dat ze het roer overnam wanneer een van hun buurtgenoten iets ergs was overkomen. Ze kwam een ovenschotel brengen en zei dat ze zo blij was dat er iemand thuis was, ze wilde geen kip met roomsaus buiten op het trapje laten staan, dan zou het bederven, maar ze wilde graag iets brengen om de familie te laten merken dat ze aan hen dacht.

'Ze moeten weten dat ze in onze gedachten en onze gebeden zijn,' zei ze. 'Het is voor een familie zo zwaar als er zoiets gebeurt, en dan heeft niemand de moed om het fornuis aan te steken.'

Het was Bootsie wel duidelijk dat hij het goed had gezien dat er iets mis was; hij wist echter nog steeds niet wát er mis was, maar vond het vervelend om dat te moeten toegeven. Daarom stelde hij de voor de hand liggende vraag. 'Weet je al meer?'

Joy schudde treurig het hoofd. 'Niets wat je niet al weet. Alleen dat Toy vanmorgen zo'n vreselijk jachtongeluk heeft gehad, en dat ze nog niet weten of hij het haalt of niet.'

Bootsies hele lichaam verstijfde.

Joy vervolgde: 'Als hij doodgaat, hoop ik dat ze Scotty Dumas veroordelen voor doodslag en hem zijn jachtvergunning afnemen.'

Nadat zij vertrokken was, kwamen er andere mensen, sommige om iets te kopen, sommige om hun medeleven te betonen, en bijna iedereen bracht iets te eten mee – cakes en pasteien en van alles en nog wat. Alle vrouwen hadden hun specialiteit klaargemaakt. Bootsie wist niet wat hij met al dat eten aan moest, en dus liet hij het zich ophopen op de toonbank, totdat de dames hem terzijde schoven en de etenswaren naar de keuken brachten.

Bootsie hielp de klanten, en bedankte iedereen dat ze zulke goede buren waren, en liet hun weten dat hij aan miz Calla zou doorgeven dat ze geweest waren. Na een poosje kwam Phyllis, de vrouw van Millard Hempstead, en bood aan om het huis op orde te brengen, aangezien het hoogstwaarschijnlijk de hele avond een komen en gaan van mensen zou blijven, en je weet hoe de vaat zich opstapelt als je zo veel mensen tegelijk in huis hebt. Ze zei dat niemand meer de wachtkamer van het ziekenhuis in kon om zelfs maar te vragen hoe het met Toy ging. Er waren daar zo veel mensen dat ze niet meer voor- of achteruit konden.

Na een poosje besloot Bootsie dat om de Moses-traditie in ere te houden het niet uitmaakte of hij de ene zaak openhield of de andere;

dus sloot hij de winkel af en ging terug door het huis, onderweg knikkend naar en pratend met allerlei mensen. Voor een man die zich al twee dagen niet gewassen had en de afgelopen nacht op de vloer van een bar had geslapen, was hij een hoffelijke gastheer. Phyllis drukte hem een bord vol eten in handen, en zei dat hij een goeie kerel was, dat hij de Mosesen zo kwam helpen. Bootsie antwoordde dat het wel het minste was wat hij kon doen.

Niemand wist waar ze een sleutel voor de buitendeur van *Never Closes* zouden kunnen vinden; dus opende Bootsie dat etablissement door een rechte stoel tegen de keukendeur te zetten om hem open te houden, en door iedereen te laten weten dat ze gerust iets konden komen drinken op basis van vertrouwen. Vrouwen die nog nooit de binnenkant van een bar hadden gezien, wierpen in het voorbijgaan behoedzame blikken naar binnen, en heel wat mannen namen zijn aanbod aan.

De jukebox werd echter niet gebruikt. Er werd ook niet gedanst of hard gelachen. Iedereen praatte zachtjes en liep op zijn tenen, in afwachting van nieuws over Toy Moses.

Hoofdstuk 31

Het was een zware operatie die uren duurde. Volgens dokter Bismark, die naar de wachtkamer kwam om de familie op de hoogte te brengen, zou Toy minstens een maand in het ziekenhuis moeten blijven, en daarna nog een maand of twee thuis moeten herstellen. Bernice Moses barstte in tranen uit. Ogenschijnlijk van blijdschap.

Calla moest zich inhouden om het niet uit te schreeuwen. Haar zoon zou het overleven! Haar andere zonen omhelsden haar en zeiden dat ze wel hadden geweten dat die ouwe taaie zich niet zomaar door een jachtgeweer liet ombrengen. De rest van de familie begon vervolgens ook haar te omhelzen en te zeggen dat God goed was en dat hun gebeden verhoord waren, en Calla was het met iedereen van harte eens.

Nadat dokter Bismark hen alleen gelaten had, verzamelde de hele familie zich om de mannen die Toy naar het ziekenhuis hadden gebracht. Iedereen bedankte hen. Iedereen prees hen.

'Volgens de dokter hebben jullie hem net op tijd hier binnengebracht,' vertelde Sid Moses hun. 'Een paar minuten later en hij zou niet meer te redden zijn geweest.'

Scotty begon zich weer te verontschuldigen omdat hij Toy had neergeschoten, maar de Mosesen wilden er niets van weten. Ze zeiden tegen Scotty dat hij moest ophouden het zichzelf kwalijk te nemen, en raadden het drietal aan om naar huis te gaan en uit te rusten, en als klap op de vuurpijl nodigden ze hen uit om een keertje te komen eten. Daarbij sloten ze zelfs Ras Ballenger niet uit. Als iemand er al aan dacht hoe ongemakkelijk het voor hem zou zijn om aan hun tafel te zitten tegenover zijn van hem vervreemde zoon, of de mogelijkheid overwoog dat hij zou kunnen weigeren weg te gaan zonder de jongen, dan schoven ze die gedachten als ongepast terzijde. Misschien had het verlies van zijn zoon hem wel ertoe gebracht eens kritisch naar zichzelf en zijn gedrag te kijken. Misschien was hij veranderd.

★★★

Tante Nicey was een gezellig dikkerdje met kuiltjes in haar wangen, maar haar huis was voor kinderen de ergste plek die je je maar kon indenken. Het stond vol met gesteven kanten kleedjes, en knutselwerkjes die ze had gemaakt, en lampen van geperst glas, en schattige porseleinen bonbonschaaltjes waar geen bonbons in zaten.

Swan, Noble, Bienville en Blade kropen bij elkaar op de bank; ze durfden niet op te houden met aan Toy denken omdat hij dan kon sterven, en ze durfden niet te bewegen omdat ze iets zouden kunnen breken. Lovey, die bij hen nog altijd niet favoriet was, vertelde hun wat ze niet mochten aanraken.

Ze hadden ook geen enkele behoefte om iets aan te raken. Om de zoveel minuten vroegen ze tante Nicey of ze alsjeblieft weer naar het ziekenhuis wilde bellen om te vragen hoe het met oom Toy ging, maar zij antwoordde dat oom Toy er helemaal niet bij gebaat zou zijn als zij die arme mensen tot waanzin dreef, en bovendien zou Sid bellen zodra hij meer wist.

Toen liet ze hen rond de eetkamertafel gaan zitten, terwijl zij een ding neerzette dat leek op een groot schoolbord, bedekt met vilt. (Ze had nog zo'n bord in de kerk, maar deze bewaarde ze thuis, voor als haar zondagsschoolkindertjes op bezoek kwamen.) Misschien kon ze hen een beetje afleiden met mooi viltbordverhaal, kirde ze. Swan en haar broers hadden in hun zondagsschoolcarrière al zo veel viltborden gezien dat ze er niet bepaald op zaten te wachten om er weer eentje te zien, maar Blade had nog nooit zo'n ervaring gehad, dus hij was er wel voor in.

Tante Nicey haalde een hele stapel uitgeknipte papieren figuren tevoorschijn, van bijbelse personen en bijbelse rekwisieten (een palmboom, een tent, een stuk woestijn, een paar schapen en kamelen), waar op de achterkant een stukje vilt geplakt was. Die mocht Lovey op strategische momenten op het viltbord hangen (ze bleven zomaar plakken), terwijl zij (tante Nicey) begon aan het verhaal van David en Goliat. Toen ze bij het gedeelte was aangekomen dat de reus de kleine mensen onder de voeten liep en ze vertrapte tot moes, kneep Blade zijn ogen tot spleetjes en balde zijn vuisten. 'Die gemene rotzak,' bracht hij verontwaardigd uit.

Eh, ja, zei tante Nicey, zonde bleef nooit onbestraft, en uiteindelijk was Goliat zijn straf niet ontlopen.

Halverwege de middag opperde tante Nicey (die uitgeput was van het aardig zijn) dat het toch heerlijk zou zijn om een dutje te doen. Dat voorstel stuitte op aanzienlijke weerstand, en dus legde ze een stapeltje verhalenboeken op de salontafel en verdween in haar slaapkamer, met Lovey in haar kielzog.

Toen Sid een poosje later belde om te vertellen dat Toy het zou halen, nam Swan de telefoon aan en bracht het nieuws over aan de jongens. Zij sperden hun mond wijd open en gilden zonder geluid, om maar niet iemand wakker te maken die minder hinderlijk was

wanneer ze sliep. Daarna werd het steeds moeilijker om zich te gedragen, dus gaven ze hun pogingen op. Bienville en Noble begonnen
een worstelwedstrijd, midden op tante Niceys mooie hardhouten
vloer, en Blade gaf Swan telkens een por tussen de ribben en rende
dan weg. Na de vierde of vijfde keer ging Swan achter hem aan en
kreeg hem te pakken naast een tafeltje vol kermisglas.

'Wat *heb* jij toch?' wilde ze weten.

'Niets,' gilde hij, schaterlachend.

Toen kuste hij haar vol op de mond.

★★★

Toy mocht één bezoeker ontvangen. Omdat zij zijn vrouw was, viel
die eer Bernice toe. Toy was op verschillende apparaten aangesloten,
en hij had eigenlijk geen kracht om te praten, maar hij probeerde
het toch.

'Je zult het nog wat langer met me moeten uithouden,' zei hij
moeizaam, met raspende stem.

Bernice streelde zijn arm en kuste zijn voorhoofd en schonk hem
de allerliefste glimlach die er bestond. 'God zij dank leef je nog,' loog
ze.

Hoofdstuk 32

Het werd niet zozeer *besloten* dat Willadee voortaan *Never Closes* zou runnen, als wel *aangenomen*. Er was niemand anders die het doen kon, en als familie hadden ze het geld nodig. Toen Samuel zich realiseerde wat er ging gebeuren, kreeg hij het gevoel dat God hem tot stof verpulverde.

'Je *hoeft* het niet te doen, Willadee,' zei hij tegen haar op de ochtend nadat Toy was neergeschoten. 'God heeft altijd in al onze noden voorzien.'

Willadee was gehaast bezig het huis op orde te brengen en de was te doen, hopend dat als ze klaar was met alles er nog wat tijd zou zijn om te rusten voordat de kinderen uit school kwamen. De afgelopen nacht had ze bitter weinig slaap gehad, en vannacht zou het nog erger worden.

'Nou, laat me maar weten wanneer Hij er weer mee begint,' zei ze. Ook zij voelde zich verpletterd.

Samuel ging er niet tegenin. Toen de dominee op hun bruiloft aan Willadee had gevraagd of ze haar man zou liefhebben, eren en gehoorzamen, had ze als een ware Moses geantwoord. 'Ja, ja en dat hangt ervan af,' had ze met een glimlach gezegd.

De familie Moses had gelachen, en de familie Lake had zich verbeten, en Sam Lake had zijn bruid aanvaard onder de gestelde voorwaarden. Tot nu toe hadden die voorwaarden nooit echt problemen veroorzaakt.

★★★

Onderweg naar zijn werk vroeg Samuel die dag of God hem een teken wilde geven, om hem duidelijk te maken wat hij moest doen.

Hij reed net Magnolia binnen toen hij dat bad, en hij was nog geen twee straten verder toen hij een rij voertuigen door de stad zag rijden. Grote, met modder bedekte en met olie besmeurde vrachtwagens van allerlei afmetingen, met onbehouwen chauffeurs, piepende onderstellen en zijkanten die met spectaculaire afbeeldingen waren beschilderd. Afbeeldingen van leeuwentemmers en trapezeacrobaten en grote tenten. Het circus, op weg naar zijn volgende standplaats.

Nou, Samuel had zijn teken gekregen. Niet dat hij ook maar één ogenblik geloofde dat God hem zei dat hij zich bij het circus moest aansluiten, maar opeens galmde het 'Komt dat zien, komt dat horen!'

in zijn hoofd. Toen hij bij de Eternal Rock Monument Company was aangekomen, gaf hij zijn drierings map terug aan meneer Lindale Stroud en sloot een akkoord met hem. 'Als ik een paar interlokale telefoontjes mag plegen vanuit uw kantoor, kunt u de kosten vergoeden uit wat ik nog aan provisie te goed heb.'

Binnen vijftien minuten had Samuel een bedrijf in Shreveport gevonden dat hem een tent en een heleboel klapstoeltjes en een microfoon met luidsprekers wilde verhuren, en bereid was hem pas te laten betalen wanneer hij giften begon op te halen.

★★★

Samuel had zijn tent op een heleboel plekken kunnen opzetten, maar het veld van Ledbetter leek de meeste voordelen te bieden. Ook al woonde Irma Ledbetter nu in de stad, ze wist onder welke druk haar vroegere buren nu stonden. Ze zou nog liever sterven dan Samuel laten betalen om dat land te gebruiken. Zeker gezien het feit dat hij het voor haar zou opknappen; als het er eenmaal weer netjes uitzag, zou er wellicht een gegadigde komen om het kopen.

Een ander voordeel van deze locatie was dat hij echt een statement maakte door daar (juist daar, precies daar) te staan. Elke avond ging er een gestage stroom dwalende schapen *Never Closes* in en uit, en nu zouden ze niet kunnen komen of gaan zonder Samuels spandoek te zien, waarop kwam te staan: KIEST DAN HEDEN WIE GIJ DIENEN ZULT.

★★★

'Evangelisatiesamenkomsten,' zei Willadee, toen Samuel het haar vertelde.

'Tentevangelisatie,' bevestigde Samuel.

'Aan de overkant van de weg.'

'Recht tegenover ons huis.'

'Nou, dat is geweldig,' zei ze. En ze meende het ook. Samuel had al heel lang niet meer zo gelukkig gekeken.

Ze was verbaasd geweest toen hij vroeg uit zijn werk was thuisgekomen, en verbaasd was te zacht uitgedrukt voor hoe ze zich voelde toen hij vertelde dat hij zijn baan had opgezegd. En nu die evangelisatieplannen, de derde verrassing binnen vijf minuten – en ze was blij met alle drie. Nu zou Samuel tenminste iets doen waar hij echt achter stond, en kreeg hij hopelijk de kans om geestelijk te herstellen.

'Hoe groots ga je het aanpakken?' vroeg Willadee. Ze zat aan de keukentafel de was op te vouwen, en Samuel schonk zichzelf een glas ijsthee in.

'Zo groots als ik kan.'

'Misschien kan ik de stamgasten lang genoeg op basis van vertrouwen achterlaten om te komen en jou te horen preken.'

'Misschien kun je de stamgasten meenemen.'

Ze stond op, kwam achter hem staan en legde haar hoofd tegen zijn rug, en kuste hem door de stof van zijn overhemd heen. Ze zei: 'Ik hoop dat je weet dat ik in je geloof.'

'Dat is wederzijds,' zei hij.

'Ook al werk ik tegenwoordig voor de duivel?'

Hij zette zijn glas neer, keerde zich om en glimlachte pijnlijk. 'Willadee, wat jij doet is de troepen van de duivel hierheen lokken, zodat ik bij hen een poging kan wagen.'

★★★

Na het eten bracht Calla de kinderen naar bed, en ging Willadee voor het eerst aan de slag in *Never Closes*. Samuel reed naar het ziekenhuis; het was zijn beurt om Toy een poosje gezelschap te houden, zodat Bernice naar huis kon gaan om wat slaap in te halen.

Toen Willadee de volgende ochtend de bar afsloot en de keuken in sjokte, kwam Bernice net thuis, nog zo fris als een hoentje. Samuel en zij hadden de hele nacht zitten praten, en ze verbaasde zich erover dat ze nauwelijks moe was.

Willadee, die niets liever wilde dan de bedompte lucht van de bar van zich af spoelen en in bed kruipen maar daar nog geen tijd voor had, was geïrriteerd en niet zo'n klein beetje ook. 'Ik dacht dat het hele idee was dat Samuel de nacht in het ziekenhuis doorbracht, zodat jij naar huis kon gaan en eens goed kon slapen.'

'Dat was ook de bedoeling,' legde Bernice vrolijk uit. 'Maar toen vertelde hij me over zijn tentevangelisatie, en begonnen we plannen te maken, en we wisten gewoon van geen ophouden.'

'Wat voor plannen?'

'Ik ga hem helpen met de muziek. Je weet dat we vroeger vaak samen hebben gezongen, toen we nog... Heel vroeger.'

Willadee knikte mat. En of ze dat wist.

In een van de onderkastjes stond een zak met vijfentwintig kilo bloem, en in die zak, boven op de bloem, stond een oude blauwgespikkelde emaillen schaal. Willadee pakte de schaal, vulde hem met bloem en zette hem op het aanrecht. Toen haalde ze de melk uit de koelkast, en bakpoeder en zout en reuzel uit een bovenkastje, en zette die spullen ook allemaal klaar. Al die tijd dacht ze er alleen maar aan dat deze situatie het in zich had een ramp te worden.

'Waag het niet dit voor Samuel te bederven,' zei ze.

Bernice wilde net de keuken verlaten, maar bleef in de deuropening staan en staarde Willadee aan alsof ze haar oren niet kon geloven. 'Willadee Moses, waar *heb* je het in vredesnaam over?'

Willadee stak haar vuist in de bloem en gooide de andere ingrediënten in de krater die ze had geslagen; ze nam niet de moeite om iets af te wegen. Ze had al vijftien jaar lang elke dag scones gebakken, wat neerkwam op meer dan vijfduizend ladingen scones. Met haar ene hand mengde en kneedde ze. Met de andere draaide ze de schaal rond, centimeter voor centimeter, waarbij ze steeds bloem van de rand van de krater in het deeg mengde.

'Ik ben een *Lake*,' verbeterde ze haar. '*Jij* bent een Moses. En je weet heel goed waar ik het over heb.' Ze was nog nooit tegen haar schoonzus uitgevaren, maar haar intuïtie schreeuwde dat er gevaar op de loer lag, gevaar voor Samuel die het zo nodig had – zo ontzettend nodig had – dat er eindelijk eens iets goed ging. 'Dit is Samuels eerste kans om gelukkig te zijn die hij in heel lange tijd heeft gekregen, en hij zal er de handen aan vol hebben. De mensen zullen hem in de gaten houden, en geloof maar dat ze jou ook in de gaten zullen houden.'

Wat natuurlijk waar was, maar Bernice was niet van plan dat toe te geven. 'Nou, ik kan werkelijk niet geloven dat –' begon ze.

'O jawel, dat kun je wel,' zei Willadee. En opeens was ze woedend. 'Je bent heel goed in geloven. Ik denk dat je al geloofde dat je Samuel op de een of andere manier zou terugveroveren op de dag dat je hoorde dat wij weer hier kwamen wonen. Je hebt je zelfs bekeerd omdat je geloofde dat je daardoor meer tijd met hem kon doorbrengen. En waarschijnlijk geloof je dat met deze evangelisatiebijeenkomsten al je gebeden zijn verhoord – nu ik 's nachts moet werken en jij niets anders hoeft te doen dan mooi zijn en je vroom voordoen. Maar je hoeft niet te proberen Samuel in te palmen, want dat zal je nooit lukken.'

Bernice keek Willadee woedend aan. Ze deed geen moeite meer om onschuldig te kijken. Een fractie van een seconde schoten haar ogen gewoon vuur.

'Het zal je niet lukken,' vervolgde Willadee, 'niet omdat ik een betere vrouw ben dan jij, maar omdat Sam een te fatsoenlijk man is om verdorven te worden. Je kunt hem niet van me afpakken, maar je kunt dit wel voor hem verpesten, en als je dat doet – geloof me, ik trek je al je haren uit het hoofd.'

'Nee maar, Willadee,' zei Bernice. 'Eén nacht in de bar en je praat al net zoals de stamgasten.'

Toen trok ze haar schoenen uit, begon loom haar blouse los te knopen en deelde Willadee mee dat ze naar bed ging. 'Je moest zelf ook maar een poosje gaan slapen,' zei ze behulpzaam, terwijl ze wegging. 'Je ziet er werkelijk allerbelabberdst uit.'

★★★

Toen Bernice die middag weer naar het ziekenhuis ging, reed Willadee met haar mee. Het leek haar prettig om even bij Toy op bezoek te gaan. Bovendien verwachtte ze dat Bernice tegen Samuel zou klikken over de veeg uit de pan die zij haar had gegeven, en daar wilde ze graag bij zijn om zich te kunnen verdedigen. De kinderen konden elk moment thuiskomen uit school; Willadee had een schaal met gepofte zoete aardappelen op het fornuis klaargezet als tussendoortje, plus een briefje dat ze hun huiswerk moesten maken en niet van het erf af mochten gaan. Calla zou in de winkel aan het werk zijn, maar had beloofd om af en toe even om het hoekje te kijken.

Onderweg wisselden de twee vrouwen geen woord. Willadee had die morgen al gezegd wat ze op het hart had; Bernice had zo haar eigen gedachten en had er geen behoefte aan om Willadee daar deelgenoot van te maken. Hun zwijgen was als de stilte voor de storm.

Samuel stond te praten met een groepje oudere vrouwen, die hem koesterden als zonnestralen. Toen hij de auto de parkeerplaats op zag draaien, schudde hij elk van de dames de hand en liep naar de auto toe om het portier voor Willadee open te houden. Bernice kwam van achter het stuur vandaan en wachtte geduldig tot Samuel zijn vrouw gekust had. Toen zei ze met een gespannen stemmetje dat ze graag met hen allebei wilde praten, als ze even tijd hadden. Willadee was niet verbaasd. Nog niet.

'Ja, natuurlijk,' verzekerde Samuel haar. 'Toy zal ons niet missen. De verpleegsters zijn hem aan het wassen.'

Alsof Bernice zelfs maar wilde *denken* aan Toy die gewassen werd.

Gedrieën liepen ze naar een grasveldje waar ze vrijelijk zouden kunnen praten. Toen ze een voldoende afgezonderd plekje bereikten, draaide Bernice zich om en keek hen aan met ogen vol emotie.

'Voel je niet verplicht om mij te laten meehelpen bij je evange-lisatiecampagne,' zei ze tegen Samuel. 'Het laatste wat ik wil is wel een struikelblok vormen voor een arme zondaar die de Heer nodig heeft.'

Willadee knipperde ongelovig met haar ogen.

'Ja, natuurlijk ga jij meedoen aan de campagne,' zei Samuel. 'Hoe kom je er bij dat je dat niet zou moeten doen?'

Bernice keek van de één naar de ander, alsof ze bang was haar boekje te buiten te gaan. 'Nou, dat zei Willadee vanmorgen…'

Willadee knipperde nog een keer met de ogen. Samuel fronste zijn voorhoofd.

'Dat heb ik niet gezegd,' protesteerde Willadee. 'Dat lijkt niet eens op wat ik zei.'

'Jij zei dat de mensen ons in de gaten zouden houden,' stamelde Bernice. Haar lippen trilden. 'Je zei dat iedereen wist dat ik niet echt bekeerd was, en dat ze zouden denken dat ik achter Samuel aanzat als ik met hem zou zingen in de tentsamenkomsten, en dat ik dit niet mocht bederven voor hem, omdat het zijn enige kans is om nog iets te bereiken nu hij als dominee gefaald heeft.'

Deze keer knipperde Willadee niet. Haar ogen en mond waren wagenwijd open en konden niet meer dicht. 'Grote goedheid,' wist ze uiteindelijk uit te brengen.

Willadees blik ging naar Samuel; ze hoopte in zijn ogen te lezen dat hij wist hoe absurd dit alles was, maar zijn ogen stonden grauw. 'Dat heb ik allemaal niet gezegd,' betoogde ze. En vervolgens, omdat ze Moses-Eerlijk was, verbeterde ze zichzelf. 'Althans, niet precies zo.'

Samuel bleef even staan als een versufte bokser die de ene na de andere slag incasseerde. Toen zei hij: 'Bernice, ik neem aan dat ze ondertussen wel klaar zullen zijn met Toy wassen.'

Bernice keek helemaal overstuur van berouw. 'Je moet niet boos worden op Willadee,' zei ze tegen Samuel. En tegen Willadee zei ze: 'Ik weet wel dat je het niet echt meende toen je zei dat je me van het podium af zou sleuren en al m'n haren uit m'n hoofd zou trekken.'

'Ga jij voor je man zorgen,' droeg Samuel haar op. 'En bel ons als je iets nodig hebt.'

Bernice knikte gehoorzaam en liep naar de ingang van het zie-kenhuis. Samuel ging terug naar de auto en deed het portier voor Willadee open.

'Ik heb al die dingen niet gezegd,' zei ze nog een keer, terwijl ze instapte.

Samuel antwoordde: 'Willadee – niet doen.'

★★★

Tijdens de rit terug naar huis probeerde Willadee haar man uit te leggen wat er gebeurd was. Ja, ze had een hartig woordje met Bernice gewisseld. Ja, ze had haar gewaarschuwd dat ze Samuel met rust moest laten. Ja, ze had gezegd dat de mensen hen in het oog zouden houden. Ze hadden het inderdaad over de muziek gehad, en ze had benadrukt dat deze evangelisatiecampagne belangrijk was voor Samuels welbevinden. Maar het overgrote deel van wat Bernice had gezegd was klinkklare onzin.

'Welk overgrote deel?' vroeg Samuel. 'Je hebt net alles toegegeven wat zij zei.'

'Niet waar!' Ze telde op haar vingers af. 'Ik heb niet gezegd dat jij als dominee gefaald hebt. Ik heb haar niet ervan beschuldigd een struikelblok voor zondaars te zijn. Ik heb niet gezegd dat andere mensen twijfelden aan haar bekering, alleen ikzelf! Ze heeft uit elke zin die ik gezegd heb één of twee woorden genomen en er allerlei leugens omheen gesmeed, en er zo iets totaal anders van gemaakt.'

'Ik vind het helemaal niet zo anders klinken, Willadee. En wat de bekering van Bernice betreft –'

'Ze is helemaal niet bekeerd.'

'Het is niet aan jou om dat te zeggen.'

Willadee rolde met haar ogen en slaakte een nijdige zucht. 'O ja, dat was ik even vergeten. Niemand kent haar hart, behalve jij en God.'

Samuel schonk haar een vermanende blik en schudde het hoofd. 'Wat is er in jou gevaren, Willadee? Ik begin het gevoel te krijgen dat ik je niet meer ken.'

Willadee staarde hem ongelovig aan. 'Dan is het haar eindelijk gelukt,' zei ze.

'Wat is haar gelukt?'

'Wat ze zich jaren geleden al heeft voorgenomen, op de dag dat jij haar vertelde dat je van mij hield. Het is haar eindelijk gelukt om tussen ons te komen.'

Samuel sprak op vlakke toon, maar zijn woorden schuurden als zand. 'Wat er tussen ons is gekomen, is niet een paar minuten geleden begonnen, Willadee. En ik zie niet in dat Bernice daar zo veel mee te maken heeft gehad. Wat er tussen ons is gekomen is dat ik vroeger wist – ik bedoel, zonder een spoor van twijfel wist – dat jij altijd achter me stond, en dat voel ik nu niet meer. Ik probeer het wel, maar ik voel het niet.'

Willadees mond werd droog. Ergens diep van binnen had ze wel geweten dat dit gesprek eraan zat te komen. Ooit. Ze had geweten dat het eraan zat te komen en welke kant het kon opgaan.

'Ik *sta* ook altijd achter je,' hield ze vol.

'Zo voelde het bepaald niet,' zei hij bitter, 'die avond onder het eten toen dat hele gedoe met Noble en Toy uitkwam. Voor zover ik zien kon, stond er die avond geen sterveling achter mij.'

'Daar heb ik al mijn excuses voor aangeboden. Het was verkeerd van me. Het spijt me.' Ze zou het hem wel willen toeschreeuwen.

Samuel ging verder alsof ze niets gezegd had. Alles wat hij had opgekropt, kwam er nu in één keer uit. 'En ik maar gewoon doorgaan als een groot, stom rund, terwijl de hele familie wist wat er gaande was en samenwerkte om het voor mij verborgen te houden. Heb je er enig idee van hoe belachelijk ik me daardoor voelde?'

'Ik heb al gezegd dat het me spijt.' Ze had niet enkel berouw. Ze begon bang te worden.

'En wat denk je dat je de kinderen met dit alles geleerd hebt? *Als je ouweheer het er niet mee eens is, vertel je het hem gewoon niet?*' (Hij had zichzelf nooit eerder aangeduid met 'ouweheer'.) '*Als de waarheid pijn doet, waarom zou je dan de waarheid spreken?*'

'Het spijt me, het spijt me zo,' zei ze, huilend nu.

Ze waren bij Calla's huis aangekomen, en Samuel draaide het erf op. Ze konden de kinderen achter bij de schuur zien; ze voerden Lady iets door het hek heen. Samuel bleef even zitten, eerst starend naar de kinderen en vervolgens naar Calla's uithangbord. MOSES.

'Ik was altijd dol op die uitspraak dat een Moses nooit zal liegen,' zei hij. 'Maar eerlijk gezegd, Willadee, word ik nu misselijk als ik het hoor. En weet je waarom? Omdat het eigenlijk wil zeggen dat een Moses niet liegt, maar ook niet per se de waarheid spreekt.'

Hoofdstuk 33

Ze hadden nog nooit ruzie gehad. Ze hadden zelfs nog nooit een echte woordenwisseling gehad. Vanaf het allereerste moment dat ze elkaar kenden, waren ze volledig in elkaar opgegaan – waren ze voortgekabbeld zonder regels of restricties, hadden ze enkel het beste van elkaar verwacht en niets minder geloofd. Willadee had naar andere huwelijken gekeken, de slechte en zelfs de goede, en medelijden gehad met al die mensen, omdat ze niet wisten – gewoon geen flauw idee ervan hadden – hoe mooi de liefde kon zijn als het zo goed zat.

Nu zat het allesbehalve goed, en ze kon zich niet voorstellen dat het ooit nog weer goed zou komen.

Samuel ging niet eens naar binnen. Hij ging naar de schuur en begon wat aan Johns oude tractor te sleutelen, probeerde hem weer aan de praat te krijgen. Willadee ging naar binnen en flanste iets te eten in elkaar en riep iedereen aan tafel; toen haastte ze zich naar *Never Closes* en deed de deur achter zich dicht, zodat niemand zou zien hoe slecht ze eraan toe was.

***

Calla hoefde niet eens haar dochters gezicht te zien om te weten dat er iets mis was. Ze voelde het aan, en die nacht lag ze in bed te piekeren en te malen. Toen ze de onrust niet langer kon verdragen, stond ze op en ging voor de tweede keer in haar leven naar de bar. Willadee stond bij de spoelbak glazen te spoelen; verder was de zaak uitgestorven.

'Ik weet eigenlijk niet waarom we er zo'n gewetenszaak van maken om de bar de hele nacht open te houden,' zei Calla. 'Het is toch te mal voor woorden dat we openblijven nadat de laatste klant is vertrokken.'

'Ja, nou ja,' zei Willadee, 'Toy heeft één keer geprobeerd om eerder te sluiten, en kijk wat hem is overkomen.'

Calla moest lachen. Het was niet grappig, maar toch ook wel.

'Wil je me vertellen wat er aan de hand is?' vroeg ze.

'List en bedrog, mam,' zei Willadee vermoeid. 'List en bedrog.'

'Bernice,' raadde Calla onmiddellijk. 'Wat voert ze nu weer in haar schild?'

'O, meer dan genoeg,' antwoordde Willadee. 'Maar het was niet háár list en bedrog waar ik op doelde.'

Een poosje later, toen Willadee haar had bijgepraat, zei Calla: 'Tja, als je denkt dat je iets verkeerds hebt gedaan, maak het dan goed en zet er een punt achter.'

'Wat als Samuel dat niet toelaat?'

'Lieve help, Willadee, Samuel kan jou niet tegenhouden als jij iets wilt goedmaken. Maar zorg dat je niet dezelfde fout begaat als ik met John heb gedaan, door te lang te wachten. En wat Bernice betreft – jij bent slimmer dan zij. Wees haar te slim af.'

Willadee zette het laatste glas in het rek en liet het sop uit de spoelbak weglopen. 'Ik mag dan slimmer zijn dan zij, mam, maar zij krijgt meer slaap. Ze denkt veel sneller dan ik.'

Calla pakte de natte vaatdoek en veegde de bar schoon. Ze zat opeens boordevol energie. 'Ik kan je één ding vertellen,' zei ze. 'Hoeveel schade Bernice ook heeft aangericht volgens jou, jij bent haar de baas, geen twijfel over mogelijk. Maar als je het mij vraagt is het hoog tijd dat je dat kreng een spaak in het wiel steekt.'

'Ik zou niet weten *hoe* ik dat kreng een spaak in het wiel moet steken,' jammerde Willadee.

Maar Calla antwoordde: 'Nou, ik wel.'

Willadee sloot de bar op de normale tijd af, maakte het ontbijt klaar en hielp de kinderen naar school. Toen nam ze een bad en ging op zoek naar haar echtgenoot. Ze vond hem buiten achter de schuur, waar hij de vlierbessenstruiken wegkapte die door de struikenmaaier heen gegroeid waren.

'Ik wilde je bedanken voor alles wat je gisteren tegen me gezegd hebt,' viel ze met de deur in huis. Elke andere openingszin zou een verspilling van woorden zijn geweest.

Samuel stopte met hakken, dreef de kop van de bijl in de grond en leunde op de steel. Hij glimlachte niet, maar hij luisterde tenminste.

'Je had gelijk,' vervolgde Willadee. 'Niet wat betreft het feit dat je Bernice gelooft, maar het gaat nu niet om Bernice. Het gaat erom hoe verkeerd ik bezig ben geweest. Het trieste is dat ik het me nooit zou hebben gerealiseerd, als jij me er niet op gewezen had.'

Ze was op een afstandje blijven staan; ze durfde niets als vanzelfsprekend te beschouwen. Ze wilde niet dichterbij komen of hem aanraken, uit angst dat hij zich zou terugtrekken en er een muur van duisternis tussen hen in zou worden opgetrokken.

'Is dit Moses-Eerlijkheid,' vroeg hij haar na wat eindeloos leek te duren, 'of Eerlijk de Waarheid? Want ik heb geen zin om nu iets voor zoete koek te slikken wat later misschien weer ter sprake moet komen.'

'Eerlijk de waarheid,' antwoordde ze. 'De enige soort waarheid die je vanaf nu van mij te horen krijgt.' Toen voegde ze eraan toe: 'Je zult het wellicht niet altijd prettig vinden, maar dat is wat je van me krijgt.'

Samuel stemde daarmee in met één hoofdknikje.

'Eén ding moet je goed weten, Samuel Lake,' zei ze fel. 'Ik sta altijd achter jou. Misschien geloof je me op dit moment niet, en misschien heb ik het niet altijd laten zien. Bijvoorbeeld door de kinderen een slecht voorbeeld te geven. Hun te leren dat het niet erg was om dingen voor jou te verzwijgen. Maar ik dacht er niet over na in termen van goed of verkeerd. Ik beschouwde het als iets noodzakelijks. Ik zal met hen praten en uitleggen hoe oneerlijk ik geweest ben. Hoe onaardig we allemaal geweest zijn. En ik zal hun zeggen dat we het voortaan anders gaan doen.'

Samuel knikte weer. Toen zei hij: 'Ik wil nog steeds dat Bernice komt zingen bij de tentevangelisatie. Kun je daarmee leven? Dat ze komt zingen?'

'Ik denk dat ik daar even goed mee kan leven als jij met mijn werk in *Never Closes*.'

Samuel glimlachte schoorvoetend. 'Heb je echt gezegd dat je haar van het podium af zou sleuren en alle haren uit haar hoofd zou trekken?'

Willadee wierp het hoofd in de nek en lachte hardop. 'Dat laatste heb ik inderdaad gezegd. Maar het was niet het *podium* waarvan ik verwachtte haar af te moeten sleuren.'

★★★

Het etentje voor Samuel was een verrassing, en de kinderen hielpen het klaar te maken. Geen van hen had ooit iets gekookt, of zelfs maar een sneetje brood geroosterd, maar Willadee leerde hun de kunst van gehaktbrood met aardappelpuree maken. Terwijl ze toch bezig waren, loste ze haar belofte aan Samuel in.

Toen ze klaar was met uitleggen wat het verschil was tussen Moses-Eerlijkheid en Eerlijk de Waarheid Zeggen, en dat het altijd het beste was om onomwonden de waarheid te vertellen, ongeacht de gevolgen, hadden de jongere kinderen het boetekleed aangetrokken.

'We hebben zijn hart gebroken,' zei Bienville berouwvol.

'Ja,' antwoordde Willadee. 'Maar er is een manier om het te herstellen.' Toen vertelde ze hoe ze hun vader haar verontschuldigingen had aangeboden en dat ze zich sindsdien een stuk beter voelde. Er waren nog een paar dingen gebeurd, boven, nadat ze het goedgemaakt hadden, waardoor ze zich een stuk beter voelde en waar ook Samuel reuze van opgeknapt was, maar dat hoefden de kinderen niet allemaal te horen.

Swan zei: 'We zouden een poster voor hem kunnen maken met daarop dat het ons spijt en dat we het nooit weer zullen doen.' Ze had een keer op een zomerbijbelschool geleerd om vingerverf te maken van maizena en water en voedingskleurstof, en ze dacht dat oma Calla hun vast wel een groot vel wilde geven van het witte papier dat ze gebruikte om voor haar klanten het vlees in te verpakken.

Blade zei dat hij zou helpen met de poster, maar eerst ging hij bloemen plukken voor hun vader. Het enige wat er in dit jaargetijde nog bloeide was chrysanten, maar bloemen zijn bloemen. Hij kon zich nog heel goed herinneren hoe die andere bloemen een tijdje terug de oom hadden opgevrolijkt, en als iets werkte bij een oom, moest het ook werken bij een vader.

Noble zag niet in dat hij iets goed te maken had. 'Ik ben niet trots op al dat geheimzinnige gedoe,' zei hij, 'maar ik had immers geen keus?'

Daar had Willadee niet direct een antwoord op. Ze was heel blij dat dit Eerlijk de Waarheid Zeggen begonnen was nadat Noble had geleerd voor zichzelf op te komen.

'Je zou hem op z'n minst kunnen laten weten hoe jij erover denkt,' stelde ze voor.

'Dan gaat hij alleen maar tegen me preken.'

'Nou en?' zei Willadee. 'Je was dapper genoeg om de confrontatie aan te gaan met die jongens op school. Dan kun je ook wel een preek verduren. Het gaat er nu niet om of je vader en jij het eens zijn, het gaat erom dat jij hem laat weten dat je om hem geeft.'

★★★

Calla nam die avond haar eten mee naar haar kamer. Ze zei dat ze even wat tijd voor zichzelf nodig had. Sid zou die nacht bij Toy in het ziekenhuis blijven, dus logeerde Bernice bij Nicey. Het was voor het eerst sinds maanden dat Samuel en Willadee alleen met hun kinderen aan tafel zaten.

Samuel bewonderde de kookkunst van de kinderen, en hij was verguld met zijn bloemen, en de poster vond hij prachtig. Wat de kinderen zeiden was echter voor hem het waardevolst. Noble ging als laatste, en zijn excuses waren helemaal geen excuses, maar toch sprongen de tranen Samuel in de ogen.

Wat de jongen zei, was: 'Ik hou van jou.'

***

De kinderen hadden oom Toy nog niet weer gezien sinds de schietpartij, en dat viel hun steeds zwaarder. Op zaterdagmorgen hakte Samuel de knoop door en besloot dat de aanblik van een paar slangetjes veel minder erg zou zijn dan alles wat ze zich in het hoofd hadden gehaald.

'Denk erom, hij ziet er nog steeds behoorlijk slecht uit,' legde hij uit, terwijl Willadee en hij hen door de gang van het ziekenhuis loodsten. 'Daar hoef je niet van te schrikken. Straks is hij weer zo goed als nieuw, maar het kost gewoon tijd voordat hij weer op krachten is.'

'Weet je zeker dat hij ons zal herkennen?' vroeg Bienville. Hij had eens iets gelezen over mensen die bijna gestorven waren en die hun familie niet meer herkenden.

'Natuurlijk herkent hij jullie,' zei Samuel. 'En er is niemand die hij liever zou zien dan jullie vier.'

Samuel mocht zich de laatste tijd dan wel kleintjes voelen, hij was allesbehalve klein van geest. Hij deelde met trots de kinderen die hem geschonken waren.

***

Bernice was gewaarschuwd dat ze zouden komen, dus zij was ergens anders toen ze aankwamen, en ze hadden Toy helemaal voor zichzelf alleen.

'Nou, dit is het beste medicijn dat ik tot dusver heb gehad,' zei Toy. Zijn stem klonk schor en haperend.

Hoewel ze dolblij waren hun oom te zien, schrokken de kinderen ervan hoe verzwakt hij was. Hij was de sterkste man die ze kende – althans, dat was hij geweest. Nu had zijn gewoonlijk blozende gezicht een grijzige tint, en hij leek niet langer meer dan levensgroot, vooral omdat hij zijn kunstbeen niet aanhad. Door de dekens heen konden ze de vorm van de stomp zien, zagen ze waar dat deel van Toy Moses veel te vroeg ophield.

'Waar is je been?' vroeg Blade.

Noble en Bienville trokken een gezicht. Swan gaf Blade een por tussen de ribben.

Toy knipperde niet eens met zijn ogen. 'Ik geloof dat ze hem daar in de kast hebben gezet. Vanmiddag mag ik hem weer aan, dan doe ik mee aan een hardloopwedstrijd.'

Blade zette een verbaasd gezicht en lachte toen vrolijk. Als Toy hen in de maling nam, moest het wel goed gaan met hem.

Toy zei: 'Wist je dat jouw vader heeft geholpen mijn leven te redden?'

Dat wist Blade maar al te goed, hij had het vaak genoeg te horen gekregen van iedereen, maar hij vertrouwde het niet. Hij vertrouwde zijn vader voor geen cent. Hij sloeg zijn ogen neer en deed een stapje achteruit, alsof hij de afstand tussen hem en zijn vader kon bewaren door de vraag te ontlopen. Toy begreep het.

'Ik heb eens met de artsen gepraat,' zei hij, 'en ze hebben me verteld over een kliniek in Little Rock, waar we jou een oog kunnen laten aanmeten dat net zo echt lijkt als je andere oog. We moeten het er maar eens over hebben als ik weer thuis ben.'

Blade was diep onder de indruk. 'Kan ik er dan ook mee zien?' vroeg hij.

Toy schudde het hoofd. 'Nee. Maar het zal er zo goed uitzien dat je alle meisjes achter je aan krijgt.'

Blade liep op zijn tenen naar Toy toe en fluisterde: 'Ik wil geen meisjes achter me aan hebben. Ik ga met *Swan* trouwen.'

Samuel en Willadee wisselden een geamuseerde glimlach met elkaar. Noble en Bienville maakten kokhalsgeluiden.

'Hou op, uilskuiken, zeg dat toch niet steeds,' siste Swan.

'Ik mag zeggen wat ik wil.'

'Maken jullie een ander keertje maar ruzie over de verloving,' zei Toy. 'Nu wil ik in het middelpunt van de aandacht staan.'

Hij vroeg elk van de kinderen hoe het op school ging, en hij vroeg Willadee of Calla het een beetje kon redden. Toen vroeg hij Samuel hoe het vorderde met zijn plannen voor de tentevangelisatie.

'Het lijkt allemaal de goede kant op te gaan,' vertelde Samuel.

'Dan mag Columbia County de borst wel natmaken,' grinnikte Toy. 'Zo te horen staat ons een knokpartij tussen God en de duivel te wachten.'

Hoofdstuk 34

'Wat zijn je plannen, Samuel? Hoe lang gaat je evangelisatiecampagne duren?' vroeg Calla op een avond. De voorafgaande week had Samuel Johns oude tractor en de struikenmaaier aan de praat gekregen en Ledbetters katoenveld gemaaid. En net vandaag waren er een paar mannen van het verhuurbedrijf gekomen om de tent op te zetten. Calla had de hele middag door het winkelraam toegekeken en was de weg overgestoken zodra de mannen weer weg waren, om de concurrentie in ogenschouw te nemen.

'Tot God me zegt dat ik ermee te stoppen,' antwoordde Samuel.

Calla trok haar trui dichter om zich heen en kruiste haar armen over de borst, en keek naar het pasgemaaide veld, de pas opgezette tent, het pasgeverfde spandoek dat er precies zo uitzag als Samuel voor ogen had gestaan. KIEST DAN HEDEN WIE GIJ DIENEN ZULT. Onwillekeurig dacht ze dat als Willadee mocht kiezen wie ze zou dienen, de stamgasten van *Never Closes* hun borrel noodgedwongen ergens anders zouden moeten halen.

'Ik weet niet hoe jij tegen dit alles aankijkt, Calla,' zei Samuel, 'maar het is iets wat ik doen moet.'

Calla antwoordde: 'Lieve deugd, Samuel, al houd je hier een evangelisatiecampagne tot het einde der tijden – ik vind alles best. Hoogstwaarschijnlijk zullen we elkaar aan klandizie helpen.'

★★★

Om geen van de predikanten uit de omgeving tegen zich in het harnas te jagen met zijn tentevangelisatie, had Samuel het zo geregeld dat hij bijeenkomsten hield wanneer zij dat niet deden. Maandagavond, dinsdagavond, niet op woensdagavond vanwege alle gebedssamenkomsten, donderdagavond, vrijdagavond, zaterdagavond. Op zondag bezochten Samuel en Bernice een van de kerken in de omgeving en zongen eventueel één of twee liederen. Op hun beurt vertelden de dominees hun gemeenteleden over de evangelisatiebijeenkomsten en drongen er bij hen op aan ze bij te wonen.

Samuel liet wat strooibiljetten drukken, waarop bovenaan in grote letters de kreet OPWEKKING DOOR DE GEEST! pronkte. Daaronder stonden enkele foto's. Eentje van Samuel met een opengeslagen Bijbel in zijn hand, eentje van Bernice met een microfoon, en eentje waarop ze samen stonden te zingen, met hun hoofden dicht maar niet *te* dicht bij elkaar.

Samuel en Bernice reden de hele county door om strooibiljetten aan hekken en achter winkelruiten te plakken, en om nog meer strooibiljetten uit te delen aan mensen die ze op straat tegenkwamen. Bijna alle mensen die Samuel sprak, beloofden dat ze hun uiterste best zouden doen om te komen. Een tentevangelisatiecampagne was een hele happening, vooral wanneer Sam Lake zou zingen en vijf verschillende instrumenten bespelen, en wanneer dat knappe schoonzusje van hem de tweede stem zong. De mensen waren Samuel en zijn muziek nog niet vergeten.

★★★

De campagne begon op een maandagavond, en de hele streek liep uit. In drommen. Auto's vol mensen. Pick-ups vol mensen. Bussen vol mensen van kerken uit de hele county, en zelfs uit naburige county's.

Samuel stond voor de tent om de menigte te verwelkomen. 'Goed je te zien.' 'Fijn dat u gekomen bent.' 'Ben je klaar voor een bezielende avond?' En de mensen antwoordden: 'Goeienavond, dominee.' 'Dag, Samuel.' 'Ik hoop wel dat je je banjo hebt meegebracht.' Bernice stond pal naast hem (ze had er nog nooit zo mooi en zo devoot uitgezien), en langzaam drong het tot hen allebei door dat het nu echt ging gebeuren. Een golf van emoties welde in Samuel op – zo sterk dat hij ze bijna niet kon inhouden. Dankbaarheid. Vreugde. En een gevoel dat hij al een hele poos niet meer had gehad. Het gevoel dat hij van waarde was voor de wereld in het algemeen. Deze mensen, al deze lieve mensen kwamen hiernaartoe omdat ze ergens naar hunkerden. Misschien naar geestelijke vernieuwing, misschien naar muziek, misschien enkel een verzetje om de dagelijkse sleur te verbreken. Wat het ook was waarvoor ze gekomen waren, ze zouden een dubbele portie krijgen.

Het was fris buiten, maar niet echt koud, en de mensen hadden net even iets warmers aangetrokken en dekens meegebracht waar de kleinste kinderen op konden slapen. Toen het bijna tijd was om de samenkomst te beginnen, gingen Samuel en Bernice het podium op, en hij controleerde of de instrumenten goed gestemd waren. De toeschouwers maakten het zich gemakkelijk; de meesten zaten met elkaar te praten, en al die stemmen bij elkaar vormden een soort gedempt gebrul. Samuel zag de vier kinderen op de voorste rij zitten, twee aan weerszijden van Calla Moses, die zich voor de gelegenheid had opgedoft. Hij knipoogde naar hen, en zij grijnsden terug. Ze leken al bijna even opgewonden als hij was.

Bernice kwam bij Samuel staan en vroeg: 'Kun je het al geloven?' 'Het begint te komen,' antwoordde hij.

Samuel knipte de microfoon aan en zei 'Test, één, twee, drie,' en toen zijn stem uit de luidsprekers dreunde, viel er een verwachtings-volle stilte in de tent. Hij vond het niet nodig zichzelf voor te stellen. Iedereen wist wie Bernice en hij waren.

Hij sloeg een akkoord aan op de gitaar en knikte naar Bernice, en ze zetten *I Saw the Light* in. Samuel en Bernice die in die microfoon zongen, hun stemmen in volmaakte harmonie – het was alsof de he-mel openging. Het duurde niet lang voordat mensen met hun voeten gingen meetikken, en in hun handen gingen klappen, en iemand uit het publiek schreeuwde 'Halleluja!'. Als antwoord voerde Samuel het tempo op.

Op een gegeven moment, toen hij zijn ogen over de menigte liet gaan, was hij er vrijwel zeker van dat hij Ras Ballenger achter in de tent zag staan (*Ras Ballenger, die welwillend* glimlachte), maar toen hij opnieuw keek was er van de man geen spoor te bekennen. Misschien had hij zich vergist.

Voor het eerst van zijn leven was Samuel blij dat er iemand *niet* was komen opdagen in een kerkdienst.

★★★

Calla kreeg gelijk met haar voorspelling dat de tentsamenkomsten en *Never Closes* elkaar klandizie zouden bezorgen. Niet alle bezoekers van de samenkomsten zaten daar uit eigen vrije wil. Sommigen zaten er omdat ze waren meegesleept door dominante echtgenoten of echt-genotes. En sommigen van hen bleven niet zitten waar hun echtge-notes hen hadden neergezet. Mannen die onder de plak zaten glipten weg naar de bar voor een paar glaasjes, terwijl hun vrouwen helemaal opgingen in de Heilige Geest. Natuurlijk ging het over en weer. Zon-daars in de bar, die de geestelijke liederen wel moesten horen, werden aan het denken gezet over hun ellendige bestaan en wat ze eraan moesten veranderen, en waagden zich naar de tent aan de overkant, op zoek naar verlossing. Het leek wel een getouwtrek tussen God en de duivel, waarbij beide kanten soms wonnen en soms verloren.

De evangelisatiecampagne was zo'n groot succes dat het niet te zeggen was hoe lang hij zou doorgaan. Er werd wel wat over ge-praat dat het een schande was dat Samuels vrouw in een ordinaire kroeg werkte terwijl hij zich daar het vuur uit de sloffen preekte, en er werd ook wel over gepraat dat Samuel geen tentevangelisatie had hoeven op te zetten als de methodistenconferentie hem er niet uit had geschopt, maar men zorgde er wel voor dat Samuel het niet hoorde; en als hij het wel zou hebben gehoord, zou hij zich er niet door hebben laten kisten. Elke avond kwamen er mensen tot geloof, dus dit moest wel Gods werk in uitvoering zijn.

Samuel was een gelukkig man.

Bernice was in haar element.

Toy was aan de beterende hand, maar niet dankzij zijn vrouw, die niet de hele tijd zijn handje kon vasthouden. Hoe zou ze zijn hand de hele tijd moeten vasthouden nu ze zo veel te doen had? Ze moest elke avond Samuel helpen met de samenkomsten, en na de samenkomsten met Samuel praten over elke geestelijke kwestie die ze maar kon bedenken, en niet te vergeten overdag met Samuel de hele county rondrijden en meer strooibiljetten laten drukken en mensen uitnodigen om naar de samenkomsten te komen. En dan moest ze ook af en toe nog voor zichzelf zorgen, het kost uren om er voortdurend perfect uit te zien. Trouwens, Toy was toch niet meer in levensgevaar. Jammer genoeg.

Willadee was zo moe doordat ze elke nacht twaalf uur op de been was en desondanks probeerde om overdag de kinderen en het huishouden bij te houden, dat ze zich nu al afvroeg hoe lang ze dit tempo zou kunnen volhouden. Tegen de tijd dat zij 's morgens eindelijk naar bed kon, stond Samuel net op om aan de dag te beginnen. De geschiedenis van John en Calla herhaalde zich.

Calla Moses hielp met de kinderen en bleef zich eraan ergeren dat Bernice in huis geen poot uitstak.

De kinderen bleven kinderen.

★★★

Thanksgiving brak aan en ging voorbij. Alle kinderen deden op school mee aan een voorstelling, en op de een of andere manier slaagde Willadee erin om ze allemaal bij te wonen, behalve die van Noble, die 's avonds plaatsvond (Calla ging in haar plaats). Samuel haalde die van Bienville en Blade, die allebei overdag waren op dezelfde middag, maar verder stak hij al zijn tijd in het werk van de Heer. Swan merkte amper dat haar vader niet bij haar voorstelling was. Voor haar geboorte had hij al zijn tijd al in het werk van de Heer gestoken, dus ze was eraan gewend.

Ras Ballenger kwam weer een keer langs in de evangelisatietent (ditmaal wist Samuel zeker dat hij hem gezien had), maar hij veroorzaakte nog altijd helemaal geen moeilijkheden. Blade voelde zijn aanwezigheid, keek om en zag hem, en had een week lang last van nachtmerries. Daarna kroop hij elke avond bij Samuel in bed, en de boze dromen hielden even abrupt op als ze begonnen waren.

Toy kwam thuis uit het ziekenhuis. Thuis bij Calla, niet thuis in zijn eigen huis. Het leven zou knap eenzaam zijn als hij daar in z'n eentje zat en geen kant op kon, terwijl Bernice op stap was om Samuel te helpen reclame te maken voor de tentsamenkomsten. Bovendien wilden Willadee en Calla Toy ergens hebben waar ze voor hem konden zorgen.

Bernice vond dat het ziekenhuis hem iets te snel had ontslagen.

★★★

Het werd Kerst, en tot haar opluchting constateerde Swan dat de familie Lake niet langer zuinig leefde. Het aantal bezoekers bij de tentevangelisatie was teruggelopen toen het zo koud werd dat het voor de meeste mensen niet meer te harden was, maar tot dan toe waren er veel giften binnengekomen, en Samuel had een beetje kunnen sparen. Er waren cadeautjes voor iedereen.

Alle ooms en tantes en neefjes en nichtjes kwamen voor het kerstdiner. Er waren zo veel mensen dat er in huis nauwelijks nog ruimte was om je te bewegen, maar daar was Calla blij mee. Dit was haar eerste Kerst zonder John, en ze wilde niet de hele dag aan hem denken en hem missen. Toen echter iedereen die niet in haar huis woonde weer naar zijn eigen huis was gegaan, ging ze naar de begraafplaats en stond een hele tijd in de kou bij zijn graf, wensend dat ze de wijzers van de klok kon terugdraaien.

Laat in de middag stond Ras Ballenger op de stoep om cadeautjes voor Blade te brengen. Calla bedankte hem nogmaals dat hij had geholpen Toys leven te redden, maar Blade verstopte zich in Bienvilles kamer tot zijn vader weg was, en weigerde vervolgens de cadeautjes open te maken.

Zijn nachtmerries keerden terug.

★★★

Het werd januari. Er waren minder bezoekers bij de tentsamenkomsten, maar nog niet zo weinig dat Samuel zelfs maar wilde overwegen om ermee te stoppen. Met een kleiner publiek werden de bijeenkomsten intiemer. Mensen gaven hun getuigenis (Bernice gaf het hare elke avond, en de toehoorders werden er telkens weer door geraakt), aan het einde van elke samenkomst kwamen er nog altijd zondaars naar voren om zich te bekeren, en de muziek werd alsmaar beter.

Swan werd twaalf, en Noble werd in dezelfde week dertien. Swan vroeg haar moeder om een beha en kreeg in plaats daarvan een kamizooltje. Besteld uit de geschenkencatalogus van postorderbedrijf Sears. Toy gaf Noble de sleutels van opa Johns pick-up, die het nog steeds niet goed deed omdat de motor er nog steeds uitgehaald moest worden. Calla bakte een omgekeerde ananascake, wat niet het soort gebak is waar je kaarsjes op zet, dus er was niets om uit te blazen en wensen bij te doen. Niemand miste de kaarsjes echter, want als je omgekeerde ananascake zit te eten, heb je eigenlijk niets meer te wensen.

★★★

Eind januari kondigde Toy tijdens het ontbijt aan dat hij over een paar dagen weer aan het werk wilde gaan in *Never Closes*. Willadee was zo blij dat ze het liefst een vreugdedansje rond de tafel had willen maken. Bernice vroeg zich af of het wel verstandig was dat hij dit deed; per slot van rekening was hij dicht genoeg bij de poorten van de dood geweest om er om het hoekje te kunnen kijken, en hij was nog steeds niet helemaal de oude.

Wat haar werkelijk dwars zat, was dat wanneer Toy zijn taken weer op zich nam, Willadee de handen vrij zou hebben om háár taken op zich te nemen, en dat was zo oneerlijk. Bernice had al die moeite gedaan om Samuels vertrouwen te winnen en hem zover te krijgen dat hij in haar geloofde, en soms, wanneer ze zongen, vormden hun stemmen zo'n mooi geheel dat het leek alsof die twee één geworden waren, en nu zou Willadee alles in één klap tenietdoen. Bernice was zich er terdege van bewust dat een vrouw die in het bed van een man ligt op hetzelfde moment als hij, een ontzettend groot voordeel heeft op een vrouw wie het nog nooit gelukt is om met die man in bed te belanden; en nu zag ze haar kans (of wat ze geloofde dat haar kans was) haar ontglippen.

Haar plan was steeds geweest om het zo slim te spelen dat Samuel zou geloven dat het allemaal zijn eigen idee was, maar ze had niet eindeloos de tijd, en dat was hoelang hij erover deed. Hij liet haar geen andere keus dan hem te verleiden. Als hij het initiatief had willen nemen, had hij daarvoor al vaak genoeg de gelegenheid gehad.

Als alles ging zoals zij het hoopte, zouden Samuel en zij samenkomen in een hartstochtelijke versmelting die het begin zou zijn van levenslang geluk. Als het mislukte, zou het leven niet meer het leven waard zijn, dus dan zou ze vermoedelijk de hand aan zichzelf moeten slaan.

★★★

Die avond was het een bijzonder emotionele samenkomst. Daar was Bernice erg blij om, aangezien emoties op het geestelijke vlak kunnen leiden tot andersoortige emoties, als beekjes die in een rivier uitkomen. Samuel en zij voelden het allebei nog nagloeien toen het publiek allang uiteengegaan was.

'Ik ben God zo ongelofelijk dankbaar voor deze hele ervaring,' zei ze tegen hem, toen ze de stoelen hadden rechtgezet en alles hadden opgeruimd. Ze stonden achter in de tent, en Samuel wilde net de lichten uitdoen. Het leek het volmaakte moment voor dit gesprek, en door er een verwijzing naar God in te stoppen meende Bernice precies de goede toon te hebben aangeslagen. 'De afgelopen paar weken heb ik meer vreugde gekend dan in de rest van mijn leven bij elkaar.'

Samuel glimlachte en zei: 'Je hebt er ontzettend veel aan gedaan om dit alles te laten slagen, Bernice. Ik zou niet weten hoe ik het deze weken zonder jou had kunnen redden.'

Ze stak een hand uit naar de schakelaar en deed het licht uit.

'Ik weet niet hoe we het zo lang zonder elkaar hebben kunnen redden,' fluisterde ze, terwijl ze zo dicht tegen hem aan ging staan dat enkele strategische delen van haar lichaam hem aanraakten. Samuel deinsde onmiddellijk terug en deed het licht weer aan. Hij was zo ontzet dat zijn handen beefden.

'Wat bezielt jou in vredesnaam?' vroeg hij met schorre stem.

Dat was een beetje een domper, maar ze nam aan dat zijn stem zo klonk omdat hij zó opgewonden was dat hij bijna niet kon praten. 'Samuel...' zuchtte ze.

'Bernice, we moeten naar de overkant van de weg, waar we horen. Jij hebt een man die op jou wacht, en ik een vrouw.'

'Jij wilt hetzelfde als ik,' hield ze vol, en ze pakte zijn handen om die te leiden naar waar hij eigenlijk − daarvan was ze overtuigd − wilde dat ze zouden zijn. 'Je weet dat je het wilt.'

Samuel trok zijn handen los en staarde haar enkel aan. 'Nee,' zei hij, 'dat wil ik niet. En als jij ongeoorloofde gevoelens hebt, dan moet je de Heer vragen om je te helpen ze te boven te komen.'

'Ongeoorloofde gevoelens?' O, nu was ze goed verontwaardigd. *'Ongeoorloofde gevoelens?'* Haar stem kreeg een schrille klank.

'Bernice, ik breng je naar huis,' zei Samuel en pakte haar arm.

Ze trok zich los. 'Dat had je gedroomd,' ziedde ze. 'Je dacht dat je me zomaar even kon meenemen en me bij Toy afleveren en zeggen "Alsjeblieft, jij mag haar hebben, ik ben klaar met haar"?'

Vol ongeloof deed Samuel een stap achteruit.

'Nou, jij en ik zijn nog niet klaar, Samuel! En dat zullen we ook nooit zijn. Ik was het die naast je stond toen iedereen wist dat je het spoor bijster was. Ik ben zelfs meer jouw steun en toeverlaat geweest dan je eigen vrouw, die daarginds achter de bar staat met al die stamgasten die voortdurend aan haar willen zitten.'

Samuel schudde het hoofd en wendde zijn blik af. Bernice wist dat ze op een teer punt was gestuit en buitte haar voordeel uit.

'Ik heb horen vertellen dat Calvin Furlough heel veel tijd doorbrengt in *Never Closes* sinds Willadee daar werkt,' deelde ze hem mee. 'En weet je, Calvin is een echte charmeur. Als hij 's nachts door je dromen wandelt, word je als vrouw wel wakker.'

Samuel wreef over zijn ogen lachte. Het was een vreugdeloze lach, maar desalniettemin een lach, en niemand lachte om Bernice Moses.

'Waag het niet me uit te lachen, Sam Lake,' waarschuwde ze hem.

'Het spijt me,' zei hij. 'Het spijt me dat ik lachte. Het is niet eens grappig, het is meelijwekkend.'

Hij zei dat het meelijwekkend was. Wat betekende dat *zij* meelijwekkend was. Bernice keek hem woedend aan. Opeens haatte ze hem. Verachtte ze hem.

'Het is meelijwekkend,' vervolgde Samuel, 'omdat jij iets goeds niet gewoon goed kunt laten zijn. Je kunt het niet eens uitstaan dat iets goeds bestáát. Je vergiftigt alles wat je aanraakt.'

'Vergif,' zei ze. 'Dat is een idee.'

En met die woorden liep ze weg.

★★★

Die nacht kon Samuel de slaap niet vatten. Hij vroeg zich af of Bernice hem had willen doen geloven dat ze zichzelf – of iemand anders – van het leven ging beroven. Welke van de twee het ook was, hij was ervan overtuigd dat het een loos dreigement was. Bernice kon haatdragend en achterbaks zijn, maar ze had nog nooit iets gedaan waarmee ze haar eigen gemak of veiligheid in gevaar bracht, laat staan haar vrijheid. Ze was weggereden in de richting van haar huis, en hij nam aan dat ze daar uiteindelijk ook beland was. Waarschijnlijk zou ze morgenavond gewoon komen opdagen en proberen hem ervan te overtuigen dat hij zich alles had verbeeld.

Hij overwoog Toy wakker te maken en hem te vertellen wat er gebeurd was. Maar wat zou hij daarmee bereiken? Het zou een heleboel wrok veroorzaken, en Toy zou nóg iets onaangenaams hebben waarmee hij zou moeten leven, en Bernice zou gewoon alles verdraaien zodat het klonk alsof Samuel degene was geweest die avances had gemaakt.

Misschien was het beter om niets te zeggen. Misschien was het soms het verstandigst om mensen gewoon te laten geloven wat hen gelukkig maakte. Het kwam niet bij Samuel op dat het juist deze manier van denken was wat hem het meest tegenstond in Moses-Eerlijkheid. Het enige waaraan hij dacht toen hij in slaap viel, was dat hij reikhalzend uitkeek naar de morgen en naar Willadee.

Hoofdstuk 35

De volgende morgen vroeg, toen Willadee zich de trap op sleepte en hun kamer binnenkwam, greep Samuel haar en klampte zich als een drenkeling aan haar vast. Hij kuste haar haren, die stonken naar rook. Kuste haar ogen, die rood van vermoeidheid waren. Kuste haar mond en haar hals en haar schouders en heel het bekende terrein dat hij de laatste tijd verwaarloosd had.

Ze probeerde zich los te trekken. Hij liet het niet toe.

'Ik hou van jou,' zei hij. 'Willadee, ik hou van jou zoals een vogel van de lucht houdt.'

'Ik ruik naar de bar,' protesteerde ze.

'Kan me niets schelen, kan me niets schelen.'

'Wat heb jij opeens, Samuel?'

Nu lachte hij. Zo hard dat het door de muren heen te horen was, mocht er iemand staan te luisteren. En als er iemand stond te luisteren, kon hem dat ook niets schelen.

'Ik heb gisteravond een visioen gehad,' zei hij. 'God heeft me een visioen gegeven. Hij heeft me ondubbelzinnig duidelijk gemaakt hoe mijn leven eruit had gezien als ik jou niet had.'

★★★

Het kostte Bernice de grootste moeite om niet uit haar vel te springen. Als een gekooide kat ijsbeerde ze door haar huis, huilend en jammerend. Al die tijd had ze plannen gemaakt voor haar leven met Samuel, en nu haar plannen in duigen waren gevallen, kon ze helemaal niets meer bedenken wat ze wilde of waar ze om gaf.

Ze wilde niet echt sterven, maar ze wilde ook niet echt meer leven, en bovendien had ze die opmerking over vergif gemaakt tegen Samuel, dus ze had zichzelf wel klem gezet. Ze dacht dat zelfmoord plegen of proberen zelfmoord te plegen of ten minste *lijken* te proberen zelfmoord te plegen de enige manier was waarop zij gezichtsverlies kon voorkomen en tegelijkertijd het Samuel betaald kon zetten. Hij zou het zichzelf ongetwijfeld verwijten dat hij haar tot deze daad gedreven had, en wanneer het nieuws eenmaal bekend werd zou de rest van de wereld het hem ook verwijten. Zijn reputatie zou beschadigd raken, of zelfs helemaal sneuvelen.

Wat haar eigen reputatie betreft: het liet haar koud wat daarmee gebeurde. Ze wist heel goed hoe de mensen hier over haar dachten sinds de dood van Yam Ferguson. De enige reden waarom ze tegenwoordig enige vorm van respect voor haar toonden, was dat ze voorwendde zo gelovig te zijn, en ze was niet van plan om die vertoning vol te houden. Het was best vermakelijk geweest zolang ze nog dacht dat ze daarmee Samuel voor zich kon winnen, maar geen haar op haar hoofd die eraan dacht om de rest van haar leven de vrome kwezel uit te hangen. Samuel had kansen genoeg gehad om haar te helpen op de smalle weg te blijven, als hij werkelijk om haar zielenheil had gegeven.

Bovendien wilde ze niet in Columbia County blijven. Ze wilde zelfs niet in Arkansas blijven. Waarom zou ze? Er moest een betere plek op aarde zijn, en over een dag of wat ging ze ernaar op zoek.

Maar nu eerst dit.

Samuel kennende pijnigde hij zich nu af of ze meende wat ze gezegd had, en of ze tot een wanhoopsdaad gedreven werd. Ze vermoedde dat hij, na gisteravond, het niet zou aandurven om zelf te komen kijken hoe het met haar ging, maar ze was ervan overtuigd dat hij iemand zou sturen.

Tegen het einde van de middag had Bernice alles verzameld waarvan ze dacht dat het giftig kon zijn, en het op de keukentafel uitgestald. Bleekmiddel, ammonia, gootsteenontstopper, boenwas, vloerwas, rattengif, een klein flesje kalmeringspillen die de dokter had voorgeschreven toen Toy in het ziekenhuis lag en zij had gedaan alsof ze erg van streek was, en een grote fles Cardui – een sterk alcoholisch medicijn dat Calla haar ooit had gegeven toen ze zo dom was geweest om te beweren dat het maandelijks ongerief haar parten speelde.

Het was niet moeilijk om te besluiten wat ze zou innemen. Afgezien van het feit dat ze niet dood wilde, wilde ze ook geen pijn lijden terwijl ze wachtte om gered te worden; alle huishoudmiddelen vielen dus meteen af. Ze liet ze echter wel op tafel staan omwille van het effect. Degene die kwam kijken hoe het met haar ging, zou het er de rest van zijn leven nog over hebben dat het maar goed was dat ze dat bleekmiddel niet had gedronken of dat rattengif ingenomen, want dan zouden ze haar niet meer hebben kunnen redden. Gewoon voor de lol maakte ze het busje rattengif open en legde het op zijn kant neer, waardoor er een paar korrels gif op de tafel rolden.

Ze was van plan om alleen een paar kalmeringspillen te slikken, en die zou ze pas innemen wanneer haar redder was gearriveerd en door de voordeur kwam. Je hoefde het lot niet te tarten. Ze was nooit een stevige drinker geweest (alcohol steeg haar altijd te snel en te hevig naar het hoofd), maar ze had iets nodig om de knoop in haar maag een beetje los te maken, en dus pakte ze een fles sterkedrank uit de voorraad die Toy in de logeerkamer had aangelegd toen hij nog een clandestien handeltje dreef. Toen nam ze een warm bad, dat minstens een halve fles duurde.

★★★

Toen Bernice die avond niet kwam opdagen in de tent, wist Samuel niet of hij bezorgd of opgelucht moest zijn. De temperatuur was tot onder het vriespunt gedaald, dus de opkomst was nogal mager, maar de mensen die zich wél warm hadden ingepakt en gekomen waren, vroegen hem – terwijl hij de instrumenten stemde – voortdurend waar Bernice was en waarom ze te laat was. Het enige antwoord dat hij hun kon geven was dat hij haar die dag nog niet gesproken had, en dat hij hoopte dat ze geen verkoudheid of griep had opgelopen. Hij werd met de dag meer Moses-Eerlijk.

Hij kon de gedachte niet van zich afzetten dat er eigenlijk iemand een kijkje bij haar moest nemen, om zich ervan te vergewissen dat alles in orde was. Hij was er stellig van overtuigd dat er niets aan de hand was, maar als zou blijken dat er wél iets mis was en hij had niets gedaan om haar te helpen, zou hij zich er zijn leven lang schuldig over voelen.

Hij kon niet aan Toy vragen om te gaan, omdat Toy al zo veel had meegemaakt en er nu geen zorgen bij kon gebruiken om problemen die er hoogstwaarschijnlijk niet eens waren. Willadee was aan het werk; bovendien was het op dit moment niet verstandig om Willadee en Bernice met elkaar in contact te brengen. Calla reed geen auto, dus zij viel ook af. Dan bleven alleen de politie en zijn publiek over. Ook al waren het nog zulke hoogstaande mensen, ze waren geen familie.

Dat was Bootsie Phillips ook niet, maar toch schoot die naam hem te binnen. Eerst vond Samuel het het belachelijkste idee dat hij ooit had gehad, maar toen herinnerde hij zich wat Willadee hem onlangs had verteld – dat Bootsie een volledig nieuw imago had opgebouwd. Hij dronk niet meer zo veel, zei regelmatig zinnige dingen, en had zichzelf aangesteld als Willadees beschermer toen zij in *Never Closes* ging werken.

Samuel keek zoekend om zich heen, zag Noble zitten en wenkte hem. Noble sprong het podium op, blij dat hij zijn vader van dienst kon zijn. Samuel sloeg zijn arm om de jongen heen en fluisterde hem in het oor: 'Ren gauw naar de overkant en haal Bootsie Phillips uit *Never Closes*, en breng hem bij me.'

Noble knipperde stomverbaasd met de ogen. '*Bootsie?* Wat moet jij nou met —' Maar de blik in Samuels ogen herinnerde hem eraan wie hier het kind en wie de volwassene was. 'En als hij er niet is?'

'De bar is open, dus hij is er.'

'Ik dacht dat het tegen de wet was dat ik —'

'Je hoeft niet helemaal naar binnen te gaan. Ga door het huis en steek je hoofd om het hoekje van de deur en vraag je moeder om Bootsie te zeggen dat hij iets voor me moet doen.'

'En als hij dronken is?'

Samuel deed zijn best om zijn geduld te bewaren, maar hoe meer bezwaren Noble opperde, des te gespannener hij werd. Bovendien begon zijn kleine kudde rusteloos te worden. Hij zou ofwel met de muziek moeten beginnen, ofwel de mensen naar huis moeten sturen.

'Doe het nu maar gewoon,' zei hij. 'Nu meteen.'

Noble verdween in de richting van het huis. Samuel slaakte een zucht, schoof de riem van zijn gitaar over zijn hoofd en liep naar de microfoon. Het publiek werd stil en keek hem vol verwachting aan. Samuel tokkelde op de snaren, terwijl hij allerlei liederen de revue liet passeren om het juiste lied voor dit moment te kiezen. Bernice en hij hadden altijd een vast rijtje liederen die ze zongen, maar de meeste daarvan smeekten om een tegenstem, en dat was iets wat hij in zijn eentje niet voor elkaar kon krijgen. Na een paar tellen deed hij zijn mond open, en zijn warme tenor galmde door de nacht.

'*I am weak but Thou art strong,*' zong hij, en het leek wel of hij het publiek betoverde. Elke man, elke vrouw en elk kind in de tent ontspande zich op hetzelfde moment; ze glimlachten zacht en deinden op de muziek als gras in de wind.

★★★

Willadee wist niet wat ze ervan denken moest toen Noble zijn hoofd om de deur stak en haar vertelde dat zijn vader Bootsie Phillips wilde spreken.

'Wat moet hij nou met Bootsie?'

'Dat heb ik hem ook gevraagd,' antwoordde Noble, 'maar dat heeft hij er niet bij verteld.'

Willadee haalde haar schouders op en wendde zich tot Bootsie, die in halfnuchtere staat aan de bar zat en een oogje op de stamgasten hield.

'Kan ik iets voor je doen, Willadee?' vroeg hij gretig, zodra hij haar zijn kant op zag kijken.

'Samuel heeft je nodig aan de overkant.'

'Wat moet Samuel in vredesnaam met –?'

'Geen idee. Maar het moet wel heel belangrijk zijn, dat hij Noble hierheen heeft gestuurd om jou te halen.' Ze geloofde niet echt dat het zó belangrijk kon zijn. De laatste crisis in de evangelisatietent was geweest dat Samuel een slang in zijn versterker had gevonden en hem er niet uit kreeg. Maar voor Bootsie was het goed om het gevoel te hebben dat iemand hem nodig had.

Bootsie stond al naast zijn kruk voordat Willadee uitgesproken was. Hij rechtte zijn rug als een drilsergeant, gebaarde naar Noble om hem voor te gaan, en daar gingen ze.

'Gedraag jullie in mijn afwezigheid,' riep hij over zijn schouder naar de barklanten, 'of je krijgt het met mij aan de stok wanneer ik terugkom.' Tegen Willadee zei hij: 'Ik zal niet langer wegblijven dan nodig.'

Willadee glimlachte, zoals ze altijd glimlachte wanneer Bootsie plechtig iets aankondigde of met veel vertoon op haar paste. In feite had ze nooit het gevoel gehad dat ze bescherming nodig had in *Never Closes*. Alle stamgasten leken zich verantwoordelijk te voelen voor haar veiligheid. Ze letten zelfs op hun woorden wanneer zij in de buurt was, en Bootsie was niet de enige die minder was gaan drinken.

Het liedje op de jukebox was net afgelopen, en opeens kon Willadee de muziek van de overkant horen. De stem van Samuel, die hoog en helder zong. Alleen Samuel. Willadee bleef even luisteren en vroeg zich af waarom Bernice niet meezong. Toen was Samuels lied afgelopen, net toen de jukebox een rampestampdeuntje begon te spelen en horen en zien haar verging.

★★★

Samuel had alle kinderen uit het publiek op een rijtje op het podium gezet om *This Little Light of Mine* te zingen. Hij zag Noble en Bootsie de tent inkomen, en knikte naar Noble dat hij kon gaan zitten. Toen doken Bootsie en hij weer onder de tentflap door, de ijskoude nachtlucht in.

Bootsie, die redelijk vast op zijn benen stond, keek Samuel recht in de ogen. 'Wat is d'r aan de hand, dominee?'

Samuel legde uit dat zijn schoonzus niet was komen opdagen voor de samenkomst en dat ze niet had gebeld om door te geven dat ze niet zou komen, en dat hij zich dus zorgen maakte en een betrouwbaar iemand zocht die een kijkje bij haar wilde nemen.

'Hoogstwaarschijnlijk is er niets aan de hand,' zei hij, 'maar je weet maar nooit. Misschien heeft ze een lekke band of autopech of zo.' Hij voegde er niet aan toe dat ze zichzelf kon hebben vergiftigd of dat ze wellicht thuis een moord zat te beramen.

Bootsie zwol van trots dat hem zo'n belangrijke verantwoordelijkheid werd toevertrouwd, en hij verzekerde Samuel dat hij met alle plezier even ging kijken en dat er weinig was wat hij *niet* zou doen voor de familie Moses of Lake.

'En ik wil jou bedanken dat je zo goed op Willadee past,' zei Samuel. 'Je bent een goed mens, Bootsie.' Hij gaf Bootsie een joviale klap op de schouder. Bootsie wankelde heen en weer als een matroos op het dek van een schip. Op de een of andere manier slaagde hij erin zijn evenwicht te bewaren en niet pardoes om te vallen.

'Ik doe m'n best,' zei hij ernstig. 'Het is nog niet zo makkelijk als het d'r uitziet.'

★★★

Op weg naar het huis van Toy en Bernice kon Bootsie alleen maar denken hoe prettig het was dat mensen op hem rekenden en een beroep op hem deden wanneer er een probleem was. Nog niet zo lang geleden had geen mens in de hele county hem genoeg vertrouwd om hem te vragen een kijkje te nemen bij hun hond, laat staan bij een prachtige, frêle vrouw als Bernice Moses.

Bootsies houttruck was een beschamend oud, aftands stuk roest dat rammelde en ratelde en schudde en kraakte en een afwijking naar links had. Hij moest het stuur altijd met beide handen stevig vasthouden en er uit alle macht aan trekken om te voorkomen dat hij het tegemoetkomende verkeer verpletterde. Gewoonlijk reed hij zo hard mogelijk, alsof hij popelde om te zien wat er zou gebeuren als de wielen eraf vlogen. Maar vanavond niet. Hij reed met een sukkelgangetje en speurde de weg af naar een auto met pech en een vrouw in paniek, maar de enige die hij tegenkwam die in paniek was, was een eekhoorntje dat als een bezetene in het rond draaide terwijl het probeerde te besluiten of het zich wilde laten overrijden of in het bos wilde verdwijnen.

Toen hij bij Toys huis aankwam, zag hij nergens licht branden, zelfs niet op de veranda. Bootsie zocht op de tast zijn weg door het donker, het erf over en het trapje op.

'Is er iemand thuis?' riep hij. Het enige geluid kwam van een boomtak die langs de zijkant van het huis schuurde.

Hij klopte een paar keer aan, maar er kwam geen reactie, en dus deed hij de deur open, glipte naar binnen en deed het licht aan. De woonkamer was zo netjes dat het leek alsof hij niet gebruikt werd. Hij liep verder het huis door.

De piepkleine eetkamer was al even keurig aan kant als de woonkamer, en dat gold ook voor de keuken, behalve voor de tafel. Bootsie zag de verzameling potjes en flessen – de schoonmaakmiddelen en de medicijnen – en hij meende te begrijpen waarom Bernice niet was komen opdagen bij de evangelisatiesamenkomst. Blijkbaar had ze het hele huis gepoetst en was ze uitgeput. Bovendien had ze zeker buikpijn, en van zijn vrouw had hij wel begrepen dat dat pijnlijker kon zijn dan een man zich ooit kon indenken; en dus had ze wat Cardui en een kalmeringspil genomen en was ze vroeg naar bed gegaan. Ze zou nu wel diep in slaap zijn, helemaal buiten westen door die pil. Het gemorste rattengif kon hij niet verklaren, maar hij had op één avond al meer nagedacht dan hij normaal gesproken in een hele week deed, dus maakte hij zich niet druk over één zo'n kleine detail.

Hij overwoog de gang in te lopen en de slaapkamer te zoeken en om het hoekje te kijken, gewoon om zeker te weten dat zijn theorie klopte, maar daar had hij toch zijn bedenkingen tegen. Wat als Bernice wakker werd en dacht dat hij was ingebroken en haar kwaad wilde doen? Wat als Toy thuiskwam en zijn aanwezigheid verkeerd uitlegde, en Bootsie eindigde als Yam Ferguson, met zijn hoofd de verkeerde kant op gedraaid?

Bootsie vond dat hij had gedaan waarvoor hij hiernaartoe gestuurd was. Op zijn tenen liep hij naar de voordeur.

En toen hoorde hij iets. Een zacht, schor gekreun.

Hij draaide zich om en ging op het geluid af. De eerste kamer waar hij in keek, was de slaapkamer waar Toy al die drank had opgeslagen, en bijna was Bootsie daar gestrand. Er stonden kratten vol bourbon en sour mash en scotch en wodka en jenever en rum en nog heel veel meer – alles waar een oprecht toegewijde dronkenlap alleen maar van kon dromen, en opeens dacht Bootsie dat hij er misschien wel genoeg van had om halfnuchter te zijn.

Hij deed een schuldbewuste stap in de richting van een krat Wild Turkey. Hierdoor zou alles veranderen, dat realiseerde hij zich. Niemand zou hem ooit nog vertrouwen, maar verdorie, hij snakte naar een grote slok bourbon en wel nu meteen. Hij greep naar het krat, haalde er een fles uit, maakte hem open en vergat waarom hij hier was.

Hij wilde net een teug nemen toen hij weer gekreun hoorde, harder dit keer. Het geluid bracht hem met zo'n schok terug in de werkelijkheid dat hij een paar scheuten van het kostbare vocht over zijn kleren morste.

'Hè, verdorie,' zei hij klaaglijk, zette de fles neer en liep achteruit de kamer uit.

★★★

Hij vond Bernice languit op de vloer van de badkamer, met het gezicht voorover, en met niets om het lijf dan haar huid. Ze was precies zo volmaakt als hij en alle andere mannen die haar ooit gezien hadden, zich hadden voorgesteld; maar Bootsie zag het niet eens, vanwege al het bloed. Er zaten grote rode vlekken op de zijkant van het bad, dikke klodders in Bernice' haar, en nog wat vegen hier en daar op haar huid.

Bootsie had het gevoel dat iemand hem met een balk op zijn hoofd had geslagen. Hij kon niet eens ademhalen. Een paar tellen bleef hij roerloos staan, niet in staat zijn benen in beweging te krijgen. Toen stormde hij naar de keuken en greep de telefoon. Eerst moest hij een stelletje oude dametjes toebijten of ze alsjeblieft hun feestje wilden staken en de lijn vrijmaken zodat hij een dringend telefoontje kon plegen, en dus duurde het eindeloos lang voordat hij Early Meeks te pakken kreeg. Hij was zo van streek dat hij niet eens de verraderlijke klikjes hoorde toen die ouwe kletstantes hun telefoon weer oppakten om te horen wat voor opwindends er gaande was.

Early hoorde Bootsies geraaskal aan tot hij eruit opgemaakt had dat Bernice ernstig gewond was, misschien wel stervende, en dat er overal bloed lag. 'Is ze aanspreekbaar?' vroeg hij.

'Is ze wat?'

'Kan ze praten? Kan ze haar ogen opendoen en je aankijken?'

'Weet ik niet. Weet ik niet!' Bootsie was in huilen uitgebarsten; hij was misselijk en panisch van angst. 'Ze ligt met d'r gezicht voorover, en ik durf haar niet aan te raken.'

'Hoe weet je dan dat ze nog leeft?'

'Dooie mensen kreunen niet,' zei Bootsie. 'En zij kreunt steeds.'

'Ik stuur een ambulance en ben zo bij je,' zei Early. 'En jij gaat ondertussen nergens heen, begrepen, Bootsie?'

Bootsie begreep het heel goed. Hij wist wat Early eigenlijk bedoelde: dat hoe het ook zou aflopen met Bernice Moses, de kans heel groot was dat Bootsie Phillips de schuld kreeg.

★★★

Toen Early bij Toys huis aankwam, trof hij Bootsie kokhalzend aan op de veranda. 'Waar is ze?' vroeg hij, terwijl hij het trapje op rende.

'Badkamer,' wist Bootsie uit te brengen tussen twee aanvallen door.

Early beende om hem heen het huis in. Bootsie luisterde naar zijn voetstappen, en toen die halt hielden, zette hij zich schrap voor wat er ook maar komen zou. Eén volle minuut bleef het afschuwelijk stil, en toen klonk Early's stem, bulderend als een kanon. *'Bootsie! Hierkomen!'*

Dat was het dan. Bernice was zeker overleden, Bootsie was de hoofdverdachte, en als hij probeerde te vluchten zou hij nergens veilig zijn. Dit kwam er nou van, hield hij zichzelf misnoegd voor, als je halfnuchter bleef. Als hij zijn drinkpatroon niet had aangepast, zou hij zich op dit moment hebben schuilgehouden in *Never Closes*, zo veilig als een baby in de armen van z'n moeder. Hij zou heerlijk dronken zijn geweest, en hoogstwaarschijnlijk onder het biljart liggen slapen. Maar nee. Hij moest zich er zo nodig iets van aantrekken wat andere mensen van hem vonden, en had zijn leven gebeterd om indruk op hen te maken, en dat was het begin van alle ellende geweest. Nu kon hij niets anders doen dan de gevolgen onder ogen zien.

Schoorvoetend ging hij naar binnen. In de verte klonk een sirene, die naarmate hij dichterbij kwam steeds snerpender werd. Bootsies benen begaven het bijna, maar het lukte hem om de ene voet voor de andere te blijven zetten. Bij de deur van de badkamer bleef hij staan, niet in staat zichzelf te dwingen nog een stap te zetten.

Early stond naast Bernice (naast het *lichaam* van Bernice) met een lege drankfles in zijn hand. 'Weet je wat dit is?'

'Ik heb echt geen druppel gedronken,' protesteerde Bootsie. 'Ik stond op het punt een slok te nemen, maar ik heb het niet gedaan.'

'Jij misschien niet,' gromde Early, 'maar zij wel degelijk.'

Hij hield de fles op zijn kop, en er druppelde bloed uit op de vloer. Althans, het leek op bloed.

'Bessenjenever,' zei Early. 'Zo te zien heeft ze zich ladderzat gedronken, is ze gestruikeld toen ze uit bad kwam, en is ze van haar stokje gegaan en boven op de fles terechtgekomen. Als je niet zelf niet zo'n whiskykegel had, zou je het hebben geroken.'

Bootsie deed een stap naar achteren en zocht steun bij de muur; zijn knieën knikten van opluchting. 'Dus ze gaat niet dood?'

'Nee, tenzij ze een moordende kater krijgt. Maar wat doe jij eigenlijk hier? Andermans huis... andermans vrouw...'

'De dominee heeft me gestuurd,' zei Bootsie. 'Hij maakte zich zorgen om haar, omdat ze niet was komen opdagen bij de samenkomst.'

'Hij moet het niet wagen iemand te sturen om bij *mijn* vrouw te gaan kijken als ze niet komt opdagen bij de samenkomst,' klonk er een stem achter hen.

Bootsie en Early keken tegelijk op. In de deuropening stonden twee ambulancebroeders. De stem was afkomstig van een korte, gespierde schreeuwlelijk die Lawrence nogwat heette; hij was de afgelopen tijd een paar keer in de bar geweest terwijl zijn vrouw aan de overkant in de evangelisatietent had gezeten. De ander was Joe Bill Raders broer Ronnie. Ze hadden genoeg opgevangen om te begrijpen dat er hier geen noodgeval was, en daar waren ze ontstemd over.

'Sorry dat ik jullie voor niets heb laten komen,' zei Early. 'Jullie kunnen wel weer gaan. En ik neem aan dat de familie het op prijs zou stellen als jullie niet verder vertellen wat jullie gezien hebben.'

'Maak je geen zorgen,' verzekerde Ronnie hem. 'Je mond houden is het eerste wat je leert in dit vak.'

★★★

Natuurlijk hielden ze hun mond niet, evenmin als de vrouwen die Bootsies telefoontje hadden afgeluisterd. Met z'n vieren lieten ze de telefoonlijnen door de hele county roodgloeiend staan met het sappigste nieuwtje dat de streek in tijden had gehoord. Er waren niet genoeg details bekend om het hele verhaal te kunnen reconstrueren, en dus trok iedereen zijn eigen conclusie. De meest gangbare was dat Bernice in het geheim aan alcohol verslaafd was en dat Samuel ervan geweten moest hebben. Waarom zou hij anders een onguur type als Bootsie Phillips eropuit gestuurd hebben, terwijl er meer dan genoeg betrouwbare, godvrezende mensen waren die met alle plezier hadden willen gaan?

Vanzelfsprekend waren er ook mensen die veronderstelden dat er iets ongeoorloofds gaande was tussen Samuel en Bernice. Per slot van rekening trokken die twee al maandenlang heel veel samen op, om niet te spreken van het feit dat ze vroeger een stelletje waren geweest, en ze waren allebei van die mensen bij wie je er nooit echt overheen komt als je van ze gehouden hebt.

Het enige wat zelfs niet één keer ergens door iemand werd bedacht, was de mogelijkheid dat Bernice Moses heel even had overwogen zich van het leven te beroven.

★★★

Tegen het einde van de samenkomst waren er bij het evangelisatieterrein verschillende auto's aangekomen met mensen die niet kwamen voor de muziek of voor geestelijke vernieuwing. Sommige bestuurders bleven in de auto zitten, met draaiende motor en de verwarming hoog, wachtend tot het laatste gebed was uitgesproken en de gelovigen de tent uit kwamen. Anderen stapten uit en hingen al rokend rond bij de ingang, vastbesloten om de eerste te zijn om het publiek in te lichten.

Aan de overkant van de weg parkeerde een andere auto bij *Never Closes*, en deze automobilist wachtte nergens op.

★★★

Willadee vroeg zich af waar Bootsie bleef, en kort nadat Hobart Snell was binnengekomen kreeg ze antwoord. Hobart was een oude knar, wiens rug krom stond van de reumatiek, en wiens handen krom stonden bij het zakendoen. Hij kwam niet zo vaak in *Never Closes*, noch om te drinken, noch voor iets anders, maar vandaag strompelde hij binnen en ging recht op de bar af.

'Doe maar een sour mash,' zei hij tegen Willadee. 'Maakt niet uit wat voor soort.'

Willadee vond eigenlijk dat als het hem niets uitmaakte, het haar ook niets moest uitmaken, maar puur om aardig te zijn schonk ze hem een glas Jack Daniel's in.

Hobart pakte het glas, hield het onder zijn neus en rook eraan; ondertussen liet hij zijn blik door het vertrek gaan en nam de aanwezigen op. 'Ik zie dat je meubelstuk nog niet terug is,' zei hij.

'Welk meubelstuk?'

'Die houthakker. De zuiplap. Bootsie Phillips.'

Hobarts stem had een hatelijke ondertoon, die Willadee niet kon waarderen en die ze, vond ze, ook niet hoefde te tolereren.

'Ten eerste is Bootsie een vriend van me,' zei ze. 'En ten tweede: je bent zelf nog maar net binnen, dus hoe kun jij weten dat hij even weg is?'

Hobart grinnikte en nam een slokje Jack. 'Ik denk dat zo'n beetje iedereen in deze omgeving weet waar Bootsie vanavond is geweest,' zei hij. 'Waarom heeft jouw man zo'n sukkel eropuit gestuurd om te gaan kijken bij z'n liefje?'

★★★

'Ik vermoed dat dit het einde van m'n campagne betekent,' zei Samuel later die avond tegen Willadee, toen ze naast elkaar in bed lagen.

Na afloop van de samenkomst hadden de roddelaars met boosaardig genoegen het nieuws rondgebazuind dat Bernice Moses niet was komen zingen, omdat ze laveloos en bewusteloos op haar badkamervloer had gelegen, poedelnaakt en zo onder de bessenjenever dat Bootsie Phillips, die haar had gevonden, dacht dat ze doodbloedde.

'Je hoeft toch niet vanwege Bernice te stoppen met de evangelisatiecampagne,' zei Willadee. 'Er zijn genoeg mensen die je kunnen helpen met de muziek.'

'Niet elke avond,' antwoordde hij. 'En hoe dan ook zijn campagnes niet bedoeld om eindeloos door te gaan. Er komen steeds minder mensen. Als dat zo doorgaat, heb ik straks een schuld bij het verhuurbedrijf, en dan ben ik nog slechter af dan toen ik begon.'

Even zwegen ze allebei, en toen zei hij neerslachtig: 'Ik weet werkelijk niet meer wat God nu van me wil.'

Willadee wist niet wat ze daarop moest zeggen, maar ze wist wel dat hij troost nodig had; en dus sloeg ze haar armen om hem heen en wiegde hem als een kind.

★★★

In de daaropvolgende dagen bracht Samuel de tent en de klapstoelen en de geluidsinstallatie terug naar het verhuurbedrijf, en stortte zich op het opknappen van Calla's verwaarloosde land. Hij hakte struiken om en verbrandde ze. Hij verzaagde omgevallen bomen tot brandhout. De zware lichamelijke arbeid gaf hem een zekere voldoening en bood hem meer dan genoeg tijd om tot God te spreken, maar eerlijk gezegd vond hij dat het onderhand Gods beurt was om iets te zeggen.

Binnen de familie werd nauwelijks over Bernice gesproken. Ze was niet naar elders vertrokken, maar ging als een dolle tekeer: ze legde het aan met mannen van alle leeftijden en zorgde ervoor dat de hele wereld het wist.

Toy was een gebroken man. Nu de waarheid zo overduidelijk was dat hij er niet langer omheen kon, was alles wat er voor hem werkelijk toe deed voorbij. Alles behalve de kinderen. Hij hield zo veel van die kinderen dat het pijn deed, maar hij kon hun gezelschap of dat van wie dan ook op dit moment niet verdragen. Hij moest nog steeds elke avond naar *Never Closes* toe en daar blijven tot het licht werd, maar hij sprak zo weinig mogelijk met de barklanten, en dat begrepen ze. Ieder van hen realiseerde zich dat Toy het liefst ook als een dolle tekeer zou willen gaan, en dat hij bang was dat hij werkelijk zou uithalen als ze hem te dicht op de huid zaten.

Dus zonderde Toy zich zo veel mogelijk af. Elke minuut dat hij niet werkte of sliep, zocht hij het bos en het water op, maar op de een of andere manier maakte dat het alleen maar erger. Al het moois dat hij zag, herinnerde hem aan de schoonheid die hij voorgoed was kwijtgeraakt.

Hij kon zelfs geen comfort meer verdragen, en dus gaf hij na een poosje zijn bed in de slaapkamer boven op en ging voortaan slapen op een oud veldbed achter in het gereedschapsschuurtje. Er was amper ruimte om je om te keren, maar hij keerde zich ook niet om – hij kwam er 's avonds op dezelfde manier weer uit als hij erin gekropen was. Hij had meer dan genoeg ruimte.

Willadee bracht hem zijn maaltijden; ze liet het eten voor de deur van het schuurtje staan. Als ze elkaar toevallig zagen, maakten ze even een praatje, maar het ging niet echt ergens over. Eigenlijk was er niets wat Toy momenteel de moeite van het bespreken waard vond, en Willadee respecteerde dat.

De kinderen waren ontroostbaar. Soms tekende Blade een brief voor de oom: hij drukte zich uit in beelden in plaats van woorden. Die legde hij voor de deur van het schuurtje neer. De tekeningen waren de volgende dag altijd verdwenen, maar Toy bleef even afstandelijk als ervoor.

Swan hing rond bij het schuurtje en probeerde een paar keer door de muren heen met Toy te praten, maar Willadee zei dat ze hem met rust moest laten. Hij werkte de hele nacht en had zijn slaap hard nodig.

'Hij heeft gewoon even tijd nodig,' legde ze aan de kinderen uit, toen zij maar bleven doorgaan over de verandering in de man op wie ze zo dol waren.

'Maar hij vindt ons niet eens meer aardig!' jammerde Swan.

'O, jazeker wel,' antwoordde Willadee. 'Hij houdt ontzettend veel van jullie. Vroeg of laat komt hij weer uit dat schuurtje tevoorschijn, en bereid je maar vast voor op alle liefde die hij jullie zal geven.'

Hoofdstuk 36

Het werd februari, en God had Samuel nog altijd niet duidelijk gemaakt wat hij moest doen; daarom vroeg hij aan Calla wat ze ervan zou vinden als hij wat aardappels pootte.

'Nou, ik vind dat een man die land heeft, er niks van bakt als hij voor Valentijnsdag nog geen aardappels in de grond heeft,' zei ze. 'Hoeveel aardappels wilde je poten?'

'Ongeveer een hectare,' antwoordde Samuel.

Calla keek verbaasd. 'Dat klinkt als een soort tussenhoeveelheid voor aardappels. Te veel voor een gezin om zelf op te eten, maar te weinig om echt van een oogst te kunnen spreken.'

'Eigenlijk wilde ik er twee à vier hectare land voor gebruiken,' zei Samuel.

Nu keek Calla even verbijsterd als ze zich voelde, en dus legde hij uit dat het hem was opgevallen hoe zij in de loop der jaren haar moestuin had beplant, en dat hij meende dat haar systeem ook op grotere schaal kon worden toegepast.

'Jij plant niet zomaar één gewas op een lap grond,' zei hij. 'Je plant alles door elkaar, en zet er wat bloemen tussen waar je ze het minst zou verwachten, en uiteindelijk krijg je meer groente van minder grond, zonder insecten of plantenziekten. Alsof die beestjes er zo van in de bonen raken dat ze niet meer weten wat ze moeten eten.'

'Dat is precies waarom ik het doe,' zei Calla, 'maar jij bent die eerste die het heeft opgemerkt.'

★★★

Samuel wist dat serieus boeren serieus veel geld kostte. Geld voor zaden – maar Calla bewaarde elk jaar meer zaden dan ze in tien jaar kon zaaien, dus hij nam aan dat hij die voor niets kon krijgen. Geld voor mest – maar Calla's kippen produceerden meer uitwerpselen dan zij ooit kon gebruiken, en de kalverpaddock lag vol met oude mest, en Lady droeg elke dag haar steentje bij, dus dat kon hij ook allemaal voor niets krijgen. Geld voor gereedschap – maar Samuel had niet het dure soort gereedschap nodig dat het land hardhandig aan hem onderwierp, niet voor wat hij in gedachten had. Aan Johns oude tractor en wat handwerktuigen had hij genoeg. Samuel had gezien hoe zijn eigen vader afhankelijk was geweest van leningen, en wist dat hij die kant niet op wilde. Tegen de tijd dat de boer zijn oogst binnengehaald en verkocht had en alles had afbetaald, had hij de volgende jaarlijkse lening alweer nodig om van te leven. Wat Samuel wilde doen – en waarvan hij geloofde dat het zou kunnen werken – was de grond gelukkig maken met gedroogde mest en visafval en as van houtvuurtjes, en dan eens zien of de grond niet iets extra's wilde teruggeven.

'Je hoeft je niet tot visafval te beperken,' zei Calla. 'Ik stop de hele winter alle etensresten in de grond. Tegen het voorjaar hebben de wormen de grond zo goed omgewerkt dat ik alleen nog maar gaatjes hoef te boren met m'n vinger en daar de zaadjes in te stoppen. Waarom beperk je je tot twee à vier hectare?'

'Omdat ik nog steeds verwacht dat God me een eigen gemeente zal geven.'

Calla knikte slechts. Ze moest er niet aan denken dat God Samuel een gemeente zou geven, ook al wist ze hoe graag hij dat wilde. Als hij weer een gemeente kreeg, zou hij weggaan. En Willadee en de kinderen met hem.

'Ik zou je niet graag willen achterlaten met allerhande gewassen op je land, die iemand weer zou moeten onderploegen,' vervolgde hij. 'En ik denk niet dat er in de hele county een boer te vinden is die de zorg voor een stelletje afrikaantjes zou willen overnemen.'

'Afrikaantjes hoef je niet te verzorgen, Samuel. Afrikaantjes zorgen voor zichzelf.'

'Des te beter,' antwoordde hij.

★★★

En dus pootte hij aardappels. Een halve rij hier, een halve rij daar, met kolen en stokbonen ertussen. Hoe warmer het werd, hoe meer verschillende soorten groente Samuel zaaide. Bladgroenten en pompoen en mais en tomaten en uien en okra. En bloemen, overal bloemen. Hij zaaide ze in perkjes en percelen in plaats van in rechte rijen, zoals gewassen gezaaid hoorden te worden. Sommige lapjes hadden grillige vormen; ze liepen door elkaar en gingen ongemerkt in elkaar over. Slingerpaadjes verbonden de lapjes met elkaar, en hier en daar stonden korte stukken hek, waaraan de klimplanten zich konden hechten. Sommige stukken land ploegde hij niet eens om. Die bedekte hij met oud hooi, of met eikenbladeren of dennennaalden. Wanneer andere boeren langsreden en zagen hoe Samuel uitstekende akkergrond bedekte met allerlei soorten dood plantaardig materiaal, dachten ze dat hij nu echt gek geworden was. Zijn akkers waren totaal anders dan alle akkers die zij kenden, maar Samuel vond ze er veelbelovend uitzien.

In de tweede week van maart kwam Calvin Furlough (die geen boer was, maar overal een mening over had) op maandagmorgen in de winkel langs, en zei tegen Calla dat hij zich zorgen maakte om Samuel.

'Je maakt je geen zorgen om Samuel,' zei Calla, 'je maakt je zorgen om Willadee. Als je nou eens naar huis ging en je zorgen maakte om Donna?' Donna was Calvins vrouw. Eerlijk gezegd besteedde hij bij lange na niet genoeg aandacht aan haar, en dat was algemeen bekend.

'Donna maakt het uitstekend,' zei hij. 'Ik heb net een nieuwe Chevrolet voor haar gekocht.' Met 'nieuw' bedoelde hij eentje die ze nog niet had. Hij was er heel goed in om autowrakken te kopen en die op te knappen. Donna kreeg om de haverklap een nieuwe auto, maar er zat altijd een bordje met *Te koop* achter de voorruit geplakt.

'Samuel maakt het ook uitstekend,' deelde Calla hem mee. Ze had nooit veel op gehad met Calvin Furlough.

'Nou, hij gedraagt zich anders behoorlijk vreemd. Wat doet hij nou eigenlijk op dat land?'

'Dat zul je wel zien wanneer iedereen het te zien krijgt,' antwoordde Calla.

★★★

Calvin was niet de enige die in de winkel vragen kwam stellen. Diezelfde dag kwam Ras Ballenger langs om naar Blade te informeren.

'Het valt z'n moeder en mij erg zwaar dat hij hier is in plaats van thuis bij ons,' zei hij, en klonk gekweld. 'Maar als dit is waar hij wil wonen, dan zij het zo. In elk geval weten we dat er goed voor hem wordt gezorgd.'

Calla zei dat het bepaald geen opgave was om voor Blade te zorgen. Ze genoten allemaal van zijn gezelschap. Ras herhaalde dat dat zo'n opluchting voor hem was, en dat hij niet graag zou willen dat een van zijn kinderen iemand tot last was, en dat hij wel wist wat een lastpak Blade kon zijn.

'Het was al zover gekomen dat we hem bijna niet meer thuis konden houden,' zei hij. 'Hij heeft bij jullie toch niet geprobeerd om weg te lopen, hoop ik?'

'Nee,' zei Calla. 'Volgens mij is hij hier behoorlijk gelukkig.'

Ras knikte gedwee, als om aan te geven dat hij dit allemaal erg moeilijk vond, maar dat het blijkbaar zijn levenslot was. Bij het weggaan zei hij: 'Je hoeft 'm niet te vertellen dat ik geweest ben, hoor.'

Maak je geen zorgen, dat doe ik niet, dacht Calla.

Met de beste wil van de wereld kon ze niet begrijpen wat Ras Ballenger na al die maanden in haar winkel kwam doen, en waarom hij zo bezorgd deed om zijn zoon. Ze zou verwachten dat de moeder langskwam, huilend en haar zoon smekend om met haar mee naar huis te gaan. Of dat ze hem gewoon vastgreep en meenam. Toen Calla's kinderen nog klein waren, zou zij hen nog geen nachtje hebben laten wegblijven zonder toestemming. Maar ja, zij zou ook niet bij een man zijn gebleven die een van hen kwaad deed. Als John Moses een van haar kinderen een oog had uitgeslagen met een rijzweep, dan zou hij die avond zijn gaan slapen in deze wereld en de volgende morgen wakker zijn geworden in de andere wereld.

Nadat Ras was weggegaan, dacht ze er nog lang over na wat het te betekenen had. Misschien probeerde hij gewoon zijn reputatie in de buurt op te vijzelen. Waarschijnlijk was dat de reden waarom hij Millard en Scotty die dag geholpen had om Toy uit het bos te halen en naar het ziekenhuis in de stad te brengen. Sindsdien was ze vriendelijk tegen hem geweest. Zij allemaal. Ze waren zo dankbaar geweest dat Toy nog leefde en in hun midden was, dat ze zijn beweegredenen niet in twijfel hadden getrokken.

Maar nu deed ze dat wel.

★★★

'Ik zou niet weten wat het te betekenen kan hebben,' zei Willadee die avond, toen Calla haar het voorval had verteld. 'Maar ik vertrouw hem niet. Het is net alsof hij telkens de kop opsteekt om ons aan zijn aanwezigheid te herinneren wanneer we dreigen hem te vergeten.'

Ze hadden de kinderen naar bed gebracht en zaten in de woonkamer. Willadee was bezig de kraag van een van Samuels overhemden te keren, zodat het versleten stuk niet meer te zien zou zijn. Ze had hem net losgetornd en haalde nu de losse stukjes draad eruit.

'Ik denk dat we Blade weer beter in de gaten moeten houden,' vond Calla. 'We zijn laks geworden.'

De laatste tijd speelden de kinderen weer overal. Niet helemaal achter in het land, bij de beek, maar ze waren wel vaak uit het zicht, met name wanneer ze aan het paardrijden waren. Over het algemeen was dat vanaf het moment dat ze uit de schoolbus stapten, tot het te donker was om nog iets te kunnen zien.

Willadee schoof de kraag weer tussen het schouderstuk en de voering, met de goede kant naar boven, en begon hem vast te spelden. 'Ik wil niemand kwaad toewensen, mam, maar ik begrijp niet dat zo iemand als hij mag blijven leven.'

'Als hij die jongen nog eens lastigvalt, zal hij dat ook niet lang meer doen.'

Willadee wierp een blik op Calla. Dat was stevige taal, zeker voor haar doen.

'En denk maar niet dat ik niet meen,' zei Calla.

★★★

Die avond zat Ras Ballenger op het trapje van de veranda met een verse pluk pruimtabak in zijn mond en een tevreden glimlach op zijn gezicht.

Hij had geen vragen gesteld in Calla Moses' winkel omdat hij antwoorden nodig had. O nee. Dat hij zich even had laten zien in de evangelisatietent, en die schertsvertoning van cadeautjes voor Blade met Kerst, en vandaag dat bezoekje aan de winkel – het had allemaal dezelfde reden als veel van de dingen die hij Geraldine aandeed. Hij vond het gewoon leuk om mensen een ongemakkelijk gevoel te bezorgen.

Alle antwoorden die hij nodig had, had hij al gekregen door te observeren – wanneer niemand *hem* had waargenomen.

Achter hem kraakte de deur. Geraldine stapte naar buiten en kwam naast hem zitten. Ze ging zo ver van hem af zitten dat ze hem niet aanraakte, en hij wist dat ze alleen maar naar buiten was gekomen omdat ze niemand anders van boven de vijf jaar had om mee te praten. Gewoon om haar op stang te jagen voelde hij aan de vetrolletjes om haar middel. Ze verstijfde onmiddellijk.

'Wat is er? Vind je het vervelend dat ik aan je vet voel?'

Ze schoof weg van zijn hand. 'Niet doen.'

'Nou, vooruit dan maar, als je m'n liefkozingen niet wilt. Maar zo'n dikzak als jij kan maar beter nemen wat je krijgen kunt.' Hij porde weer in haar vetrolletjes. 'Toen ik met je trouwde was je lang niet zo dik.'

Ze klemde haar lippen op elkaar en zuchtte gelaten. Ras gaf haar een klopje op de rug alsof ze een braaf hondje was, en schonk haar een opgewekte glimlach.

'Ik heb vandaag eens naar dat joch van jou geïnformeerd.' Zo noemde hij Blade tegenwoordig, wanneer hij met haar praatte. 'Dat joch van jou.' Kleine eenogige smiecht.

Geraldine wendde haar blik af, zoals ze altijd deed wanneer hij over Blade begon. Ras wist niet of ze de jongen miste, of dat ze gewoon blij was dat het joch daarginds was in plaats van hier en niet wilde dat hij het in haar ogen kon lezen. Misschien dacht ze dat een kind veiliger zou zijn bij de Mosesen. Bij die gedachte schaterde hij het bijna uit.

Hij pakte een pluk van haar slappe haar vast. Hij trok er niet aan, zoals hij soms deed, maar hield het zo stevig vast dat ze zich niet kon lostrekken. 'Je zou eens iets aan je haar moeten doen,' zei hij. 'Je lijkt wel een ploegpaard met dat haar.'

★★★

Elke dinsdagmiddag na schooltijd kreeg Blade tekenles van Isadora Priest, die kunstgeschiedenis had gestudeerd en haar onderwijsbevoegdheid had gehaald, en een kunstzinnig talent herkende wanneer ze dat tegenkwam. Isadora was drieënzestig en viel af en toe in op de school in Emerson, wanneer een van de vaste krachten ziek was. Zodra ze Blade en zijn tekeningen zag, wist Isadora dat ze tussen de knollen een diamant had gevonden. Ze had zijn tekeningen ontdekt toen ze tijdens de taalles de ronde deed door het lokaal om te controleren of alle kinderen hun woordjes twintig keer opschreven, en constateerde dat Blade dat niet deed. Hij zat te tekenen. Ze pakte hem zijn schrift af en concludeerde onmiddellijk dat het geen wonder was dat de jongen moeite had met spellen. Er stonden zo veel schetsen in dat schrift, dat hij onmogelijk nog tijd kon hebben gehad om aan zijn spelling te werken.

Isadora werkte niet alle dagen, en ze hield niet van telefoneren; dus was ze de volgende dag bij Calla langsgegaan en had Willadee vol trots verteld dat de jongen 'er oog voor had'. Zodra ze het zei, realiseerde ze zich hoe dat klonk en koos ze andere bewoordingen om aan te geven dat hij echt talent had, een uitzonderlijk talent.

'Het lijkt wel of alles wat hij ziet door zijn oog naar binnen gaat en er door zijn hand weer uitkomt,' zei ze. Ze zei ook dat ze had gedacht dat zij hem verder kon helpen. Ze had gedacht dat dinsdagmiddag wel geschikt zou zijn. Ze had gedacht dat zij die middagen wel naar de school kon gaan om Blade op te halen en naar haar huis te brengen. Ze had gedacht dat de lessen ongeveer een uur moesten duren. En ze had gedacht dat Willadee hem daarna wel met de auto kon ophalen.

Willadee vroeg haar of ze ook had bedacht wat de lessen moesten kosten, en ze antwoordde dat ze dat inderdaad bedacht had. De lessen zouden gratis zijn. Daar was Willadee het niet mee eens, en na enig heen-en-weergepraat gaf Isadora ten slotte toe dat ze het wel prettig zou vinden om eens per maand een halve liter whisky uit *Never Closes* te krijgen. Ze durfde het zelf nooit te gaan kopen, en het was zulk handig spul.

Aldus werd besloten.

Voortaan liep Blade elke dinsdagmiddag met Isadora mee naar huis, en Willadee haalde hem later met de auto op, wat betekende dat zij kort nadat de andere kinderen door de schoolbus werden afgezet, van huis vertrok. Ze bleef altijd even een praatje maken met Isadora, maar gewoonlijk was ze binnen drie kwartier weer terug.

De dag nadat Ras was langsgekomen in de winkel, ging Willadee Blade ophalen bij Isadora, net als anders. Swan keek haar na toen ze wegreed en zwaaide vanaf de veranda naar haar. Samuel zwaaide vanaf de akker. Toy zwaaide niet, omdat hij in het gereedschapsschuurtje lag te slapen. Calla had een klant, maar ze keek op en zag Willadee wegrijden, en ze zei tegen de vrouw die ze bediende: 'Daar gaat Willadee, Blade ophalen.'

Ras Ballenger zag Willadee weggaan – hij zag haar vanaf de plek waar hij zich ineengehurkt verscholen hield aan de rand van het bos. Hij had een jutezak in zijn handen.

Hij wierp een blik op 'Samuels Rare Kronkels', zoals de plaatselijke bevolking zijn akkers nu noemde, en daar liep Samuel; hij duwde een kruiwagen vol mest uit de kalverpaddock naar een stuk grond dat hij net had omgeploegd. Die twee zoontjes van hem holden naar hem toe – en geen van hen was zich ervan bewust dat hij bespied werd.

Ras sloop naar het erf toe, voortdurend uit het zicht. Hij ging van bosje naar bosje. Van bosje naar houtwal. Van houtwal naar bijgebouwen. Toen hij achter de kippenren was aangekomen, maakte hij de jutezak open en liet een jong katje los.

Hoofdstuk 37

Willadee had het avondeten opgezet voordat ze Blade ging ophalen, en ze had Swan opgedragen een oogje in het zeil te houden, zodat er niets zou aanbranden of overkoken. Swan zette alle pitten laag en ging naar buiten om zich van haar ene dagelijkse taak te kwijten: de kippen voeren.

Swan hield niet van kippen, alleen wanneer ze nog klein waren, maar op dit moment waren er geen kuikentjes, alleen een stelletje humeurige oude kippen, en die akelige gespikkelde haan met sporen als hoefnagels. Swan ging de ren in en het hok binnen, waar in de hoek een metalen bus stond. Ze haalde het deksel eraf, vulde een koffieblik met fijngehakte mais en nam die mee naar buiten. Ze wilde net de mais aan de kippen voeren toen ze het meelijwekkendste geluid hoorde dat er bestaat. Het klaaglijke gemauw van een katje.

Oma Calla had nooit een kat gehad. Ze zei altijd dat ze al genoeg te stellen had met roodstaartbuizerds en wezels. Ze had geen behoefte aan een kat die kuikentjes ving (wanneer ze kuikentjes had) en er net zo lang mee speelde tot ze de moed opgaven en doodgingen. Er was nog nooit een kat op deze boerderij geweest.

Maar nu was er wel eentje. Swan hoorde hem miauwen.

Ze *hoorde* hem wel, maar om zich heen kijkend *zag* ze hem nergens. Dus ging ze naar hem op zoek. De kippenren uit, waarbij ze het hek wijd open liet staan. Om de ren heen naar achteren, waarbij ze niet merkte dat de kippen, die honger hadden, haar volgden.

Het jonge katje (pluizig, grijs en jammerend om aandacht) zat onder een stapel kreupelhout die Samuel nog niet had kunnen verbranden omdat het de laatste tijd zo winderig was. Swan moest op haar buik gaan liggen en naar voren schuiven om haar hand ver genoeg onder het hout te kunnen steken. Ze wist dat er een slang tussen het hout kon zitten, maar ze was vastbesloten dat katje te pakken te krijgen.

En dat lukte. Ze trok hem eronder vandaan en bewonderde hem even – en toen hoorde ze weer hetzelfde geluid. Nog een klaaglijk mauwend katje.

Tja, *natuurlijk* was er meer dan één. Iemand had zeker een heel nestje achtergelaten, en deze was van de andere gescheiden geraakt.

Swan ging op het geluid af, lang de houtwal – en daar zag ze hem. Hij zat met een zielig kopje tussen het onkruid. Ook hem ving ze. Toen speurde ze verder tot ze bij het eerste bosje kwam, waar ze weer een katje vond. En nu hoorde ze nog meer jonge katjes jammeren. In het bos.

Swan en haar broers wisten hoe ver weg ze mochten gaan. Ze moesten binnen gehoorsafstand van het huis blijven. Ze hield zichzelf voor dat het bos nog niet *helemaal* buiten gehoorsafstand was. Als iemand hard genoeg schreeuwde, vanuit het huis of vanaf het erf, zou ze hem kunnen horen. Ze vroeg zich niet af of iemand háár zou kunnen horen als ze schreeuwde, want ze was niet van plan om een geluid te maken dat die andere katjes zou kunnen afschrikken.

Waar ze helemaal geen rekening mee hield, was de mogelijkheid dat ze geluid zou *moeten* maken, dat ze moord en brand zou moeten schreeuwen – en dat niet zou kunnen. Je kunt geen geluid uitbrengen als uit het niets iemand een jutezak over je hoofd gooit en het snel, heel snel om je mond vastbindt met een lange reep stof, en je vervolgens in looppas wordt weggedragen door het bos, en je zonder enige twijfel weet dat je je dood tegemoet gaat.

***

Willadee was bepaald niet blij toen ze met Blade thuiskwam en zag dat het vuur onder de pannen met erwten en mosterdkool zo laag stond dat er zelfs nog niets aan de kook was. Ze moest Toy te eten geven voordat hij de bar opende, en ze wilde Samuel graag te eten geven zodra hij van het veld binnenkwam, maar nu zouden er twee hongerige mannen naar de keuken komen en had ze niets klaar om hun voor te schotelen.

Ze liep het huis door en daarna het erf op, Swan roepend – en struikelde bijna over haar moeder, die hijgend achter een stuk of zes kippen aan rende. Calla wapperde met haar schort en riep 'Kst! Kst!' naar de kippen, die in verwarring alle kanten op stoven.

'Wat krijgen we nou?' zei Willadee.

'Mijn *kippen*,' bracht Calla met moeite uit, 'liepen op de *weg*. Donna Furlough heeft net een van mijn Plymouth Rocks overreden.'

Donna vond het vreselijk wat ze gedaan had. Zodra ze zich gerealiseerd had wat er gebeurd was, had ze de (voor haar) nieuwe Chevrolet het erf op gedraaid en had ze zo hard geremd dat het *Te koop*-bordje uit het raampje was gevallen. Nu kwam ze handenwringend naar Calla toe gerend. 'Ik heb het niet expres gedaan,' herhaalde ze keer op keer. 'O, miz Calla, het spijt me zo.'

Calla hield er niet van om iemand voor het hoofd te stoten, zeker Donna niet, die opgescheept zat met een type als Calvin. Dus hield ze zich in en zei dat ze er niet mee moest zitten, het was maar een kip. Donna wrong nogmaals haar handen en stapte weer in. Ze was zich nog steeds aan het verontschuldigen toen ze wegreed.

'Ik snap alleen niet hoe ze konden ontsnappen,' zei Calla.

'Samuel?' riep Willadee. 'Enig idee waar Swan is?'

Samuel keek op, schudde het hoofd en werkte verder.

'Ze ging zonet de kippen voeren!' schreeuwde Noble terug.

'En toen werd ze door iets anders afgeleid en is ze weggelopen,' mompelde Calla. Inmiddels had ze haar kippen weer in hun ren gejaagd, en was ze bozer dan ooit dat ze eruit gelaten waren. 'Als we dat kind vinden, zal ik eens een hartig woordje met haar wisselen.'

Blade was naar de schuur gehold om Swan te zoeken, en kwam nu terug. Bij elk bijgebouwtje bleef hij staan om een vlugge blik naar binnen te werpen. Er was geen spoor van haar te vinden. Hij liep om de kippenren heen en tuurde omhoog in de moerbeiboom, maar ook daar zat ze niet. Bezorgd keek hij om zich heen; een lichte rilling liep over zijn rug.

'Het is niks voor haar om er zomaar in haar eentje vandoor te gaan,' maakte Willadee zich hardop zorgen. Toen zag ze Blade, die op handen en voeten zat te snuffelen in het onkruid onder aan de houtwal. 'Blade,' zei ze, 'hou op met spelen en help me Swan te zoeken.'

Hij trok iets uit het onkruid tevoorschijn en bracht het naar haar toe. Een jong katje.

'Nee maar,' zei Willadee, 'waar komt die nou weer vandaan?'

En Calla zei: 'We gaan hem niet houden, hoor. Ik heb nooit een kat gehad en ik ben niet van plan —'

'Mijn vader vangt katten,' fluisterde Blade. 'Hij voert ze altijd aan de honden.'

Willadee en Calla verstijfden en staarden hem aan met opvlammende angst in hun ogen.

'Grote goedheid,' zei Calla.

'Samuel!' gilde Willadee. 'Kom hier, kom hier, kom hier! *Samuel!*'

Samuel en de jongens lieten hun gereedschap vallen en holden naar het huis toe. Toy kwam uit het schuurtje gevlogen.

Willadee stond te brabbelen alsof ze haar verstand verloren was. 'Swan is verdwenen. Heb al gekeken. Overal. Ballenger. Hij vangt katten. We hebben een kat gevonden. Blade vond hem.'

'Misschien heeft iemand hem achterge—' begon Samuel.

'Nee,' zei Willadee. 'Nee. Je moet haar zoeken. Je moet haar vinden, Samuel.'

Toy ging er als een pijl uit de boog vandoor en minderde pas vaart toen hij in het bos was. Als Swan daar ergens was, zou hij haar vinden. Samuel stoof weg in de auto. De anderen waaierden uit over de boerderij en riepen Swans naam. Alleen Blade kon zich niet verroeren. Hij bleef als versteend staan, met het katje in zijn handen, en keek toe hoe de wereld om hem heen instortte.

Samuel reed met plankgas, helde over in de bochten, slingerde over de weg, deed het grind opspatten. De hele rit naar Ballengers huis bad hij tot God en verfoeide hij zichzelf. Als hij niet in zo veel opzichten gefaald had, dacht hij, zou dit nu niet gebeuren. Als hij nog een gemeente had gehad, zouden zijn gezin en hij veilig ergens in een pastorie zitten, ergens aan een rustige weg, ergens in een klein stadje in Louisiana, kilometers ver hiervandaan. Als hij niet bij God uit de gunst was geraakt... maar hij wist dat dat wel gebeurd was. Nu wist hij het zeker. Waarom zou dit anders gebeuren?

Alstublieft, God, alstublieft, laat Swan alstublieft niets mankeren! Help me haar te vinden. Al verhoort U de rest van m'n leven geen enkel gebed meer, verhoor me deze keer wel. Diep in zijn hart, en in zijn achterhoofd, stond hij duizend angsten uit dat Swan bij Ballenger zou zijn – en nog eens duizend angsten dat ze er *niet* zou zijn. Haar helemaal niet kunnen vinden zou nog het allerergste zijn.

Hoofdstuk 38

Swan bevond zich in een donkere ruimte. Een inktzwarte ruimte met een aarden vloer. Of het echt donker was, wist ze niet helemaal zeker, omdat de jutezak nog altijd over haar hoofd zat – en ze kon niet roepen om hulp, omdat die zak nog steeds op zijn plek werd gehouden door die repen stof waarmee hij over haar mond was vastgebonden. Haar kleren waren gescheurd en vuil, maar ze had ze nog wel aan. Een man hoeft een klein meisje niet helemaal uit te kleden om te doen wat hij met haar gedaan had.

Ze wist wie hij was. Dat wist ze gewoon. In gedachten noemde ze hem 'de man', omdat dat op de een of andere manier minder verschrikkelijk was dan hem bij zijn naam noemen.

Er lag iets naast haar. Iets wat ze gevonden had, daarginds bij de wilgen, toen Het Allemaal Gebeurde. (Ze had het met één hand gevonden. Eén van haar handen waarmee ze wild om zich heen sloeg en probeerde zich vast te grijpen aan aarde en bladeren.) Tot dat moment had ze niet geweten waar ze was, maar toen wist ze het, dankzij het ding dat een van haar handen had gevonden.

Eigenlijk waren het twee dingen, de één in de ander verstopt. Een koeienbel, waarvan de klepel in poetsdoekjes was gewikkeld. En ingeklemd tussen de doekjes zat een eendenlokfluitje.

Toen ze de koeienbel had gevonden, had ze zich eraan vastgeklampt, en de man had het blijkbaar niet gemerkt. Hij werd helemaal in beslag genomen door andere dingen. Harde, pijnlijke dingen. Het vinden van de koeienbel droeg haar weg uit wat er gebeurde. Een beetje. Het gaf haar iets om zich op te richten naast de schurende grond en het scheuren, en hoe de man haar steeds 'snoepje' noemde terwijl hij die afschuwelijke dingen met haar deed. Even had ze overwogen, in het wilde weg, om hem met de koeienbel te slaan, maar dat kon ze niet, ze kon niets doen, kon zich niet onder hem vandaan wringen, kon niet verdagen wat er gebeurde, kon niet ophouden met proberen en nog eens proberen te gillen, kon haar arm niet dwingen hem te slaan.

Zelfs toen wist ze ergens wel dat hem slaan met die koeienbel het stomste was wat ze kon doen. Wat als ze missloeg? Wat als ze hem alleen maar zo boos maakte dat hij deed wat hij waarschijnlijk toch al van plan was, waarvoor ze misselijk van angst was? *Wat als hij haar vermoordde?*

Toen hij ophield – toen hij eindelijk ophield – was hij gewoon op haar blijven liggen, hijgend en schokkend, en ze had haar arm langzaam naar haar lichaam toe gebracht. In haar hand nog steeds die koeienbel. Die geluidloze koeienbel.

Zelfs toen de man zich afzette en opstond en ze hoorde dat hij zijn rits dichtdeed en zijn riem vastmaakte, drong de ware betekenis van wat ze in haar hand hield, nog niet tot haar door. Hij had het nog steeds niet van haar afgepakt. Hij moest het dus niet gezien hebben. Hij moest het nog steeds niet gezien hebben.

Pas toen ze weer liepen – toen hij zich voorthaastte en haar aan een hand meesleurde (niet de hand die de koeienbel vasthield), en ze wankelde op haar benen en kapot was en ze moeite moest doen om hem bij te houden en niet te struikelen over boomwortels of in een kuil te vallen, en ze niet struikelde, en ze niet viel, en er helemaal niets gebeurde waardoor ze haar greep op de bel zou verliezen – toen pas begreep ze dat wat ze in haar hand hield, een Wonder was.

Tegen de tijd dat ze bij de ruimte waren gekomen waarin hij haar had achtergelaten, had ze geweten dat hij het niet zou zien. Had ze zonder ook maar de geringste twijfel geweten dat God ervoor zorgde dat hij het niet zag. God had hem er blind voor gemaakt. Een andere verklaring was er niet.

Toch was ze gevallen, toen ze bij deze ruimte waren gekomen en de man haar naar binnen had geduwd. Expres gevallen. Expres, omdat Iets Haar Zei dat hij haar zou vastbinden, en dat het Wonder bedorven zou worden als ze de koeienbel nog vasthield wanneer hij haar handen wilde pakken. Dus had ze de bel losgelaten en was ze erbovenop gevallen, en toen de man haar had vastgebonden, handen aan voeten, had hij hem niet gevonden. Hij was kriskras heen en weer gelopen door deze ruimte (wat voor ruimte het ook was), had haar nog meer vastgeknoopt, had haar aan alle kanten zo stevig verankerd dat ze zich helemaal niet meer kon bewegen, dat ze niets anders kon doen dan stil liggen, verkrampt en in ademnood. En zelfs toen. Zelfs toen. Vond. Hij. Hem. Niet.

Nu was de man weg, en het Wonder lag naast haar. Ze had geen idee hoe het haar zou kunnen helpen. Ze kreeg de knopen waarmee ze vastzat, niet los. Ze bleef het proberen, wriemelde met haar vingers, deed wanhopige pogingen – maar het lukte haar niet.

Ze was bang dat zelfs een Wonder haar niet zou kunnen redden. Zo bang, dat haar kolkende maaginhoud door haar keel naar buiten dreigde te komen, maar dat mocht ze niet laten gebeuren. Als ze dat liet gebeuren, zou het gewoon een andere manier van sterven zijn, want dan zou ze stikken en was het afgelopen.

Dus hield ze alles binnen. En ze probeerde zich vast te klampen. Aan een beetje hoop. Aan wat dan ook. Er was niet veel waaraan ze zich kon vasthouden. Als ze dacht aan thuis, voelde ze zich alleen maar hulpelozer, want wat als ze er nooit meer zou terugkomen? En als ze dacht aan haar familie, werd ze alleen maar wanhopiger, want wat als ze haar niet op tijd zouden vinden?

★★★

Er zijn waarschijnlijk maar weinig mensen die ooit een paddock boven op een septic tank hebben aangelegd, maar er zijn maar weinig mensen die een lapje grond nodig hebben dat kan worden opgegraven en weer aangestampt zonder dat iemand die toevallig langskomt en het ziet, zich afvraagt waarom er op één bepaalde plek geen gras groeit terwijl er verder overal gras in overvloed is. Een paddock staat erom bekend dat er geen gras in staat, omdat het vee dat erin wordt opgesloten elk sprietje opeet, tot en met de wortels. En grond die is opgegraven ziet er niet lang opgegraven uit, want dieren van een paar honderd kilo kunnen het in één dag aanstampen, zodat het lijkt alsof er in geen jaren iets mee gedaan is. Tenminste, als je zorgt dat ze rusteloos blijven, zodat ze niet urenlang op een en dezelfde plek blijven staan. De kunst is om ze in beweging te houden, maar daar zijn honden en zwepen voor. Ras Ballenger was er heel goed in om een paard te laten lopen waar hij hem hebben wilde, en als het nodig was kon hij dat de hele nacht volhouden.

Hij had het deksel van de septic tank al uitgegraven en eraf gehaald en het gat afgedekt met een groot stuk triplex. Vervolgens had hij hooibalen op het triplex en op het deksel gestapeld, om ze aan het oog te onttrekken. Dat alles had hij vanmorgen al gedaan, zodra hij weer thuis was nadat hij Geraldine en de kinderen naar haar moeder had gebracht.

Nu hoefde hij alleen nog maar af te wachten. Er zou ongetwijfeld al snel iemand langskomen. Hij was ervan overtuigd dat ze zouden komen, en hij was ervan overtuigd dat hij ze kon afpoeieren. Ze zouden hem komen ondervragen, alsof het vanzelfsprekend was dat hij de schuldige was, maar ze zouden niets vinden, omdat het meisje nu op een plek was die ze nooit zouden kunnen vinden, en ze straks, wanneer hij klaar met haar was, op een plek zou zijn waaraan ze nooit zouden denken. En tegen de tijd dat hij zijn septic tank weer eens leegde, zou het loog zijn werk hebben gedaan en zou er helemaal niets meer van haar over zijn.

Met zijn honden als gezelschap en zijn beste vriend – de rijzweep – om een hekpaal geslagen, stond Ras nu een stel paarden te roskammen in een andere paddock, naast de schuur. Geen paarden van klanten. Hij had niet zo veel klanten meer tegenwoordig. Deze twee dieren had hij gekocht op de paardenveiling. Een merrie en haar hengstveulen, die allebei goed paardenvlees op de botten leken te hebben. Met een beetje moeite kon hij er wel iets van maken, en er ook iets aan verdienen. Om maar niet te spreken van het feit dat ze vandaag goed van pas kwamen – samen met de andere vier die Ras uit de weide had gehaald en in een aangrenzende paddock had gezet.

Ja, Ras voelde zich goed vandaag. Zelfingenomen en tevreden en opgefrist. Daarstraks, toen hij bij het meisje vandaan was gekomen, was hij de heerlijke frisse lucht in gestapt en naar de watertank gelopen om zijn hoofd nat te spuiten met koud water. Daar knapte een mens van op.

Straks zou hij er weer naartoe gaan, waar het meisje was. Zodra die Mosesen geweest waren en klaar waren met rondneuzen en ervan overtuigd waren dat ze niet hier was. Dit was waarop hij al die tijd had gewacht, waarover hij had lopen nadenken sinds die eerste dag bij de winkel, de dag dat de oude John Moses begraven werd. Hij had gewacht tot ze was ontloken. Dat sierde hem, vond hij zelf. Als je het hem vroeg, had hij in één woord eerbaar gehandeld.

***

Toen Samuels oude rammelkast het erf op raasde, stak Ras zijn hand op ter begroeting. Samuel sprong uit de auto en rende naar hem toe. Rende heel hard. De honden zetten even hun nekharen overeind, maar gingen toen voor Samuel opzij, tot Ballengers verbazing. Hij keek Samuel aan en glimlachte. 'Ha, dominee. Waar is de brand?'

'Ik zoek mijn dochter,' zei Samuel. Zijn stem beefde, en hijzelf ook. Hij beefde van top tot teen, vanbinnen en vanbuiten.

Ras kwam de paddock uit, deed hem achter zich dicht en liep naar Samuel toe. Zijn voorhoofd was gefronst in geveinsde verwarring. 'Je dochter komt hier nooit spelen, dominee. Mijn zoon trouwens ook niet. Ik dacht dat jij ze allebei in de gaten hield.'

'Heb je haar gezien?'

Ras schudde het hoofd, en krabde zich achter de oren, en zuchtte spijtig. 'Ik wou dat ik je kon helpen, maar ik ben bang dat je aan het verkeerde adres bent.'

Samuel wist natuurlijk niet dat Ras Toy Moses na-aapte, maar hij voelde wel dat de ander hiervan genoot.

'Kan ik je vrouw even spreken?'

Ras hield zijn hoofd schuin, een klein beetje maar, als om te zeggen dat hij het niet kon waarderen dat hij voor leugenaar werd uitgemaakt. Hij bleef echter heel beleefd. 'Dat zou wel kunnen als ze thuis was, maar ze zit vandaag bij d'r moeder. Ze gingen elkaar permanenten.'

Nu keek Samuel om zich heen. Liet zijn blik alle kanten op gaan. Zocht naar sporen, naar plekken waar ze verborgen kon zijn. Het kostte hem de grootste moeite om zich te beheersen. De grootste moeite om niet het hele terrein binnenstebuiten te keren.

'Vind je het erg als ik even rondkijk?' vroeg hij.

'Nou en of ik dat erg vind,' zei Ras. En vervolgens: 'Maar als het je geruststelt, zal ik je niet tegenhouden.' Met een armzwaai omvatte hij het hele terrein. 'Ga je gang.' Edelmoedig voegde hij eraan toe: 'Hoe heet je dochter?'

'Swan,' zei Samuel. 'Ze heet Swan.'

Ras zette zijn handen aan de mond en riep haar naam. 'Swan? Ben je hier ergens, Swan? Je ouders maken zich zorgen om je, Swan!'

Ook Samuel schreeuwde, zo hard hij kon. *'Swan! Swan, kun je me horen? Swaaaaaaaaannnn!'*

Natuurlijk kwam er geen antwoord.

★★★

Swan hoorde het echter wel. Ze hoorde beide stemmen, en ze rukte aan de touwen waarmee ze vastgebonden was, en ze probeerde *'Hier ben ik! Ik zit hier!'* te schreeuwen, maar er kwam geen geluid. Geen enkel geluid dan het bonzen van haar hart, dat uitbarstte in gejuich. Haar vader was voor haar gekomen! Haar vader, die altijd probeerde het goede te doen, en de afloop in vertrouwen in Gods hand legde, en bij God in de gunst stond.

Maar toen kwam er een vreselijke gedachte bij haar op. *Nu niet meer.* Hij *had* bij God in de gunst *gestaan.* De laatste tijd was God hem niet zo gunstig gezind geweest, en de aflopen die hij in Gods hand had gelegd, waren niet bepaald goed uitgepakt.

★★★

Ras Ballenger haalde zijn schouders op en ging verder met roskammen.

Zijn onverschilligheid trof Samuel als een stomp in de maag, en overtuigde hem er des te meer van dat Swan ergens in de buurt moest zijn. Als een dolleman rende hij rond, voortdurend haar naam roepend – hij riep haar naam en keek overal, op zoek naar wat dan ook. In de schuur. In het voerhok. In de tuigkamer. In de paddocks. In een open schuurtje. Onder het huis. Hij ging zelfs naar binnen en stormde van de ene kamer naar de andere. Er was niets, niets, niets te zien.

Zijn hart stond op springen. Hij kon haar niet vinden.

Hij kwam weer naar buiten en bleef op het erf staan, en zijn ogen zochten de bosrand af, waar niets zich bewoog. Hij keek naar Ras Ballenger, die de manen van de merrie uitborstelde en hem volkomen negeerde. En toen vestigde hij zijn ogen op de enige plek waar hij nog kijken kon. Hij keek omhoog.

'Goooooooooood!' schreeuwde hij. 'Goooooooooooood?'

Zijn armen schoten de lucht in, zijn handen uitgestrekt alsof hij de hemel naar zich toe wilde trekken, en hij ontketende een brul vanuit het diepst van zijn ziel. *Hoort U mij, God? Samuel! Sam Lake! U kent mij, God! U – kent – mij!*

Ras Ballenger draaide zich vliegensvlug om en staarde hem aan. Hij had al horen zeggen dat de dominee de kluts kwijt was, maar dit was het onomstotelijke bewijs. Het liefst had hij 'Hij kan je lekker niet horen' gezongen tegen die krankzinnige vent.

★★★

In de schuur kon iemand het wél horen. Swan hoorde alles. Ze hoorde hoe haar vader God aanriep, en ze hoorde hoe God antwoordde.

Gods antwoord begon vlug maar bijna geruisloos, met het zachtst denkbare trippelgeluidje dat zich honderdvoudig vermenigvuldigde. Al snel was dat geluid het enige wat ze hoorde, maar het was het enige wat ze nodig had. Het enige wat ze nodig had in dit leven. Ze kon zich geen mooier geluid voorstellen. Het voelde alsof ze in ruisend fluweel werd gewikkeld. Fluweel dat haar huid streelde, troostend en liefkozend, misschien zelfs helend.

Wie had ooit gedacht dat je zo in vervoering kon raken van muizen.

Hoofdstuk 39

Buiten op het erf zwaaide Samuel nog steeds met zijn armen naar de hemel en zei hij God de waarheid.

'Ik ben van U! De Uwe, Heer! Maar dat betekent dat U ook de mijne bent! U hebt een heleboel grote beloften gedaan, en ik heb ze stuk voor stuk geloofd! Nu roep ik U op ze na te komen!'

Ras kwam weer de paddock uit en schreeuwde naar Samuel, de aanzienlijke afstand tussen hen overbruggend. 'Ga naar huis, dominee! Ga naar huis en kijk of ze al is opgedoken. Ik durf te wedden dat ze allang weer terug is.'

Maar Samuel luisterde niet. *'Ik sta op Uw beloften, Heer! Hier sta ik! Ik, Sam Lake! Ik sta nog steeds overeind! Hier sta ik, en ik hou vol, en ik laat U niet gaan voordat U me antwoord geeft!'*

Toen hoorde hij de koeienbel. De *koeienbel!* Klingelend en rinkelend met een oorverdovend kabaal. En daarbovenuit klonk het schorre *kwaak-kwaak-kwaak* van een eendenlokfluitje.

Samuel verstijfde. Ras Ballenger ook. Samuel omdat hij wist wat dat geluid betekende. Ras Ballenger omdat hij volkomen verbijsterd was.

'Swan?' schreeuwde Samuel, en ging op de geluiden af. Die heerlijke geluiden.

Een fractie van een seconde was Ras te geschokt om zich te bewegen. Toen rende hij achter Samuel aan en griste in het voorbijgaan zijn zweep van het hek. Samuel hoorde de fluittoon van de zwiepende zweep, en op hetzelfde moment draaide hij zich razendsnel om. Op hetzelfde moment. Een mens kán zich helemaal niet zo snel bewegen, maar Sam Lake deed het. Hij wierp zich door de lucht – *door de lucht,* dat hele eind. Hij vloog. Dat kan een mens ook niet, maar hij vloog. Later herinnerde hij zich dat hij vloog. De zweep raakte hem niet, omdat Ras het op een lopen wilde zetten en Samuel hem tegen de vlakte wierp. Ze belandden samen op de grond, Ras met zijn gezicht voorover, spartelend en kronkelend, vastgeklemd door Samuel, die op zijn rug zat.

'Laat me onmiddellijk los, dominee,' zei Ras dreigend – hij was niet meer zo zelfverzekerd, maar probeerde nog steeds te doen alsof.

Samuel keek om zich met verwilderde ogen, probeerde zich te oriënteren, en wat hij zag was een vredige boerderij, waar hongerige dieren stonden te wachten, sommige in de ene paddock, sommige in een andere – ze wachtten ongeduldig, stampvoetten, eisten dat ze gevoederd werden.

Zijn blik registreerde het contrast tussen bruin en groen, waar de kale, aangestampte aarde in de paddocks opbotste tegen de begroeiing buiten de omheining, en toen, in één oogwenk, werd ieder afzonderlijk sprietje gras duidelijk zichtbaar – vooral het heldergroene, dichter opeen gegroeide gras dat scherp afstak tegen het omringende gras, en een veelzeggende streep vormde van de omheining van een van beide paddocks naar het bos.

Het gras dat boven de afvoerpijp van de septic tank groeit.

Samuel knipperde met de ogen; alle puzzelstukjes begonnen in elkaar te passen. Hij hoorde de paarden stampvoeten – het geluid leek steeds harder te worden, tot het als donder in zijn oren dreunde, en opeens begreep hij alles. De voorbereidingen die Ras getroffen had. Zijn plan om Swan te vermoorden en ervoor te zorgen dat haar lichaam nooit gevonden zou worden. Ervoor te zorgen dat er niets te vinden zou zijn.

Hij wist zelf niet eens dat zijn rechterhand naar beneden schoot, achter Ras Ballengers kin haakte en diens hoofd in één woeste beweging opzij trok. Of dat zijn linkerhand zich onder aan Ras Ballengers nek plaatste.

'Wat doe je?' piepte Ras, met trillende stem. Hij klauwde aan Samuels handen. 'In Gods Naam, dominee,' jammerde hij. 'Dat kun je niet doen. Je bent een man van God, dat heb je zelf gezegd.'

Samuel trok met de hand die Ras Ballengers kin vasthield, en hij drukte met de hand onder aan diens nek, en hij hield pas op toen hij de krakende, knappende geluiden hoorde die hem lieten weten dat het afgelopen was. Als Ras Ballenger gegild had, dan had Sam Lake het niet gehoord.

Het duurde even voor hij de ruimte gevonden had. De ruimte die er niet leek te zijn, die niet leek te bestaan. Hij was gebouwd in de schuur, tussen het voerhok en de tuigkamer in, een loze ruimte. Er leek geen ingang te zijn. Als je in het voerhok kwam en om je heen keek, zag je balen met voer. Stapels balen met voer. Dus dacht je dat er aan de andere kant van de muur alleen maar de tuigkamer was.

Maar daar kwamen de geluiden vandaan. Die klingelende koeienbel en die snaterende eendenlokker. En ook Swans stem die hem riep, hem antwoordde toen hij haar naam schreeuwde. Samuel stortte zich op die stapels zakken, tilde ze op en gooide ze aan de kant, net zo lang tot hij vond wat hij zocht.

Het was geen deur. Het was gewoon een stuk van de muur. Een schot dat bijna niet te zien was, maar gemakkelijk kon worden weggehaald toen hij het eenmaal gevonden had. Hij had er alleen een koevoet voor nodig, en die vond hij in de tuigkamer, achteraf weggestopt tussen een paar andere stukken gereedschap, amper zichtbaar.

Samuel wrikte het schot eraf en ging die afschuwelijke ruimte in om zijn dochter op te eisen. Het was er donker als het graf, waardoor hij de stukken touw en de repen stof en de jutezak niet kon zien, die allemaal versnipperd op de grond lagen. Hij kon zelfs Swan niet zien, maar ze vonden elkaar in de inktzwarte duisternis.

Zij huilde. Hij snikte het uit.

'Er waren muizen,' vertelde ze hem keer op keer, terwijl hij haar in zijn armen nam en haar daar weghaalde. 'Er waren overal muizen. Zij hebben me losgemaakt.'

★★★

De hele familie stond hem op het erf op te wachten – behalve Toy, die in zijn pick-up was weggereden, hem onderweg was tegengekomen, was omgekeerd en hem naar huis was gevolgd. De jongens – alle drie – hingen aan de reling van de veranda en durfden niet te kijken. Calla en Willadee renden naar de auto en slaakten een gil om wat ze zagen, en om wat ze daaruit konden opmaken.

Samuel droeg Swan naar binnen, legde haar op de bank neer en deed een stap achteruit, droeg haar aan de vrouwen over. Hij kon geen woord uitbrengen. Willadee knielde naast de bank en kuste keer op keer Swans besmeurde gezicht; haar tranen lieten een spoor achter in het vuil. Calla pakte de telefoon en belde dokter Bismark. Toen ging ze naar de keuken en kwam terug met een bak water en een paar theedoeken die oud genoeg waren om zacht als dons te zijn. Ze waste het gezicht en de armen van het meisje, en wilde ook haar handen wassen – en toen zag ze wat Swan vasthield. Waar ze zich uit alle macht aan vastklampte. Een koeienbel en een eendenlokfluitje.

'Wat is dat?' vroeg ze, maar ze wist het antwoord al.

Toen hervond Samuel zijn stem.

'Swans wonder,' zei hij.

★★★

Pas toen dokter Bismark gekomen was en Swan verzorgde, nam Samuel Willadee mee naar de keuken en vertelde haar wat er gebeurd was. Ondertussen hadden Calla en Toy de jongens mee naar boven genomen, weg van alles wat er gaande was. Ze probeerden hen zo goed mogelijk te helpen. Ook de jongens hadden op dit moment hulp nodig.

Op enig moment tijdens Samuels verhaal klonken er voetstappen in de aangrenzend ruimte, maar die geluiden drongen tot geen van beiden door. Samuel bleef maar vertellen. Later klonken er nog meer voetstappen, en er ging een deur dicht, maar ook dat drong niet tot hen door. Buiten klonk het geluid van auto's en pick-ups – van arriverende klanten die merkten dat *Never Closes* voor het eerst in de geschiedenis niet open was. Al die geluiden van mensen die kwamen en gingen vloeiden ineen, maar het ging volledig langs Samuel en Willadee heen.

'Ik heb hem vermoord, Willadee,' vertelde hij. 'En dat terwijl ik twee tellen eerder God had aangeroepen en om hulp gesmeekt – en die ook had gekregen. Terwijl ik wist dat Hij ons een wonder had gegeven. Ik heb die duivel vermoord, en het spijt me meer dan ik ooit zeggen kan.'

'Het spijt mij helemaal niet,' zei Willadee. Haar stem had een staalharde klank. Toen voegde ze ook de andere kant eraan toe. 'Tenzij we jou hierdoor kwijtraken.'

Samuel sloeg zijn armen om haar heen, en trok haar dicht tegen zich aan, en liet zijn hoofd op het hare rusten, en een tijdlang deden ze niets anders dan samen ademhalen.

'We zullen gewoon de afloop in Gods hand moeten leggen,' zei Samuel. 'Over niet al te lange tijd zal ik naar de stad moeten gaan. Om mezelf aan te geven.'

'Dat weet ik,' zei Willadee. 'Maar nu nog niet. Blijf nog even hier. Voor Swan.'

★★★

Toy Moses was naar beneden gekomen om iets te drinken te halen voor de jongens, maar was voor de keukendeur blijven staan toen hij hoorde wat Sam Lake vertelde. Daarna was hij naar buiten gegaan, waar hij Bootsie Phillips trof, die leunend tegen zijn houttruck verwachtingsvol wachtte tot de bar opening. Toy legde niet uit wat er aan de hand was, maar zei dat *Never Closes* een poosje dicht zou gaan, en gaf hem de taak om de barklanten te onderscheppen zodra ze arriveerden.

Bootsie hoefde niet te vragen of er iets mis was. Als *Never Closes* erdoor gesloten bleef, moest de situatie wel ernstig zijn. Hij verzekerde Toy Moses dat hij het met een gerust hart aan hem kon overlaten.

Toy ging eerst naar Ballengers huis. Toen hij kwam aanrijden, zag hij de honden vechten om iets wat op de grond lag, en hij wist wat dat was. Hij wist het en dacht dat niets ter wereld zo passend kon zijn. Hij pakte een zaklamp uit de pick-up en ging op zoek naar de plek waarover hij Samuel aan Willadee had horen vertellen.

Toen hij de ruimte vond die Samuel had beschreven, ging hij de donkere, doodse ruimte in. Hij kon zijn ogen bijna niet geloven.

'Mijn God,' zei hij. En hij meende het.

★★★

Het liep al tegen tienen toen Samuel Magnolia binnenreed. Hij was langer thuisgebleven dan hij van plan was geweest. Eerst had hij een poosje naast Swan gezeten, gewoon gezeten. De dokter had haar een slaapmiddeltje gegeven, dus ze wist misschien niet eens dat hij er was. Daarna was hij naar boven gegaan om met de jongens te praten, en had hun zo goed mogelijk uitgelegd wat er gebeurd was zonder hen te verpletteren. Ze hoorden hem aan, te verbijsterd om iets te zeggen. Blade en Bienville huilden zachtjes. Noble huilde alleen inwendig. Calla keek roerloos als een steen toe, omdat ze heel goed wist dat als ze hen zou aanraken om hen te troosten, de jongens volledig, onherstelbaar zouden instorten.

★★★

Er brandde nog licht in het politiebureau. Niet alleen in het gebouw zelf. Dat was altijd verlicht. Maar tot Samuels verbazing zag hij dat ook het licht in Early's kantoor nog aan was. Hij had verwacht dat een van de hulpsheriffs zijn verklaring zou opnemen.

Early nam Samuel mee naar zijn kantoor en luisterde naar elk woord dat hij zei. Toen Samuel was aangekomen bij het gedeelte dat hij door de lucht naar Ras Ballenger was gevlogen, pakte Early een luciferboekje van zijn bureau en begon er de lucifers uit te scheuren en ze naar de adder met wijd opengesperde kaken te gooien – naar de asbak in het midden van de opgerolde slang.

Samuel beëindigde zijn verhaal en wachtte af wat Early zou zeggen. Een paar tellen zei deze echter niets. Toen haalde hij diep adem en stond op. 'Nou, bedankt voor je komst, Samuel.'

Samuel stond ook op, niet goed wetend wat hij nu moest doen. 'Hoe gaat het nu verder?' vroeg hij.

'Nu ga jij naar huis, naar je gezin,' zei Early.

Samuel staarde hem aan. Naar huis, naar zijn gezin gaan was wat hij het allerliefste wilde, maar hij had niet verwacht dat dat zo gemakkelijk zou gaan. Hij had er niet op durven rekenen dat het ooit zou gebeuren. Of althans een heel aantal jaren niet.

Samuel antwoordde dat hij het blijk van vertrouwen op prijs stelde, en dat hij het waardeerde dat hij nog wat langer bij zijn vrouw en kinderen kon blijven. Dit zou voor iedereen heel moeilijk worden, en hij was blij dat hij meer tijd kreeg om hen voor te bereiden op wat komen ging, voordat hij werd opgesloten.

'Niemand gaat jou opsluiten, Samuel,' zei Early. 'Ik kan toch moeilijk twee mannen in staat van beschuldiging stellen voor hetzelfde misdrijf. En Toys verhaal klinkt een stuk aannemelijker.'

Samuel moest zich vastgrijpen aan de rand van Early's bureau om zijn evenwicht te bewaren. Het scheelde niet veel of hij was onderuitgegaan.

Terwijl hij nog te verbijsterd was om een woord uit te brengen, voegde Early eraan toe: 'En het lijkt me niet nodig dat Jan en alleman te horen krijgt wat er precies met Swan is gebeurd. Ze heeft al genoeg te verstouwen zonder dat ze het gevoel heeft dat de hele wereld naar haar kijkt.'

★★★

Een paar minuten later stond Samuel tegenover zijn zwager – Early had Bobby Spikes, die die avond dienst had, opdracht gegeven om hem naar Toy te brengen voor een kort bezoekje. Toy stond in zijn cel, leunend op zijn ellebogen die hij door de tralies had gehaakt, en hij keek meer ontspannen dan hij in lange tijd had gedaan. Samuel stond in het gangpad, gespannen als een veer en beroerd tot in het diepst van zijn ziel.

'Dit mag je niet doen,' zei Samuel.

En Toy antwoordde: 'Ik heb het al gedaan.'

Het was daar achterin een beetje donker; in dat deel van het gebouw brandde om deze tijd weinig licht. Toys gezicht was gehuld in schaduwen, waardoor alle rimpels en lijnen die hij in de harde praktijk had verkregen werden verzacht.

'Maar jij bent onschuldig,' protesteerde Samuel. '*Ik* ben schuldig.'

Toy vestigde zijn blik op Bobby Spikes, die waarschijnlijk niet hoorde mee te luisteren, maar dat wel deed. De hulpsheriff keek hen niet aan, maar had de oren gespitst.

'Je bent in de war, Samuel.'Toy hield zijn ogen op Bobby gericht, en hoopte dat Samuel de hint zou begrijpen en erin mee zou gaan. Hij verwachtte het niet, maar hoopte het wel. 'Toen ik met Swan thuiskwam en je haar zo bont en blauw zag, heeft dat je zeker helemaal uit het lood geslagen.'

Bont en blauw. Niet verkracht. Niet toegetakeld. *Bont en blauw.*

Samuel staarde Toy aan, en begreep waarom hij dit deed. Waarom hij de schuld op zich nam, en zijn best deed om te verhullen wat er werkelijk met Swan was gebeurd. Het was voor Swan. Allemaal voor Swan. Zodat zij niet zonder vader hoefde op te groeien, en zodat de mensen niet voortdurend naar haar zouden wijzen en achter hun hand over haar fluisteren. Maar toch waren het allemaal leugens in Samuels ogen, en daar kon niets goeds uit voortkomen.

'Dit mag je niet doen,' herhaalde hij.

'Ik kan niet anders,' zei Toy. 'Ik ben een meedogenloze moordenaar, en nu moet ik de consequenties aanvaarden. Ja toch, Bobby?'

Bobby wierp hem een blik toe die zei dat hoe eerder hij Toy zag hangen, hoe beter, en hij antwoordde: 'Tja, ik denk dat het waar is wat ze hier in de buurt zeggen. Een Moses liegt nooit.'

Hoofdstuk 40

Calla treurde.

Ze treurde om Swan – om alles wat haar was ontnomen, en om alles wat zij over het leven had geleerd wat niemand ooit zou moeten leren, omdat het nooit zou mogen voorkomen. Ze treurde om Blade – omdat ook hem iets ontnomen was. Hij zou zich hier niet langer thuis kunnen voelen. Misschien zich nooit meer ergens thuis kunnen voelen. Ze treurde om de andere jongens, omdat hun wereld in puin lag. Ze treurde om Samuel en Willadee, omdat het hun taak zou zijn om het allemaal weer op te bouwen, en ze kon zich niet voorstellen dat er ooit weer iets ongecompliceerd zou kunnen zijn.

En ze treurde om Toy.

Toen Samuel uit de stad was teruggekeerd – toen hij haar het hele verhaal uit de doeken had gedaan (en het verschrikkelijk vond, ze wist dat hij het verschrikkelijk vond), had ze zich in een stoel laten vallen en haar handen ineengeslagen, en had ze aan de trouwring aan haar vinger gedraaid, heen en weer, heen en weer.

'Ik ga er morgen weer heen,' beloofde Samuel. 'Ik blijf teruggaan totdat iemand naar me wil luisteren.'

En ze wist dat hij dat doen zou. En dat het niets zou uithalen. Geen mens op Gods groene aarde zou ooit geloven dat Samuel Lake een man had vermoord. Niet als ze de keus hadden tussen geloven dat hij de dader was en geloven dat Toy Moses het had gedaan. Toen ze eenmaal van de eerste schrik was bekomen, was ze niet verbaasd dat Toy de schuld op zich nam. Dat was precies wat ze zou verwachten als haar verbeeldingskracht zo groot was geweest dat ze dergelijke opties had kunnen overwegen. Desondanks treurde ze.

Die avond zat ze op haar kamer met een doos vol oude foto's, die ze op haar bed uitspreidde. Al die foto's van haar kinderen, toen ze nog jong waren en opgroeiden. Vier jongens en een meisje. Eén zoon overleden, al jaren geleden, en nu ging de tweede weg. Na een poosje zette ze de foto's neer, behalve die van Toy op de dag dat hij het huis uit gegaan was om in het leger te gaan. Aan die foto klampte ze zich vast, terwijl ze in haar stoel zat en God om nog een wonder smeekte.

Ze wilde zo graag geloven dat er een wonder zou gebeuren. Dat Toy de volgende morgen, wanneer ze wakker werd, thuis zou zijn en dat Early Meeks in de keuken koffie zat te drinken en zei dat ze hem toch niets ten laste zouden leggen, aangezien Ras Ballenger het zozeer verdiend had om te sterven dat het er niet eens toe deed wie hem had gedood.

Ze wist echter wel beter. Ze hadden die dag al één wonder gekregen. Een groot wonder. En nu vroeg zij om een tweede. Ze vermoedde dat er van wonderen van een dergelijke omvang maar één per klant werd verstrekt.

★★★

Calla kreeg gelijk wat Blade betreft. Hij had het gevoel dat hij hier niet meer thuishoorde, en toen ze de volgende morgen opstonden was hij verdwenen. Samuel en Willadee maakten zich zorgen om hem. Als ze maar wisten dat het goed met hem ging… maar Samuel wist dat er geen sprake van kon zijn dat hij naar de Ballengers reed om naar hem te informeren, en hij zou Willadee ook niet hebben laten gaan, als zij al van Swans zijde had willen wijken – wat ze niet wilde. Noble en Bienville boden allebei aan om te gaan, maar noch Samuel, noch Willadee wilde dat zelfs maar in overweging nemen.

Calla ging echter wel. Geen mens ter wereld kon haar voorschrijven wat ze wel of niet mocht doen. Ze wilde ook niet dat iemand haar bracht. Ze had het politiebureau gebeld en te horen gekregen dat ze Toy pas kon zien nadat hij was voorgeleid, en dat zou pas rond de middag afgelopen zijn. Dus vertrok ze kort na het ontbijt te voet. De voordeur uit, de weg af. De ene voet voor de andere.

Er stonden auto's op het erf van de Ballengers. Geen politiewagens. Die waren 's nachts al gekomen en gegaan, evenals de ambulance. Calla Moses had alle sirenes gehoord. Nu was er voornamelijk familie van Geraldine en van Ras. Het was een ruig stelletje. Een van hen, een man van ongeveer Toys leeftijd, versperde Calla de weg toen ze het erf overstak en zei dat ze hier niet welkom was.

'Dat weet ik,' antwoordde ze, 'en ik blijf ook niet lang. Dus als u even aan de kant wilt gaan.'

Wat kon hij anders doen dan aan de kant gaan?

Ze zag Blade al voordat ze binnenkwam. Ze zag hem door de hordeur heen. Zijn moeder zat op een stoel, met een baby en een doos tissues op schoot. Blade stond naast de stoel als een echte man. Twee kleinere jongens zaten op de vloer; de oudste van de twee zoog snotterend op zijn duim.

Toen Calla de kamer in kwam en Blade haar in het oog kreeg, zag ze als het ware zijn hart ineenkrimpen. Geraldine keek Calla boos aan met rood omrande ogen. Blijkbaar vond ze de herinnering aan haar man een stuk aangenamer dan de man zelf was geweest. Of misschien was ze zo van streek door wat er met hem gebeurd was na zijn dood. Wat de honden met hem hadden gedaan. Calla wist ervan – Early had het verteld toen ze hem eerder die dag aan de telefoon had gehad.

Geraldine trok een handjevol tissues uit de doos en snoot luidruchtig haar neus. 'Je hoeft niet te komen vragen of je iets voor me kunt doen,' zei ze. 'Je kunt hem niet terugbrengen.'

Nee – en als iemand anders hem terugbracht, zou ik hem hoogstpersoonlijk weer naar de andere wereld helpen, wilde Calla zeggen. Ze deed het echter niet. Ze zei: 'Als jij en je kinderen ooit iets nodig hebben... we zijn nog altijd jullie buren.'

Onlogischerwijs sloeg Geraldine beschermend een arm om Blade heen. Alsof hij tegen Calla Moses beschermd moest worden. 'Je pakt me mijn zoon niet nog een keer af.'

'Nee,' zei Calla. 'Ik neem aan dat Blade vindt dat hij nu hier bij jou moet zijn.' Toen keek ze hem aan. 'Maar weet dat je bij ons altijd welkom bent, Blade. En dat we van je houden.'

Hij ontweek haar blik. Calla draaide zich om en vertrok. Toen ze bijna het erf af was, hoorde ze hem achter haar aan komen. Hoorde ze hem rennen. Ze stond stil en wachtte tot hij haar had ingehaald, voor haar kwam staan en haar aankeek.

'Het spijt me zo,' fluisterde hij. Blijkbaar was hij weer vervallen in fluisteren. 'Ik vind het zo erg wat er met Swan is gebeurd.'

'Blade,' zei Calla, 'jij hebt geen schuld aan wat er met Swan is gebeurd. Je moet niet anders over jezelf gaan denken door iets wat een ander heeft gedaan.'

Daar reageerde hij niet op, en dus vroeg ze hem of het vanbinnen wel goed met hem ging. Of hij verdriet had om de dood van zijn vader. Hij schudde het hoofd.

'Nee,' zei hij. Bijna onhoorbaar. 'Maar dat zou wel moeten.'

Toen draaide hij zich om en rende terug naar het huis.

★★★

Swan sliep af en aan, en werd soms huilend wakker. Wanneer ze haar ogen opendeed, was er altijd iemand bij haar. Haar moeder, haar vader, haar broers, haar oma. Wie het ook was, ze keek altijd weg, omdat ze meende dat wanneer ze naar haar keken, zij in gedachten wel moesten zien wat er gebeurd was; en wat er was gebeurd, was nu ze veilig was nog moeilijker te verdragen.

'Het is allemaal voorbij,' zei haar moeder dan.

'Niemand kan je nog kwaad doen,' zei Samuel.

Het idee dat iemand haar weer kwaad kon doen, was echter niet wat haar dwarszat. Ze wist dat Ballenger dood was, en dat het haar vader was geweest die hem had vermoord, omdat ze het verwrongen lichaam had zien liggen toen Samuel haar uit de Donkere Ruimte had gehaald en haar zo voorzichtig mogelijk in de auto had gezet. Waar ze nu door gekweld werd, waren de gedachten aan wat er al gebeurd was en wat niet meer ongedaan gemaakt kon worden.

Haar broers wisten niet wat ze moesten zeggen. Ze konden alleen maar vragen of het goed met haar ging. Ze gaf altijd hetzelfde antwoord. 'Nee.'

Voordat oma Calla op bezoek ging bij Toy, kwam ze nog even bij Swan kijken en ging naast haar op het bed zitten. De ellende stond in de ogen van het meisje te lezen.

'Vergeet niet dat je bent gered door een wonder,' hield oma Calla haar voor, in een poging haar te helpen dat gevoel van verwondering terug te vinden.

Swan smolt weg in tranen. 'Het kwam te laat,' zei ze. 'Ik ben maar half gered.'

'Hoho, dat is niet waar,' zei oma Calla. 'Laat me dat niet horen. Je vader heeft je heelhuids thuisgebracht. We hebben ons meisje helemaal teruggekregen.'

'Ik voel me niet heel,' zei Swan.

'Maar dat komt nog wel. Dat komt wel.'

Toen zij weg was, vroeg Swan haar moeder om met de koeienbel te kleppen. Willadee greep de bel, die op het tafeltje naast het bed lag, en liet hem hard en lang rinkelen. Swan zakte onderuit in haar kussen en sloot haar ogen. Het geklingel maakte haar op de een of andere manier een beetje rustiger.

'Waarom denk je dat God zo lang gewacht heeft voordat Hij me hielp?' vroeg ze haar moeder.

Willadee had zich hetzelfde afgevraagd. Het enige antwoord dat ze kon bedenken, was: 'Je bent nu hier, bij ons. Dat is het enige wat telt.'

Swan slaakte een bevende zucht en probeerde te verhinderen dat haar gedachten naar die plek bij de wilgen en de Donkere Ruimte bij Ballenger gingen. Ergens in het bos lagen nog steeds twee koeienbellen en twee eendenlokfluitjes, en ze hoopte tegen beter weten in dat dat niet betekende dat iemand anders ook een wonder nodig zou hebben. Niets was zo verschrikkelijk als echt een wonder nodig hebben.

Samuel reed Calla naar de stad om Toy te bezoeken, en terwijl zij achter bij de cellen was, ging hij op zoek naar Early Meeks. Toen hij hem gevonden had, herhaalde hij zijn bekentenis. Early hoorde hem aan, maar niet zo geduldig als eerst.

'Beschrijf eens hoe die ruimte er vanbinnen uitzag,' zei hij ten slotte. 'De ruimte waarin Ballenger Swan had opgesloten.'

'Het was er donker,' zei Samuel. 'Ik kon geen hand voor ogen zien. De vloer was van aarde, dat herinner ik me wel.'

'Toy kan zich heel wat meer herinneren dan een aarden vloer. Hij herinnert zich die ruimte tot in detail.'

Toen Samuel zijn mond opendeed om te protesteren, schudde Early enkel zijn hoofd en zei dat iedereen in Columbia County wist wie van de familie Moses degene was die mensen vermoordde.

'De vorige keer, jaren geleden,' zei hij, 'kwam Toy ermee weg, omdat hij een oorlogsheld was en Yam Ferguson een verwende rijke nietsnut was die thuisbleef en achter andermans vrouwen aanging in plaats van zijn steentje bij te dragen aan de oorlog. Maar al hebben Yam Ferguson en Ras Ballenger het nog zo verdiend om te sterven, toch kan je zwager niet zomaar om de zoveel jaar iemand de nek breken. Hij geeft de rest het verkeerde voorbeeld.'

'Maar hij heeft het niet gedaan,' zei Samuel. 'Vraag maar aan mijn dochter wie haar is komen halen.'

'Je dochter,' zei Early, 'heeft iets meegemaakt wat een mens tot waanzin kan drijven. Ze zei tegen de dokter dat muizen haar hadden losgemaakt. Honderden muizen. En ik zal je vertellen, Samuel, we hebben die versnipperde touwen en een jutezak en zo gevonden, precies zoals ze zei. Maar we hebben in die hele ruimte geen keutels gevonden. Een muis kan niet heen en weer hollen zonder de hele boel onder te poepen. Je dochter heeft zichzelf bevrijd. Ik weet niet hoe, maar ze heeft het voor elkaar gekregen. Ga jij nou maar naar huis en wees blij dat je nog steeds een dochter hebt om groot te brengen, en probeer niet langer met de eer te gaan strijken voor iets wat je niet gedaan hebt.'

De eer. Early maakte Samuel duidelijk dat hij het een goede zaak vond dat iemand Ras Ballenger om het leven had gebracht, maar dat het voor hem vaststond wie het gedaan had – of wie hij zou toestaan de schuld op zich te nemen. Opeens was Samuel er niet meer zeker van hoe het zat. Hoe dan ook, het was zonneklaar dat Early Meeks niet van gedachten zou veranderen.

Dus ging Samuel naar de officier van justitie, een gezette oude buldog genaamd Lavern Little. Ditmaal liet hij het gedeelte over het vliegen weg toen hij zijn verhaal vertelde. Lavern liet hem niet eens uitspreken.

'De mensen zijn hier helemaal niet blij mee,' zei hij tegen Samuel. 'Niet dat ook maar iemand Ras Ballenger zal missen. Dat niet. Maar ze willen niet hebben dat Toy Moses beslist wie er in deze contreien mag blijven leven en wie er sterft. Wat jij moet doen is ophouden een spaak in het wiel van het recht te steken, voordat ik besluit om Toy voor twee moorden aan te klagen in plaats van één. Moord verjaart niet.'

De boodschap was helder. Alles wat Samuel nog zei of deed, zou het alleen maar erger maken voor Toy.

Desondanks probeerde de hele familie in de weken die volgden hem tot rede te brengen. Hij antwoordde dat hij van zijn leven nog nooit zoiets verstandigs had gedaan.

'Als ik terecht zou staan,' betoogde Samuel, 'zouden ze het misschien gerechtvaardigde doodslag noemen. Maar jou klagen ze aan voor moord.' Ze konden die dag meer vrijuit spreken dan anders. Early had allang besloten dat het niet nodig was een bewaker neer te zetten om Toy Moses het ontsnappen te beletten, gezien het feit dat hij zo vastbesloten was om opgesloten te blijven.

'Dat klopt,' antwoordde Toy. 'En als ik nu vrij zou rondlopen, zouden ze me misschien wel moeten aanklagen voor nóg een moord.' Hij hoefde er niet bij te vertellen dat hij doelde op Bernice. Toen Samuel niet direct een antwoord wist, gaf Toy hem nog iets om over na te denken.

'Weet je waarom ik Yam Ferguson heb vermoord, Samuel?'

Samuel was onthutst. Tot dan toe had de moord op Ferguson altijd een mythe geleken. Zo'n verhaal dat wel echt gebeurd kon zijn, maar waarover niemand verwachtte ooit zekerheid te krijgen.

'Ik heb het gedaan,' zei Toy bitter, 'om de eer van Bernice te verdedigen.'

Toen lachte hij. Een vreugdeloze lach, eindeloos bedroefd. 'Ik heb een man vermoord om iets te verdedigen wat niet eens bestond. Misschien word ik daar nu voor gestraft, en krijg jij wat ik lang geleden kreeg: respijt.' Toen keek hij Samuel doordringend aan en hield hem het allerbelangrijkste voor. 'In m'n huidige gemoedstoestand heb ik de wereld niets meer te bieden, Samuel, maar jij kunt nog veel goeds doen. Dus zorg dat je dat doet. Dacht je dat je kinderen het gemakkelijk zouden krijgen als jij hier zat? Als je het antwoord niet weet, kan ik het je wel vertellen.'

Maar Samuel wist het wel. Diep van binnen wist hij het.

★★★

Calla probeerde Toy tot rede te brengen, maar hij had alles al heel goed doordacht en liet zich niet overreden, wat ze ook zei.

'Ik begrijp wel waarom je dit doet,' zei Calla, 'maar ik kan het gewoon niet aanzien. Je hebt nog niet de helft van alle narigheid die jou is overkomen verdiend, en je hebt meer dan genoeg gekregen. Meer dan genoeg. En nu dit weer.'

'Ik heb ook de nodige fouten gemaakt,' zei Toy kalm.

'En toch deugt het niet om de schuld op je te nemen voor iets wat je niet hebt gedaan,' hield ze vol. 'Je probeert iedereen recht te doen, maar je doet jezelf tekort.'

Toy antwoordde dat hij zichzelf wel degelijk recht deed. Calla stak haar hand tussen de tralies door en hij nam die in de zijne. Eén ogenblik leek er een eenzame schaduw over zijn gezicht te trekken.

'Ik kan niet zeggen dat ik me verheug op waar ik naartoe ga,' zei hij. 'Maar weggaan hoort nu eenmaal bij het leven. We moeten het allemaal vroeg of laat een keer doen. Er zijn ergere dingen dan weggaan met de smaak van liefde nog in de mond.'

Nadat Calla afscheid had genomen, ging Willadee naar achteren om haar broer te zien. Haar hart woog zwaar als lood.

'Ik weet dat je niet naar me zult luisteren,' zei ze. 'Je hebt nog nooit geluisterd naar iets wat je niet wilde horen. Maar dit keer moet je dat wel doen, omdat we allemaal van je houden en je niet kwijt willen.'

Toy schonk haar een van zijn ontspannen glimlachjes. 'Jullie raken me niet kwijt, Willadee. Ik ben alleen ergens anders.'

Ze schudde wild haar hoofd, waardoor haar boze tranen in het rond vlogen. 'Hou op, Toy! Hou op met glimlachen en doen alsof het niets voorstelt. Al die jaren, wat er ook gebeurde, heb je gedaan alsof het geen pijn deed. Toen je terugkwam van het front en een been kwijt was, en bij alle ellende die Bernice je heeft bezorgd... Maar dit is anders. Als we de sheriff gewoon de waarheid vertellen — als we gewoon Eerlijk de Waarheid Zeggen — dan zal toch zeker geen enkele jury Samuel hard vallen?'

'Maak jezelf niets wijs,' waarschuwde Toy. 'De mensen kunnen zich tegen je keren. Ze vragen zich onderling al af wat Samuel gedaan heeft om van de kansel geweerd te worden. Voeg daarbij de escapades van Bernice, plus het feit dat ze overal rondbazuint dat Samuel net zo lang achter haar aan heeft gezeten tot ze eindelijk toegaf, en dat hij haar telkens naar jullie slaapkamer smokkelde wanneer jij in de bar aan het werk was…'

Willadee hapte naar adem.

'Ze zullen het nooit recht in je gezicht zeggen,' zei Toy. 'Ze hebben het ook nooit recht in mijn gezicht gezegd, maar ze zeiden het in het geniep. Alleen omdat ik niet zo veel zeg, vergeten mensen nog wel eens dat ik oren heb.'

★★★

Ook de kinderen kwamen op bezoek. Swan en Noble en Bienville. Ze waren te overmand door verdriet om veel te praten; daarom omhelsde hij hen zo goed mogelijk door de tralies heen, en liet hen zich aan hem vasthouden zo lang ze wilden.

'Als jij weer thuiskomt, zijn wij allemaal al volwassen,' zei Swan bedroefd.

'Klopt,' zei Toy. 'En dan ben ik ook een dagje ouder. Maar dat verandert niets aan wat ik voor jullie voel.' Toen, tegen Bienville: 'Gedraag jij je nog een beetje?'

'Ik gedraag me altijd,' antwoordde Bienville, zuchtend als een oude man. 'Ik gedraag me al zo lang dat het gewoon saai begint te worden.'

Toy grijnsde, al konden de kinderen dat niet zien. Ze hadden hun hoofd zo dicht mogelijk tegen de borstkas van hun oom gedrukt. Allemaal verfoeiden ze de tralies die in de weg stonden.

'Gaat het met jou een beetje, Swan?' vroeg Toy vervolgens.

'Volgens oma Calla zal het wel weer beter gaan,' antwoordde ze.

'Je oma heeft gelijk,' zei hij. 'Houd dat voor ogen.'

Toen richtte hij zich tot Noble. 'En jij, makker? Kun jij je redden?'

Noble maakte zich even van hem los en keek zijn oom in de ogen. 'Ik hou me staande,' zei hij. 'Dat heb ik van jou geleerd.'

Toy knikte vergenoegd. 'Nou,' zei hij, 'dan kan ik gerust zijn.'

Hoofdstuk 41

Niemand geloofde Swans verhaal over de muizen. Net zomin als ze geloofden dat Sam Lake kon vliegen. Ze konden echter niet verklaren wat er in die loze ruimte op de boerderij van Ballenger lag – al die rafelige stukjes touw en die versnipperde repen stof, en de jutezak die tot confetti was gereduceerd.

Op een avond – het liep tegen eind april – zat Samuel op de schommelbank op de veranda, met Swan op de knie. Daar was ze eigenlijk te groot voor, maar ze bleef zijn kleine meisje.

'Ik geloof wél wat je verteld hebt over die muizen,' zei hij. 'Ik weet niet of ik dat ooit tegen je gezegd heb.'

'Dat hoefde je niet te zeggen,' antwoordde ze. 'Ik wist het gewoon, net zoals ik wist dat het waar was dat jij gevlogen hebt.' Toen zei ze dat ze zich afvroeg of ze niet beter konden stoppen met andere mensen over die dingen vertellen. Ze hadden al Eerlijk de Waarheid Gezegd, en misschien was dat wel genoeg.

'Hoe moeten de mensen er anders achterkomen dat er nog steeds wonderen gebeuren?' vroeg Samuel haar.

Swan antwoordde: 'Ik denk dat het bestaan van wonderen iets is waar iedereen zelf achter moet komen. Mensen gaan er niet in geloven als je hun erover vertelt. Ze gaan alleen maar denken dat je niet goed wijs bent.'

***

Op eigen aandringen kreeg Toy Moses de spoedigst gehouden rechtszaak sinds de tijd van de strop. En een van de kortste. Dat hele uur plus elf minuten zat de rechtszaal bomvol toeschouwers. Hij stond erop zichzelf te verdedigen, zag af van zijn recht op een jury, en hij pleitte dat hij 'Zo schuldig als de pest, Edelachtbare' was. Toen hij zijn pleidooi mocht houden, loog Toy in tien minuten meer dan hij zijn hele leven bij elkaar had gedaan. Wat hij Samuel die avond thuis aan Willadee had horen vertellen, verwerkte hij tot een beknopt maar grondig relaas, en hij smukte zijn verhaal op met alle bijzonderheden die hij te weten was gekomen toen hij Ras Ballengers verborgen ruimte had bekeken. Toen hij was aangekomen bij het gedeelte over hoe hij die fielt de nek had omgedraaid, formuleerde hij het precies zo. Hij noemde ook even dat sommige mensen het gewoon verdienden om dood te zijn, en dat hij blij was dat hij deze ene persoon had kunnen helpen om die staat te bereiken.

Samuel Lake verzocht om te getuigen voor de verdediging. De verdediging (Toy Moses) wees zijn verzoek af.

De rechter veroordeelde Toy tot twintig jaar cel. Waarschijnlijk tien voor Yam Ferguson en tien voor Ras Ballenger, hoewel hij dat niet met zoveel woorden zei.

Toy bedankte hem hartelijk.

Bernice liet zich niet zien bij de rechtszaak. Ze liet zich echter wel zien in Shreveport, waar ze samenwoonde met ene D.E. Shuler. Ze had D.E. ontmoet in een bar in El Dorado, waar hij op doorreis was geweest, op weg naar Nashville voor belangrijke zaken. Tenminste, dat is wat hij zei, en Bernice geloofde alles wat hij zei onvoorwaardelijk.

De reden waarom ze zo dol was op D.E., was dat hij muziekproducent was – of zou zijn wanneer hij eenmaal zijn platenlabel had opgericht – en hij nog op zoek was naar een buitengewone zangeres. Die eerste avond deed Bernice auditie bij hem, zonder ook maar één noot te zingen, en sindsdien waren ze een stel.

★★★

Early Meeks bracht Toy na het vonnis naar huis, zodat hij rustig de tijd kon nemen om afscheid van zijn familie te nemen op een zodanige manier dat het voor hen geen pijnlijke herinnering zou worden. Wat hij deed was eigenlijk wettelijk niet toegestaan, en Bobby Spikes wees hem daarop terwijl ze Toy naar Early's auto brachten. Early antwoordde dat het waarschijnlijk ook niet wettelijk toegestaan was om een hulpsheriff het leven zuur te maken, maar dat hij het al eens gedaan had, en het allicht nog een keer kon doen als hij genoeg getergd werd.

★★★

Bij Calla thuis zaten de volwassenen gezellig te praten, alsof dit een bezoekje was als ieder ander. Sid had een varken gekocht bij een boer verderop en het geroosterd in een kuil in het achtererf. In combinatie met Calla's aardappelsalade en Niceys witte bonen in tomatensaus en Willadees scones en ovenschotel met mais was het een gedenkwaardig maal. Toy zei tegen Nicey dat haar vijfdagencake het lekkerste was wat hij ooit in handen had gehad, en ze begon te stralen als een kind dat haar zondagsschoolversje foutloos heeft opgezegd.

Aan het begin van het bezoek voelden Swan en haar broers zich niet op hun gemak en zo verdrietig als wat, maar voordat het afgelopen was hadden ze iets meer vrede met de hele situatie gekregen. Toy ging niet voorgoed weg, hield hij hun voor. Twintig jaar betekende niet per se twintig jaar. Het hing er maar net van af hoe het verder ging.

'Ondertussen,' zei Toy tegen Noble, 'vraag jij je vader je te helpen om die motor eruit te halen, waar we nooit aan toegekomen zijn. En dan zorg je dat die pick-up het goed blijft doen, zodat je iets hebt om in te rijden wanneer je oud genoeg bent om je rijbewijs te halen.'

Noble beloofde het, en zei dat wanneer hij voor het eerst in z'n eentje in de pick-up mocht rijden, hij iemand zou vragen een foto te maken en die naar Toy zou sturen.

Toy bracht met ieder van hen afzonderlijk wat tijd door, zoals een man met zijn kinderen doet wanneer hij een poosje weggaat. Ze waren dan wel niet in alle opzichten zijn kinderen, maar wel in de opzichten die ertoe deden.

Hij vroeg Bienville om hem boeken te sturen, en Bienville vroeg wat hij graag las. Toy zei dat hij alles over bossen en water leuk vond, maar dat Bienville gerust zijn horizon mocht verruimen. Bienvilles ogen begonnen te glinsteren toen hij daarover nadacht.

Na een tijdje tilde Toy Swan op, zette haar op zijn schouders en liep met haar weg, de rest achterlatend. Swan hield zich vast en glimlachte; ze herinnerde zich hoe ze juist hierover had gefantaseerd. Niet over de omstandigheden. Die zou ze nooit hebben bedacht, of gewild. Maar dit was de vertrouwelijkheid waarnaar ze verlangd had.

Toen ze bij Calla's moestuin kwamen, zette Toy haar op de grond en knielde voor haar neer, haar recht in de ogen kijkend. 'Jij hebt mijn hart gestolen,' zei hij. 'Dat weet je toch, hè?'

Swan knikte; haar ogen straalden liefde uit.

'Kijk uit dat je het in mijn afwezigheid niet weggooit,' waarschuwde hij.

'Dat zou ik nooit doen,' beloofde ze.

'Nee,' zei hij, 'dat denk ik ook niet. Ik geloof dat jij nooit het hart van iemand die van jou houdt zou weggooien.'

Nu hadden ze een band, dacht Swan. Een zielsdiepe band, precies zo'n band waarvan ze die dag in de winkel had gedroomd. Alleen wist ze toen nog helemaal niet wat zielsdiep betekende. Nu wist ze het echter wel. Nu wist ze het heel goed.

***

Eén kind ontbrak. Blade. Toy vroeg de anderen om tegen Blade te zeggen, wanneer ze hem weer zagen, dat hij van hem hield als van een zoon. En dat hij het leuk zou vinden als Blade hem zo af en toe een brief zou tekenen.

Na een poosje omhelsde Toy iedereen die gekomen was, zelfs de mannen. Toen het Samuels beurt was, schokten zijn schouders – ze schokten gewoonweg van alle emoties die hij niet de vrije loop wilde laten waar iedereen bij was. Toy grijnsde en sloeg hem op de schouder en zei: 'Pas goed op jezelf, dominee.'

En Samuel antwoordde: 'Ik zal voor je bidden.'

Early hoefde zijn gevangene niet te zeggen wanneer het tijd was om te gaan. Toy Moses was geen man die tot spoed gemaand hoefde te worden. Hij maakte het rondje omhelzingen af, kuste de kinderen nog één keer, en omhelsde toen zijn moeder nog een keer, langdurig en stevig.

'Zorg dat je terugkomt,' droeg Calla hem op.

Toy knikte en zei: 'Zorg dat jij er dan bent.'

'Ik zal m'n best doen,' antwoordde Calla, maar ze wist dat haar best mogelijk niet goed genoeg zou zijn. 'Niet per se twintig jaar' kon nog altijd meer zijn dan zij nog voor de boeg had. Ze raakte zijn lippen aan met haar vingers en trok haar hand terug, liet hem gaan.

Toy bleef nog even staan, en nam alles en iedereen die hij achterliet in zich op. Toen wendde hij zich tot Early Meeks en vroeg wie van hen tweeën ging rijden.

***

Rond half mei kreeg Samuel een brief van Bruce Hendricks, zijn districtshoofd – of althans de man die zijn districtshoofd was geweest. Bruce schreef Samuel om hem te vertellen dat hij wellicht een gemeente voor hem had, en dat Samuel naar de jaarlijkse conferentie moest komen zodat ze een en ander konden bespreken.

In plaats van een aanvaardingsbrief stuurde Samuel een handjevol krantenknipsels die tot in detail de rechtszaak beschreven – inclusief de vermelding dat ene Samuel Lake, de zwager van de veroordeelde, een tijdlang had geprobeerd de verantwoordelijkheid voor de moord op Ras Ballenger op te eisen.

Per kerende post kwam er een brief terug. Het aanbod van een gemeente was ingetrokken. Samuel las de brief, gaf hem aan Willadee, en ging naar buiten om meloenen te planten.

★★★

'Heb je er verdriet van?' vroeg ze hem later. Het liep tegen zonsondergang. Ze wandelden door een van Samuels akkers, waarop de gewassen uitbundig stonden te groeien.

'Geen verdriet.'

'Wat dan?'

Samuel wees naar de mais die hoger was dan hij hoorde te zijn, en hij liet haar pompoenplanten zien die uitzinnig aan het groeien waren, en daarna wees hij naar de schuur, waar hun drie kinderen Lady stonden te roskammen. De laatste zonnestralen van de dag spoelden over de kinderen en beschilderden hen met alle mogelijke prachtige kleuren.

'Gelukkig,' zei Samuel. 'Ik ben gewoon gelukkig.'

★★★

Na verloop van tijd kwam Blade weer langs. Hij had iets zwijgzaams over zich, en iets ernstigs. Bij zijn leven had zijn vader littekens achtergelaten op mensen, maar toen hij stierf, liet hij een schandvlek achter – en zoiets heeft veel meer tijd nodig om te slijten.

Maar Blade wás er tenminste weer. En met grote regelmaat. Gedeeltelijk om te spelen, gedeeltelijk om te zien of er misschien een brief van Toy gekomen was (wat vaak het geval was) – of om er eentje te brengen die hij vijf minuten eerder uit zijn eigen brievenbus had gehaald.

In het begin vond Blade het moeilijk om met Swan om te gaan – alsof hij degene was geweest die haar pijn had gedaan en hij het zichzelf niet kon vergeven. Uiteindelijk nam ze hem op een dag apart en drukte hem met zijn neus op de feiten.

'Hoor eens,' zei ze, 'laat je nou door wat er gebeurd is niet afschrikken om mijn vriend te zijn. Jij hebt niets verkeerd gedaan, en ik ook niet.'

'Weet ik wel.' Zijn stem klonk zacht en verdrietig. 'Maar m'n vader is waar ik vandaan kom.'

Daar moest ze even over nadenken. Hij had gelijk. Tot op zekere hoogte.

'Hij is dan wel waar je vandaan komt,' zei ze, 'maar hij is niet wie jij *bent*. Ik hou van wie jij bent, Blade.'

Dat was voor de jongen veel om te bevatten en te geloven – dat hij te horen kreeg dat er van hem gehouden werd. Hij had het bij deze familie vaak genoeg gehoord, maar nooit uit Swans mond. 'Houden van' waren woorden waar zij niet mee te koop liep.

'Ik hou ook van jou,' zei hij verlegen. Toen schonk hij haar een scheve grijns en voegde eraan toe: 'Ik ga nog steeds later met je trouwen.'

'O nee, dat had je gedroomd,' zei Swan. 'Je wordt mijn broer.'

★★★

Soms, als het snikheet was, nam Samuel de vier kinderen mee naar de Oude Zwemkolk. Hij was al jaren van plan om zijn kinderen te leren zwemmen, maar hij had het altijd te druk gehad met het werk van de Heer. Nu hij hen zag lachen en groot worden, kreeg hij het vermoeden dat juist wat hij *nu* deed het werk van de Heer was. In zijn optiek had God gezorgd voor een uitstekende afloop.

★★★

Dat hij nu boer was voor de kost, weerhield Sam Lake er niet van om zieke mensen naar de dokter te brengen of de Blijde Boodschap te verkondigen, waartoe hij immers geroepen was. Hij gebruikte niet altijd woorden om mensen te vertellen dat God liefde is. Soms bestond zijn preek uit een groentestoofpot en een zak vol erwten, die hij bij een hongerig gezin op de stoep zette – meestal met een bosje bloemen erbij. Soms uit niets meer dan een ongelukkige in de ogen kijken zonder een spier te vertrekken, wanneer de meeste mensen hun blik zouden hebben afgewend.

Ondertussen had Willadee *Never Closes* weer geopend en was ze begonnen om haar klanten eenvoudige warme maaltijden te serveren. Als snel stopte ze met de drankverkoop en werd de bar tegen bedtijd gesloten. Toen begonnen de mannen hun vrouwen en kinderen mee te brengen, en zei Willadee tegen Samuel dat ze een nieuw uithangbord nodig had.

Samuel haalde het bord met NEVER CLOSES van de muur en stond klaar om een nieuwe te verven, maar Willadee bleef weifelen wat ze erop wilde hebben. Samuel wist precies wat *hij* erop wilde hebben, en dus schilderde hij de *N* van *Never* en het hele woord *Closes* over, en schilderde in plaats daarvan een ander woord. Toen hing hij het nieuwe bord boven de achterdeur. Wat erop stond, was: *EVER AFTER*.

Willadee vroeg of het niet *Happy Ever After* moest zijn, maar Samuel zei nee, want wat voor alle andere wonderen gold, gold ook voor geluk. Hoe meer je erover praatte, des te minder geloofde men dat het echt bestond. Zoals Swan had gezegd: er zijn dingen waar iedereen zelf achter moet komen.

Niet dat ze een uithangbord nodig hadden. De mensen roken Willadees kookkunst al van kilometers afstand, en ze hoorden erover van nog verder weg. *Ever After* was elke avond open, behalve op zondag (Samuel weigerde pertinent om winst te maken op de Dag des Heren). In de loop van de tijd groeide het aantal eters tot *Ever After* helemaal vol zat en er zelfs mensen op het erf zaten. Samuel timmerde picknicktafels en bankjes en zette ze onder de wijdvertakte eikenbomen, en ook die tafels kwamen vol te zitten.

Wanneer de zon onderging, stond het erf van de Mosesen vol met auto's, en met mensen die rondliepen om met elkaar een praatje te maken, en met kinderen die tikkertje speelden en vuurvliegjes vingen. Soms kon je, als je goed keek, zelfs het gelach *zien* opstijgen. Mensen gingen aan de tafels zitten en deden zich te goed aan geroosterd vlees en aardappelsalade en witte bonen in tomatensaus en maiskolven en oma Calla's kruidige ingemaakte perziken. Ze spoelden het eten weg met ijsthee, die altijd werd geschonken in weckflessen; en als ze daarna nog plek hadden sloten ze de maaltijd af met Willadees bananenpudding of chocoladecake met een dikke laag karamelglazuur, en als ze geen plek meer hadden, dan maakten ze plek.

Wanneer Samuel terug was uit het veld en zich had opgefrist, trok hij meestal een stoel bij en speelde hij op zijn mandoline of zijn gitaar of zijn viool, en iedereen die daar zin in had kon meezingen.

Dan stond Swan achter haar vaders stoel met één arm om zijn schouders, en zong ze vol overgave, helemaal vanuit haar tenen. De muziek stroomde zo helder en fris en vloeiend uit haar, dat de mensen elke noot in zich opnamen en zich lieten meevoeren op de golven. Dat meisje horen zingen was alsof je op een vlot de stroomversnellingen in de Cossatot River afvoer.

Het duurde niet lang voordat er andere tokkelaars uit de hele county bij kwamen zitten, en de oude tokkelaars leerden de nieuwe, jonge tokkelaars (waaronder Noble en Bienville en Blade) om riedeltjes te spelen. Als je erbij was, stroomde je gemoed tot barstens toe vol.

'Sam Lake kan alles bespelen wat hij maar kan vastpakken,' werd er steevast gezegd.

'Hij laat de snaren zingen.'

'Hij laat ze in tongen spreken.'

Niemand maakte ooit aanstalten om te vertrekken, totdat Calla uit haar stoel opstond en iets zei als: 'Als ik nu ergens anders zou zijn, zou ik geloof ik maar es op huis aan gaan.'

Dan gingen de mensen hun kinderen verzamelen en hun auto opzoeken. Allemaal vaste klanten, en vaste klanten in wording, en mensen die toevallig in de buurt waren en hiervan gehoord hadden en het er nog steeds over zouden hebben wanneer ze terug waren in waar ze ook vandaan kwamen.

★★★

En zo is het gegaan vanaf die dag tot op de dag van vandaag. Het bleef niet hetzelfde, maar veranderde voortdurend. En dat is maar goed ook, want als eenmaal één ding begint te veranderen, gaan andere dingen vanzelf meeveranderen, en dan is het binnen de kortste keren een heel ander verhaal.

Woord van dank

Mijn onmetelijke dank gaat uit naar:

Kevin McCormick, voor die tochtjes lang geleden naar boekwinkels, waar hij mij een roman van iemand anders in handen duwde en zei dat ik er zelf eentje moest schrijven.

Shari Rhodes en Elsie Julian, die van boeken hielden en van mij, en die aan de wieg van zo veel goeds hebben gestaan. Geen mens heeft ooit zulke trouwe vrienden gehad. Rust zacht, Shari.

Charlie Anderson en Leon Joosen, omdat jullie elke avond lazen wat ik geschreven had en me voortdurend bemoedigden. Dankzij jullie tweeën heb ik het boek geschreven in plaats van er alleen maar over te praten.

Helen Bartlett, omdat je zo'n warme, vriendelijke en scherpzinnige mentor bent.

Lynn Hendee, wiens vrijgevigheid en liefde voor de waarheid haar mening des te waardevoller maakt.

Barri Evins, voor haar vertrouwen, vriendschap en gevoel voor verhaal, en omdat ik op elk moment van de dag mijn teksten door de telefoon aan haar mocht voorlezen, en omdat ze deze Texaanse heeft laten kennismaken met de speciaalzaken van Trader Joe's.

Beth Grossbard, omdat ze hartstochtelijk opkomt voor schrijvers, en omdat ze me heeft voorgesteld aan de onstuitbare –

Dorothea Benton Frank, voor haar onuitputtelijke bron van vrolijkheid, en omdat ze de tijd genomen heeft om mij wegwijs te maken, en me heeft overgedragen aan de geweldige –

Larry Kirshbaum en het hele geweldige team van LJK Literary Management. (Een bijzonder dankjewel aan Jenny Arch omdat ze de druk op de ketel heeft gehouden, en aan Molly Reese omdat ze er altijd voor zorgde dat alles soepel verliep.)

Susanna Einstein, mijn onvervangbare agent, omdat ze mij wilde vertegenwoordigen en dit boek de wereld in geholpen heeft. Je bent voor mij een wonder, Susanna. En ik ben een gezegend mens.

Susan Kamil, mijn fantastische redacteur, omdat ze mij door het proces geloodst heeft van stukken schrappen die ik geweldig vond maar die niet werkten, en nieuwe stukken schrijven die dat wél deden. En omdat ze altijd haar woord heeft gehouden.

Ook dank aan Lynn Buckley voor het onvergetelijke moment toen ik mijn eerste glimp opving van jouw in één woord schitterende omslagontwerp; aan Susan M.S. Brown voor haar nauwkeurige correctiewerk; aan Clare Swanson omdat ze mijn rol in het proces minder angstaanjagend heeft gemaakt; aan Sam Nicholson omdat hij me steeds vertelde wat ik moest doen (en in de gaten hield of ik het deed); en aan Noah Eaker, Courtney Moran en Vincent La Scala voor het regelen van dingen waarvan ik niet eens wist dat ze bestonden.

Mijn innigste dank, nu en altijd, gaat uit naar mijn kinderen, Taylor, Amy en Lori. Jullie drieën zijn mijn beste vrienden en de drijfveer voor alles wat ik doe.

Naschrift – Het verhaal laten gebeuren

Verhalen zijn vreemde dingen. Ze weten wat ze willen, en ze verzetten zich ertegen als je ze in een vorm wilt persen waarin ze niet passen. We denken vaak dat schrijvers creatievelingen zijn, maar toen ik *Vermoorde onschuld* schreef had ik niet het gevoel dat ik iets creëerde, maar meer dat ik iets ontdekte wat al helemaal af was. Het is een verhaal over familie en plezier maken en opoffering en tragedie – en het vindt allemaal plaats op wat ik de prachtigste plek op aarde vind: een boerderij.

Nu ben ik helemaal niet opgegroeid op een boerderij. Omdat mijn vader predikant was, groeide ik op in diverse pastorieën in kleine stadjes – aardige woningen die altijd netjes gehouden moesten worden. Soms nam mijn vader een zwerfdier mee naar huis (waarmee hij geen punten scoorde bij zijn gemeenteleden) en op zeker moment hadden we kippen en konijnen, maar er zit een grens aan de hoeveelheid en de soort dieren die je kunt houden in een bescheiden tuin met de buren op je lip. Mijn enige ervaringen met het boerenleven kreeg ik als mijn vader me meenam om gemeenteleden op het platteland te bezoeken. Die hadden allemaal prachtige oude schuren, groenten die overal groeiden en meer dieren dan ze konden tellen. En soms maakten we een pelgrimstocht van Louisiana naar Zuid-Arkansas om bij de familie van mijn moeder te logeren, terwijl mijn vader de methodistenconferentie bezocht.

Dat waren hoogtijdagen voor ons als kinderen: in de hooiberg spelen, in de beek poedelen, door het bos en door de weide rennen, met een minimum aan ouderlijk toezicht. Onze moeder en haar familie vonden dat je kinderen niet moest vertroetelen met al te veel aandacht. We kregen te eten, ze wasten onze kleren en waren blij dat we hen niet voor de voeten liepen. Als we een klein ongeluk kregen zouden ze ons goed verzorgen en als we zouden verongelukken zouden ze getreurd hebben, maar met die mogelijkheden hielden ze zich niet zo bezig. Ze lieten ons gewoon kind zijn en wij haalden eruit wat erin zat.

Daar begon mijn liefde voor het landleven. Ik wist toen niet dat het mijn ideaal zou worden, of dat ik eens zou gaan geloven dat wanneer mensen maar in harmonie met de natuur zouden leven, de meeste problemen op aarde zich vanzelf zouden oplossen.

Eenmaal volwassen werd ik een schrijver (eigenlijk was ik altijd al een schrijver, maar op een of ander moment begonnen ze me ervoor te betalen), en uiteindelijk kon ik op een boerderij gaan wonen. Ik kon uit mijn eigen raam kijken en de mist zien hangen boven het weiland, en ik kon zo veel dieren houden als waarvoor ik voer kon betalen. Ik genoot ervan, maar ik dacht niet vaak terug aan mijn kinderjaren en ik kon niet voorzien dat ik ooit daarover zou gaan schrijven. Want wat was er nu helemaal om over te schrijven? Eenvoudige mensen die hard werkten en veel lachten? Dat leek me geen geweldig materiaal voor een verhaal.

Ergens in de jaren negentig besloot ik een toneelstuk te schrijven. Robert Harling (geboren in mijn favoriete stad, Natchitoches, Louisiana) had er al een geschreven (*Steel Magnolias*) en *hij* had goed werk geleverd. In mijn naïviteit dacht ik dat scenario's schrijven voor het toneel veel makkelijker zou zijn dan voor de film. (Vergeef me, meneer Harling.) In die tijd was mijn carrière als scenarist zo ver gevorderd dat ik daadwerkelijk kon zeggen dat ik een carrière had, en ik had nog wat tijd (ongeveer een maand) voordat ik mijn script moest inleveren. Aangezien ik de eerste versie van *The Man in the Moon* geschreven had in veertien van koffie doordrenkte dagen van vierentwintig uur, verwachtte ik dat het produceren van een toneelstukje in dertig dagen een makkie zou zijn. Ik zou dat kunnen schrijven en afwerken om vervolgens een lentetuin aan te leggen en dan nog tijd overhouden.

Ik had weliswaar nog geen idee waar het stuk over moest gaan, maar ik beschreef alvast de setting. Ik bedacht een huis, ingeklemd tussen een winkel en een bar. Eerlijk gezegd was het de bedoeling dat het huis in een stad zou staan. Misschien in Memphis. Ik was daar een keer of wat doorheen gereden en had er genoeg over gelezen om die stad duister en mysterieus te vinden. Ik bedacht dat de bar een bluesclub zou zijn met allerlei fascinerende persoonlijkheden die er ruig uitzagen maar ook een heel zachte kant hadden, en daar zou dan die jonge vrouw binnenkomen om te zingen en die zou verliefd worden op een of ander gevaarlijk figuur en…

Toen herinnerde ik me dat mijn oma een winkeltje had aan de voorzijde van haar huis. En geloof het of niet, op het moment dat ik aan haar dacht wandelde ze het verhaal binnen en nam zij de leiding over. Zij zou de winkel drijven, opa de bar, en het hele verhaal zou zich afspelen op het platteland, en dat was dat.

Wacht. Ho even. Dat was niet het verhaal dat ik wilde schrijven.

Terwijl ik me nog afvroeg wat ik met mijn oma aanmoest, glipten mijn ouders en een paar broers naar binnen (en niet te vergeten: ikzelf). Ineens had ik een stelletje heel gewone personages: mijn familie. Dat gaf me kopzorgen. In het bijzonder deinsde ik ervoor terug om mijn vader een rol te geven. Volgens mij was er werkelijk niets interessants aan een dominee. Ik ben er nog nooit één tegengekomen in een boek of in een film die niet corrupt was, of een wild om zich heen kijkende fanatiekeling, of een sentimentele slapjanus, en mijn vader was niets van dat alles. Hij was een heel gewone boerenjongen, maar hij was ook – hoe moet ik dat nou zeggen zonder iemand te ergeren? – waarlijk *rechtschapen*.

Maar daar was hij, levensgroot, en hij was niet geneigd zich door mij te laten veranderen in iets wat hij niet was. Met tegenzin liet ik hem staan en maakte mezelf wijs dat ik hem van de planken kon houden met andere bezigheden, zodat het publiek hem niet hoefde horen praten over degene van wie hij het meest hield: God. Nu houd ik ook van God (heel veel!), maar ik wist dat wanneer ik mijn vader zou toestaan zijn mond open te doen, er een preek uit zou rollen, en ik ben er heilig van overtuigd dat je niet moet proberen een morele of spirituele les als literatuur te verkopen.

Mijn volgende probleem was dat mijn verhaal (dat nog steeds geen plot had) geen toneelstuk wilde worden. Het *weigerde* een toneelstuk te zijn. Het wilde een verteld verhaal zijn, en werkelijk waar, het begon zichzelf te vertellen. Stukjes van onze familiegeschiedenis (de zelfmoord van mijn opa, de ballingschap van mijn vader) doken er opeens in op. Nieuwe personages (sommigen echt, sommigen producten van mijn fantasie) meldden zich en eisten brutaal hun plek op. Uiteindelijk gaf ik het op, gooide de deur open en liet ze allemaal binnenstormen. Dat was maar het beste. Ze gingen toch niet weg.

Op het moment dat Ras Ballenger zijn auto voor Calla's winkel parkeerde, begonnen de zaken onheilspellend te worden. Het was voor mij een grote verrassing dat er iets gevaarlijks kon zijn in die wereld waarin ik me zo veilig had gevoeld. Niemand van ons had het ooit gezien, maar stel je voor dat het er geweest was, klaar om toe te slaan zonder enige waarschuwing. Hoe zouden we daarmee omgegaan zijn? Wat voor invloed zou dat gehad hebben op het alledaagse leven?

Ik had me niet voorgenomen om Ras Ballenger zo nadrukkelijk aanwezig te laten zijn, maar zo gaat dat met verhalen. Als een personage tot leven komt, is hij niet in de hand te houden. Alle personages, goed of slecht, hebben hun eigen agenda en jagen voortdurend hun eigen doelen na. Ze leven, ze ademen en ze maken plannen om te krijgen wat ze willen, en alle anderen moeten maar zien om te gaan met wat ze uitspoken.

Misschien was het omdat Ras Ballenger zo door en door slecht was, dat ik er vrede mee kon hebben te beschrijven hoe fijn het was op de boerderij van de familie Moses en hoe goed de gezinsleden ten diepste waren. Ik kon een personage niet beschrijven zonder in zijn hoofd te kruipen, en als ik een poosje in de duistere kronkels van Ballengers brein had doorgebracht, was ik blij dat ik daarna weer over iets leuks kon schrijven.

Hoewel ik van structuur houd, ben ik er niet in geslaagd dit verhaal gestructureerd samen te stellen. Op zeker moment maakte ik een lange en gedetailleerde schets, maar die verscheurde ik weer omdat de personages volhielden dat ze iets beters in gedachten hadden.

Bij het schrijven van dit boek verliep niets volgens planning. Mijn wilde droom om binnen dertig dagen of minder een toneelstuk te schrijven werd eindeloos opgerekt, want ik moest met dit verhaal stoppen om die akelige deadline te halen, en daarna keerde ik gedurende een aantal jaren niet meer terug bij de familie Moses. Godsdienst en het rustieke landleven en biologisch tuinieren en dierenbescherming kregen hun plaats in het verhaal omdat ze eigenlijk diep in mezelf zitten; en wie we zijn, komt in onze verhalen tot uiting.

Wat heeft me geïnspireerd? Het leven dat ik kende. De mensen die ik liefhad. Wat hield me gaande? Het feit dat verhalenvertellers eerlijk moeten zijn, maar dat we niet noodzakelijk de dingen moeten vertellen zoals ze gebeurd zijn. We kunnen dingen verfraaien, we kunnen dingen weglaten, we kunnen de waarheid plooien zoals Early Meeks de wet plooide, zonder scrupules. We worden Moses-Eerlijk.

En bovenal moeten we het verhaal gewoon laten gebeuren.

Over de auteur

Jenny Wingfield woont in Texas, omringd door honden, katten en paarden die zij en haar gezin hebben gered. Als scenariste heeft ze het scenario geschreven voor diverse films, waaronder *The Man in the Moon* en *The Outsider*. *Vermoorde onschuld* is haar eerste roman.

Gespreksvragen

1. Als Swan wegblijft bij de begrafenis van haar opa en de tijd doorbrengt met oom Toy, zien we dat ze verlangt naar een hechte band met iemand – en dat ze denkt dat Toy Moses de juiste kandidaat is. Aan het einde van het verhaal heeft ze dat doel bereikt. Welke andere relaties van haar zijn er verdiept, en wat zou er bij haar vanbinnen veranderd zijn waardoor ze beter in staat is om vertrouwelijk om te gaan met anderen?

2. Als Samuel Lake zonder gemeente komt te zitten, gelooft hij dat het zijn taak is om werk te vinden, zijn familie te helpen en uiteindelijk weer ergens predikant te worden. Hoe veroorzaakt dit een 'donkere zielenacht' voor hem? En denk je dat zijn uiteindelijke ommekeer er een is van gemakzucht of van overtuiging?

3. Calla Moses is een sterke en praktische vrouw. Hoe verandert ze in de loop van het verhaal, en waarom? Op een gegeven moment begint ze te geloven dat er 'betoveringen en wonderen' bestaan. Zou ze dat gevoel nog steeds hebben nadat Toy is weggegaan, en zo ja, hoe zal dat nieuwe idee haar steun geven?

4. 'Moses-Eerlijkheid' wordt vaak aangehaald in het boek. Vind je de familie Moses écht eerlijker dan andere mensen? En als Toy een valse bekentenis aflegt, is hij dan te bewonderen, of loopt hij alleen maar weg voor een situatie waarmee hij niet om kan gaan?

5. Hoe zie je de verschillende huwelijksrelaties in het boek? (Calla en John, Willadee en Samuel, Bernice en Toy.) Welke verschillen zie je in de wijze waarop elk stel met conflicten omgaat?

6. Zou dit verhaal zich in principe net zo hebben kunnen ontvouwen als de locatie anders was geweest? Hoe maakt de locatie in Zuid-Arkansas het mogelijk dat geheimen jarenlang onaangeroerd blijven, terwijl iedereen de waarheid kent?

7. Het huis van de familie Moses wordt in de roman beschreven als een persoonlijkheid. Als je het daarmee eens bent, welke karakterontwikkeling maakt het huis dan door? Welke functie heeft de woning in de gemeenschap, en verandert die functie? Welk deel zou je het liefst eens willen bezoeken?

8. Blade Ballenger waagt zijn leven om een paard te redden. Toy Moses offert zijn vrijheid op om de man van zijn zus en hun gezin te beschermen. Is het ene offer edelmoediger dan het andere? Wie van de andere personages neemt er nog meer onbaatzuchtige risico's? En wie weigert dat te doen?

9. In het boek is er een strijd gaande tussen goed en kwaad. Aan welke kant staat Samuel wanneer hij moedwillig iemand van het leven berooft?

10. Geschiedt er gerechtigheid als Early Meeks weigert Toy te arresteren voor een moord die hij gepleegd heeft, en hem later arresteert voor een moord die hij niet gepleegd heeft?